Das Cottage in Carrigaholt

Mirjam Wilhelm

Impressum:

Gesamtherstellung: Verlagshaus Speyer GmbH
www.verlagshaus-speyer.de
Druck: publish print R&R GmbH

ISBN 978-3-947534-10-4

Das Cottage in Carrigaholt

von Mirjam Wilhelm

Verlagshaus
Speyer GmbH

Prolog

Carrigaholt, Mai 2014

Der Fischer in seinem dunkelblauen Wollpullover schirmte seine Augen mit der Hand ab. Der Motor des großen Bootes auf der Shannon-Mündung tuckerte jetzt leiser. Einige Male waren sie schon hin und her gefahren. Jetzt war der Ire mit den blonden Haaren, der schmalen Nase und dem spöttischen Lächeln eines seit Generationen freisinnigen Menschen, auf der Pirsch. Sie kamen.

Luisa hielt den Atem an. Gleich würde etwas passieren, das wusste sie. Gleich. Sie strahlte Andreas an, der keine Miene verzog. Sie wendete sich ab.

„Jetzt", sagte der Fischer aufgeregt, und ein Lächeln hellte sein ganzes Gesicht auf. „Sie kommen". Er stellte den Motor ganz aus, das weiße Schiff, „Pride of the Seas", schwankte auf den Wellen.

Atemlos stellte sich Luisa an die Reling, blickte in das blaue, glitzernde Wasser, ließ den Blick über die Shannon-Mündung in den Atlantik am Horizont schweifen. Dann sah sie ihn. Er kam näher, ein eleganter, pfeilschneller Buckel im Wasser. Erst näherte er sich zögerlich, dann immer schneller, bis er irgendwann aus dem Wasser sprang, und Luisa die ganze filigrane Eleganz des Delphins erkennen konnte. Wasser tropfte wie Gischt ins Wasser, die Sonne ließ es sprühen und glitzern wie Regenbogen. Er tauchte, sprang wieder. Er tanzte.

Speyer, Ostern 2014

„Bist du dir wirklich ganz sicher?“ Luisas Mutter trug den Kuchen auf, wunderbar duftenden Blechkuchen nach einem alten Familienrezept. Er erfüllte das alte Natursteinhaus am Stadtrand mit seinem wunderbaren Duft. Elvira Schöttler strich sich die weiße Rüschenschürze noch glatter als sie ohnehin schon war. Sie trug gern solche altmodischen Accessoires, obwohl sie erst knapp über 50 war.

„Sicher – mit was?“ fragte Luisa etwas schnippisch zurück und schnupperte am Kuchen.

„Du weißt genau, was ich meine. Ich bin sicher, dein Vater wird einen Augenblick weghören.“

Professor Eduard Schöttler war zwanzig Jahre älter als seine Frau, schon etwas gebrechlich und erhob sich mühsam aus seinem Lesesessel. Er strich sich einen Fussel von seinem Kaftan, in dem er wie immer ein wenig verschroben aussah. Dazu trug er ein orientalisches Käppchen. Er war Hochschullehrer für Kunstgeschichte gewesen – und immer etwas exzentrisch, wie Luisa liebevoll dachte.

„Ich werde einen Augenblick in meinen Garten gehen“, erklärte er lächelnd und zwickte seine Frau zärtlich in die Wange. Luisa zwinkerte er zu. „Ich werde bald meine Tomaten setzen. Mal schauen, wie es so aussieht“, schloss er etwas vage. Aber wenn ihre Mutter etwas wünschte, das wusste Luisa, dann war ihm das Befehl.

„Also?“ Die Mutter stützte die Hände in die Hüften, als er gegangen war. Luisa seufzte. Sie war das einzige Kind ihrer Eltern, und ihre Mutter ahnte all ihre Schwierigkeiten – und Zweifel.

Doch gerade jetzt hatte sie keine. Sie zweifelte eben gerade nicht – und das war untypisch für sie. Ja, Luisa würde bald heiraten. Andreas Freymann, groß, dunkel, sportlich. Und ein erfolgreicher Immobilienkaufmann in Frankfurt. Sie würden ein Haus im Taunus kaufen und Kinder bekommen. Und wir werden glücklich sein, dachte Luisa trotzig.

„Bist du dir sicher, dass du alles, was dir etwas bedeutet, für diesen Mann aufgeben willst?“ bohrte ihre Mutter nach. Luisa fiel auf, dass sie unter ihrer biederen Schürze eine knackig sitzende Jeans trug. Man sah ihr nicht an, dass sie kurz über fünfzig war.

„Was heißt dieser Mann? Er ist mein Verlobter!"

„Das ist es ja gerade." Elvira ließ etwas theatralisch die Hände sinken. „Kind, bist du sicher, dass dieser Mann dich glücklich macht?"

„Er-hat-einen-Namen. Er heißt Andreas. Dr. Andreas Freymann. Und in vier Monaten werde ich Frau Luisa Freymann sein. Gewöhn dich also besser daran."

„Ich will dir nicht reinreden, du musst wissen, was du machst. Aber bist du sicher, dass du ihn liebst?"

„Ganz sicher, Mama. Und darf ich jetzt den Kuchen anschneiden? Und würdest du Papa reinholen? Warum machst du dir solche Sorgen?"

„Luisa, er ist so reich. Und so an Geld interessiert. Das passt doch gar nicht zu dir, einer Kunstlehrerin. Ihr habt doch ganz verschiedene Träume und Ansichten."

Luisa goss allen Kaffee ein. „Unsere Träume und Ansichten stimmen wunderbar überein."

„Auch dein Vater macht sich große Sorgen."

„Papa lädt bei jedem Mann, der in meine Nähe kommt, sein Jagdgewehr. Mama, ich bin 33, und ich bin sicher, dass ich Andreas liebe."

Luisa schloss einen Moment die Augen, freute sich schon auf das romantische Dinner heute Abend, das er ihr versprochen hatte. Er schien so wunderbar zuverlässig und berechenbar zu sein. Er litt unter keinem Originalitätszwang, dachte sie. Anders als ihre Eltern, die immer zu überraschenden und spontanen Ideen neigten. Andreas mochte es normal. Gut, etwas mehr als normal. Er liebte es teuer. Sie würden bei „Toni's" speisen, es würde Kerzenlicht und Garnelen geben, sie würde ein kleines Schwarzes tragen und …

„Luisa! Hör mir zu. Wenn du wirklich sicher bist … aber auch nur dann. Vater und ich haben beschlossen, euch keine Steine in den Weg zu legen. Wir werden selbstverständlich auch bei eurer Hochzeit helfen. Und es gibt da ein kleines Geschenk." Die Mutter fischte in die große Tasche ihrer Rüschenschürze: „Dies hier! Es ist ein Cottage in Irland. Es gehört Freunden. Ihr könnt da im Mai Urlaub machen. Zwei, drei Wochen in Carrigaholt, einem Dörfchen an der Westküste."

„Irland?" Sofort wurde Luisa aus ihren Träumereien wach. Sie liebte die grüne Insel, seit sie ein Kind gewesen war und mit ihren Eltern am Ufer des

Lough Arrow gezeltet und in Dingle Hummer gegessen hatte. Sie hatten da den Märchen der alten irischen Männer gelauscht, während es für ihre Eltern Tullamore Dew und für Luisa Red Lemonade gab. Sie hatten die Republik Irland einmal umrundet. Aber Carrigaholt kannte sie noch nicht. „Dieses Dorf? Liegt es an der Shannon-Mündung?"

Luisas Mutter lächelte. „Es ist nur ein kleines Nest. Aber genau das Richtige für vorgezogene Flitterwochen. Und das Cottage ist etwas Besonderes. Aber jetzt sei so gut und lass die Finger vom Kuchen. Ich werde Vater rufen."

Abends saßen sich Andreas und Luisa bei „Toni's" in Wiesbaden gegenüber. Nicht weit von hier hatte Andreas sein Loft, in dem Luisa über Ostern übernachten würde, bevor sie wieder nach Speyer fuhr, um Kunst zu unterrichten. Alltag, dachte sie. Mit Andreas konnte sie dem schulischen Dasein entkommen. Es war manchmal so anstrengend. Die Eltern wussten manchmal mehr als sie selbst, weil sie ganze Referate im Internet recherchierten – oder glaubten das jedenfalls.

Aber jetzt war sie hier, nun fehlte nur Geigenmusik, um die elegante Szenerie filmreif zu machen. Andreas verbreitete Glanz um sich herum. Auch mit der Art, wie er wohnte. Sein Loft war über 200 Quadratmeter groß, mit mehr als drei Meter hohen Decken ausgestattet und ganz in Weiß gehalten. Vom Balkon blickte man auf einen alten Fabrikschornstein aus Backstein. Luisa liebte diesen Balkon und hatte ihn verschwenderisch mit Blumen ausgestattet. An den Wänden des Lofts hing moderne Kunst, echte Kunst. Andreas hatte nicht nur Geld, er verfügte auch über Geschmack, den er sich mühsam angeeignet hatte. Für den Sohn eines Eisendrehers hatte er es weit gebracht! Eine Tatsache, die Luisa tief bewunderte. Sie warf sich selbst manchmal mangelnden Ehrgeiz vor.

Jetzt flackerte der Widerschein der Kerzen über sein markantes Gesicht. Luisa liebte dieses Gesicht, schmal, aufmerksam, wach, neugierig. Seine dunklen Augen glänzten, jedoch nicht unbedingt liebevoll. Er war aufgebracht. „Ein Cottage in Irland? Was soll diese Spinnerei schon wieder? Deine Eltern sind wirklich irrsinnig. Ehrlich, dein Vater ist doch ein hochgebildeter Mann. Wie kann er auf so schwachsinnige Ideen kommen?"

„Ich finde es nicht schwachsinnig. Und beleidige meine Eltern nicht. Sie wollen uns nur eine Freude machen." Luisa legte beschwichtigend ihre Hand über die seine. „Andreas. Ich wünsche es mir. Du weißt, wie oft ich dir von Irland erzählt habe, vom Elfentanzplatz am Lough Arrow und dem Stein der Beredsamkeit in Blarney Castle. Komm mit, tu es mir zuliebe. Du wirst es nicht bereuen. Es wird dir guttun. Andreas, du hast viel gearbeitet in letzter Zeit."

Er war mit einem Immobiliengeschäft in Tschechien beschäftigt, mit Millionenzuschuss der EU, Investoren aus ganz Europa. Manchmal arbeitete er bis tief in die Nacht. Und das, dachte Luisa zufrieden, tut er auch für mich.

Andreas machte eine Bewegung, als wolle er ihr seine Hand entziehen. Aber dann beließ er sie doch unter der ihren. „Also gut", sagte er schließlich. „Ich hoffe, es gibt da WLAN. Und man kann golfen."

„Sehr geehrte Damen und Herren", hörte man die Stewardess. „Wir begrüßen Sie auf dem Aer-Lingus-Flug nach Shannon Airport." Hier war Luisa in ihrer Kindheit einmal auf einem Amerika-Flug zwischengelandet. Andreas hatte ihr erzählt, dass er gar nicht gereist war. „Für Reisen hatten wir kein Geld." Es hatte ihr einen Stich gegeben, und seither hatte sie ihn noch mehr geliebt!

Jetzt löste sich Luisa vom Fenster und schaute zu Andreas im Sessel neben ihr. Sie flogen Business Class, das hatte Andreas ihnen spendiert. Luisa hätte sich einen solchen Luxus nicht geleistet. Aber sie fand es schön, so verwöhnt zu werden. Sie wusste genau, dass all ihre Kolleginnen an der privaten Kunstschule in Speyer sie um Andreas beneideten. Na, also, dachte sie befriedigt – und wischte die Erinnerung an das seltsame Gespräch mit ihrer Mutter beiseite. Ihre Eltern waren in vieler Hinsicht außergewöhnlich. In jedem Fall konnte man nicht von ihnen erwarten, Maßstäbe anzulegen, die andere für „normal" hielten. Sie gehörten zum Bildungsbürgertum, lehnten Geld prinzipiell als unmoralisch ab. Unsinn, dachte Luisa. Geld ist zwar nicht alles, aber es schadet auch nichts, wenn man welches hat. Sie jedenfalls sehnte sich nicht nach Originalität wie ihre Eltern, sondern nach Normalität.

Andreas wandte sich ihr zu. „Sag mal, Schatz? Was verbindet deine Eltern eigentlich mit Irland?“

„Wie meinst du das?“

„Naja, ihr wart früher schon da. Und jetzt diese schräge Idee mit dem Cottage.“

Luisa überlegte. „Schon meine Oma hat Irland geliebt. Sie war da gleich nach dem Zweiten Weltkrieg.“ Luisa lächelte, als sie sich an ihre Großmutter erinnerte. „Sie wollte ein altes Herrenhaus kaufen, um dort eine internationale Schule aufzumachen. Mutter hat es mir oft erzählt. Vollkommen verrückt.“

„Hm“, kam es von Andreas zurück. „Scheint in der Familie zu liegen. Aber“, er gab ihr einen liebevollen Kuss, „solange es nicht ansteckend ist … du scheinst ja ein ganz normaler Mensch zu sein.“ Er rutschte in seinem Sessel etwas hinunter, um es sich gemütlich zu machen. Er war groß, und alles an ihm war lang, dachte Sophia. Lange Arme, lange Beine, längliche Nase, längliches Gesicht. „Hey“, winkte er der Stewardess, als sie kam. „Wir möchten was zu trinken haben.“ Das, fand Luisa, war ein bisschen zu laut und zu aufdringlich. „Zwei Sekt auf unsere vorgezogenen Flitterwochen!“ Als er sie mit einem jungenhaften Grinsen ansah, verzieh sie ihm sein schlechtes Benehmen sofort.

Sie ermahnte sich, ihre innere Lehrerin zu unterdrücken, die manchmal schon dazu neigte, ihre Mitmenschen zu belehren und untersagte sich, ihm zu erklären, warum es falsch war, laut und protzig aufzutreten. Er würde es schon selbst noch merken. Und als er den Sekt zischend geöffnet hatte, prosteten sie sich zu.

„Ein Traumurlaub wird das sicher nicht“, sagte Andreas. „Ich hätte gedacht, deine Eltern hätten genug Kohle, um uns Ferien in einem Golfhotel zu spendieren. Aber“, er stupste nach ihrer Nase, „es stört mich auch nicht. Geld habe ich schließlich selbst genug.“

Sie brausten mit einem offenen Mercedes-Cabrio am Shannon entlang. Von Shannon-Airport bis Carrigaholt war es eine ganze Strecke, und Luisa genoss jede Meile davon.

„Natürlich ist es nicht die Cote“, sagte Andreas. „Trotzdem ganz schön hier. Muss ich zugeben.“

Als sie an einem 5-Sterne-Golfhotel vorbei kamen, sah Luisa aus dem Augenwinkel seinen sehnsüchtigen Blick. Wenn er nicht gerade arbeitete, war Golf – neben Kunst – seine große Leidenschaft. Luisa hatte bisher dafür noch nicht so viel Interesse aufbringen können. „Es ist wunderbar", erwiderte sie und zog ihren Seidenschal enger, mit dem sie ihr Haar vor dem Fahrtwind schützte. Sie trug ihre silberblonden Wellen halblang, was Andreas oft kritisierte. Er wünschte sich eine Freundin mit langem Haar, doch sie hatte sich dem immer widersetzt.

Nach ungefähr einer Stunde erreichten sie Carrigaholt. Es war ein Straßendorf mit idyllischen Häusern. Genau gegenüber dem Pub mit seinen rotgestrichenen Fenstern und dem Guinness-Reklame-Schild über dem Eingang befand sich das Ziel, wie das Navi verkündete. „Rose Cottage".

Für Luisa war es Liebe auf den ersten Blick. Im Vorgarten des „Rosenhauses" gab es eine verschwenderische Fülle aus Rosen und Hortensien, ein blaues Schieferdach glänzte in der Sonne, genau ein weißes Fenster befand sich neben der weißen Haustür. „Oh, Andreas. Mutter hatte Recht, es ist etwas ganz Besonderes."

„Hm." Mit einem Ausdruck aufrichtiger Bestürzung betrachtete er ihr kleines Traumhaus. „In die Sardinenbüchse pass ich gar nicht rein."

Wider Willen musste Luisa lachen. Sie gab ihm einen Kuss auf die kratzige Wange. „Sei ein braver Junge und park den Wagen. Ich schließe schon mal auf."

Luisa tauchte in die Dunkelheit ein. Dann fand sie den Lichtschalter und knipste ihn an. Sie erkannte eine lange, gemütliche Diele, rechts eine kleine Gästetoilette, dann eine Küche mit allem, was man brauchte – und weitem Ausblick über den Fluss Moyarta, der hier in den Shannon mündete. Unten ragte trutzig eine Burgruine in die Höhe, Überreste einer kriegerischen Vergangenheit. Im kleinen, behaglichen Wohnzimmer gab es einen Kamin und einen Korb mit Treibholz zum Anfeuern. Zwei zierliche Chintz-Sofas überblickten ebenfalls die weite Bucht. „Wunderschön", flüsterte Luisa.

„Ich ziehe hier aus, bevor ich eingezogen bin", schimpfte Andreas und rieb sich den Kopf. Doch er grinste. „Habe in der Türöffnung den Kopf nicht weit genug eingezogen. Dies hier ist ja das reinste Puppenhaus, so niedrige Decken sollten verboten werden.“

„Komm!“ Luisa fasste ihn vergnügt an der Hand. „Das wichtigste besichtigen wir gemeinsam. Unser Schlafzimmer.“

Andreas rang sich ein Lächeln ab. „Das liebe ich so an dir, dass du so schnell zur Sache kommst.“

Er war ein guter Liebhaber, in dessen Armen Luisa immer wieder gern die Welt vergaß. Andreas war der erste Mann, dem sie sich im Bett wirklich geöffnet hatte, und sie bedauerte es nicht. Gut, mochte sein, dass irgendein romantischer Funke fehlte. Aber es funktionierte zwischen ihnen verlässlich. Oder doch ein bisschen zu routiniert?

Ach was, sagte sich Luisa nachdem sie sich in seinen Arm gekuschelt hatte und in den strahlend blauen Himmel über dem Moyarta blickte. Wir kennen uns ja auch schon lange. Acht Jahre jetzt. Sie war 25 gewesen, als er sie auf der Geburtstagsparty eines Kunstmalers angesprochen hatte, den sie noch aus ihren Studienzeiten kannte. Die Aufmerksamkeit dieses großen, schmalen, elegant wirkenden Mannes hatte ihr auf den ersten Blick gefallen. Er erinnerte etwas an James Bond, den alten Bond. Sicher, er war laut, er trug eine protzige Uhr, aber er schirmte Luisas Augen ab, als die großen Scheinwerfer eines Kamerateams sie blendeten, das die Party des prominenten Malers filmte. Diese Geste nahm sie für ihn ein. Sie fühlte sich an seiner Seite wohl – und behütet.

Viele Wochen hatten sie sich dann nicht gesehen, bis er eines Sonntags ohne Voranmeldung bei ihnen in Speyer vor der Tür stand, einen Blumenstrauß für Luisa im Arm, Pralinen für ihre Mutter und Zigarren für ihren Vater. Sein silbernes Mercedes-Cabrio hatte vor der Kulisse des malerischen Natursteinhauses und den großen Oleanderbüschen auf dem Kopfsteinpflaster des Innenhofes etwas deplatziert gewirkt. Und Luisas Vater war nicht gerade angetan.

„Was will dieser Yuppie denn von dir?“ hatte er ärgerlich gefragt. Aber Luisa gab sich keinen Illusionen hin. Professor Eduard Schöttler hätte jeden Mann abgelehnt, der in die Nähe seiner einzigen Tochter kam, weshalb sie auch bisher keinen Freund gehabt hatte. Diesmal würde sie sich jedoch nicht alles verderben lassen, nahm sie sich kampfeslustig vor. Während sie

Erdbeerkuchen im gemütlichen Speisezimmer mit seiner niedrigen Balkendecke aßen, verliebte sie sich in das Lächeln von Andreas, in seinen Charme und die Großzügigkeit, mit der er alle Bemerkungen ihres Vaters überging.

Ab da wurden sie nach und nach ein Paar, gingen ein Eis essen oder tranken auch mal ein Pils in der Innenstadt von Kaiserslautern, wo sie Spiele des 1. FC Kaiserslautern besuchten und sich für die „Roten Teufel" fast heiser schrien. Sie waren glücklich. Nur ihre Eltern waren es nicht. Und das machte Luisa zu schaffen.

Und doch war sie in einer Vollmondnacht mitgegangen ins Loft von Andreas, wo sie die erste Liebesnacht ihres Lebens verbrachte, zärtlich, sanft, wild, begehrend, leidenschaftlich. Nein, sie wollte mit Andreas im Grunde keine hochgeistigen Gespräche führen. Es war so, wie ihr Vater seit mittlerweile acht Jahren immer wieder argwöhnisch behauptete: „Es ist eine Bettgeschichte." Aber war das so schlimm? Konnte sie Gespräche nicht bei ihren Freundinnen suchen?

Luisa wusste es selbst nicht so genau.

„Bekommt man in diesem Haus eigentlich was zu essen?" Andreas kam, zufrieden pfeifend, die schmale Stiege vom Schlafzimmer hinunter und zog dabei seinen Kopf ein. Dann lächelte er ärgerlich und sagte: „Wozu will ich denn die beste Köchin Europas heiraten? Erst guter Sex, dann gutes Essen."

Luisa lächelte. Schon seit ihrer Pubertät war sie eine leidenschaftliche Köchin gewesen. Früher auf dem Puppenherd, dann stand sie neben ihrer Mutter in der Küche und liebte es, ihr beim Kochen zuzusehen. Sie kochte kreativ und spontan und war berühmt dafür, dass sie aus ganz wenigen Zutaten wunderbare Menüs auf den Tisch zaubern konnte. Aber jetzt war sie ratlos. Im Kühlschrank befanden sich zwar sechs Eier und ein Liter Milch. Aber das würde bei den Bergen von Essen, die Andreas verschlang, niemals genügen. „Ich glaube, schräg gegenüber im Pub gäbe es was zu essen", schlug sie vor.

„Quark", sagte Andreas. In seiner weißen Hose zum dunkelblauen Clubblazer mit den goldenen Knöpfen sah er zum Anbeißen aus. „Wir fahren in dieses Luxushotel, das wir an der Strecke gesehen haben. Da kann ich mich gleich nach Golfmöglichkeiten erkundigen." Er umfasste Luisa von hinten.

„Dann könnten wir gleich dort übernachten. Ich will raus hier. Diese Hütte ist zu eng für mich."

„Andreas!" Luisa entzog sich seiner Berührung, lächelte dann aber doch. „Unser kleines Schäferstündchen oben war doch sehr – romantisch!"

„Nur die Kulisse könnte ich mir romantischer denken."

„Lass uns in den Pub gehen."

„Und was tun? Dart spielen?"

Luisa seufzte. „Mir scheint, du hast ziemlich viele Klischees im Kopf. Aber ich mach dir einen Vorschlag. Heute Pub, morgen Golfresort. Einverstanden?" Sie stellte sich auf die Zehenspitzen, um ihn auf die Nase zu küssen.

Er seufzte. „Einverstanden."

Eine halbe Stunde später saßen sie an einem Holztisch an der Straße und schauten aneinander vorbei. Luisa blickte immer wieder verträumt auf das hübsche Cottage mit den Rosen und den Hortensien. Schon nach wenigen Stunden fühlte sie sich wie magisch zu dem Häuschen hingezogen, wollte es nicht verlassen, fühlte fast so etwas wie Besitzerstolz. Andreas dagegen hatte mehr Blick für die Autos, die vorüberfuhren – und für die dralle, rothaarige Kellnerin, mit der er ein wenig flirtete, wie Luisa mit einem Stich von Eifersucht bemerkte.

Sie rührte in dem frischen Fischeintopf herum, Seafood Chowder, der wunderbar schmeckte. Und doch hatte sie keinen richtigen Appetit. Die schlechte Stimmung zwischen Andreas und ihr war fast körperlich zu spüren. „Trinken wir ein Guinness", schlug sie vor.

Andreas machte keinen begeisterten Eindruck. „Hab ich noch nie probiert."

Luisa unterdrückte ein genervtes Stöhnen. „Dann wird es höchste Zeit, das nachzuholen." Sie winkte der Kellnerin, die sie ignorierte. Erst als Andreas ihr ein Signal gab, kam sie mit strahlendem Lächeln an ihren Tisch. Männliche Zauberkünste, dachte Luisa mit einem Anflug von Gehässigkeit. Kurz danach standen zwei große Humpen mit dem irischen Bier vor ihnen. Andreas machte keinerlei Anstalten, zu trinken. „Hätte ich dir eine Limonade bestellen sollen?" Luisa wurde langsam wütend. Sie nahm ihr Glas und trank einen kräftigen Zug.

Andreas nippte an seinem Glas, als wäre Rattengift darin – und verzog den Mund. „Zu bitter", motzte er. „Schmeckt mir nicht."

Luisa sagte sich, dass er einfach nur schlechte Stimmung verbreiten wollte. Und ignorierte ihn.

Spät am Abend gingen sie dann aber doch wieder Hand in Hand über die Dorfstraße und Luisa schloss die Tür zum Cottage auf. Kaum betraten sie den Flur, als sie schon wieder vom Zauber des kleinen Hauses umfangen war. Es duftete nach Rosen und Möbelpolitur und schien sie willkommen zu heißen. Sie überlegte, für ein Kaminfeuer im winzigen Wohnzimmer noch Treibholz aufzuschichten, entschied sich dann aber dagegen. Es war ein langer Tag gewesen, und sie war müde. „Wollen wir schlafen gehen?"

Andreas unterdrückte ein Gähnen. „Wollte ich auch gerade vorschlagen. Aber ehrlich, Luisa, mich deprimiert dieses Loch. So klein, so eng, ein scheußliches Haus."

„Und ich finde es gerade schön", sagte sie leise, so leise, dass Andreas sie nicht hörte – oder mindestens so tat, als höre er es nicht.

„Naja", sagte er in einem Tonfall, als würde er mit seinen Kumpels sprechen. „Morgen werden wir eine Lösung finden. Morgen ist ein neuer Tag."

Bevor sie schlafen gingen, stand Luisa noch lange am Fenster und blickte übers schwarze Wasser, in dem sich der Mond, eine dünne Sichel, spiegelte. Die alte Ritterburg an der Flussmündung zeichnete sich dunkel und fast ein bisschen unheimlich davor ab. In jedem Fall hatte das Cottage Atmosphäre, sagte sie sich, schloss den Vorhang und sperrte die Nacht aus.

„Luisa!" Andreas saß mit verschränkten Armen im Bett. „Ist dir klar, dass es hier keinen Fernseher gibt?"

Einen Augenblick war sie sprachlos. „Musst du überall übers Weltgeschehen informiert sein?"

„Meine Aktien! Und auf dem Handy bekomme ich kein Netz rein."

„Du wirst ein paar Tage ohne Aktienkurse leben können." Luisa fiel selber auf, dass ihr Ton schärfer war, als sie eigentlich beabsichtigt hatte. Dies hier sollten doch ihre Flitterwochen werden.

„Morgen schau ich mich um", grummelte Andreas, zog sich die Bettdecke übers Kinn und dreht sich demonstrativ um.

„Kindskopf", dachte Luisa. „Er kennt nur zwei Dinge. Sich und sein Geld."

Morgens erwachte sie mit einem wunderbaren Gefühl, herrlich erholt und ausgeschlafen. Während Andreas noch schnarchte, stand sie auf, schlich die knarrende Stiege hinunter und zog sich im kühlen Wohnzimmer ein paar Jeans, ein Poloshirt und einen leichten Blazer über. Blassblau schimmerte der Moyarta-River jenseits im Tal. Sie würde jetzt auf Entdeckungstour gehen und das Dörfchen Carrigaholt erkunden. Vielleicht gab es ja einen kleinen Laden hier, in dem sie die Zutaten für ein gutes irisches Frühstück kaufen könnte …

Und tatsächlich fand sie ein Geschäft. Die Frau hinter der Theke hatte Pausbacken, die rosig glänzten, sie sah appetitlich aus, fand Luisa, genau wie das Sortiment, das sie anbot. Luisa kaufte Toast und Frühstücksspeck und Würstchen und eine „Irish Times" für Andreas, wechselte ein paar freundliche Worte mit Mrs. Arrowsmith, wie sich die Dame nannte, und beeilte sich dann, zurück zum Rose Cottage zu kommen.

Sie briet Speck und Würstchen, schlug Eier auf, kochte Tee – und rief schließlich Andreas. Murrend und sichtlich übernächtigt kam er die Stiege hinunter, wobei er mit dem Kopf gegen den Deckenbalken stieß. Seine Flüche waren so deftig, dass Luisa ein Lächeln unterdrückte.

„Aber hier riecht es gut." Er lächelte, und immer, wenn er lächelte, verzieh ihm Luisa fast alles.

Sie stellte sich auf die Zehenspitzen, um ihm einen Kuss auf die Wange zu geben. „Erster Gang."

Er zog sie an sich. „Da muss sich der zweite Gang aber anstrengen, um mitzuhalten."

Sie hatte in der Küche den Frühstückstisch gedeckt, Morgenlicht strömte herein, das Cottage zeigte sich von seiner besten Seite, so, als hätte es eine Seele, als wolle es Andreas mit sich versöhnen.

„Eine Zeitung! Mein Schatz!" Ohne auf sein appetitlich angerichtetes Frühstück zu achten, stürzte sich Andreas auf die „Irish Times" und suchte nach den Wirtschaftsseiten, wie Luisa nicht ohne ein inneres Seufzen bemerkte. Er war unverbesserlich. Geld würde immer sein Antrieb sein.

Später öffnete Luisa die Flügeltüren zum Garten. Auf dem leicht abschüssigen Gelände gab es einen kleinen Rasen und wieder Rosen, Rosen, Rosen. Ihre Mutter hatte ihr gesagt, dass eine Frau aus dem Dorf auf das Cottage achtgab, Mrs. Tuck, die dreimal in der Woche kommen würde. Sicher war es auch sie gewesen, dachte Luisa, die den Kühlschrank mit ein paar Grundnahrungsmitteln versehen hatte. Luisa schirmte die Augen ab und blickte über den River Moyarta und seine Mündung. Das Wasser glitzerte in der Morgensonne, und auch die trutzige alte Burg machte keinen so bedrohlichen Eindruck mehr wie in der Nacht, im Widerschein des Silbermonds.

Unter einem knorrigen Apfelbaum entdeckte Luisa einen Eisentisch mit Marmorplatte und drei passende Stühle dazu. Sie war entzückt! Später würde sie einen Auflauf mit frischem Fisch zubereiten, und dann würde sie den Tisch im Garten decken, und Andreas und sie würden im Garten beim Duft der Rosen essen und die Aussicht genießen. Sie eilte ins Haus, um Wasser und Lappen zu holen und Tisch und Stühle abzuschrubben.

Doch in der Küche traf sie auf Andreas, der die „Irish Times“ überall um sich herum verbreitet hatte und verärgert in sein Handy tippte. „Kein Empfang“, bemerkte er überflüssigerweise. „Luisa, es wird Zeit, dass wir dieses Experiment hier abbrechen. Ich habe genug.“

„Andreas!“ Jetzt wurde Luisa wütend. „Wir haben hier noch nicht einmal einen Tag verbracht, und du willst schon abreisen?“

„Ich brauche Internetzugang. Für meine Geschäfte.“

„Dies hier sind unsere vorgezogenen Flitterwochen! Hast du schon mal was von Abschalten gehört?“

Er zuckte mit den Achseln. „Egal, wir müssen los.“

Jetzt war Luisa regelrecht entgeistert. „Was hast du getan? Einen Rückflug nach Deutschland gebucht?“

Er grinste so ertappt wie ein Schuljunge. „Für was für ein Monster hältst du mich eigentlich? Nein, ich habe keinen Rückflug gebucht, sondern etwas viel besseres.“

Luisa wartete ab.

„Einen romantischen Lunch in der schicken Golfer-Herberge, an der wir auf dem Hinweg vorbei gedüst sind.“

„Schau mal, Andreas, ich wollte mit dir zum Hafen runterlaufen und etwas frischen Fisch von den Fischern kaufen und uns einen Auflauf machen. Und den Tisch draußen decken."

Er schüttelte missmutig den Kopf. „Es ist noch viel zu kalt, um draußen zu essen. Und außerdem habe ich von den ewigen Diskussionen genug. Ich will mir das Hotel anschauen und uns Zimmer zeigen lassen. Zumindest kann ich da vielleicht ein paar Runden Golf spielen." Anscheinend fiel ihm selbst auf, wie egoistisch das klang, denn er fügte hinzu: „In der Zeit kann die beste Köchin aller Zeiten ja ihrem Hobby nachgehen und uns einen schönen Auflauf machen." Er stand auf und legte Luisa die großen Hände auf die Schultern. „Du weißt ja, wie gern ich dein Essen mag."

Das Luxushotel, Northwell House, stand in einer Senke. Der Kies knirschte unter den Rädern des Cabrios, als sie durch ein Wäldchen fuhren, bevor der Blick auf das altehrwürdige Herrenhaus bei Limerick sich öffnete. Luisa starrte es an. Es war honiggelb, hatte viele Erker und schien uralt zu sein. Überall gab es üppig blühende Staudenrabatten und weite grüne Rasenflächen, die in den Golfplatz übergingen, der das alte Haus umgab. Wassersprinkler benetzten das smaragdfarbene Gras. Luisa entfuhr ein Laut des Staunens, das Haus war so schön, dass es etwas in ihr berührte, irgendeine Sehnsucht. „Ist das schön!"

Andreas, der schwungvoll auf den kiesbestreuten Vorplatz einbog, lächelte schmal. „Man sollte nie zu viele Vorurteile haben."

Merkwürdig, dachte Luisa, obwohl sie alles zu Schicke nicht allzu gern mochte, fühlte sie sich in Northwell House, als wäre sie angekommen. Sie wartete, bis der Page ihr die Autotür öffnen würde und bewunderte die kunstvolle Fassade, an der sich Rosen emporrankten. Sie fühlte sich ähnlich wie im Rose Cottage, so, als wäre sie heimgekommen – und das, obwohl Luxus so gar nicht ihre Sache war.

Das feine Speiselokal befand sich in einem Wintergarten, der freien Ausblick über die sanft abfallenden Rasenterrassen und einen kleinen See bot. In der Landschaft sah man Trauben von Menschen, Golfer, die zwischen den Hügeln umherzogen. Funkelnde Kristallleuchter hingen von der

Decke. Luisa gefiel es – und doch blieb der Luxus, mit dem Andreas sich gern umgab ihr immer fremd.

Sie beobachtete ihn. Während sie eine große Salatplatte aß, hatte er sich das Mittagsmenü bestellt. Gerade machte er sich über Austern her, die aus einer Zucht in Carrigaholt stammten, wie der Ober bereitwillig erklärte. Andreas hatte die Möglichkeiten, sich guten Service zu kaufen.

Jetzt saß er ihr gegenüber, die Hände triefend von der Austernflüssigkeit, und schlürfte die lebenden, glibberigen Meeresfrüchte genüsslich aus. Luisa zwang sich, den Blick abzuwenden. Sie wollte nicht anfangen, Andreas zu studieren wie ein fremdartiges Insekt. „Ob man einen Spritzer Zitrone und etwas Pfeffer dazu gibt, ist Geschmackssache", betonte Andreas gerade. „Schon der alte Casanova hat bis zu 50 Austern am Tag genossen. Sie sollen angeblich", Andreas lächelte mit vollem Mund, „die Manneskraft stärken."

Luisa unterdrückte ein Seufzen. Andreas ging ihr auf die Nerven, und sie wusste nicht, weshalb.

Später saß sie allein auf der Hotelterrasse in der Maisonne, trank einen Kaffee, der in einem silbernen Kännchen serviert wurde, und blickte über den kleinen See, auf dem die Wellen sich kräuselten. Ja, Luxus war ihr fremd, doch an diesem Ort war sie dennoch einigermaßen glücklich. Harmonisch passte sich das alte Herrenhaus in die Landschaft ein. Wer mochte hier gelebt haben?

Luisa war in ihren Gedanken so versunken, dass sie zunächst gar nicht hörte, wir ihr Handy summte. Dann ging sie dran. „Luisa, meine Kleine", sprudelte ihre Mutter temperamentvoll wie immer ins Telefon. „Wie geht es dir? Alles in Ordnung in good, old Ireland?"

„Oh, Mama, Rose Cottage ist wunderschön."

„Sitzt ihr im Garten? Er ist herrlich, nicht wahr? Gerade jetzt, wo die Rosen blühen."

Luise fragte verwundert: „Du kennst es?"

Eine kurze Pause entstand am Telefon, dann antwortete ihre Mutter: „Ich bin schon ab und zu mit deinem Vater dort gewesen. Früher mal."

Ihre Eltern hatten immer ihre kleinen Geheimnisse gehabt, dachte Luisa, und vielleicht ließ genau das ihre Ehe so glücklich werden. Kaum je hatte Luisa zu Hause ein lautes Wort gehört. Sie war in dem Speyerer Natursteinhaus glücklich aufgewachsen, hatte viele Freundinnen gehabt und manche Verehrer, die Professor Schöttler mit seiner feinen Ironie jeweils verscheucht hatte. Jetzt fragte sie sich, warum ihre Mutter anrief: „Alles in Ordnung in Speyer?"

„Bei uns passiert nichts. Aber ich frage mich, wie es dir ergeht, Luisa?"

„Wir sind gerade in so einem Nobelschuppen, wie er Andreas gefällt", erwiderte Luisa. „Northwell House. Er ist Golf spielen. Aber ich muss sagen, hier gefällt es mir auch."

Wieder so eine Pause. „Northwell House? So? Das kenne ich auch. Vor vielen, vielen Jahren war es der Sommersitz eines Lord Northwell aus dem County Limerick. Aber das ist Vergangenheit. Ja, heute ist es ein Hotel. Sag, mein Schatz, ihr wohnt doch noch im Rose Cottage?"

Es war, als hätte ihre Mutter einen siebten Sinn für Luisas Schlachten mit Andreas. „Natürlich würde er am liebsten hierher umziehen", meinte Luisa. „Aber heute Abend fahren wir zurück. Morgen früh will ich Fisch kaufen, dann backe ich einen Auflauf, und wir essen im Garten."

Was Luisa ihrer Mutter nicht erzählte: Ihr kam es mittlerweile so vor, als dehne sich mit Andreas die Zeit. Noch keine zwei Tage waren sie in Irland, da langweilten sie sich schon miteinander, und Luisa überlegte, wie sie die nächsten fünf Tage verbringen würden.

Noch ein paar gute Wünsche, noch ein paar Ermahnungen, dann legten sie auf. Luisa blinzelte in die Maisonne über Northwell House. Merkwürdig, dass sie sich hier so zu Hause fühlte. Vielleicht, dachte sie, weil sie sich an ihr Elternhaus in Speyer erinnert fühlte, das genau so freundlich und honiggelb in der Sonne glänzte.

Später am Abend saßen sie am Kamin im Rose Cottage. Andreas hatte aus dem Treibholz, das in einem Korb gestapelt war, ein kleines Feuer entfacht und war nun vertieft in die „Neue Zürcher Zeitung", die er sich aus Northwell House mitgebracht hatte. Luisa starrte in die Flammen und träumte vor sich hin. Bisher hatte sie nicht gewusst, dass Andreas so viel Zeit mit Aktienkursen und Wirtschaftsmeldungen verbrachte. „Ich werde uns einen Tee machen", erklärte sie. Von ihm kam keine Antwort. Nur die Zeitung raschelte.

Sie wirtschaftete in der winzigen Küche herum und sah den Silbermond, der abermals über dem River Moyarta glänzte. Es war, als gehörte das Mondlicht zu diesem Ort, als wolle Rose Cottage gern in seinem Glanze stehen. Mit einer Teekanne und zwei Teegläsern kehrte sie in die Puppenstube zurück, die Andreas als „Loch“ bezeichnete. „Es ist serviert“, sagte sie.

Keine Antwort. Stumm schenkte sie erst ihm, dann sich selbst einen Tee ein, machte es sich wieder auf dem Chintz-Sofa gemütlich und nippte an ihrem Tee. Morgen früh würde sie gleich wieder zu Mrs. Arrowsmith in den kleinen Tante-Emma-Laden gehen, Mehl und Butter kaufen. Und dann zum Hafen, frischen Fisch. Sie freute sich schon darauf. Und dann würde sie vielleicht herausfinden, ob man hier irgendwo Fahrräder leihen konnte, sie hatte Lust, in Bewegung zu kommen. Luisa fand, dass die frische, irische Seeluft ihr gut tat, sie hatte weiche, rosige Haut, was ihr gefiel.

Endlich legte Andreas die Zeitung beiseite. „Wir könnten dies hier sein lassen“, sagte er.

Luisa war erstaunt: „Was meinst du?“

„Nun, ich werde morgen sowieso wieder nach Northwell House fahren, um zu golfen. Habe mich da einer sehr netten Gruppe amerikanisch-irischer Geschäftsleute angeschlossen. Dann könnten wir ein Zimmer dort nehmen.“

Luisa fragte nur matt: „Wie kommst du auf diese Idee?“

„Ich brauche mehr Raum um mich“, erklärte er. „Hier ist es so eng. Und ich möchte abends einen Whisky trinken.“

„Den können wir besorgen. Das kannst du auch hier.“

Sein Gesicht nahm einen schuldbewussten Ausdruck an. „Das verstehst du nicht. Ich meine, einen Whisky unter Männern.“

„Jetzt habe ich aber genug.“ Luisa stellte ihr Teeglas ab, dass es klirrte. „Wenn dir meine Gesellschaft nicht genügt, fahr doch in dein bescheuertes Hotel.“ Sie war den Tränen nahe. „Aber mach es gleich! Warte bloß nicht ab!“

Jetzt war Andreas ehrlich betroffen. Er hatte nicht einmal gemerkt, wie er sie gekränkt hatte, dachte Luisa. Er stand auf, mit etwas hilflos baumelnden, langen Armen. Er zog sie an sich, wuschelte ihr über den Kopf. „Liebling, sei nicht so empfindlich. Komm, meine Kleine, ich liebe dich doch.“

Schimmernd floss das Mondlicht über Luisas Körper. Sie lag erschöpft neben Andreas. Sie hatten sich geliebt. Er zeichnete mit den Händen die Konturen ihres Körpers nach. „Ich muss dich etwas fragen, Liebste", sagte er.

Luisa wartete ab. Was würde jetzt kommen?

„Ich weiß gar nicht, wie ich anfangen soll", sagte er zärtlich. „Du bist wunderschön. Aber später – ich meine, wenn das vielleicht nicht mehr ganz so ist?"

Luisa hielt den Atem an. Worauf wollte er hinaus?

„Ich meine, würdest du dich auch operieren lassen? Augenlider und Gesicht straffen und so?"

Für einen kurzen Moment meinte Luisa, sich verhört zu haben. Das konnte er unmöglich ernst meinen! Sie fing an zu lachen.

„Im Ernst Luisa", fuhr er mit leicht beleidigtem Unterton fort. „In meinen Kreisen sind fast alle Frauen operiert. Die finden es ganz normal, einen operierten Busen zu haben."

Jetzt reichte es aber! Luisa schob seine Hand von ihrer Hüfte und setzte sich im Bett auf. „Du bist wohl nicht ganz normal!", fuhr sie ihn an.

„So schlimm ist es doch auch wieder nicht", ruderte er zurück. „Ich meine, natürlich kann man auch ein bisschen – asozial aussehen. Ich meine: natürlich aussehen."

„Oh, Andreas, hör auf." Luisa hatte keine Lust, das Gespräch nur eine Minute länger fortzusetzen.

„Ich würde mich auch operieren lassen", sagte er fast etwas verzweifelt. Denn er hatte keine Zuhörerin mehr. Luisa hatte sich das Kissen über den Kopf gezogen und konzentrierte sich darauf, nicht einfach loszuheulen. Warum ging hier in Irland plötzlich alles so entsetzlich schief?

„Ich gebe dir vier Tage mit Andreas", hatte ihr Vater immer gesagt. „Höchstens. Dann bist du bei uns in Speyer zurück." Luisa hatte immer geglaubt, das sei Professor Eduard Schöttlers Eifersucht. Aber nun begann die Frage an ihr zu nagen, ob er nicht Recht hatte? Und dann? Sie wollten bald heiraten! Und sie war dreiunddreißig, hatte nicht mehr alle Ewigkeit Zeit für Kinder. Was sollte mit ihr werden, falls ihr Vater Recht behielt?

Am nächsten Morgen machte Luisa Großeinkauf im Tante-Emma-Laden von Mrs. Arrowsmith. Mehl, Butter, Zucker und Erdbeeren für einen leckeren Kuchen, dann Eier, Creme fraiche und Petersilie für einen Fischauflauf, schließlich Toast und Würstchen aus Annascaul sowie die „Irish Times“ für Andreas.

„Haben Sie sich schon eingelebt?“ fragte Mrs. Arrowsmith.

„Oh, es ist wundervoll. Könnte schöner nicht sein“, schwindelte Luisa, die von der letzten Nacht einen schlechten Nachgeschmack im Mund hatte. „Ich werde gleich zum Hafen hinunter gehen, frischen Fisch kaufen gehen.“

„Nehmen Sie den besten“, riet Mrs. Arrowsmith und winkte ihr hinterher, als sie ging. Die frische Seeluft machte Luisa sofort bessere Laune. Mit ihrem vollen Korb schritt sie energisch zurück zum Rose Cottage. Sie würde sich von Andreas' Marotten nicht einschüchtern lassen! Jeder hatte kleine Meisen, sie selber auch. Sie würde ihn heiraten, und sie würden glücklich werden.

Er schlief noch, und so stellte sie den Korb auf den Küchentisch, räumte ihn aus und füllte den Kühlschrank. Dann zog sie leise die Haustür hinter sich zu und ging Richtung Hafen, Richtung Carrigaholt Castle. Sie war gespannt darauf, wie es am Morgen aussehen würde.

Luisa stemmte sich gegen den Wind, der von Westen kam. Irgendwo fern, weit hinter Loop Head, war als nächstes Land Amerika. Sie lächelte und schritt noch schneller aus. An der Mole dümpelte ein weißes Boot, und sie hoffte, dass es frischen Fisch an Bord haben würde, vielleicht Petersfisch, auf Englisch „John Dory“, wie sie wusste. „Pride of the Seas“, stand an dem strahlenden Schiff, das ihr auf den ersten Blick gefiel.

Ein Mann war an Bord damit beschäftigt, den Boden zu schrubben. Er trug einen dunkelblauen Wollpullover, der Wind zauste sein blondes, welliges Haar, und ihr gefiel, dass er zu feinen Gesichtszügen eine scharf geschnittene Nase hatte. „Hi, there“, rief sie gegen den Wind, musste es aber ein paarmal wiederholen, bis er sie endlich hörte. Etwas mürrisch blickte er zu ihr.

„Was gibt's?“ fragte er barsch, aber mit einer angenehmen, melodischen Stimme.

„Ich möchte Fisch kaufen.“

„Da sind sie an der falschen Adresse“, blaffte er.

„Oh, ich dachte, hier liegen Fischerboote …“

„Da müssen Sie zur Fischereigenossenschaft gehen." Er zeigte zum Ende der Mole, dahin, wo Carrigaholt Castle sich heute Morgen fast idyllisch vom frischen Morgenhimmel abhob.

Luisa war neugierig. „Was machen Sie denn dann auf dem Meer, wenn Sie gar nicht fischen."

Er stemmte die Hände in die Hüften: „Ist das ein Interview? Soll ich eine Pressekonferenz geben?"

Luisa musste sich ein Lachen verkneifen. Immerhin war er schlagfertig. Inzwischen war er ein paar Schritte näher gekommen, und sie sah, dass er leuchtend blaue Augen hatte. Mit denen funkelte er sie an. Sie meinte, eine Spur von Belustigung zu erkennen.

„Wenn Sie wirklich wissen wollen, was ich mache", er zeigte auf ein Schild. „Dann lesen Sie doch mal das da."

Luisa folgte seinem Blick. „Dolphin Watch", war da zu lesen und auch, dass er Touren zu Delphinen in der Shannon-Mündung anbot.

„Oh, wie wunderbar", fuhr es ihr heraus. „Ich habe noch nie einen Delphin in freier Natur gesehen."

Jetzt war er es, der breit lächelte. „Dann wird es aber Zeit. Ich fahre jeden Tag um 10 Uhr ab. Aber ziehen Sie feste Schuhe an und kommen Sie rechtzeitig. Jetzt im Sommer kommen viele Touristen."

Voller Begeisterung und Neugier versprach Luisa dem Fischer, der keiner war, dass sie wiederkommen würde. Noch nie im Leben hatte sie einen Delphin gesehen! Flipper! Sie hatte nicht einmal gewusst, dass es die Meeressäuger mit ihrer fröhlichen Ausstrahlung in der Shannon-Mündung gab. Sie wusste nur, dass sie autistischen Kindern helfen konnten, mit ihrer Umwelt in Verbindung zu treten. Darüber hatte sie mal einen Fernsehbeitrag gesehen.

Jetzt stemmte sie sich weiter gegen den Sturm und ging zur Fischereigenossenschaft, wo sie vom Angebot fast erschlagen wurde. Sie kaufte Petersfisch. Mit ihrer Beute ging sie, diesmal vom Rückenwind getragen, zum Rose Cottage zurück. Sofort wollte sie Andreas von den Delphinen erzählen!

Aber obwohl es mittlerweile halb zehn Uhr morgens war, schlief er noch. Luisa schlich ins Schlafzimmer und beobachtete ihn. Seine schwarzen

Haare, die sonst immer so akkurat gescheitelt waren, hingen wirr über dem Kopfkissen, und einer seiner langen Arme baumelte aus dem Bett.

Er musste ihre Anwesenheit und ihren Blick bemerkt haben, denn ohne, dass sie etwas sagte, wachte er auf. „Hey“, grinste er. „Komm doch noch mal ins Bett.“

Auch Luisa musste unwillkürlich grinsen. Er machte es einem schwer, wirklich böse auf ihn zu sein. „Das geht jetzt nicht“, sagte sie aufgeregt. „Stell dir vor, es gibt ein Ausflugsboot, das zu wilden Delphinen in der Shannon-Mündung fährt!“

„Delphine? Ausflugsboot?“ Andreas rieb sich müde die Augen. „Nicht jetzt!“

Luisa baute sich über ihm auf. „Delphine! Hast du die schon mal in freier Natur gesehen?“

Er schnaubte nur: „Auf das Vergnügen kann ich verzichten.“

„Danke“, sagte Luisa. „Aber ich habe für uns beide gebucht. Morgen früh um 10 Uhr gehen wir an der Mole von Carrigaholt auf Ausflugstour.“

Nach dem Frühstück – was vor allem im Lesen des Aktienteils der „Irish Times“ bestand – warf sich Andreas in seine Golfmontur. Am Hauseingang blieb er noch einmal stehen: „Du bist sicher, dass du nicht mitkommen willst?“

Luisa, die wusste, dass er lieber mit seinen neuen Freunden golfte, lächelte. „Nein, fahr nur. Ich werde mich um unser Abendessen kümmern. Aber komm nicht zu spät. Punkt fünf Uhr wird aufgetischt. Wir essen im Garten.“

Andreas nickte, als wolle er sich das nicht zweimal sagen lassen. Mit ein paar langen Schritten war er bei seinem Mercedes und surrend öffnete er das Cabrio-Verdeck. Dann quietschten die Reifen auf dem Kies, er winkte noch einmal – und verschwand in Richtung Northwell House.

Luisa war selbst überrascht, dass sie sich auf einen Tag ohne ihn wirklich freute. Ein Tag ganz allein in der Küche war vollkommen nach ihrem Geschmack.

Bald sah es aus wie in einer Backstube. Sie pürierte Fisch, füllte ihn schichtweise mit Creme Fraiche auf, sie schnippelte Petersilie, verquirlte Eier, putzte Erdbeeren, knetete Teig, schob Formen und Backbleche in den Ofen und wieder hinaus – und war um halb fünf Uhr mit allem fertig. Sie ging in den Garten, blickte über den Fluss Moyarta und wischte dann den Tisch sauber, bevor sie ihn mit einem rot-karierten Tischtuch bedeckte, das sie in einem der Küchenschränke gefunden hatte. Es gab sogar passende rote Servietten. Sie setzte Tee auf, trug Geschirr in den Garten, und um 5 Uhr war alles angerichtet. Frischer Fischauflauf fertig, kleine Blätterteighappen als Zwischengericht lockten von einem großen Teller, und zum Nachtisch würde es Erdbeerkuchen auf selbstgebackenem Teig mit Sahne geben. Um viertel nach fünf wurde sie ungeduldig, um halb sechs missmutig. Sie wählte die Handynummer von Andreas, doch er ging nicht dran. Um sechs Uhr räumte sie den Auflauf in den Kühlschrank zurück, um halb sieben aß sie im Stehen in der Küche ein Stück Erdbeerkuchen. Wütend, wie sie war, zog sie sich um acht Uhr aus und legte sich ins Bett, sie befahl sich, nicht zu weinen.

Als er endlich die Stiegen herauf gepoltert kam, war es kurz vor Mitternacht. Er roch nach Whisky. „Du bist also auch noch Auto gefahren!", stellte sie voller Empörung fest. Das war das Allerschlimmste! So etwas ging gar nicht! „Du hättest einen Unfall bauen können."

Er zeigte keine Spur von Reue. „Du willst einem Mann wohl alles verderben. Luisa", sagte er mit etwas schwerer Zunge. „Du bist eine Spaßbremse."

Sie konnte nicht anders, sie warf ein Kissen nach ihm. Für einen Augenblick war er erschreckt, dann nahm er es und schlug es ihr auf den Kopf. Das tat nicht wirklich weh, war aber doch grob. „Andreas, wenn es so weitergeht, heiraten wir besser nicht", sagte Luisa in einem plötzlichen Impuls. „Ich glaube, wir lieben uns nicht."

Er gähnte nur. „Lass uns das morgen ausdiskutieren." Damit warf er sich angezogen aufs Bett, drehte sich um und fing an zu schnarchen. Luisa nahm leise ihre Bettdecke und schlich sich ins Wohnzimmer. Sie verspürte nicht die allergeringste Lust, neben ihm einzuschlafen.

Am nächsten Morgen war der Himmel zartblau, der Sonnenaufgang pastellfarben, rosig. Luisa nahm ihren Einkaufskorb, um gleich in der Frühe zum Tante-Emma-Laden von Mrs. Arrowsmith zu spazieren. Es kam ihr so vor, als kenne sie das Dorf Carrigaholt schon seit Jahrzehnten, das Pub, die Cottages, die sich an die Dorfstraße reihten, und eben der kleine Kaufmannsladen.

Mrs. Arrowsmith begrüßte sie überschwänglich, hatte sie schon als neue Stammkundin erkannt. „So früh heute Morgen, junge Frau?"

Luisa lächelte. „Ja, wir wollen zu den Delphinen fahren."

„Mit Patrick?"

„Ich weiß nicht, wie er heißt. Der Fischer, der keiner ist", hörte Luisa sich sagen. „Sein Boot heißt ‚Pride of the Seas'."

„Genau. Das ist Patrick Comley. Unser Original. Wissen Sie, er spinnt ein bisschen. Ist total vernarrt in diese Delphine. Aber er findet sie bei jeder Tour. Deshalb kommen viele Touristen, und das kann uns in diesem verschlafenen Nest hier doch nur gerade Recht sein."

„Sehr freundlich ist er gerade nicht", gestand Luisa, die an seinen barschen Ton dachte, mit dem er sie abgefertigt hatte.

„Er kann auch freundlich", schmunzelte Mrs. Arrowsmith, sodass sich sympathische Grübchen in ihren pummeligen Wangen zeigten. „Wenn er mit Delphinen spricht …"

Luisa lachte. „Er wirkt irgendwie – geheimnisvoll."

Aus dem Gesicht von Mrs. Arrowsmith schwanden die Grübchen. „Um die Angelegenheiten fremder Leute kümmert man sich besser nicht." Es war klar, dass das Thema Patrick damit abgehandelt war. Das aber machte Luisa nur noch neugieriger. Sie würde das Geheimnis dieses kauzigen Mannes ergründen. Aber zuvor kaufte sie wie üblich die „Irish Times", Eier, Butter, Toast und Speck. Sie würde Andreas mit köstlichen Essensdüften wecken, denn sie mussten ja schon um halb zehn los, wenn sie rechtzeitig unten am Hafen sein wollten.

Luisa war von der Geschichte mit den Delphinen nicht völlig überzeugt. Aber sie vertraute Irland, wo sie als Kind schon so viele kleine Wunder erlebt hatte. Vielleicht würde sie ja wirklich den ersten Delphin ihres Lebens in freier Wildbahn sehen!

Als sie im Rose Cottage ankam, war von Andreas noch nichts zu sehen. Sie ging nach oben. Wirr fielen seine dunklen Haare übers Bettzeug, sie betrachtete ihn. Mit einem kühlen Blick. Es hatte sie abgestoßen, dass er angetrunken Auto gefahren war. Das erste an ihm, was ihr wirklich überhaupt nicht gefiel. Noch während sie es dachte, erschrak sie über den Gedanken: Würde noch mehr kommen? So, als hätte er ihre Anwesenheit bemerkt, gab er ein stöhnendes Geräusch von sich.

Luisa trat zum Fenster, schob die Vorhänge beiseite. Sonnenlicht flutete herein. Maisonne, dachte sie. Die schönste Sonne. Aber Andreas hielt sich die Hand vor die Augen und meckerte sie an: „Du spinnst wohl! Mach sofort wieder zu und lass mich schlafen."

Sie tat so, als hätte sie nichts gehört und kippte das Fenster, damit frische Morgenluft in die stickige Schlafkammer hineinströmen würde. „Dein Problem, wenn du mehr trinkst als du vertragen kannst", sagte sie kalt. „Ich habe dich schlafen lassen, solange es geht. Jetzt ist neun Uhr. Das Frühstück steht bereit. Um zehn müssen wir am Schiff sein."

Er starrte sie an, als würde sie plötzlich chinesisch sprechen. „Welches Schiff?"

„Andreas!" Luisa fühlte sich, als hätte sie es mit einem Schuljungen zu tun. Andreas weigerte sich wirklich, erwachsen zu werden. „Du weißt es ganz genau. Ich habe es dir gestern erzählt. Wir fahren in die Shannon-Mündung." Sie spürte, wie ihr Herz höherschlug. „Zu den Delphinen."

„Ich will nicht mit", sagte er in nörgelndem Tonfall.

Sie ging zum Bett, warf ein Kissen nach ihm. „Los! Aufstehen! Keine Widerrede!"

Er schaute sie an, und plötzlich mussten sie beide lachen. „Wir werden uns ja nicht schon vor der Hochzeit verkrachen", prustete Andreas.

Doch obwohl sie ebenfalls schmunzelte, hätte Luisa nicht sagen können, warum dieser Satz ihr einen fiesen kleinen Stich versetzte. Irgendwas lief schief, dachte sie, seit sie in Frankfurt gen Irland aufgebrochen waren. Irgendwas, das sie selbst nicht so genau benennen konnte.

Sie sah zu, wie Andreas aufstand, sich einen Bademantel überzog und im winzigen Duschbad verschwand. Dann ging sie runter in die Küche, um Eier, Speck und Würstchen für ihn anzurichten. Alles ist im grünen Bereich, sagte sie sich. Ich muss nur fest genug daran glauben.

Sie hasteten die Straße zum Hafen hinunter. Die „Pride oft he Seas" schaukelte an der Mole, das Wasser war heute Morgen unruhig.

„Oh je, mir wird schon vom Hinschauen schlecht", stöhnte Andreas, der eine Piloten-Sonnenbrille trug, mit der er unverschämt attraktiv aussah. Er griff nach Luisas Hand. Ganz recht war es ihr nicht, denn sie war immer noch wütend auf ihn, aber dann ließ sie zu, dass seine Finger die ihren umschlossen. Sie waren etwas kühl.

An der Mole stand ein großer Reisebus mit deutschen Touristen, viele Kinder dabei. Für die würde es ein großer Spaß werden, sagte sich Luisa. Und fügte in Gedanken hinzu: Aber für mich auch. Sie mussten über einen Holzsteg an Bord gehen. Patrick Comley, wie er sich vorstellte, erwartete sie an Bord und begrüßte alle per Handschlag. Er sah heute Morgen leicht unrasiert aus, wie man sich einen Seebären vorstellte. Luisa fand es anziehend und hielt die Hand von Andreas fester.

„Wo schaukelt es am wenigsten?" fragte er Luisa.

„Keine Ahnung, überall vermutlich. Warum musstest du auch so viel trinken?"

Andreas lächelte. „Das klingt, als wären wir seit gefühlt 100 Jahren verheiratet."

Luisa wollte erst protestieren, aber dann lächelte sie auch. Es war so verdammt schwer, Andreas etwas übel zu nehmen!

Patrick Comley gab seinen Leuten Kommando, das Schiff loszubinden und ging mit energischen Schritten zum Kommandostand. Er machte den Eindruck eines Mannes, der seinen Beruf liebte. Kurz darauf knatterte der Motor, und sie tuckerten los.

Andreas und Luisa stellten sich an die Reling, Andreas legte einen Arm um sie. „Bin mal gespannt, ob wir die Viecher sehen. Glaube ja nicht daran. Ich halte das für einen großen Schwindel."

„Meine Damen und Herren, ich bitte um Ihre Aufmerksamkeit", dröhnte es aus dem Lautsprecher. „Wir gehen heute auf Pirsch nach den Delphinen von Carrigaholt. Sie sind nicht so berühmt wie Fungie, der Delphin von Dingle, dem man sogar eine Statue errichtet hat. Aber dafür viel zahlreicher. Sie werden sehen, dass sie ganz nahe ans Schiff kommen, mit uns schwimmen und auch springen. Aber ich muss Sie um Geduld bitten. Bis es so weit ist, können mehrere Stunden vergehen."

„Na bitte", motzte Andreas. „Meine Golfpartie kann ich für heute knicken."

„Golf ist auch nicht alles im Leben", sagte Luisa sanft. „Ich habe noch nie Delphine in freier Wildbahn gesehen. Du vielleicht?"

Andreas schaute mit seiner Piloten-Sonnenbrille auf sie herunter: „Um ehrlich zu sein – nein. Aber ich habe das nie für eine große Bildungslücke gehalten."

Luisa sparte sich die Antwort. Sie löste sich aus seinem Arm und holte Sonnenschutzmittel aus ihrer Handtasche, da es schon jetzt, um 10 Uhr, ein glasklarer, strahlender Tag war. Die gleißende Sonne ließ die Gischt auf den Wellen glänzen wie Diamanten.

Als der Delphin kam und tanzte, konnte Luisa kaum glauben, was sie sah. Es war wundervoll, schöner noch, als sie es sich vorgestellt hatte. Er schwamm neben dem Schiff durchs glasklare Wasser, sie bewunderte die Eleganz des Tieres, sie lachte vor Freude, als er erneut aus den Wellen sprang. „Nicht zu glauben", sagte sie leise.

Andreas stand einfach nur mit hängenden Schultern verkatert da, das Spektakel schien ihn nicht sehr zu berühren. Die Kinder dagegen lehnten sich mit ehrfürchtigen Mienen gegen die Reling und blieben so still, wie Patrick Comley ihnen befohlen hatte.

Alle warteten. Dann geschah es. Sie kamen alle. Delphine in allen Größen schwammen um die „Pride of the Seas" herum. Sie neckten sich, sprangen in die Höhe, entfernten sich, kamen wieder näher, so, als wollten sie ihre Bewunderer narren. Es war eins der spektakulärsten Schauspiele, die Luisa je gesehen hatte, und sie wusste, sie würde es bis an ihr Lebensende nicht vergessen.

Nach einer langen Weile räusperte sich Patrick Comley ins Mikrofon. „Wir werden jetzt ganz langsam wieder fahren", erklärte er mit einigem Stolz in der Stimme. „Sie werden noch ein bisschen mit uns schwimmen, und dann legen wir Tempo zu und lassen sie wieder allein."

Luisa schaute zu ihm hoch und fand ihn ebenso beeindruckend wie seine Delphine. Es war ihm ernst damit, ein Tierschützer zu sein. Er würde seine Freunde aus dem Meer nicht überstrapazieren.

Noch lange hatte sie die Bilder im Kopf, auch, als sie schon längst im Rose Cottage zurück war und Mehl zu einem Teig für Dampfnudeln mit Weißweinsoße schlug, ein Pfälzer Gericht, das Andreas sehr liebte. Er hatte sie allein gelassen, war nach „Northwell House“ gefahren, um zu golfen. Luisa dachte an die Schönheit und Sanftheit der Delphine und an die Begeisterung in der Stimme des sonst so schroffen Patrick Comley, als er von ihnen erzählte.

Luisa buk die Dampfnudeln in einem schweren, gusseisernen Bräter, den sie in der Küche gefunden hatte, und der sie an die altmodischen Küchengeräte erinnerte, die ihre Mutter leidenschaftlich sammelte. Sie setzte die Weißweinsoße in ein Wasserbad und summte vergnügt ein Liedchen vor sich hin. Es war ein warmer Frühsommertag, und sie würden im Garten essen und später vielleicht noch in den Pub gehen.

Und wirklich kam Andreas heute pünktlich, so als hätte er gewittert, dass es Dampfnudeln gab. Als er sie sah, unten mit herrlich dunkelbrauner Kruste und oben sahneweiß und weich, schloss er Luisa in die Arme. „Was bin ich für ein Glückspilz. Das schönste und fleißigste Mädchen der Welt will mich heiraten.“ Damit verschlossen seine Lippen ihren Mund, und er küsste sie und fegte damit alle Zweifel an der bevorstehenden Hochzeit aus der Welt.

Luisa wusste, dass die Musik im Pub von den „Dubliners“ war. Sie kannte die leidenschaftlichen Folklorelieder Irlands noch aus ihrer Kindheit und Jugend, als sie mit ihren Eltern über die grüne Insel gereist war. Sie liebte diese Klänge und schaffte es, einen vollkommen übersättigten Andreas dazu zu bewegen, dass er mit ihr über die Straße ins Pub ging.

Die Atmosphäre war mitreißend, und Luisa hätte am liebsten getanzt. Sie trank kühles Guinness, während Andreas sich Whisky bestellt hatte und genoss den Abend. Irgendwann musste sie zur Toilette. Als sie zurückkam, unterhielt sich Andreas gerade mit der rothaarigen Kellnerin, mit der er schon am ersten Abend geflirtet hatte. So, als hätte sie die beiden bei etwas Verbotenem erwischt, entfernten sich ihre Köpfe voneinander, als sie Luisa kommen sahen. Sie beschloss, es mit Humor zu nehmen. „Habe ich Grund eifersüchtig zu sein?“

Andreas lächelte vieldeutig. „Eifersucht gehört immer zur Liebe. Ich würde mir Sorgen machen, wenn du nicht eifersüchtig wärst.“

Das genügte Luisa nicht als Antwort. „Willst du etwas von dieser Frau?“

„Sie heißt Sheila. Und sie erinnert mich an Sarah Ferguson, die hat mir immer schon gefallen."

„Ach ja?" Luisas Augen blitzten. „Und dann nimmst du mich, obwohl ich blond bin?"

Jetzt breitete sich ein Strahlen über Andreas' Gesicht aus. Er kniff sie leicht in die Wange. „Für mich ist vollkommen egal, wie du aussiehst, Luisa. Ich liebe dich, nicht dein Lärvchen."

Plötzlich fiel ein Schatten in der Abendsonne über den Tisch. Luisa blickte auf. Patrick Comley hatte sich hinter ihnen aufgebaut. Er lächelte, ein ungewohnter Anblick. Sie sah, dass sich strahlenförmig kleine Fältchen um seine Augen ausbreiteten, was ihr sympathisch war.

„Hat Ihnen die Tour heute Morgen gefallen?"

Luisa strahlte in der Erinnerung: „Es war eins der schönsten Erlebnisse meines Lebens."

Andreas blickte in sein Whiskyglas, das er zwischen zwei Fingern balancierte. Offenbar konnte er Patrick Comley nicht leiden.

„Dann bin ich sehr zufrieden", sagte Patrick Comley und hob seinen großen Humpen voller Guinness. „Slainte. Prost!"

„Slainte", sagte Luisa. „Sie können deutsch?"

„Und Sie gälisch?"

Luisa lächelte. „Nur dieses eine Wort."

Patrick Comley schaute ihr tief in die Augen. Sie entdeckte ein belustigtes Glitzern darin. „Mancher Ire würde vielleicht sagen, dass das zur Verständigung vollkommen genügt."

Luisa musste lachen. „Das kann man über uns Deutsche genauso sagen."

„Kommen Sie mal wieder mit auf Delphintour", mahnte Patrick Comley. „Sie haben ein Gespür für meine Lieblinge, das fühle ich. Sie sind so rau und weich in einem. Ich muss manchmal an ein Sprichwort der Navajo-Indianer denken. Sei fest wie die Berge und sanft wie ein Frühlingswind. So empfinde ich meine Delphine."

„Sie sind ein Poet", staunte Luisa.

„Ich zitiere nur", meinte er, nun wieder schroff. Damit klopfte er auf den Tisch und wandte sich zum Gehen. Luisa schaute Andreas in die Augen und wusste auch nicht genau, warum da plötzlich so ein Gefühl der inneren Leere war.

„Ich wusste gar nicht, dass du irisch sprechen kannst“, bemerkte Andreas.

„Es heißt gälisch“, korrigierte sie und ärgerte sich im selben Augenblick darüber. Warum musste sie immer die Lehrerin spielen? Andreas war doch kein Schuljunge. Sie lächelte. Nur kam es ihr manchmal eben so vor.

„Wo hast du denn gälisch gelernt?“ fragte Andreas beinahe ehrfürchtig. Er liebte ihr gebildetes Elternhaus, wie sie wusste. Weil ihm Bildung vorenthalten worden war. Er hatte sich alles selbst aneignen müssen – und dafür bewunderte sie ihn.

„Ich hatte eine Freundin im County Donegal“, erzählte Luisa. Alison O'Neill. Sie war die Tochter eines reichen Farmers gewesen, mit einem wunderschönen Steinhaus und, was das beste war, einem Pony. Hier hatte Luisa reiten gelernt. „Sie brachte mir das Reiten bei und ich ihr das Schwimmen.“

„Oh“, auf Andreas' Gesicht zeigte sich ein leicht verletzter Ausdruck, wie immer, wenn Luisa von den Schönheiten ihrer Kindheit und Jugend erzählte. Andreas hatte das alles nicht gehabt. Sein Vater hatte schon mit 50 nicht mehr malochen können, weil sein Rücken kaputt war. Er lebte von Erwerbsunfähigkeitsrente. Die Mutter verdiente etwas hinzu und nahm jede Putzstelle an, die sie kriegen konnte. So schafften sie es, dass ihr einziger Sohn aufs Gymnasium gehen konnte, ohne allzu ärmlich auszusehen. Luisa wusste, dass Andreas seine Mutter deshalb heute auf Händen trug, ihr jeden Wunsch von den Augen ablas. Nein, er hatte nicht vergessen, wo er herkam, und das gefiel Luisa richtig gut.

Er hat eine treue Seele, dachte sie und bestellte sich eine rote Limonade bei der Kellnerin namens Millie, die sich sehr viel Zeit damit ließ, sie zu bedienen. Andreas ließ seinen ganzen Charme spielen, als er zu Luisas Verärgerung einen zweiten Whisky bestellte. Er trank zu viel, fand sie. Und sagte es ihm auch.

In dieser Nacht lag Luisa noch lange wach. Neben ihr schnarchte Andreas leise, und sie stupste ihn sanft in die Rippen. Er stöhnte und drehte sich um, sodass sie nur noch sein verstrubbeltes, schwarzes Haar sehen konnte, das sich dunkel vom hellen Bettzeug abhob.

Luisa grübelte. Warum hatte sie so ein merkwürdiges Gefühl der Leere verspürt als der Delphinflüsterer Patrick Comley gegangen war? Was faszinierte sie an dem ruppigen fremden Mann, der sich nicht dafür interessierte, was andere Leute über ihn dachten. Und was, fragte sie sich mit einem fiesen, kleinen Schmerz in der Brust, hatte er Dr. Andreas Freymann voraus?

Andreas war so angepasst, versuchte so sehr, alles richtig zu machen, aufgrund seiner problematischen Kindheit und Jugend. Er war ein richtiger Aufsteiger! Während sie, die verwöhnte Luisa, sich eher treiben ließ, keine großen Ziele verfolgte.

Sogar die Malerei, die sie eigentlich so liebte, hatte sie ab dem Augenblick vernachlässigt, als sie vor acht Jahren Andreas begegnet war. Zwischen ihrem Brotjob an der privaten Kunstschule und dem Pendeln zwischen Frankfurt oder Wiesbaden und Speyer fehlte ihr schlicht und ergreifend – die Zeit. Aber mit der Malerei hatte sie einen wesentlichen Teil ihrer selbst aufgegeben. War es das wert?

Luisa verlor sich in endlosen Gedankenschleifen, bevor sie sich endlich umdrehte und einschlief.

Am nächsten Morgen wachte sie von einem seltsamen Geräusch unten im Haus auf. Es hörte sich an, als würde Geschirr klappern. Was war da los? Luisa überlegte einen Augenblick, ob sie Andreas wecken sollte, dann entschied sie sich dagegen. Sie brauchte keinen männlichen Ritter. Trotzdem hatte sie starkes Herzklopfen, als sie mit energischen Schritten die steile Treppe hinunterging. Das Klappern kam aus der Küche. „Wer ist da?" rief sie mit tiefer, kraftvoller Stimme.

Es krachte. „Oh, Himmel!", rief eine Frauenstimme auf Deutsch. Dann flog die Tür zur Küche auf, und Luisa sah einen zerbrochenen Teller auf dem Fußboden liegen – und blickte einer zierlichen Frau mit kessem, dunklem Kurzhaarschnitt ins Gesicht. Sie hatte auffallend graue Augen. „Es ist nur, ich wollte Sie nicht wecken."

Luisa musste einen Fluch unterdrücken. Genau das war der Fremden gelungen! „Wer sind Sie, und was machen Sie hier?", fragte sie erbost.

„Mein Name ist Maria Tuck. Ich putze hier seit ein paar Jahren, mache Geschirr sauber und so."

Luisa war verblüfft. „Und woher können Sie so gut Deutsch?"

Das Madonnengesicht unter dem dunklen Haar verzog sich. „Das wissen Sie gar nicht?"

„Aber woher sollte ich auch?" fragte Luisa zurück.

„Ich mache das im Auftrag Ihrer Mutter. Ihr gehört das Cottage, und sie hat mich angerufen, dass Sie und Ihr Verlobter kommen."

Luisa stütze sich gegen die Wand. Ihr kam es vor, als würden die Wände auf sie einstürzen. Was? Ihrer Mutter gehörte das Cottage? Davon hatte sie nie gehört.

„Ihre Eltern machen jedes Jahr Urlaub hier. Zu zweit", gestand die Fremde mit einem schuldbewussten Gesichtsausdruck, so als würde ihr klar, dass sie sich verplappert hatte. „Und ich kümmere mich um das Haus. Mein Mann John ist oft in Dublin, er arbeitet als Fremdenführer für Tourism Ireland." Sie lächelte stolz. „In der Zwischenzeit helfe ich hier und da aus. Ich mache auch den Garten von Rose Cottage. Und putze. Es soll doch glänzen!"

Luisa hörte ungläubig zu. Niemals hatten ihre Eltern etwas von einem Cottage in Irland erzählt. Aber es stimmte, manchmal verschwanden sie zu „Kurz-Flitterwochen", wie sie das nannten. Vielleicht ein Grund, weshalb sie sich immer noch sichtlich liebten. Trotzdem, fand Luisa, hätten sie ihr von dem Cottage in Carrigaholt erzählen können. Vor der Fremden wollte sie sich jedoch nichts von ihren wirbelnden Gedanken anmerken lassen. Sie ging die Treppe hinunter und streckte die Hand aus: „Guten Tag, ich bin Luisa."

Die Fremde ergriff ihre Hand. „Ich bin Marianne, aber jeder nennt mich Maria."

Luisa sah sofort, wie tüchtig Maria war. Jeder Zentimeter in der Küche, die ihr heilig war, blinkte. Sie lud Maria ein, sich mit ihr an den Küchentisch zu setzen und einen Tee zu trinken.

„Eigentlich mag ich Kaffee lieber", erzählte Maria vergnügt. „Darin bin ich Deutsche geblieben. Aber mit meinem John trinke ich auch lieber Tee. Andere Länder, andere Sitten."

Luisa fand das alles äußerst interessant. Wie war ihre Mutter zu einem Cottage hier gekommen? Aber das konnte – oder wollte – ihr Maria nicht beantworten. Deshalb fragte sie sie nach ihrem Mann, auf den sie offenkundig so stolz war. Und löse einen ganzen Wolkenbruch aus Wörtern auf. Maria konnte so viel plappern, dass es Luisa, die eher schweigsam war, fast zu viel wurde.

„Mein Mann wollte eigentlich Lehrer werden. Er hat in Dublin und Wien Deutsch studiert. Aber dann kam die große Wirtschaftskrise, sein Vater verlor die Arbeit – und er fand sich auf einer Baustelle in London wieder. So ging es damals, in den 80ern, vielen jungen Iren. Es gab ein ganzes Lied dazu, das auch in Deutschland in die Charts kam. ‚We're on the road to nowhere'. Schließlich ist er in Wien gelandet und hat für einen Hungerlohn englische Touristen durch Schloss Schönbrunn geführt." Maria musste lachen. „Deshalb spricht er zwar perfekt deutsch, aber mit irisch-österreichischem Akzent. Wissen Sie, das klingt sehr lustig und sehr charmant."

Luisa fand, sie hätte genug gehört. Sie musste das alles erst einmal verdauen. „Ich gehe mich jetzt mal anziehen und wecke meinen Mann. Und dann mache ich Sie bekannt, Maria. Er wird sich freuen, Sie kennenzulernen."

Und das Geheimnis von Rose Cottage würde sie vor Andreas für sich behalten. Sie wusste selbst nicht, weshalb.

Wie immer, wenn ihm eine hübsche Frau vorgestellt wurde, legte Andreas sein strahlendstes Lächeln an den Tag, bedankte sich artig fürs Frühstück, verzichtete darauf, sich hinter den Börsenkursen zu verschanzen – und verteilte mit einer Großzügigkeit Komplimente, die Luisa immer wieder erstaunte. Er ließ sich Rührei und Würstchen schmecken und verabschiedete sich dann mit einer gewissen Überschwänglichkeit von den beiden Frauen, kurz darauf hörte man den Motor des Mercedes starten und er brauste davon, Richtung Golf, Richtung Männergesellschaft.

Und Richtung Whisky, wie Luisa nicht ohne Besorgnis dachte.

Aber sie wischte den trüben Gedanken beiseite, half Maria, das Geschirr abzutrocknen, ohne dass Teller zerbrachen, und ging dann mit ihr ins Wohnzimmer.

„Hier müsste eigentlich ein schönes irisches Torffeuer brennen“, seufzte Maria. „Ich liebe dieses Zimmer. Es sieht aus wie in einer Wohnzeitschrift für kleine, gemütliche Häuser.“

Luisa wollte Maria nicht allein putzen lassen, und so machte sie sich daran, das Bücherregal mit seinen hunderten von Büchern abzustauben. Sie betrachtete es mit ganz anderen Augen, seit sie erfahren hatte, dass es die Bücher ihrer Eltern waren. Vielleicht, dachte sie, hatte sie sich deshalb auf Anhieb so wohl gefühlt im Rose Cottage. Sie war hier in gewisser Weise zu Hause!

In ihrem Rücken verbreitete Maria einen Höllenlärm mit dem modernen Dyson Staubsauger, stieß ungeschickt gegen Möbel, warf beinahe die schöne alte Vase auf dem Kaminsims um. Dann machte sie sich daran, den Sekretär an der Nordwand zu polieren. Er war klein und Jahrhunderte alt, genauso ein Damen-Accessoire, wie Luisa es sich immer gewünscht hatte.

Maria polierte ihn gründlich, auch von unten, wie Luisa sah. Aber auch hier ging sie eher hektisch vor. So wunderte sich Luisa schon kaum noch, als es wieder polterte. Etwas krachte, und dann kam eine Staubwolke zum Vorschein. Die Staubflocken tanzten im Morgenlicht, das durch die Sprossenfenster fiel. Maria bückte sich und verdeckte die Sicht auf das, was sie da machte.

„Oh, schauen Sie mal, Luisa!“ rief sie aus. „Ich habe etwas gefunden. Das muss an der Unterseite des Sekretärs geklemmt haben. Hier ist ein Fach. Ein altes Geheimfach.“

Im ersten Augenblick glaubte die nicht sonderlich romantisch veranlagte Luisa, dass Maria vielleicht ein bisschen überspannt war. „Was für ein Geheimfach?“

Maria hob ein Stück Holz hoch, das genau zum Sekretär passte. Und in der anderen Hand hielt sie ein uraltes Buch, das von Hand beschriftet war und auf der Außenseite ein Wappen trug: Ein Helm mit Eichenblättern, von drei kranzförmigen Blumen gekrönt und mit einer Blume im Wappen.

„Wunderschön“, stieß sie aus. Maria nickte und übergab ihr das uralte Buch mit aller Behutsamkeit, zu der sie anscheinend doch fähig war.

Andächtig nahm Luisa das Buch in die Hand. Sie schlug es auf. Es war in einer kaum leserlichen Handschrift geschrieben, die sie als Künstlerin dennoch entziffern konnte. Zwar ahnte sie die Buchstaben mehr als dass sie

sie lesen konnte, dennoch verstand sie, was dort stand: „Erinnerungen der Emma Knothe aus Friemersheim in der Pfalz."

Erinnerungen aus der Pfalz? Wie kamen die hierher? War der Sekretär irgendein Fundstück ihrer Mutter, die es liebte, auf Trödelmärkten um kleine Kostbarkeiten zu feilschen? Und hatte sie den zierlichen Sekretär als geheimnisvolle Ausbeute von der Pfalz nach Carrigaholt gebracht?

Luisa merkte, dass Maria ihr über die Schulter schielte. Fast eifersüchtig legte sie das Buch zur Seite. Sie wollte das Geheimnis nicht mit Maria teilen. „Ich werde es lesen und Ihnen erzählen, was das ist. In jedem Fall denke ich, wir haben uns jetzt den Feierabend für heute Morgen verdient. Ich möchte heute Lasagne für meinen Verlobten kochen. Das ist sein Leibgericht – mit selbst gemachter Pasta. Ich muss noch einkaufen, und es dauert, bis alles fertig ist."

„Oh, ich liebe Lasagne", hauchte Maria, und Luisa fiel auf, dass „oh" eines ihrer Lieblingswörter zu sein schien. Es passte zu ihrem schusselig-liebenswürdigen Charakter.

„Dann kommen Sie doch heute Abend vorbei und holen Sie sich ein schönes Stück ab."

„Das wäre einfach wundervoll. Wissen Sie, ich putze und bügle zwar gern, aber ich koche nicht. Bei uns kocht John, ich meine, mein Mann. Wenn er denn da ist. Ich esse einfach Maggi-Brühe mit Schneckennudeln, ein Sparessen, das ich von meiner Uroma übernommen habe."

Luisa musste lachen: „Wenn es so ist – Mohnschnecken kennen wir Pfälzer auch. Die kann ich Ihnen mühelos machen. Morgen? Wie wär's? Mein Verlobter liebt sie auch." Luisa war alles recht, Hauptsache, die niedliche, selbst ernannte Haushälterin würde endlich verschwinden, damit sie sich ans Kochen und Einkaufen machen könnte. Später dann würde sie in dem alten Manuskript lesen. Das sollte ihre Belohnung für die viele Hausarbeit sein! Sie freute sich auf dieses einsame Vergnügen!

Maria räumte den Staubsauger weg und machte dabei den Eindruck, als würde sie jeden Moment in die Abstellkammer stürzen, schaffte es dann aber unter ziemlichem Gerumpel. „Ich bin nicht immer so schusselig", sagte sie etwas betrübt und runzelte die Stupsnase. „Aber heute hatte meine Schusseligkeit ja sogar etwas Gutes. Wir haben das Geheimfach gefunden."

Als sie unter tausend Entschuldigungen endlich gegangen war, fand Luisa sie nicht mal so unsympathisch. Aber sie brauchte Zeit für sich, musste sich beruhigen. Nein, sie fand es nicht normal, dass ihre Eltern ihr die Existenz von Rose Cottage verschleiert hatten. Sie musste nachdenken. Und das konnte sie am besten – beim Kochen!

Sie griff nach ihrem Henkelkorb, der sie an Rotkäppchen erinnerte, zog ihre Gummistiefel an, streifte ein Cape über und stürmte in den Frühsommermorgen hinaus, auf zu Mrs. Arrowsmith. Dabei hatte sie eine ganze Liste von Zutaten für ein Rezept von Schuhbeck. Lasagne mit Geflügelbolognese. Nur würde sie es sich ein bisschen komplizierter machen, als in dem Rezept angegeben, weil sie selbstgemachte Lasagne-Blätter verwenden würde, wie sie es bei ihrer Mutter am Herd gelernt hatte.

Im Laden wurde sie freundlich begrüßt, und sie türmte alles in den kleinen Einkaufswagen, was sie heute für das Sich-Selbst-Beruhigen beim Kochen benötigen würde. Ob Mrs. Arrowsmith wohl auch ihre Mutter kannte? Vermutlich, sagte sich Luisa, nicht ohne einen Unterton der Verärgerung. Sie mochte keine Geheimnisse – wenn es nicht ihre eigenen waren.

Sie kaufte Mehl, Butter, Gemüsebrühe, Lorbeer, Thymian, Zwiebeln, Karotten, Staudensellerie, Hackfleisch, denn sie hatte das Rezept leicht abgewandelt, Weißwein zum Kochen. Sie kaufte Tomaten, Olivenöl und Chilipulver. Und dann kehrte sie um – und legte die doppelte Menge in den Einkaufswagen. Sie musste heute lange kochen – und hatte beschlossen, der schusseligen Maria auch etwas Lasagne für ihren Mann John Tuck mitzugeben. Hoffentlich würde sie nicht mit samt dem Essen vom Fahrrad fallen!

„Sie kochen wohl gern?“ fragte die gemütliche Mrs. Arrowsmith, und ihre Grübchen blitzten.

„Kochen und backen“, erwiderte Luisa lächelnd. Sie mochte Mrs. Arrowsmith, auch wenn sie in keiner Hinsicht sehr mitteilsam war. Vermutlich gehörte eine gewisse Diskretion zum Handwerk einer Dorfkrämerin! „Morgen backe ich eine Spezialität aus meiner Heimat. Schneckennudeln!“

Mrs. Arrowsmith klatschte begeistert in die Hände. „Und ich backe auch so gern. Sie müssen mir unbedingt das Rezept geben. Hier! Probieren Sie mal Betty’s Tea Cake. Das ist ein Rezept von meiner Uroma. Wenn Sie mir das aus Ihrer Heimat geben, verrate ich Ihnen meines. Übrigens habe ich noch einen Tipp für Sie. Sie kommen doch aus der Pfalz. Hier gibt es ein berühmtes Volkslied. „The Palatine's Daughter. Die Tochter des Pfälzers." Mrs. Arrowsmith begann es vorzusingen.

Luisa hörte begeistert zu und klatschte Beifall. Dann legte sie noch eine „Irish Times" und zwei Flaschen Rotwein aus Südafrika in den Einkaufswagen und bezahlte. Ihr Einkauf war ganz schön teuer geworden! Aber kein Problem, auch wenn sie als Kunstlehrerin nicht viel verdiente, hatte ihre Mutter ihr etwas Urlaubsgeld von ihrem eigenen Haushaltsgeld abgezweigt und aufgedrängt. Luisa hatte es erst nicht annehmen wollen, war nun aber froh, es getan zu haben. Es wäre ihr scheußlich gewesen, Geld von Andreas anzunehmen, obwohl sie ihn ja gewissermaßen ernährte. Erst während sie mit ihrem schweren Korb und einer großen Tasche auf die Dorfstraße von Carrigaholt hinaus trat, wurde ihr bewusst, dass dem so war. Kein besonders gutes Zeichen, sagte ihr innerer Kritiker. Aber es war nicht zu ändern, es stimmte!

Erst als die Ladentür hinter ihr zugefallen war, merkte Luisa, wie schwer ihre Einkäufe waren. Und Carrigaholt war ein langgestrecktes Straßendorf, sodass sie fast einen Kilometer bis zum Rose Cottage zurücklegen musste. Sie gab sich einen Ruck und stapfte entschlossen los, als ein Auto neben ihr hielt. Es war ein dunkelgrüner, nicht sehr neuer Land Rover mit zahlreichen Beulen darin. Patrick Comley lehnte sich aus dem Fenster. „Steigen Sie ein, wenn Sie mögen. Ich fahre Sie heim."

Luisa zögerte erst. Wollte sie sich von diesem ruppigen Mann wirklich helfen lassen? Kein Lächeln hellte seine Gesichtszüge auf. Doch höflich wartete er auf ihre Antwort. „Gut", gab sie sich geschlagen. „Ich steige ein." Sie schaffte es sogar, sich zu bedanken.

„Sie werden entschuldigen", fiel er ihr ins Wort, stieg aus dem Auto und öffnete ihr galant die Beifahrertür seines ziemlich chaotischen Vehikels. Leere Kaffeebecher flogen darin ebenso herum wie Schiffstrosse und Tabakbehältnisse sowie diverse alte Tageszeitungen. „Ein Junggesellen-Auto", kommentierte er knapp, und Luisa nahm es amüsiert zur Kenntnis.

„Was schleppen Sie da denn alles?" fragte er, während er den Motor des schweren Wagens anließ. „Hat Mrs. Arrowsmith extra eine Kuh für Sie geschlachtet?"

Sie lächelte nur, und er nickte in sich hinein. „Soll heute noch regnen", bemerkte er. „Regen ist flüssiger Sonnenschein."

Luisa schwieg. Sie liebte die poetische Ader dieses offenbar sonst so schweigsamen Mannes. Sie fuhren am Pub vorbei, wo Andreas so gern der Kellnerin Avancen machte, dann hielt Patrick den Wagen vor dem Rose Cottage an. „Ich danke Ihnen", sagte Luisa förmlich.

„Keine Ursache", erwiderte er knapp. „Kommen Sie, geben Sie mir Ihre Taschen." Damit sprang er aus dem hohen Ungetüm von Auto und lief zur anderen Seite, um ihr wieder die Tür aufzuhalten. Obwohl er sich so finster gab, war er ein sanfter und offenbar auch wohlerzogener Mann, sagte sich Luisa nicht ohne beeindruckt zu sein.

„Was haben Sie denn alles in den Tüten? Das wiegt ja eine Tonne", bemerkte er.

„Ich mache heute Lasagne", erklärte sie. „Ich dachte, ich koche für Maria und John Tuck ein bisschen mit."

Er lachte. „Das kann der gute alte Knabe vertragen. Maria ist die schusseligste Frau und sicher auch die schlechteste Köchin in ganz Carrigaholt. Dafür plappert sie den lieben langen Tag, und der arme, schweigsame John spart sich die Radiogebühren. Aber im Ernst, man muss sie einfach gern haben. Und bei all ihrer Tollpatschigkeit ist sie wirklich fleißig. Sie können froh sein, dass sie im Rose Cottage arbeitet. Woanders könnte sie mehr verdienen." Sein Gesicht nahm einen Ausdruck der Verbitterung an. „Zum Beispiel auf Northwell House."

„Dem Hotel?" Luisa war fasziniert davon, dass er so viel reden konnte.

„Genau dem", erwiderte er grimmig. „Dem Reich des alten Halsabschneiders. Northwell House gehört meinem Vater." Mit abweisendem Gesicht, so, als habe er zu viel gesagt, ergriff er den Henkelkorb und die Taschen und schleppte alles bis zur Haustür.

„Herzlichen Dank", sagte Luisa etwas unbeholfen. Sie wusste nicht genau, wie sie mit dieser Information umgehen sollte. Der Vater dieses offensichtlich so einfach lebenden Delphinkenners ein schwerreicher Mann? Nun, es ging sie nichts an. „Heute koche ich Fleisch", erklärte sie. „Aber morgen backe ich eine Spezialität aus meiner Heimat, der Pfalz. Dürfen Maria und ich Ihnen eine Kostprobe vorbeibringen?"

Er blickte so finster, als empfände er diesen Dank als Beleidigung. Aber dann zog ein Lächeln auf seinem Gesicht mit dem spöttischen Mund auf und er sagte in mürrischem Ton: „Aber kommen Sie nicht vor fünf Uhr nachmittags zu meinem Schiff. Ich fahre vorher mit einer Ladung deutscher Touristen zu den Delphinen. Übrigens ist John Tuck als Fremdenführer dabei."

Luisa schleppte die Taschen in die blinkende Küche des Rose Cottage, wusch sich gründlich die Hände, band sich eine Schürze um, wie ihre Mutter sie so gern trug – und verstand jetzt, warum es diese Schürzen gab. Weil das Haus ihren Eltern gehörte.

Sie bereitete einen Teig für die Lasagne-Blätter zu, verquirlte Thymian und Gemüsebrühe für die Béchamelsoße, schnippelte Gemüse, briet Hack an und schichtete alles liebevoll in einer großen Auflaufform, die sie in einem der Küchenschränke gefunden hatte. Eine identische gab es in Speyer. Nur hatte sie das bisher in keinen Zusammenhang mit ihrer Mutter gebracht.

Jetzt fielen ihr immer mehr Kleinigkeiten auf. Das Bocuse-Kochbuch im Wohnzimmer, den ihre Mutter so verehrte wie Luisa Schuhbeck. Die großformatigen Kunstbände zum Thema Impressionismus, Forschungsgebiet ihres Vaters. Die Tatsache, dass es keinen Fernseher gab.

Aber wenn dieses Haus ihren Eltern gehörte, würde es ein Radio geben, sagte sich Luisa – und fand es in einem Sideboard im Wohnzimmer. Das knallrote Nostalgieradio hatte auch einen CD-Player, und als Luisa ihn anstellte, hörte sie Frank Sinatras samtige Stimme vom Stardust singen – Liebeslieder, wie ihre Eltern sie mochten. Fast wie zuhause, dachte sie, schob die Lasagne in den Ofen und drehte den CD-Player laut.

Sie stellte die Küchenuhr auf sechzig Minuten und überlegte, was sie nun tun sollte. Vielleicht war es ein Glück, dass im Rose Cottage und auch im Umkreis in Carrigaholt die Handys nicht funktionierten. Sonst hätte Luisa bei ihrer Mutter angerufen, um sie nach dem Geheimnis des Hauses am River Moyarta zu befragen. So wie es war, sagte sie sich, dass Eltern vielleicht ein Recht auf kleine Geheimnisse haben und dass das ihre Liebe befeuerte. Immerhin hielten sie immer noch Händchen, und das schon seit ihre Mutter die Studentin ihres Vaters an der Universität in Heidelberg gewesen war. Vor 35 Jahren hatten sie sich kennengelernt und sprachen sich immer noch als „mein Liebling“ und „meine Süße“ an. Luisa konnte nur hoffen, dass es ihr selbst mit Andreas dereinst genauso gut gehen würde. Er stammte, wie aus einem Klischee-Bilderbuch für hart arbeitende Manager, aus einer zerrütteten Familie. Sein Vater, der Eisendreher, war Alkoholiker gewesen, die Mutter hatte den Haushalt mühsam mit Putzarbeiten bei anderen aufrechterhalten. Deshalb legte Andreas Wert auf Kontrolle. Er konnte schlecht loslassen, wollte immer ganz genau wissen, was und warum Luisa etwas tat – und war auch sehr eifersüchtig.

Ohne jeden Grund, dachte Luisa mit einem inneren Seufzen und fragte sich, ob er pünktlich um fünf erscheinen würde. Aber da Lasagne sein Leibgericht war, hatte sie keine großen Zweifel. Andreas war sich immer zunächst einmal selbst der nächste.

Du denkst ganz schön bitter über ihn, schalt sie sich. Und dabei waren sie noch nicht einmal verheiratet. Auf einmal fühlte sie sich sehr müde und blickte auf die Küchenuhr. Noch fünfzig Minuten, bis sie die Lasagne goldgelb und lecker duftend aus dem Ofen nehmen könnte. Sie beschloss, sich einen Luxus zu gönnen, der ihr meistens versagt blieb. Denn ihre beiden Eltern waren zwar sehr großzügig, hatten aber die fixe Idee, dass man Wasser sparen müsse. Deshalb hatte sie in ihrem Leben selten ein Bad genommen.

Jetzt ging sie die steile Stiege hinauf und in das kleine Badezimmer mit der alten gusseisernen Badewanne, die auf mächtigen Löwenfüßen stand. Alle Knochen taten ihr weh, und sie hatte das Gefühl, sich ein Bad verdient zu haben. Es gab ein Glucksen, dann schoss heißes Wasser aus dem Hahn und füllte die Wanne. Luisa temperierte es, zog sich aus und ließ sich mit einem tiefen Seufzen hineingleiten. In der altmodischen, tiefen Wanne schien sie fast zu versinken. Die Hitze und der Schaum taten ihr gut, und sie schloss die Augen. Fast wäre sie eingeschlafen, stellte sie fest, als der Küchenwecker klingelte. War ja auch in Ordnung – aber warum träumte sie von Patrick Comley?

Während Luisa gebadet hatte, war der Regen gekommen. Die grünen Weiden bis hinunter zur alten Burg am River Moyarta leuchteten in dem weltberühmten irischen Smaragdgrün. In der Ferne fuhr ein Schiff. Ob es die „Pride of the Seas“ von Patrick Comley war? Egal! Die Lasagne musste aus dem Ofen! Luisa rubbelte sich die silberblonden, feinen halblangen Haare trocken, kuschelte sich in Andreas’ viel zu langen königsblauen Samt-Frotteemantel und eilte in die Küche hinunter, wo es absolut vielversprechend duftete. Lasagne aus dem Ofen und auf die Wärmplatte und ein paar Teller auf den Küchentisch – heute würde sie nicht draußen decken können; es hatte sich eingeregnet, warmer, sommerlicher Regen, der den Hortensien gut tun würde.

Als sie alles gerichtet hatte, blickte Luisa auf die Uhr. Sie hatte beim liebevollen Zubereiten der Lasagne getrödelt. Kurz vor fünf. Sie musste sich anziehen. Heute hätte sie fast gewünscht, Andreas käme nicht, damit sie sich den Kamin im Wohnzimmer anzünden und in dem geheimnisvollen, uralten Schriftstück hätte lesen können. Aber sie wollte dieses Geheimnis nicht mit ihm teilen. Er hatte für solche Mysterien nichts übrig, seine Welt war bestimmt von handfesten Interessen.

Jetzt hörte sie ein Motorengeräusch, und dann parkte der riesige Mercedes vor dem Rose Cottage. Besser, sie beeilte sich und ging nach oben, um sich anzuziehen. Da ja auch noch Maria kommen wollte, entschied sie sich für einen Kaftan, den ihre Eltern ihr von einer ihrer ausgedehnten Orientreisen mitgebracht hatten. Er war in leuchtenden Farben gestaltet und brachte ihre schon leicht gebräunte Haut zur Geltung. Die silberblonde Luisa wurde trotz ihres hellen Haars schnell braun.

„Was ist denn hier? Keiner da?“, rief Andreas von unten.

„Ich komme schon!“

„Oh ja, wie siehst du denn aus! Tragen die Frauen jetzt Säcke? Kannst du dich nicht mal anziehen wie eine ganz normale Frau?“

Über diesen Tonfall war nun aber auch Luisa gereizt. „Und wie sieht eine ganz normale Frau deiner Meinung nach aus?“ Andreas bemerkte ihre Ironie gar nicht. „Jeans, weiße Bluse, Perlenkette.“

Luisa sparte sich eine bitterböse Bemerkung, die ihr auf der Zunge lag und schnitt die Lasagne auf, als es gegen die Tür klopfte. Maria stürmte ohne große Umschweife in die Küche.

„Oh, wie gut es hier riecht. Und wie gut Sie aussehen! Dieser Kaftan ist ein Traum. Und Sie sehen darin wie eine Märchenprinzessin aus!“

Wie immer, wenn andere Frauen in der Nähe waren, zeigte sich Andreas von seiner besten Seite. Er sprühte regelrecht vor Charme. „Wollen wir nicht alle du sagen? Wir sind alle in einem Alter und alle gewissermaßen Deutsche im Exil."

Maria fuhr sich mit der schmalen Hand durch ihre kurzen dunkeln Haare, sodass sie etwas zerzaust aussah. „Ich glaube, das geht nicht", sagte sie etwas unsicher.

„Warum nicht?" wollte Luisa wissen.

„Wegen der Grenzen. Ich bin Ihre Hausangestellte."

„Ach, seien Sie mal nicht so steif." Andreas ging zu dem Servierwagen, wo Luisa Champagner und Gläser angerichtet hatte. Er schenkte ein und überreichte seinen Damen formvollendet ein Glas. „Zum Wohl – oder wie sagt ihr hier in Irland?"

„Slainte", sagte Maria und ein Lächeln huschte über ihr pausbäckiges Gesicht, das sie zum Strahlen brachte. „Ihr habt schon viel über Land und Leute gelernt."

Die Lasagne duftete köstlich und sah auch schön aus. Mit dem Schubeck-Rezept konnte sie nicht misslingen, dachte Luisa – und sah voller Erstaunen dabei zu, wie Maria eine Portion nach der nächsten verspeiste. Die konnte aber essen! Wenn sie so weitermachte, würde für ihren Ehemann John Tuck nichts übrig bleiben.

„Wo ist dein Mann gerade?" wollte Luisa wissen.

„Cliffs of Moher", sagte Maria mit vollem Mund.

„Was ist das?" Andreas' Augen funkelten interessiert, und Luisa sagte sich, dass sie wieder wusste, warum sie beschlossen hatte, ihn zu heiraten.

Maria besaß die Freundlichkeit zu Ende zu kauen, bevor sie antwortete. „Irlands berühmteste Sehenswürdigkeit. Die mystischen Klippen hoch überm Meer. Das nächste Festland ist – Amerika. Da wart ihr noch gar nicht? Da müsst ihr hin."

„Meine Frau bevorzugt es, zu kochen und zu backen."

„Noch sind wir nicht verheiratet", gab Luisa schnippisch zurück.

„Es ist so romantisch. Genau das richtige für Verliebte. Nicht weit weg von hier. John kommt nachher nach Hause. Er begleitet eine Gruppe deutscher Reisejournalisten, die er in Dingle auslädt und kommt mich besuchen. Wir wollen in den Pub? Kommt ihr auch?"

Die Lasagne-Form war leer, und Luisa wollte gerade aufstehen, um abzuräumen, als Maria das Wort ergriff: „Habt ihr euch die alten Papiere schon angeschaut?"

Mist! Luisa hätte die kleine Plaudertasche verwünschen können! Sie hatte doch Andreas extra nichts davon erzählt. „Was für Papiere?" fragte er natürlich.

„Wir haben sie heute Morgen gefunden. Ein Schriftstück aus dem 18. Jahrhundert. Mit einem schicken Wappen darauf."

Andreas tupfte sich betont langsam den Mund mit seiner Serviette ab. „Und davon weiß ich nichts?"

„Ich fand es nicht so wichtig", sagte Luisa leichthin, die ihr Geheimnis lieber bewahrt hätte.

„Das überlass bitte mir. Ich möchte sie sehen."

„Nicht hier am fettigen Küchentisch. Komm mit ins Wohnzimmer. Ich zeig sie dir."

Fast wie betroffen schaute Andreas auf das uralte Manuskript. „Unschätzbar wertvoll", flüsterte er. „Und was für ein feudales Wappen …" Er griff in die aufgenähte Tasche seines Hemdes, zog eine Lesebrille hervor und betrachtete es. „Irgendwie … kommt es mir bekannt vor. Keine Ahnung, wieso." Er hob andächtig das erste Blatt hoch. „Komische Schrift. Kannst du das entziffern, Luisa?"

„Wenn ich mir Mühe gebe …"

Er zwinkerte ihr zu. „Na, für irgendwas muss sich dein Kunststudium ja gelohnt haben."

Später saßen sie noch mit Maria am Küchentisch und teilten sich „Betty's Teacake", den Mrs. Arrowsmith ihr mitgegeben hatte. „Einfach köstlich", schwärmte Andreas in gehobener Stimmung, die vermutlich dem Champagner zu verdanken war.

„Mrs. Arrowsmith hat mir angeboten, mir das Rezept zu geben."

„Oh, das hat sie getan?" Maria kaute und schluckte. „Sie hütet es wie ihr bestes Geheimnis."

Luisa lächelte. „Ich hab ihr dafür versprochen, ihr mein Rezept für Mohnschnecken aus meiner Pfälzer Heimat zu geben."

„Dann seid ihr natürlich quitt."

Luisa war jedes Gesprächsthema recht, solang die schusselige Maria vor Andreas nicht ausplaudern würde, dass Rose Cottage ihrer Mutter gehörte. Sie wollte dem Geheimnis erst selbst auf den Grund gehen. Daher war sie erleichtert, als Maria auf den Tisch klopfte und sagte, sie müsse nun wohl gehen. Luisa machte keine Anstalten sie aufzuhalten. „Dann sehen wir uns um zehn im Pub. Versprochen?"

„Wir haben für den armen John gar keine Lasagne übriggelassen."

„Oh, um den macht euch keine Sorgen. Der isst im Pub ein Chowder."

Unermüdlich pladderte der Regen gegen die Scheiben des Rose Cottage. Es hatte sich eingeregnet. Im Wohnzimmer standen die Terrassentüren weit offen und ließen den Duft nach nassem Gras herein. Luisa hatte sich umgezogen. Für den Pub-Besuch trug sie Jeans und einen Pullover in Grautönen, den ihre Mutter für sie gestrickt hatte. Andreas sah selbst in Jeans und Holzfällerhemd teuer und seriös aus. Er saß am flackernden Kamin – und las Börsenkurse. Luisa stellte sich vor, wie es wäre, wenn er mit ihr schlafen würde, hier und jetzt, auf dem Flickenteppich vor dem großen gusseisernen Funkenschutz.

Träum weiter, sagte sie sich. Andreas schimpfte gerade über irgendein falsches Investment in Schiffsbeteiligungen, das er offenbar getätigt hatte, beruhigte sich aber, als er den Kurs der BASF-Aktie sah. Luisa wusste, dass er ein ganzes Depot damit hatte. Es bedeutete ihr nicht sehr viel. Sie fand Geld sehr abstrakt, wenn es in Aktien angelegt war. Sollte man damit nicht lieber schöne Erlebnisse schaffen?

Später rannten sie, Hand in Hand, durch den Regen zum Pub. Drinnen war es voll, die Luft brodelte. In einer Ecke saß Maria mit einem sehr großen Mann im leichten, sehr korrekten Karojackett. Als sie kamen, stand er auf und stellte sich förmlich vor: „John Tuck". Andreas, der seinen Ärger am Kamin mit ein, zwei, drei Schluck Tullamore Dew runtergespült hatte, bot gleich das Du an. John mit seinem Schönbrunner Akzent akzeptierte es nur zögerlich. Aber der angetrunkene Andreas ließ ihm keine Wahl.

„Wollt ihr euch nicht setzen?“ Maria nahm die Spannung raus. Mochte sie auch schusselig sein, dachte Luisa, sie war einfühlsam.

Andreas wollte eine Runde Tullamore Dew für alle bestellen, doch John kam ihm zuvor. „Hey, Sheila“, rief er die rotgelockte Kellnerin, deren Haarpracht Andreas so bewundert hatte. „Eine Runde Guinness hier.“

Luisa akzeptierte nur ungern, sie trank lieber rote Limonade. Doch sie fand, es wäre unhöflich, das auch zu sagen. Maria merkte es. „Ich glaube für diese Dame hier nicht“, rief sie Sheila zu. Und zu Luisa: „Was darf ich Ihnen, oh, dir bestellen.“ Als Luisa es sagte, brach John Tuck in Gelächter aus.

„Bei meiner Journalisten-Reisegruppe ist auch eine Frau, die lieber Limonade trinkt. Gefällt mir. Mein Vater hätte nach dem Verlust seiner Arbeitsstelle fast Haus und Hof vertrunken. Nicht wahr, Sheila?“ Er zwinkerte der Kellnerin zu, die sich gerade den Weg durch die vielen irischen Gäste gebahnt hatte. „Was soll man an einem langen irischen Sommerabend auch machen?“

Luisa wollte sich gerade wundern, warum er vor Maria mit einer anderen schäkerte, da erklärte er es ihr. „Sheila ist mein Schwesterherz. Sie wollte eigentlich Kindergärtnerin werden. Aber als die Wirtschaftskrise kam, musste sie hier anfangen.“

„Es ist schon in Ordnung, John, du musst nicht so bitter sein.“ Sheila stellte das Guinness und die Limonade vor ihre Gäste und verschwand unter Andreas’ bewundernden Blicken, die Luisa nicht entgingen. Eifersucht fraß sich in ihre Seele wie Gift. Um sich abzulenken, wandte sie sich an John. „Wie sind die Journalisten?“

„Ganz okay“, sagte er. „Aber anstrengend. Die ganze Zeit wollen sie irgendwas wissen. Und sie sind unvernünftig. Heute Nachmittag waren wir an den Cliffs of Moher. Ich hatte ihnen extra gesagt, sie sollen nicht über die Absperrungen klettern. Erstens ist es verboten, zweitens gefährlich. Aber fast alle aus der Meute haben es getan – nur für ein Foto, das doch nie gedruckt wird.“ Er lachte bitter. „Slainte.“ Sie stießen an.

Andreas winkte bald danach Sheila und bestellte Whisky. Mit inzwischen schon leicht glasigen Augen machte er ihr Komplimente.

„Sie hätten besser Augen für Ihre wunderschöne Frau“, sagte sie schroff.

„Aber die hat keine roten Locken.“

Luisa wandte sich zu Maria. „Mancher trinkt mehr, als er verträgt." Maria rollte mit den Augen: „Oh, ein weit verbreitetes Phänomen."

Luisa fragte sich, was die quirlige, schusselige, kurzhaarige Frau mit dem schlaksigen bitteren Riesen John Tuck verband. Wie kam sie hierher? Da sie von Hause aus neugierig war, stellte sie die Frage.

„Ich war auch Journalistin", erzählte Maria. „Ich habe John auf einer Reise kennengelernt, habe mich in ihn und Carrigaholt verliebt – und hatte das Schreiben satt. Schreibhemmung oder so. Ich konnte den ganzen Schickimicki-Kram in München nicht mehr ausstehen. Falscher Glamour. Wir haben hier unser Auskommen. Wir leben einfach, ich verdiene was dazu, und John kann sich sogar ein Zimmer im Haus seiner Schwester in Dublin leisten, wenn er beruflich da hin muss." Sie nahm einen hektischen, tiefen Zug am Guinness-Glas. „Ich habe es nie bereut. Nur meine Eltern haben es nicht verstanden. Mein Vater ist Pfarrer, meine Mutter Lehrerin. Dass ihr Kind Putzfrau wird, übersteigt wohl ihr Fassungsvermögen."

Erstaunliche Enthüllungen, dachte sie – und blickte zu Andreas. Aber der hatte nur Augen für Sheilas wohlgerundetes Hinterteil. Also wendete sie sich an John Tuck: „Sie sind Reiseleiter. Was sollte man hier in der Gegend noch gesehen haben?"

„Unbedingt den Nationalpark Burren, die reinste Mondlandschaft. Eine geologische Sensation. Dort wachsen Enzian, aber auch mediterrane Pflanzen. Dort sollten Sie einen Spaziergang machen. Und wenn Sie Single wären …", er lächelte verschmitzt, „würde ich Sie in ein kleines Dorf namens Lisdoonvarna schicken. Dort lebt Irlands letzter Heiratsvermittler und veranstaltet jeden Herbst ein Singlefestival." Sein Lächeln vertiefte sich. „Damit habe ich Maria erpresst und rumgekriegt. Ich habe ihr gesagt, wenn du mich nicht nimmst, fahre ich nach Lisdoonvarna."

Alle lachten. So plauderten sie noch eine Weile, bis alle müde wurden. Da stand John auf und sprach zum Abschied einen irischen Segen: „Mögst du Ruhe finden, wenn der Tag sich neigt … auf dass die Erinnerung dich wärmt und gute Träume deinen Schlaf begleiten."

„Wunderschön", sagte Luisa und bezahlte rasch bei Sheila für alle. Andreas war zu sparsam, um es zu tun, und sie hatte schon mitbekommen, dass John und Maria vom Minimum lebten. Aber nun legte der hoch aufgeschossene Mann seinen Arm um die leicht pummelige Frau, sie grinste ihn an, und was sie dachten, stand ihnen so klar ins Gesicht geschrieben, dass Luisa einen Stich von Neid verspürte …

Später flutete das Mondlicht ins Zimmer, der Regen hatte sich verzogen. Die Dachfenster im Schlafzimmer standen weit auf, frische Luft strömte herein. Luisa lag auf dem Rücken und starrte zur Decke. „Liebst du mich eigentlich wirklich?“ fragte sie Andreas.

„Hm“, kam ein Grunzen unter der Bettdecke hervor.

„Das ist keine klare Antwort“, beharrte sie und dachte an den Blick, mit dem sich Maria und John vorhin angesehen hatten.

„Das müsstest du doch wirklich wissen. Männer machen keine so großen Worte.“

Aber Luisa mochte noch nicht aufgeben: „Nie sagst du mir mal, ich liebe dich oder so.“ Sie dachte auch an ihre Eltern, die sich nach so vielen Jahren immer noch mit Komplimenten überschütteten, Händchen hielten und ganz offensichtlich Sex miteinander hatten.

„Du bist die eine für mich“, seufzte Andreas etwas unbeholfen, was Luisa dann doch wieder rührte. Dennoch konnte sie nicht locker lassen. „Warum liebst du mich?“

„Wo bin ich hier gelandet? Ist das ein Verhör?“ Andreas zog sich das Kopfkissen über und drehte sich zur Seite. Luisa dachte daran, mit welch gierigen Blicken er die Kellnerin Sheila angeschaut hatte und wie er in Gegenwart eines jeglichen weiblichen Wesens regelrecht auftaute. Nein, sie würde jetzt noch nicht locker lassen.

„Warum willst du mich heiraten?“

Das Grunzen klang jetzt ärgerlich. „Weil du schön bist.“

„Was?“ Für einen Augenblick verschlug es Luisa die Sprache. Hatte sie richtig gehört? So platt konnte es doch nicht sein! Sie überlegte, was sie antworten könnte. „Schönheit ist kein Argument“, sagte sie und dachte an die vielen feinen Fältchen, die das Gesicht ihrer Mutter durchzogen und die ihr Vater geflissentlich übersah. „Schönheit vergeht.“

„Ach, lass mich doch endlich in Ruh“, kam es unter der Bettdecke hervor. „Ich kann ja doch nicht das Richtige sagen. Wenn ein Mann heiraten will, liebt er.“

Jetzt war Luisa richtig verärgert, nahm ebenfalls ihr Kopfkissen und drehte sich zur anderen Seite. „Wenn eine Frau heiratet, will sie geliebt werden." Lange lag sie wach und grübelte, bevor sie endlich einschlief.

Am nächsten Morgen schlüpfte sie früh in ihre Gummistiefel, zog ein Cape über, strich sich die silberblonden Haare glatt und zog leise die Tür des Rose Cottage hinter sich zu. Die Dorfstraße lag glänzend vor ihr wie ein helles Band. Der Himmel war reingewaschen vom Regen und strahlte zartblau. Ein wunderschöner Maimorgen, dachte Luisa. Sie wollte zu Mrs. Arrowsmith.

„Sie haben ja gutes Wetter mitgebracht", lächelte die Krämerin. „Endlich hört der Regen auf. Die Schafweiden stehen ja schon unter Wasser."

Luisa lächelte auch. „Ich wollte mich für Betty's Tea Cake bedanken. Himmlisch! Kann ich ein paar Stücke zum Frühstück mitnehmen?"

„Aber selbstverständlich. Und wenn Sie wollen, bekommen Sie auch das Rezept."

Begierig schrieb Luisa alles auf. Das Besondere an dem Rezept waren die 50 Gramm Cranberries, die neben Kirschen und Orangeat im Teig verarbeitet wurden. Zum Dank gab sie Mrs. Arrowsmith das Rezept für ihre Mohnschnecken.

„Wir sind ja keine Konkurrenten", sagte die freundliche Frau, und ihre Grübchen blitzten.

Luisa kaufte noch alles ein, was sie für Mohnschnecken brauchte, dazu Eier, Würstchen, Schinken, die „Irish Times". Das Geld ihrer Mutter schmolz in bedenklichem Maß. Aber immerhin hatte sie erstaunlicherweise noch eigenes auf ihrem Konto übrig. Das Gehalt an ihrer privaten Kunstschule war nicht hoch, aber da sie bei ihren Eltern lebte, war es erträglich. Sie verabschiedete sich herzlich und ging durch den frischen Morgen zum Rose Cottage zurück.

Dort saß Andreas schon angezogen am Küchentisch. Weiße Hosen, dunkelblauer Clubblazer mit Goldknöpfen – er sah mal wieder erschreckend vornehm aus. Und fehl am Platz in der kleinen Küche mit dem großen Aga-Herd. Dass sie sich so einen wunderbaren Herd gegönnt hatte, der vermutlich mehr wert war als das ganze Cottage, sah ihrer Mutter ähnlich, dachte Luisa. Wie bei ihr war Kochen ihr Lebensmittelpunkt – und ihr Vater ließ sich allzu gern verwöhnen.

Noch immer nicht konnte Luisa fassen, dass Rose Cottage ihrer Mutter gehörte. Aber es stimmte, ihre Mutter war nicht arm, sie stammte von einem Wehrhof ab, wo man seit Jahrhunderten Land dazu gekauft hatte. Vielleicht war auch Rose Cottage von diesem Geld bezahlt worden? Seit ihrer Kindheit wusste Luisa, dass immer irgendwelche Sparbücher auftauchten, wenn es Sonderwünsche gab. Das war alles ihren Großeltern und deren Vorfahren zu verdanken! Sie lächelte. Früher mal waren es Räuber gewesen, die Kaufleute wie Andreas in der Rheinebene überfielen. Ihr Vater, Professor Eduard Schöttler, machte immer seine Witze darüber.

Jetzt stellte Luisa ihre Einkäufe auf dem Tisch ab. „Was gibt es heute?" fragte Andreas.

„Überraschung", erwiderte Luisa, die ihm sein Lieblingsessen zubereiten wollte, Kartoffelsuppe mit Mohnschnecken. Auch Maria hatte sie ja eingeladen. Und mit einem kleinen Stich in der Magengegend dachte sie an den Delphinmann mit den intensiven Augen. Auch mit ihm war sie verabredet! Und sie hätte selbst nicht sagen können, warum sie sich so sehr darauf freute.

Endlich legte Andreas die „Irish Times" aus der Hand und machte sich über die Rühreier her. „Lecker", lobte er. „Was bin ich nur für ein Glückspilz! Nicht nur eine schöne Frau, nein, sie kann auch noch kochen. Eier kochen ist am schwersten, hat meine Mutter immer gesagt."

Luisa unterdrückte ein Seufzen. Bisher war sie der hart arbeitenden Frau, vor der sie großen Respekt, aber auch etwas Angst hatte, erfolgreich aus dem Weg gegangen. Aber spätestens bei der Hochzeit würden beide Familien sich kennenlernen. Was würde Frau Freymann wohl zu Professor Schöttler mit seinem arabischen Käppi sagen? Luisa verdrängte den Gedanken lieber und trug Andreas mehr Rührei auf.

„Wollen wir heute zu diesen Cliffs?", fragte er kauend.

„Zu den Cliffs of Moher?" Luisa umarmte ihn von hinten. „Du bist so ein Schatz. Aber heute kann ich nicht. Ich will doch etwas ganz Besonderes backen. Morgen vielleicht."

Er lächelte. „Meine Küchenfee … Abgemacht, morgen dann. Und ich gehe zu meinen Jungs und drehe eine Runde auf dem Golfparcours. Wird mich auf andere Gedanken bringen."

Sie schnippelte Suppengrün, schälte Kartoffeln, pürierte sie, bereitete einen Teig zu, buk die Mohnschnecken, und war am frühen Nachmittag mit allem fertig. Beim Kochen ließ sich Luisa gern Zeit, machte sich sogar eher Umstände, damit es länger dauerte. Sie entspannte dabei. Dann ging sie nach oben, nahm ein Bad und zog sich Jeans und einen Kapuzenpullover an, dessen Denim Blau ihre Augenfarbe zur Geltung brachte. Sie benutzte sogar einen blauen Kajalstift, obwohl sie das sonst nie tat. Wen will ich beeindrucken? Fragte sie sich. Nicht etwa das Bild von Andreas, sondern das von Patrick, ihrem Delphinmann, wie sie ihn zärtlich nannte, schob sich vor ihre Augen.

„Köstlich!" sagte er und kaute. Maria, die neben ihm an der Reling der „Pride of the Seas" stand, futterte schon ihre zweite Mohnschnecke. Sie schien einen unermüdlichen Hunger zu haben, dachte Luisa.

„Woher kennt ihr beiden euch eigentlich?" fragte sie, da ihr die Komplimente für das einfach zu erstellende Backwerk etwas peinlich waren.

„Oh, schon lange", platzte Maria heraus. „Noch aus der Zeit, als ich Journalistin war. Ich arbeitete für eine große Frauenzeitschrift und war mit John als Reiseführer durch Irland unterwegs. Da hat er mich natürlich auch zu den Delphinen von Carrigaholt gebracht. Ehrensache! Ich war fasziniert. Und habe mich in John verliebt, als wir hinten auf dem Boot standen, den Delphinen zusahen, und er plötzlich seine Hand über meine legte." Ihre Kulleraugen blitzten schelmisch. „Du siehst, Delphine haben die Kraft, dein Leben zu verändern."

„Sie machen glücklich", sagte Patrick und schaute in Richtung Loop Head, wo sich seine Meeresfreunde jetzt sicherlich im Wasser tummelten. „Sie haben eine Freundlichkeit und Fröhlichkeit, die uns Erwachsenen fehlt. Deshalb können sie ja auch kranke Kinder heilen. Was ich in Ordnung finde. Was ich nicht in Ordnung finde, ist, dass man sie einsperrt."

Luisa war von diesen vielen Worten des sonst so wortkargen schroffen Mannes überrascht. Sie hörte ihn gern reden, ihn befeuerte eine Leidenschaft für die verspielten Meerestiere, die sie anziehend fand. Jetzt wischte er sich ein paar Krümel von seinem dunkelblauen Seemannspullover.

„Es gibt Einrichtungen zur Delphintherapie, die die Tiere artgerecht halten. Dann bin ich damit einverstanden. Auf Curacao zum Beispiel. Dort haben sie eine ganze Lagune, um zu schwimmen und werden nur zur Therapie in die Becken geholt. Aber es gibt auch viele Scharlatane. Und Delphinarien, die den Tieren keinen Raum lassen und wo sie elend verrecken."

„Das ist Patricks Mission", fiel ihm die gesprächige Maria ins Wort. „Er fährt nicht raus zu den Delphinen, um Geld zu verdienen. Er will den Touristen zeigen, dass Delphine Freiheit verdienen."

Luisa dachte an den Delphin, der vor ihr getanzt hatte und an Fungy aus der Dingle Bay. Sie war so gerührt über Patrick und seinen Einsatz für die Meeressäuger, dass ihr fast die Tränen kamen. „Großartig", murmelte sie nur, packte ihren Korb und sagte, nun ihrerseits schroff. „Ich muss los. Um fünf Uhr kommt Andreas."

Doch er kam nicht. Um fünf nicht, um sechs nicht, und um sieben nicht. Um halb acht aß Luisa einen Teller Kartoffelsuppe – kippte aber aus Kummer die Hälfte davon fort. Sie war traurig und wütend. Andreas war so anders als die treuen, verspielten Delphine. Auf ihn war keinerlei Verlass. Aber sie würde nicht sinnlos auf ihn warten.

Luisa überlegte, Maria anzurufen und mit ihr in den Pub zu gehen. Aber dann hatte sie eine noch bessere Idee. Sorgfältig wusch sie ihre Hände, ging ins Wohnzimmer, wo sie ein kleines Feuer gegen die Abendkühle entfacht hatte und öffnete das Manuskript mit dem geheimnisvollen Wappen. Sie würde das Geheimnis der Emma Knothe ergründen!

Auf dem ersten Blatt fand sie eine Vorbemerkung: „Die Erzählerin hat sich dazu entschieden, die wahrhaftig erlebten Ereignisse nicht aus der eigenen Sicht darzustellen, sondern so, als ob sie jemand Anderem widerfahren wären. Das soll der Distanz dienen. Aber genug der Vorrede, beginnen wir mit der Handlung."

Sie öffnete die Fäuste, gab die Zügel frei, legte den Kopf dicht an den Hals ihres Pferdes, dem sie den Spitznamen „Blitz“ gegeben hatte. Ihre langen, goldbraunen Haare lösten sich aus der Haube, deren Farbe längst von Wind und Wetter ausgeblichen waren, ihre widerspenstigen Locken flossen wie flüssiges Gold über ihre Schultern. „Blitz“ machte eine ruckartige Bewegung, machte sich noch etwas mehr frei vom Zügel, und dann schoss er los, als verleihe irgendeine größere Macht ihm Flügel. Er war ein gutes Pferd, er war ein schnelles Pferd – und er war das Pferd von Emmas verstorbenem Vater gewesen, einem Hünen von einem Mann, der von den Recken Gustav Adolfs abstammte, wie im Dorf alle flüsterten.

„Schneller!“ forderte Emma von ihrem Pferd und drückte es unter dem derben blauen Kleid mit den Knien. Die Rockschöße wehten in der Luft, als sie ihm die Zügel gab. Immer schneller, immer wilder galoppierte Blitz, bis Emma laut lachte und mit spritzendem Schlamm Valentin, den Sohn des reichen Müllers, hinter sich ließ. Erst nach Minuten holte er sie ein. Er keuchte, war ganz atemlos. Emma hatte ihren Blitz unter einer Trauerweide festgebunden und war mit gerafften Röcken vom Pferd gesprungen. Sie ritt besser als fast alle Jungs aus dem Dorf – und war stolz darauf.

Nur der Nachbarssohn Florian ritt noch besser, und sie hasste ihn dafür.

„He, Emma, wo steckst du?“

Valentin kam auf seinem dicklichen Falben näher. Er passte zu seinem Pferd. Auch Valentin war untersetzt, dachte Emma. Zu viel Kuchen. Und er war Katholik. Anders als die Familie der protestantischen Bevölkerung wie Emma musste er nicht so viele Steuern bezahlen. Die Steuern waren erdrückend, und Emma und ihre Großmutter wussten nicht so genau, was sie dem Steuereintreiber dieses Jahr erzählen sollten. Die protestantische Pfalz litt unter dem katholischen Kurfürsten, der ein religiöser Fanatiker war. Aber rasch schob Emma den Gedanken an die große Politik beiseite und wischte sich eine Locke aus der Stirn. Wie ein Tagelöhnermädchen stemmte sie die Hände in die Hüften und starrte Valentin an.

„Mit dir zu reiten, macht keinen Spaß, man kommt ja nicht hinterher“, jammerte Valentin. Emma lachte. Sie freute sich über die Anerkennung, die trotz allem in dieser Bemerkung mitschwang.

„Dann kauf dir halt einen schnelleren Gaul. Ihr habt doch Geld."

„Bekomme ich vielleicht", gab Valentin zurück. „Wenn ich die Mühle erbe." Er zügelte seinen Falben und näherte sich Emma, vorsichtig, als wäre sie irgendwie gefährlich. Alle Jungs im Dorf hatten vor ihr Respekt. Sie achtete darauf.

„Komm, wir wollen zum Rhein hinunter, angeln."

„Ich kann nicht schwimmen."

Emma lachte nur. Ihr Vater, der Schmied, war mit ihr bis auf die andere Seite des Stromes geschwommen, sie kannte den Rhein mit seinen Untiefen und Strömungen, seit sie ein kleines Kind war. Aber sie war nicht vollkommen rücksichtslos. Sie setzte sich mit Valentin ans Ufer und schaute den silbrig tanzenden Wellen zu. Valentin war ein Freund, und sie wollte ihn nicht demütigen. Das hatte er nicht verdient!

„Wie geht es bei dir zu Hause?" fragte er.

„Schlecht", erwiderte Emma mit der für sie so bezeichnenden Ehrlichkeit. „Die Steuern werden immer drückender, und unser Vorarbeiter Herbert wird immer älter. Wenn nicht irgendein Wunder geschieht, werden wir Land verkaufen müssen."

Valentin schwieg betreten. Er wusste selbst, dass dies für eine Bäuerin der größtmögliche Alptraum war. Das fette Land in der Rheinebene war es, von dem sie mit den Tagelöhnern, der Köchin und den Tieren lebte. Niemand, der einen klaren Verstand hatte, gab auch nur ein bisschen davon her.

Valentin blickte in den sommerblauen Himmel, wie Emma aus den Augenwinkeln sah. „Wenn die Welt eine andere wäre", sagte er schließlich, „dann wüsste ich eine Lösung."

Emma blickte zu ihm hinüber und wartete ab. Wollte er ihr das Land abkaufen? Sie würde ihn dafür hassen wie einen Todfeind. Das Land war es, für das sich zu leben lohnte! Das hatte sie von ihrem Vater, aber auch von ihrer zähen alten Großmutter gelernt, die schwarz trug, seitdem ihr Mann vor vielen Jahren am Pflug tot umgefallen war.

„Wenn du doch nur Katholikin wärst", fing Valentin an – und machte dann eine Pause.

„Dann was?" fragte Emma neugierig.

Valentin ließ den Grashalm fallen, auf dem er gekaut hatte. Er blinzelte, als müsse er überlegen. „Dann würde ich dich heiraten."

Emma prustete los. „Ich fühle mich sehr geehrt. Du hast nur eins vergessen.“

Valentin starrte ihr bewundernd in die sprühenden grünblauen Augen. „Und das wäre?“

„Mich zu fragen, ob ich dich heiraten will.“

Sie stand auf, wischte sich die Grashalme von ihrem derben blauen Rock, lachte laut und gab seinem Falben einem Klaps, sodass er wieherte und durchging und Valentin Mühe hatte, sich auf dem Pferd zu halten. Sie seufzte. So war es mit den Jungs in Friemersheim. Sie waren ihr, Emma Knothe, Erbin des Wehrhofs und Tochter des schwedischstämmigen Schmieds, einfach nicht gewachsen!

Später schoss sie mit Blitz allein über die Äcker. Er suchte sich allein seinen Weg, wollte heim zum Hafertrog. Die flachen Ebenen der Rheinebene gingen am Horizont in die Höhenzüge der Haardt über, eine malerische Landschaft, von der Emma aber kaum etwas wahrnahm. Die idyllische Kulisse war ihre Heimat. Sie kannte nichts anderes. Sie war mit dem Rhein im Rhythmus seiner Überschwemmungen aufgewachsen, war eine richtige Rheintochter.

Fern sah sie schon Friemersheim, ein kleines Dorf in der Rheinebene, das trotz seiner lediglich 500 Seelen zwei Kirchen hatte, eine große, stolze, die katholische, und eine kleinere mit einem Natursteinturm, die den Protestanten zum Gottesdienst diente.

Als sie sich dem Dorf mit seinen spielenden Kindern und dem nassen Stroh in den Gassen näherte, drosselte sie das Tempo von Blitz. Sie wollte niemanden verletzen. Aber sie hatte auch ein egoistisches Motiv: Ihre Großmutter sollte nicht sehen, dass sie schon wieder so tolldreist wie ein Mann geritten war! Vergeblich appellierte die alte Frau immer wieder an Emma, dass sie sich benehmen solle wie eine Dame. Warum soll ich mich als etwas Besseres fühlen, fragte sich Emma. Sie empfand sich als Bauernmädchen wie die anderen im Dorf auch. Allerdings redeten die anderen Mädchen kaum mit ihr. Sie war ihnen zu wild, zu unheimlich, wie manche sagten. Emma kannte das Geschwätz ganz genau. Es wurde ihr von Valentin zugetragen. „Alles nur der Neid“, sagte er immer.

Jetzt hatte sie die Toreinfahrt des uralten Wehrhofes in der Dorfmitte erreicht. Ein schwarz-weiß gefleckter Hund flitzte aus der mit Stroh verdreckten Hofeinfahrt und begrüßte sie standesgemäß, indem er um sie und Blitz herumtanzte und kläffte. Piddel, der Jagdhund ihres Vaters. „Wenn du doch nur mit Menschen so gut umgehen würdest wie mit Tieren“, hatte er immer zu Emma gesagt, die ein krankes Kaninchen unter Tränen gesund pflegen konnte, sich für die Jungs aus der Nachbarschaft jedoch nicht interessierte.

Behände sprang sie vom Pferd und führte Blitz in den Hof mit seiner riesigen Lehmmauer, den Zinnen und den Schießscharten. Diese Mauer des alten Wehrhofes war so ziemlich das beeindruckendste, was Friemersheim neben seinen Kirchen zu bieten hatte. Hoch, groß, gelb und verschlossen thronte sie über der Straße. Das Haus dahinter duckte sich mittelalterlich und eher klein im Fachwerkstil hinter die Mauer. Alles Geld, was die Familie je besessen haben mochte, war immer in den Ankauf von Land gegangen, niemals in Prunk oder Protz. Und genau das war es, was Emma jetzt solche Probleme bereitete.

Als sie vor dem Stall angekommen war, wartete schon Herbert, der Vorarbeiter, in seinem groben Hemd zu den schweren Lederstiefeln, um ihr Blitz abzunehmen und das dampfende Pferd mit Stroh trocken zu reiben. Er beaufsichtigte die drei jungen Männer, die als Tagelöhner für Emma und ihre Großmutter arbeiteten. Doch Herbert war schon alt, konnte sich kaum noch um die Äcker des alten Wehrhofes kümmern, aber Emma hatte nicht die Kälte, es ihm zu sagen und einen kräftigen, jungen Tagelöhner zu befördern. Mit der Folge, dachte sie seufzend, dass Hof und Äcker zunehmend herunterkamen.

Sie strich ihren langen verschossenen blauen Rock mit dem braunen Mieder glatt und sah, dass der Rocksaum schmutzig war. Auch drehte sie ihre Haare zu einem Dutt zusammen – vergeblich. Kaum setzte sie die Haube auf, lösten sich schon die ersten Locken wieder. Sie wusste, dass sie vom Reiten gebräunt war und rote Wangen hatte. Ihre Großmutter würde schimpfen!

Auf dem Weg zu dem hinter die Mauer geduckten kleinen Haus zupfte sie Löwenzahn, Vogelmiere und Brennnesseln zwischen dem Kopfsteinpflaster, während ein paar Hennen gackernd und pickend um sie herum staksten. Als Piddel zwischen sie stob, schreckten sie auf und rannten davon. Später würde Emma Eier suchen. Damit und aus den Kräutern würde sie einen Salat zubereiten.

Nein, an Fantasie mangelte es ihr nicht.

Egal, wie hoch der katholische Kurfürst die Steuern für Protestanten schraubte – aufgeben würde sie niemals! Lieber sterbe ich, dachte sie, raffte ihren Rock, öffnete die schwere, alte hölzerne Haustür, die in den Angeln quietschte – und trat in die dunkle Stille der Halle ein. Jahrhundertealtes Holz und ein uralter Kamin zeugten von der langen Geschichte des Hofs. Hier würde niemand nachgeben! Emma schauderte. Sie hatte Angst vor den Gespenstern ihrer Vorfahren.

Sie bog in einen kleinen Flur ein, an dem auch die Milchkammer lag und trat in die Küche ein. Hübsche bemalte Kacheln zierten den Ofen in der Küche, und auf den steinernen Bodenfliesen lagen hübsche, bunte Flickenteppiche. Piddel stromerte zielstrebig auf einen davon zu und rollte sich gemütlich zusammen. Am Herd stand die alte Hauswirtschafterin und rührte in einem großen, glänzenden Kupferkessel. Es sah verführerisch aus. Aber Emma wusste, dass sich darin nur eine dünne Kräutersuppe für alle Arbeiter und die Bauernfamilie befand. Immerhin, sie wollte nicht klagen, sie konnte für die Tagelöhner noch ein ordentliches Stück Speck auf den Tisch bringen. Im Hof hielt sie Schweine, die regelmäßig geschlachtet wurden.

„Deine Großmutter wartet schon", zischte die Hauswirtschafterin, die nach dem Tod von Emmas Mutter im Kindbett auch Emmas Amme gewesen war. Liebevoll hatte sie sie an ihren großen Brüsten aufgezogen, wie Emma aus ihren Erzählungen wusste. Mit inbegriffen waren die schauerlichen Märchen aus der Vergangenheit, die von Hexen und Menschenfressern handelten. Als Kind hatte Emma nicht genug davon bekommen können – und auch jetzt hörte sie ihrer alten Amme noch gern zu, an langen Winterabenden, wenn das Feuerholz im Kamin loderte.

„Kind, mein Kind, wo bist du so lange geblieben?" Emma spürte, dass der forschende Blick ihrer geliebten Großmutter scharfsinnig wie immer auf ihr ruhte. Sie konnte ihr nichts vormachen. Huberta Eickel, ganz in schwarz gehüllt, wie Emma sie ihr Leben lang kannte, hatte die Weisheit und den Scharfblick des Alters.

„Und du bist wieder geritten, obwohl ich es dir verboten habe. Es ist so gefährlich! Und die Leute reden über dich, weil du so wild und ungezähmt bist. Ach, wäre doch meine Tochter, deine Mutter, nicht im Kindbett gestorben. Dir fehlt jede Sanftheit. Du bist wie ein toller Junge."

„Verzeiht, Großmutter", erwiderte Emma artig und küsste ihre Oma sanft auf die schwarze Haube. Sie spürte, wie zart die alte Bäuerin in den letzten Monaten geworden war, zart wie ein junges Vögelchen. Es machte ihr Angst! Sie hatte viele so zarte alte Frauen aus dem Dorf schon gehen sehen. Was sollte werden, wenn ihre Großmutter starb? Dann wäre sie ganz allein auf der Welt!

„Komm, setz dich zu mir", sagte die Frau, die auf einer mit Kissen verzierten Bank an den Fenstern saß, die freien Blick über den Hof und seine riesige Mauer gewährte. „Ich muss mit dir sprechen." Emma gehorchte und setzte sich hin. „Emma, du bist vor einem Monat sechzehn geworden. Und ich bin überzeugt, dass ich das siebzigste Jahr nicht mehr erreiche. Ich habe genug Kranke gesehen. Und genug Tote auf Beinen. Es geht zu Ende mit mir."

Die alte Frau mit dem schlohweißen Haar unter der Haube legte ihre Hand über die von Emma, eine zarte Hand. Aber Huberta Eickel hatte immer noch Kraft! Es war die zähe Hand einer Frau, die ein hartes Leben mit vielen Tragödien gelebt hatte. Und es war die Hand einer Kräuterfrau, wie Emma wusste, einer Weisen, die mit Brennnesselsud und Salbeitee und anderen Kräutern, die schon die weise Hildegard von Bingen in ihrem Kräutergarten hatte, schon vielen Kranken Linderung oder gar Heilung gebracht hatte. In den letzten Wochen jedoch war Huberta Eickel kaum noch hinausgegangen, um Heilkräuter zu sammeln.

„Du musst heiraten, Kind", sagte Huberta leise, so, als wüsste sie selbst, dass es fast aussichtslos war. Emma lachte nur über die Jungen aus dem Dorf, wenn sie ihnen davon galoppierte. „Irgendeinen Mann gibt es für dich. Jedes Töpfchen findet sein Deckelchen."

„Großmutter", setzte Emma an. „Ihr wisst, dass ich lieber allein bin. Wir beide können für uns sorgen, wir sind nicht unvermögend, ich schaffe es schon."

„Nein, Kind, du schaffst es nicht. Du kannst die Äcker nicht besorgen. Und der Steuereintreiber wird nicht nach den Gründen fragen. Nach meinem Tod nimmst du meinen Siegelring. Man kann nichts mit in den Himmel nehmen. Vom Erlös zahlst du die Schulden an."

Emma seufzte stumm. Sie hasste es, wenn ihre Großmutter von ihrem Tod sprach! Lieber wollte sie selbst dahin gehen, als den letzten, geliebten Menschen zu verlieren.

„Heute hat Florian bei mir vorgesprochen. Er ist ein sehr gütiger und kluger junger Mann. Mein Liebling, du solltest ihn heiraten."

Jetzt riss Emma die Geduld. Ihre mühsam vorgetäuschte Bravheit kam an ihre Grenzen. „Florian ist ein fürchterlicher Angeber!" Der jüngere Sohn des protestantischen Dorfpfarrers war einige Jahre älter als sie. Und wie Emma fand, ein wenig überheblich. Sie hatte immer gedacht, er könne sie nicht leiden! Und nun wollte er sie heiraten? Nur um unseres guten Landes willen, dachte sie grimmig. „Und er mag mich überhaupt nicht. Er will sich nur an uns bereichern."

Aber ihre Großmutter ließ sich durch die Ungezogenheit nicht aus der Ruhe bringen. „Da täuschst du dich gewaltig. Stille Wasser gründen tief. Und Florian ist ein jüngerer Sohn. Er ist der beste Landwirt im Dorf, muss aber als Tagelöhner gehen. Das hat ihn Dankbarkeit gelehrt. Er wird sich freuen, dir ein guter Mann zu sein. Das kann man nicht von jedem sagen!"

„Ich liebe ihn aber nicht", heulte Emma auf.

Jetzt war es an ihrer Großmutter, einen tiefen Seufzer von sich zu geben. „Liebe ist kein Grund zu heiraten, mein Kind. Zur Ehe gehört Vernunft. Florian ist der Sohn des Pfarrers, ein sehr gebildeter Mann. Es wird dir zu großem Ansehen verhelfen. Und dem Hof nur nutzen."

„Ich kann Florian aber nicht lieben, weil ich ihn nicht leiden kann."

„Die Liebe kommt mit den Jahren", sagte die Großmutter und hob beschwichtigend ihre Hand, da sie die Verbissenheit ihrer Enkelin kannte. Aber Emma ließ sich nicht beschwichtigen.

„Dann werde ich nie, niemals heiraten!" Emma vergaß jeden Gehorsam und sogar auch die Kräuter für den Salat, den sie eigentlich hatte zubereiten wollen. Sie rannte hoch in ihre kleine Kammer unterm Dach und warf sich auf den mit Tuch bedeckten Strohsack im Alkoven. Sie weinte immer noch, als ihre Großmutter die Treppe hoch gekommen war und ihr Milch und Brot brachte. Es gab gar nicht genug Tränen!

Huberta Eickel brachte ein Talglicht ins Zimmer, das sie sorgsam auf dem Nachttisch abstellte. „Du musst etwas essen, mein Kind. Du hast ja Recht, das Leben ist nicht für uns Frauen gemacht. Aber wir müssen uns fügen. Das müssen alle!"

„Ich muss nur sterben!", rief Emma und zog sich das Kopfkissen über die goldbraune Haarflut, die sich aus dem Knoten gelöst hatte, widerspenstig wie immer.

„Wenn doch nur der gute alte Kurfürst noch lebte!", seufzte ihre Großmutter. „Dann hätte ich weniger Sorge um dich. Unter Kurfürst Karl Ludwig ging es uns gut!"

„Großmutter, ihr lebt in der Vergangenheit. Kurfürst Karl Ludwig ist seit dreißig Jahren tot!"

„Damals war der Kurfürst noch Protestant, und keiner hatte zu klagen. Wenn sein Sohn Karl nur nicht so verschwenderisch und verweichlicht gewesen wäre."

„Auch schon seit 1685 tot …"

„Schweig, dummes Kind. Mit Kurfürst Karl ist die protestantische Linie in der Pfalz erloschen. Johann Wilhelm ist nicht nur Katholik, er kümmert sich nicht um uns Pfälzer! Er residiert mit seiner Medici-Gemahlin in Düsseldorf, geht zur Jagd und sammelt Gemälde. Nichts macht er für uns. Wir werden alle zugrunde gehen."

Und dann geschah etwas Unfassbares, etwas, das so unglaublich war, dass Emma unter ihrem Kopfkissen hervor kam und sich aufsetzte. Ihre stets so starke, zähe Großmutter mit dem ganzen Stolz einer Bauersfrau hatte angefangen zu weinen! Wenn es so schlimm um sie alle stand, dann musste sie vielleicht doch heiraten?

Nein! Versprach sich Emma. Sie würde eine andere Lösung finden. Morgen würde sie darüber nachdenken, morgen gleich …

Aber der nächste Morgen war in dieser Nacht weit weg. Emma wälzte sich auf ihrem Strohsack herum, unfähig, einschlafen zu können. Kalt warf der Mond sein Licht als breite Bahn auf den rohen Holzfußboden ihres Zimmers. Emma dachte nach. An die guten Zeiten unter dem guten Kurfürsten konnte sie sich natürlich nicht erinnern, denn sie hatte damals nicht gelebt. Doch ihre Großmutter hatte ihr wieder und wieder erzählt, mit welcher Leidenschaft dieser Protestant die Kurpfalz nach Beendigung des fürchterlichen Dreißigjährigen Krieges wieder aufgebaut hatte. Kurfürst Johann Wilhelm dagegen, aus einer anderen Linie, war ein fanatischer Katholik, ging auch den Katholiken in Friemersheim viel zu weit. Er besetzte Ämter und Burgen mit Katholiken, obwohl die Kurpfalz ein Kernland des deutschen Calvinismus war. Als Helfer in der Not hatten die bedrängten Pfälzer jedoch einen wichtigen Freund, dachte Emma grimmig. Immer, wenn es zu Übergriffen kam, war der preußische König Friedrich I. zur Stelle. Er setzte den Düsseldorfer Landesherrscher immer wieder neu unter Druck, wenn er sich an seinen Glaubensbrüdern verging.

Emma selbst konnte nicht verstehen, warum die hohen Herren sich so bekriegten. Nach dem Dreißigjährigen Krieg hätte doch eigentlich Frieden einkehren müssen! Aber der Westfälische Friede von 1648 existierte wohl doch mehr auf dem Papier, seufzte Emma.

Dabei war sie doch gut befreundet mit Valentin, dem Sohn des Müllers. Er war lustig und loyal und kannte sich bestens in Feld und Wald aus. Wäre er nur nicht so brav gewesen – und hätte er nicht verlangt, dass sie die Religion wechseln müsse. Wer weiß, dachte sie, dann würde ich ihn vielleicht heiraten – und hätte niemals wieder Geldsorgen. Aber die eigene Religion verkaufte man nicht! Und Hochzeiten machten die Alten für einen ab. Ganz offensichtlich war der überhebliche Florian es, den man für sie auserkoren hatte.

Also lag Emma in ihrem Nachtkleid aus derbem Tuch fast die ganze Nacht wach, und als der Mond verblasste und die Morgensonne aufstieg, hatte sie einen Entschluss gefasst. Einen, der ihr fast das Herz zerriss, zu dem sie aber kommen musste, wollte sie ihren geliebten Hof behalten! Er war überfällig, wusste sie.

Am nächsten Morgen holte sie sich frisches Wasser von dem Brunnen mit dem uralten, rostigen Pumpschwengel im Hof, kochte es in einem großen Kessel auf dem Herd und wusch sich ausführlich an der Porzellanwanne, die mitsamt einem Spiegel in ihrem Schlafzimmer stand. Erbstücke ihrer so früh verstorbenen Mutter. Emma kannte sie nur von dem kleinen

Medaillon, das sie um den Hals trug. Eine zerbrechliche Frau mit weißer Haut und schwerem, dunklem Haar, das ihr zartes Gesicht fast erdrückte. Sie türmte sich ihr eigenes, goldbraunes Haar auf den Kopf, woraufhin sich sofort einige Ringellocken aus der Frisur lösten. Emma seufzte. Die Fluten waren kaum zu bändigen. Dann zog sie ihr bestes Kleid an. Es war rotbraun mit einem geschnürten Mieder und brachte ihren Teint zum Strahlen. Trotzdem kniff sie sich noch einmal in die Wangen. Sie wollte gut aussehen!

Dann eilte sie die schmale Holzstiege mit den knarrenden Stufen hinunter in die Eingangshalle. Sie vermied es, an der Küche vorbeizugehen, weil sie den Scharfblick ihrer Großmutter fürchtete. Blitz wieherte aus dem Stall, und Emma wischte rasch den Gedanken an den treuen Knecht Herbert beiseite, der ihr Pferd gewiss schon gestriegelt und gefüttert hatte. Sie wollte zu Fuß hinaus auf die Äcker gehen. Und dafür hatte sie gute Gründe. Sie pfiff Piddel, der sich nicht lange bitten ließ – und marschierte los.

Der Weg führte sie zu den Feldern der ärmeren Bauern, jenen, die regelmäßig den Rhein-Überschwemmungen zum Opfer fielen. Oft waren sie auch so arm, weil sie das Erbe aufteilten, statt dass nur der älteste Sohn den Hof übernahm. Bei Florian war es anders. Als jüngerer Sohn des Pfarrers hatte er auf seine Anteile verzichtet und arbeitete nun von Sonnenaufgang bis Sonnenuntergang auf den Feldern des Bauern Janson. Im Dorf sagte man, er wolle sparen, um selber auch Theologie zu studieren und das Pfarramt zu übernehmen.

Sie sah ihn schon aus der Ferne. Hoch gewachsen, breite Schultern, blondes Haar, das in der leichten Brise wehte, die vom Rhein her aufstieg. Er trug dunkle Arbeitskleidung aus Leder und war dabei, mit einem Ochsengespann den schweren, fruchtbaren Boden zu pflügen. Außer ihm und Emma war noch niemand draußen. Die anderen Tagelöhner arbeiteten vermutlich noch in den Ställen, dachte Emma.

Über Nacht hatte sie sich ganz genau überlegt, was sie sagen wollte. Trotzdem war sie aufgeregt. Es war etwas anderes, sich auszudenken, was man sagen wollte – als es zu tun. Doch sie kannte Florian, seit sie ein junges Mädchen war und vertraute darauf, dass er ehrgeizig war und es zu etwas bringen wollte. Er würde schon richtig mit dem umzugehen wissen, was sie ihm zu sagen hatte.

Als sie mit pochendem Herzen vor seinem Pflug stand und ihm zuwinkte, lächelte er, zügelte die Tiere und sprang ihr vor die Füße. „Emma Knothe! Wenn du hier heraus kommst, muss irgendetwas passiert sein."

Emma griff in ihren Korb. „Ich habe Brot und Speck mitgebracht. Lass uns essen."

Florian blickte aus seinen hellblauen Augen auf sie hinunter. Er lächelte. „Dafür habe ich keine Zeit. Das Feld muss heute bestellt werden." Das Lächeln erreichte auch seine Augen: „Was willst du hier, meine Kleine?"

Emma zögerte: „Erstmal bin ich nicht deine Kleine. Und dann bin ich mit einem Vorschlag gekommen."

Florian pfiff durch die Zähne. „Hat es vielleicht mit dem Gespräch zu tun, das ich gestern mit deiner Frau Großmutter geführt habe?"

Emma wand sich etwas. „Ja und nein. Es hat damit zu tun. Ja." Und damit fasste sie ihren ganzen Mut zusammen und sprudelte heraus, was ihr auf dem Herzen lag. Sie redete ganz schnell, weil sie es sonst vielleicht nicht fertig gebracht hätte. Und sie ignorierte den Duft nach Sonnenschein und blauem Himmel, den Florian verströmte. „Bitte, Florian, versteh mich. Was willst du von mir? Was soll der Unfug, dass du mich liebst. Das stimmt doch überhaupt nicht!"

Er gebot ihr mit einer Handbewegung zu schweigen und fiel ihr schroff ins Wort: „Woher willst du das wissen?"

„Wir können nicht heiraten. Ich mag dich, aber ich liebe dich nicht. Sicher, du kannst mindestens so gut reiten wie ich – und wunderbar auf der Klampfe spielen. Aber bevor ich deine Frau würde, wäre ich lieber tot!"

Eine kurze Pause entstand, in der Emma über ihre eigenen Worte staunte. Florian kam ein paar Schritte auf sie zu, nahm ihr Kinn in die Hand, hob es hoch und zwang sie, in seine Augen zu blicken. „Wäre es wirklich so schlimm? Wir kennen uns fast unser ganzes Leben."

Sie dachte daran, wie er sie oft gehänselt hatte und ihr mit seinem Fuchs lachend davon geritten war. Nein, sie konnte ihn nicht leiden. „Wir müssen vernünftig sein", fing sie wieder an, voller Selbstmitleid darüber, dass sie in diese Situation hinein geraten war. Die anderen Dorfmädchen hätten Florian sicher sehr gern geheiratet. Er galt als fleißig – und sehr klug.

„Eben", erwiderte er und wischte mit dem Finger zart die Träne weg, die ihr zu ihrem Verdruss übers Gesicht gelaufen war. Sie hasste ihn dafür, dass er sanft lächelte. „Eine Ehe zwischen uns beiden würde uns allen beiden nur Vorteile bringen“, sagte er, ließ ihr Kinn los und machte einen Schritt zurück. „Ich würde deinen Hof bewirtschaften. Du könntest dir endlich schöne Kleider bestellen, wie alle anderen Bauerntöchter auch. Und meine Gefühle genügen für uns beide. Der Rest wird sich finden!“

„Nein!“ empörte Emma sich. „Genau da liegt das Problem. Ich mag dich, Florian, aber ich liebe dich nicht. Hast du das noch nicht bemerkt?“

„Ach, Kind, du weißt ja gar nicht, was Liebe ist.“

„Aber du schon, wie?“ Emma bekam das Gefühl, dass dieses Gespräch nicht genau so verlief, wie sie es sich in der Nacht vorgestellt hatte.

„Zumindest weiß ich mehr als du. Ich weiß, dass ich dich liebe, Emma. Ich würde für dich“, er überlegte kurz, „den Mond vom Himmel pflücken.“

„Ich wusste gar nicht, dass du ein Dichter bist.“

„Werde nicht gemein, Emma.“

„Ich werde dich nicht heiraten“, stellte sie klar. „Aber ich habe dir einen Vorschlag zu machen.“

Florians sonst immer so strahlendes Gesicht nahm einen verschlossenen Zug an. Sie merkte selbst, wie sehr sie ihn verletzt hatte. Offenbar wollte er sie wirklich heiraten! Aber nun hatte sie angefangen, nun musste sie mit ihrem Vorschlag auch zu Ende kommen. „Florian, ich habe dir ein Angebot zu machen.“

Er wischte sich etwas Schlamm von der Hose, als wäre er nicht interessiert, noch mehr zu hören. Das irritierte Emma zwar, aber sie sprach dennoch weiter. „Ich muss Herbert die kleine Hütte am Feldrand schenken. Da kann er mit Hühnern und Schweinen leben und sein Alter fristen. Den Hof kann er nicht länger verwalten. Du könntest es tun, Florian. Du könntest unser Verwalter werden.“

Er antwortete nicht. Er schaute über den Rhein, der wie ein blaues Band in der frühen Morgensonne schimmerte. Dann endlich drehte er sich zu Emma um. „Nein, das könnte ich nicht.“

„Aber du wärst von den niedrigen Arbeiten erlöst.“

„Es gibt keine niedrige Arbeit. Und ich würde es nicht aushalten. Emma, hast du in all diesen Jahren nicht gemerkt, wie sehr ich dich liebe? Ich würde es nicht wollen, dass ich nur von dir abhängig bin.“

Jetzt staunte Emma. Mit so viel Stolz und Starrsinn hatte sie nicht gerechnet.

„Bevor ich hier bleibe und dich dauernd sehen muss, ohne dich erreichen zu können, gehe ich lieber weg."

„Das kannst du nicht!" stampfte sie auf und blitzte ihn aus ihren meergrünen Augen an. „Du kannst nicht einfach fortgehen."

„Kindchen, da täuschst du dich. Das kann ich sehr wohl. Und jetzt erlaube bitte, dass ich mich an die Arbeit mache. Ich habe hier zu tun. Ich glaube, du wirst noch sehr viel lernen müssen."

Die Worte klangen ihr in den Ohren nach, während sie sich wutentbrannt auf den Heimweg machte. Es war so ein wunderschöner Plan gewesen! Aber derzeit lief nichts nach ihrem Willen. Furchtbar, eine Frau zu sein, dachte sie zornig! Nichts durfte man, alles blieb einem verwehrt – und nun sollte sie sogar einen Mann heiraten, den sie nicht liebte. Ich mag Florian, dachte sie, während die rot eingedeckten Dächer Friemersheims vor ihr auftauchten. Aber mein Herz schlägt nicht höher, wenn ich ihn sehe. Und müsste so nicht Liebe sein?

Ihr Vater, der Schmied, hatte ihr oft von den Glücksgefühlen erzählt, die er mit ihrer Mutter durchlebt hatte. „Sie war so zart wie ein Vögelchen", sagte er immer. „Und fast erdrückt von ihrem wunderbaren Haar. Ich wusste auf den ersten Blick, dass ich nur sie will."

Eigentlich war es eine Verbindung, die auf dem Dorf nicht gebilligt wurde. Emmas Vater war Lehrling des Schmieds in einem Nachbardorf gewesen und nach Friemersheim gekommen, weil er Arbeiten auf dem alten Wehrhof ausführen sollte, dessen Erbin Emmas Mutter gewesen war. Sie sollte nach Willen der Alten einen anderen reichen Bauernsohn heiraten. Aber sie hatte sich durchgesetzt, hatte den über 1,90 Meter großen Schmied mit den schwedischen Vorfahren genommen, neben dem sie noch zarter wirkte, als sie ohnehin war. „Der Eigensinn liegt in der Familie", sagte Emmas Oma immer.

Emmas Vater sagte früher mit einem träumerischen Blick in die Ferne: „Ich war glücklich mit meiner Frau in der kurzen Zeit, in der es sie gab. Es wird niemals eine andere geben." So musste Liebe sein, dachte Emma und streckte ihr Kinn trotzig der Morgensonne entgegen. Mit nichts darunter werde ich mich jemals zufrieden geben.

An den Feldrändern blühte es gelb und wild. Weidenkätzchen. Auf einmal kam Emma ein Gedanke. Sie raffte den Rock ihres besten Kleids, ging an den Feldrand und schnitt einen Strauß. In Friemersheim angekommen, ließ sie die Hauptstraße, die zum Hof ihrer Großmutter führte, links liegen und bog stattdessen in ein schmutziges Gässchen ab, das zum Kirchhof führte. Sie öffnete das schmiedeeiserne Tor, das in den Angeln quietschte und betrat den Friedhof, wo ihre beiden Eltern begraben lagen. Im Tod waren sie für immer vereint, dachte Emma, und das half ihr zu innerem Frieden, während Erinnerungsbilder aufstiegen. Ihr Vater, wie er mit ihr ausritt und wild lachte. Wie er dann wieder, fromm wie ein Lämmchen, in der protestantischen Kirche betete. Wie er abends am Ofen, nach getaner schwerer Arbeit auf dem Feld und in der Schmiede, ein großes Stück Speck verzehrte. Wie er von ihrer Mutter erzählte. Sie war nicht jung gewesen, schon über zwanzig, als sie Emma endlich bekommen hatte. Vielleicht zu spät. Vielleicht, dachte Emma, war sie an ihr gestorben. Ein Gedanke, der sie schon immer fast zur Verzweiflung brachte.

Immer schon hatte sie sich gefragt, wie ihr Vater und ihre Großmutter ihr verzeihen konnten, dass ihre schöne zarte Mutter an ihrer Geburt zugrunde gegangen war. Da lag sie. Neben ihrem geliebten Mann, an dessen schwedische Herkunft von vor 100 Jahren noch immer sein Vorname erinnerte. Björn. Er war so groß und so stark gewesen, dass Emma sich als Kind vor nichts gefürchtet hatte, nicht einmal vor den Hexen und Rheingeistern, von denen ihre Amme erzählte, um ihr Angst zu machen – und sie dann herzhaft auszulachen, wenn Emma nicht in den Keller gehen mochte, wo weiße Spinnen vom Kreuzgewölbe gespenstisch herunterhingen.

„Wenn eine Hexe kommt und dich holen will, ruf mich einfach", sagte ihr Vater bestimmt. „Dann trete ich sie so in ihren dicken Hintern, dass sie für immer verschwindet." Und damit hob er sie hoch und wirbelte sie durch die Luft, dass ihr fast schwindelig wurde.

Gestorben war er so, wie er gelebt hatte, vor drei Jahren, als Emma dreizehn gewesen war. Eine Kutsche mit vornehmem Wappen war durch Friemersheim gefahren – und ausgerechnet kurz vor der Toreinfahrt zum alten Wehrhof waren die vier Pferde durchgegangen. Der starke Schmied Björn

Knothe hatte nicht lange gezögert, um die Insassen der Kutsche zu retten. Er hatte den Schmiedehammer ins zischende Wasser geworfen und war auf die Straße gesprungen, um sich den Pferden entgegenzustellen. Und wirklich hatte er die Kutsche gestoppt. Doch der Preis, den er zahlte, war sein Leben. Denn die vierspännige Kutsche hatte ihn umgeworfen und zerquetscht. Noch in der Hauptstraße war er gestorben, so schnell, dass auch Emma nicht von ihm Abschied nehmen konnte.

„Anna", war sein letzter Seufzer gewesen. Das, so stand auf dem Grabstein, vor dem Emma jetzt stand, war der Name ihrer Mutter gewesen. Vielleicht, dachte sie nun, hatte sie ihn heimgeholt zu sich.

Sie betete, als sie Schritte hörte. Sie drehte sich um. Bestimmt war es eine alte, schwarz verhüllte Frau aus dem Dorf, die ihre Toten ebenso betrauerte wie Emma. Aber die Frau, die mit energischen Schritten näher kam, trug grauen Zwirn, und an ihren großen, knochigen Händen sah man, dass sie hart im Garten arbeitete und auch das Scheuertuch nicht scheute. Es war Frau Carstens, Florians Mutter, die Pfarrersfrau, die in dem großen, lichten Haus am Friedhof wohnte, das Emma verstohlen immer bewunderte. Es war hoch und hatte eine doppelte Treppe vor der doppelflügeligen, hölzernen Eingangstür und neun hohe große Fenster. Es strahlte Hoheit und Autorität aus, fand Emma.

„Dich wollte ich sprechen", rief die Pfarrersfrau. Sie hatte Brot und Backwerk dabei, wie so häufig. Sie war die beste Bäckerin im Dorf, stand Stunden am großen Holzofen im Pfarrhaus und versorgte das halbe Dorf mit ihrem Naschzeug. „Das hier bring deiner Frau Großmutter, ich habe so viel davon."

Emma knickste artig und bedankte sich. „Emma!", sagte Frau Carstens jedoch mit ungewohnter Schärfe. „Mein Mann ist sehr aufgebracht. Er hatte mit deinem Vater abgemacht, dass du unseren Florian heiratest. Mein Kind, was hast du nur dagegen? Ihr kennt euch, seit ihr klein seid. Und wir würden dich in unserer Familie gern willkommen heißen."

Emma sah die weichen Gesichtszüge der Pfarrersfrau, die bei ihren Arbeiten im Garten immer eine Haube trug. So gern hätte sie ihr nachgegeben, so, wie es wohl jedes artige Dorfmädchen getan hätte. Aber sie war das nicht, dachte sie. Sie wollte in die Welt hinaus und Abenteuer erleben, wie es selbst den Handwerksburschen gestattet war. Die Sehnsucht nach der

Ferne hatte sie von ihrem Vater geerbt, der ihr oft erzählt hatte, wie gern er zur See gefahren wäre.

Sie blickte in die gütigen, veilchenblauen Augen der Pfarrersfrau. „Seid mir nicht böse, Frau Pfarrer“, sagte sie dann – und schlug als erste die Augen nieder. „Aber ich bitte Euch, Florian und mir zu helfen. Wir lieben uns doch gar nicht. Das muss er einsehen!“

Es dauerte einen Augenblick, bis die große füllige Frau Worte fand. „Du wagst es, dem Willen deines Vaters zu widersprechen?“

Jetzt brannten Emmas Wangen vor Zorn. Sie war sich ganz sicher, dass ihr Vater sie nie, niemals zu etwas gezwungen hätte. „Mein Vater sagte immer: ‚Liebe ist nicht alles. Aber ohne Liebe ist alles nichts‘.“

„Aber Kind, die Liebe muss doch wachsen. Sie ist nicht einfach da. Schau mal, mein Mann, Gottfried, und ich, haben uns auch in den Jahren lieben gelernt. Unsere Ehe wurde von unseren weisen Eltern besprochen. Er hatte Bildung – und ich einen Acker.“

Plötzlich fand Emma, sie könnte der Pfarrersfrau die Wahrheit sagen. „Ich war eben draußen am Rhein auf dem Feld. Ich habe mit Florian gesprochen. Großmutter meint, er ist der tüchtigste Landwirt im Dorf. Ich habe ihm vorgeschlagen, unser Verwalter zu werden.“

Die Pfarrersfrau strich sich eine grauschwarze Strähne unter die Haube, die sich gelöst hatte. Sie runzelte die Stirn – und dann fing sie an zu lachen. „Kindchen, du bist das ungewöhnlichste Mädchen von ganz Friemersheim! Woher du das nur hast? Schon bei deiner Taufe seufzte der Herr Pfarrer über deine ungewöhnlichen Augen. Aber wie dumm du auch bist. Du meinst, du kannst Florian die Ehe verweigern und ihn dann zu deinem Verwalter machen? Eher wird er sich doch noch herbei lassen, Theologie zu studieren, wie sein Vater es wünscht.“ Als die Pfarrersfrau lachte, sah Emma, dass sie kleine, weiße Zähne hatte. Sie hatte dieses Lachen noch nie gesehen und staunte.

„Ich prophezeie euch beiden eine große Zukunft!“ sagte die Frau, immer noch lachend. „Ihr werdet euch so lange raufen, bis ihr euch für immer in den Armen liegt.“ Damit gab sie der verdatterten Emma das Brot und das Zuckerwerk, strich ihr mit ihren großen Händen über den Arm – und verschwand mit ebenso großen Schritten, wie sie gekommen war.

Endlich legte Emma die Weidenkätzchen auf der Ruhestätte ihrer Eltern ab. Was hätten die beiden sich für sie gewünscht? Ihr Vater hatte dasselbe unruhige Naturell gehabt wie sie selbst. Ob er sie verstanden hätte? Vermutlich, dachte sie seufzend, hätte er sie niemals einem Mann übergeben. Dafür war er viel zu eifersüchtig auf sein einziges Töchterchen. Niemals, dachte sie trotzig, hätte er sie in eine Ehe mit Florian Carstens gezwungen!

Warum hatte dieser starke, erfahrene Mann auch den Versuch machen müssen, eine Kutsche anzuhalten. Nun gab es einen Helden mehr auf der Welt. Doch Emma hatte keinen Vater mehr. Sie wischte sich zornig eine Träne aus dem Gesicht. Sie hasste Selbstmitleid! Deshalb wandte sie sich zum Gehen, sprach aber noch ein kurzes Gebet.

Wenn niemand ihr half, würde vielleicht vom Himmel Hilfe kommen …

Friemersheim bestand aus vielen kleinen Tagelöhnerhäuschen, die sich alle glichen. Sie besaßen zwei Sprossenfenster mit Holzfensterläden unten und ein drittes im Giebel. Vor allem bei den Häusern, die den Katholiken im Dorf gehörten, war der Kindersegen reich. Wie sie es anstellten, so viele Kinder zu bekommen, war Emma ein Rätsel. Obwohl sie bald sechzehn Jahre alt werden würde, hatte bisher noch niemand mit ihr darüber gesprochen, was zwischen Mann und Frau vor sich ging. Sie wusste nur, was die Ochsen und Hühner und Pferde machen – und das fand sie eher abstoßend!

Sie ließ das schöne Pfarrhaus und den Kirchhof hinter sich und musste ihre Röcke heben, um sie im Schlamm der Hauptstraße nicht zu beschmutzen. Erst am Samstag würden die Leute wieder draußen sein, um zu kehren. Heute war Dienstag, und die Ochsengespanne und Pferdekutschen der Bauern hatten, ebenso wie die Abwässer, ihre Spuren in dem ansonsten recht ansehnlichen Dorf hinterlassen. Emma gefiel Friemersheim, aber sie hatte eine Ahnung davon, dass es jenseits von diesem Dorf noch anderes gab. Früher war sie manchmal mit ihrem Vater zum Markt in Speyer gefahren, das man mit dem Pferd in einer Stunde erreichen konnte. Sie liebte den wuchtigen Dom aus der Zeit ihrer Vorväter – obwohl sie keine Katholikin war. Ihr Vater hatte sie immer gelehrt, der anderen Religionsauffassung mit Respekt zu begegnen. Die Leiden des langen Krieges bis 1648 waren nicht spurlos an ihm vorüber gegangen. Trotzdem fragte sich Emma, warum der katholische Kurfürst seine eigenen Landsleute so schlecht behandelte, nur weil sie Protestanten waren.

Sie fasste nach dem schlichten, goldenen Kreuz, das um ihren Hals hing. Sie hatte es anlässlich ihrer Konfirmation von ihrem Vater bekommen, ein Erbe ihrer schwedischen Ururgroßmutter. Es war viel schmuckloser als die Kruzifixe der katholischen Kinder, auf denen der Gekreuzigte zu sehen war. Auch die protestantische Kirche in Friemersheim war ganz und gar schmucklos. Lediglich zwei Palmen zierten den Altar und die Kanzel, von der der Pfarrer predigte. Woher sie stammten und was sie bedeuten sollten, wusste nicht einmal der Pfarrer zu sagen …

Der protestantische Glaube war streng und manchmal furchterregend, fand Emma. Man konnte nicht beichten, um seine Sünden loszuwerden. Man musste sie selber tragen.

Leichtsinnig wischte sie nun diese Gedanken beiseite. Sie wollte nach Hause, sich um die Tiere kümmern und einen Frühlingssalat für ihre Frau Großmutter zubereiten.

Da sah sie es. Als sie um die Kurve der Dorfstraße bog, die auf den alten Wehrhof zuführte, entdeckte sie die Meute halb wilder Dorfjungen, die sich um eine Wanne scharten. Anscheinend machten sie irgendwelche Streiche. Nichts, was Emma ein gutes Gefühl verschaffte. Auch wenn keine einzige Frau in der Nähe war, ging sie direkt auf die Jungen zu, um zu sehen, was sie anstellten. Und sie sah, dass sie eine Kröte in einer Blechwanne hatten, die sie gerade umbringen wollten! „Sofort aufhören!" rief Emma und stürzte auf die Jungen zu. Sie hasste es, wenn Tiere gequält wurden, konnte nicht zuschauen.

Einen Augenblick hielten die Halbwüchsigen in ihren derben Hosen und Hemden inne. Vermutlich aus Schreck über Emmas plötzliches Eingreifen. Dann rief der dürre Ludwig, den sie aus der Kirche kannte: „Oh, die Prinzessin will sich bei uns einmischen. Seht nur, wie sie angezogen ist! Wollt Ihr zur Kaiserkrönung fahren?" Er zeigte auf Emma, die atemlos stehen blieb. „Immerhin seid Ihr mal ohne euer ewiges Pferd unterwegs. Schindmähre. Die gehört zum Schlachter. Euer Vater hat sich mit Gäulen nicht ausgekannt."

Das genügte. Außer sich vor Zorn stürmte Emma auf den dürren Ludwig zu. Sie achtete nicht mehr auf ihr bestes Kleid und den Schlamm, sie stürzte los und schlug ihm hart ins Gesicht. Einen Augenblick war Stille, eine Stille, die sich ausdehnte. Dann schlug ein anderer Junge auf Emma ein, und eine Keilerei begann.

„Ja, was ist denn hier los?" Emma, die viele Schläge einstecken musste, aber mindestens ebenso viele Hiebe und Tritte austeilte, spürte, wie sie von einer starken Hand aus dem Gemenge hinausbefördert wurde. Als sie durchatmete, blickte sie in Florians sommerblaue Augen. Für einen Augenblick gab es nur sie beide. Dieser durchdringende Blick, mit dem er sie musterte und seine Hand auf ihrer Schulter, über dem zerrissenen Kleid. Was war das? Emma meinte, eine Gänsehaut zu spüren, eine, die nicht unangenehm war. Trotzdem machte sie sich los. Sein Gesicht verschloss sich.

„Du solltest dich schämen, dummes Kind", sagte er kalt. „Dich zu prügeln wie der größte Raufbold von ganz Friemersheim."

„Eure Hilfe brauche ich nicht", entgegnete Emma erbost.

„Wie man eindrucksvoll gesehen hat." Ein Lächeln erhellte nun seine versteinerten Züge. Sie sah, dass er von der Frühlingssonne schon erste Farbe hatte. Er war selbst kein feiner Mann, was hielt er ihr Vorträge – und warum glaubte er, sie belehren zu dürfen?

Was sie dachte, schien ihn nicht weiter zu interessieren. Er wollte sich zu den Dorfjungen umdrehen, doch die waren längst geflüchtet. Florian war bekannt dafür, dass er Raufereien selbst nicht aus dem Weg ging – und meistens gewann. Er war ein großer, starker Mann. Der aber auch eine überraschende Zartheit hatte. Er bückte sich zu der Kröte und setzte sie frei. Sie brauchte einen Augenblick, bis sie begriff, dann hüpfte sie erst zögerlich und schließlich mit großen Sprüngen davon. Er blickte auf zu Emma. „Tiere retten. Du bist immer noch die selbe, kleine Emma. Ach, Kind. Wie gern ich dich in die Arme nehmen würde."

Sie merkte jetzt, wie die Kratzer und Blutergüsse schmerzten. Auch sah sie, dass ihr bestes Kleid zerrissen war. Wie würde sie das nun wieder ihrer Großmutter erklären.

„Also, Emma", sagte Florian mit diesem sonderbaren Leuchten in den Augen. „Wenn du mal wieder Hilfe brauchst, stets zu deinen Diensten."

Lachend ging er zu seinem Ochsengespann und schnalzte mit der Zunge, woraufhin es sich in Bewegung setzte. Hasserfüllt blickte Emma hinter ihm her.

Ein Mann sein! Das wäre die Lösung ihrer Probleme gewesen!

Und doch ging ihr nicht aus dem Kopf, wie ihr Blick sich ineinander verfangen hatte. Und diese Gänsehaut! Sie kannte solche Gefühle nicht. Aber ich will sie auch gar nicht kennenlernen, dachte sie. Nicht mit so einem Kerl aus dem Dorf, der meint, alles besser zu wissen als ich, nur weil er ein paar Jahre älter und Sohn des Pfarrers ist!

Zu Hause angekommen, versuchte sie, durch das Dunkel der Halle zu huschen, um dem argwöhnischen Blick ihrer Amme oder, schlimmer noch, ihrer Großmutter zu entgehen. Sie wollte in ihre Kammer eilen und sich umkleiden, die Risse in ihrem Sonntagskleid könnte sie später ausbessern. Morgen gleich, sagte sie sich. Obwohl sie mit ihren kleinen Fingern winzige Stiche setzen konnte, wie ihre Großmutter sie gelehrt hatte, hasste sie Näharbeiten! Sie war lieber draußen als in der Stube, wo sie innerlich nur mit den Füßen scharrte.

„Ja, du lieber Gott, bist du denn von allen guten Geistern verlassen?“ Ihre Großmutter saß auf einem Stuhl in der Halle. „Herbert sucht dich schon den ganzen Morgen auf den Feldern! Was ist passiert?“

Emma suchte nach einer Antwort, irgendetwas, das sie ihrer Großmutter sagen könnte. Aber ihr fiel nichts ein.

„Und was machst du im Sonntagsstaat da draußen?“ Die alte Frau musterte sie mit ihren scharfen grauen Augen. „Und warum ist dein Kleid zerrissen?“

Emma wusste, früher hätte das alles ein großes Strafgericht bedeutet. Aber inzwischen war sie 16! Wenn sie heiraten sollte, konnte sie auch auf sich aufpassen. Dennoch, während sie über eine Ausrede nachsann, siegte der Respekt vor der alten Frau. Emma beschloss, der alten Frau ihr Herz auszuschütten. Doch dass sie die Pfarrersfrau getroffen hatte, nahm sie dennoch lieber aus. Das Brot und das Zuckerwerk, das sie ihr gegeben hatte, lag irgendwo auf dem Kopfsteinpflaster, der Prügelei geschuldet.

„Wildfang, Wildfang", seufzte die alte Bäuerin, als Emma mit allem geendet hatte. „An dir ist ein Sohn verloren gegangen. Und du hättest einen Vater gebraucht, der dich richtig erzogen hätte. Es ist alles nicht deine Schuld." Und den letzten Satz sagte die zart gewordene alte Frau in einem so niedergeschlagenen Tonfall, dass es Emma lieber gewesen wäre, wenn sie sie geschlagen hätte. Denn sie stellte fest, dass ihre so großartige und immer starke Großmutter zerbrechlich geworden war. Ihr fehlten die Kräfte.

Was für ein Tag!

In den nächsten Wochen blieb Emma so sittsam, wie sie es nur irgend vermochte. Sie saß über ihrem Stickrahmen, während sie von Ausritten über die Felder mit ihrem Blitz träumte. Sie flickte ihr zerrissenes Kleid, sie strickte ihrer Großmutter neue Socken, sammelte Wiesenkräuter für Heilmittel und Feldblumensträuße für die irdenen Krüge an den Butzenscheiben des mittelalterlichen Hauses. Als würde sie seelisch auf Zehenspitzen gehen, schlich sie durchs Haus, um ihre geliebte Großmutter nicht aufzuregen.

Aber in den Nächten, wenn der Mond eine silberne Bahn auf die Holzbohlen ihrer Kammer malte, sann sie über ihr Schicksal nach und haderte sogar mit Gott. Warum hatte ihr Vater, so heldenhaft es gewesen sein mochte, auf eine so furchtbare Weise ums Leben kommen müssen? Emma kuschelte sich in ihren mit groben Leinen überzogenen Strohsack und weinte manche heimliche Träne hinein. Sie wusste nicht, wie alles weitergehen sollte, wollte ihre Mutlosigkeit aber keinem zeigen, vor allem nicht ihrer Großmutter. Und wenn sie Tränen vergoss, sollte einzig der Mond ihr Zeuge sein!

Eines Abends war sie wieder einmal artig nach dem Nachtmahl früh ins Bett gegangen, um am nächsten Morgen früh die Hühner und die Schweine zu füttern und Blitz in seinem Stall zu versorgen, als sie aus der Küche Stimmen vernahm. Scher dich nicht darum, sagte die artige Stimme ihres neuen, braven Ich. Es geht dich nichts an! Doch ihre Neugier siegte.

Sie warf ihren Umhang über ihr Nachtkleid und schlich in den dunklen, engen, verwinkelten Flur hinaus. Sie kannte seit ihrer frühesten Kindheit jede einzelne knarrende Diele und wich den verräterischen Stellen mit der

Geschicklichkeit eines Diebes aus. Dann blieb sie am oberen Treppenabsatz stehen. Sie erkannte die Stimmen ihrer Großmutter – und des Pfarrers! Was konnten die beiden zu besprechen haben – wenn nicht ihr Verhängnis?

Emma hielt den Atem an. Die Gedanken bestürmten sie wie flatternde Vögel, als ihr klar wurde, dass sie selbst der Gegenstand dieser späten und ganz offensichtlich heimlichen Unterredung war.

„Ich nehme Euch das Versprechen ab“, hörte sie ihre Großmutter sagen. „Es geht mit mir zu Ende, ich werde Erntedank nicht mehr erleben. Ich habe ein reiches Leben gehabt und bin mir sicher, dass ich jeden Grund zur Dankbarkeit habe. Wäre da nicht die Sorge um mein wildes Mädchen! Sie ist kaum zu zähmen und tritt ihr Glück mit Füßen. Herr Pfarrer, wenn Ihr könnt, nehmt Sie zu Euch ins Haus. Sie wird dort sanftere Manieren lernen – und möglicherweise ihr Glück mit Florian erkennen.“

„Zur Ehe können wir ihr raten, sie aber nicht zwingen. Das will auch unser Florian nicht, Frau. Er ist auf seine Weise genauso eigensinnig wie Ihre Emma“, gab der Pfarrer zu bedenken.

„Gebt mir trotzdem das Versprechen, dass Ihr Emmas Vormund werdet.“

„Ich weiß nicht, ob ich das kann“, zögerte der Pfarrer.

„Ihr könnt. Und wenn sie nicht heiratet, bis sie 25 ist, soll der Hof in den Besitz der Kirche gehen. Sie kann dann von einer kleinen Mitgift unter Eurer Aufsicht in einem Kämmerchen leben. Ich liebe das Kind, aber ich bin entschlossen, es vor sich selbst zu beschützen“, sagte die Großmutter mit all der Strenge, zu der sie neben ihrer stetigen Liebe immer fähig gewesen war. „Dann soll sie eben eine dieser armen Jungfern werden, die nie ihr Glück finden“, ergänzte die alte Frau. „Auf jeden Fall kann sie nicht allein hier auf dem Hof leben, wenn ich nicht mehr bin.“

„Sicherlich seid Ihr noch lange auf dieser Welt“, versuchte der Pfarrer zu beschwichtigen. „Macht Euch keine Sorgen. Wir alle, auch Emma nicht, können nicht tiefer fallen als in Gottes Hand.“

„Wäre sie doch nur nicht so ein Sorgenkind. Wie ich es hasse, Euch Umstände zu machen, Herr Pfarrer. Aber ich bitte Euer gütiges Herz. Übernehmt die Verantwortung für meinen Wildfang.“

„Nun, wenn Ihr es Euch so wünscht …“ Emma, deren Herz heftig pochte, hörte, dass der Pfarrer immer noch zögerte. „Dann werden meine Frau und ich Euch gern zu Willen sein. Uns hat mit vier Buben immer ein

Mädchen gefehlt. Ich bin überzeugt, Eure Emma wird eine Bereicherung unseres Hauses sein und sie kann meine Gemahlin entlasten, sie ist ein tüchtiges Kind. Aber nun müsst auch Ihr mir etwas versprechen! Gelobt mir, dass Ihr so lange in dieser Welt bleibt, wie Ihr vermögt …"

Genug! Emma hatte genug gehört und musste überdies befürchten, doch noch entdeckt zu werden. Sie hüllte sich tiefer in ihren Umhang, hastete durch den Flur und warf sich auf ihren Strohsack. Sie musste nachdenken!

Morgen! Sagte sie sich. Morgen fällt mir eine Lösung ein! Mit dem Schicksal, das ihre Großmutter und der Pfarrer sich für sie ausgedacht hatten, würde sie sich nicht zufrieden geben! Nicht ich, Emma Knothe, nahm sie sich vor. Möge der Himmel mir helfen! Sie faltete die Hände und betete zu Gott, bevor sie sich umdrehte – und in wilde Tränen ausbrach …

Einige Tage später traf sie am Feldrand ihre Freundin, Ruth Hecht. Die beiden Mädchen waren seit der Kindheit vertraut, auch wenn die Familien es nicht gern sahen. Emma war Protestantin, Ruth Jüdin. Sie lebte in einem großen Fachwerkhaus in einem an sich abgeschotteten Bereich des Dorfes, der Judengasse, hinter dem Friedhof. Aber gelegentlich büxten beide Mädchen zu Hause aus und schafften, sich zu treffen. Jetzt saßen sie inmitten eines Meeres aus weiß blühendem Wiesenschaumkraut, die Frühlingssonne hatte schon Kraft und machte ihnen gute Laune. Auch wenn Emma gar nicht danach zumute war.

„Großmutter will, dass ich heirate", erklärte Emma der schönen, dunkelhaarigen, zierlichen Freundin betrübt, neben der sie sich mit ihren schwedischen Ausmaßen immer wie ein Trampel fühlte.

„Das ist nicht so ungewöhnlich", erwiderte Ruth. „Ich muss auch heiraten."

Emmas Kopf mit den goldenen Locken unter der Haube flog herum. „Du? Auch?" Das konnte sie sich bei der zarten Freundin gar nicht vorstellen. Irgendwie hatte sie sich vorgestellt, sie alle könnten für immer im Paradies ihrer Kindheit bleiben. „Aber du wirst nicht einfach – verkauft!"

Ruth zuckte gleichmütig mit der Schulter. „Sicher. Vater war schon beim Heiratsvermittler, dem Schadchen, wie wir sagen."

Emma wusste, dass der Vater von Ruth als Lederwarenhändler sehr erfolgreich war. Ihr Vater hatte ebenfalls gern die unsichtbaren Grenzen im

Dorf überschritten – und bei Salomon Hecht gekauft. Lediglich ihre Großmutter hatte Vorbehalte, wie häufig in der älteren Generation. Emma hingegen liebte Ruth. Mit ihrer Klugheit war sie die einzige im Dorf, der sie vertraute. Sie beschloss, sich das Wort „Schadchen" zu merken. Es gefiel ihr. „Und?" drängte Emma neugierig. „Was kam dabei heraus?"

Ruth zierte sich erst ein bisschen, zupfte an ihrem hoch geschlossenen Mieder herum, das ihr himmelblaues Kleid abschloss. Dann blickte sie mit ihren veilchenblauen Augen, die es vorteilhaft betonte, verträumt in die Ferne. „Er soll sehr gut aussehen. Und er hat ein schönes, riesiges Haus in Frankfurt. Es wird uns an nichts mangeln."

Auch Ruth war einzige Tochter, wusste Emma. Sie war das, was man eine gute Partie nannte. Ich selbst dagegen, dachte sie, würde ohnehin nur Steuerschulden mit in die Ehe bringen. Höhere Steuern, als die Äcker vermutlich wert waren, die so sträflich vernachlässigt wurden, seit ihr Vater verunglückt war.

„Wo in Frankfurt werdet ihr wohnen?" Frankfurt, das klang verführerisch weit weg, nach großer weiter Welt, genau danach, was Emma sich ersehnte. Sie empfand einen Stich von Neid. Doch der verflog rasch wieder. Denn auf einmal zeichnete sich ein Plan vor ihrem inneren Auge ab, eine Lösung all ihrer Probleme. Himmel! Sie musste Acht geben, sich nicht zu verraten. „Werdet ihr Dienstboten haben?", fragte sie mit betontem Gleichmut.

„Sicher", erwiderte Ruth. „Er führt ein großes Haus. Übrigens heißt er David Salomon."

Emma hatte gehört, was sie hören wollte und musste ihre Erregung verbergen. Deshalb war sie dankbar über diese Ablenkung. „David. Was für ein schöner Name! Wo genau in Frankfurt werdet ihr wohnen?"

„Das ist der einzige Nachteil", sagte Ruth betrübt. „Es wird nicht so einigermaßen frei sein wie hier auf dem Dorf. Wir werden im Ghetto wohnen."

Emma war verständnislos. „Ghetto? Was ist das?"

Ruth zuckte wieder gleichmütig die Achseln. Doch ihr Gesicht strafte diesen vorgetäuschten Gleichmut Lügen. Es nahm verschlossene Züge an. „Wie hier in der Judengasse. Nur noch strenger. Die Juden wohnen in einer Stadt in der Stadt. Wir dürfen mit den Christen nichts zu tun haben." Sie spuckte es mehr aus, als dass sie es sagte. „Nur für Geschäfte. Dann dürfen wir raus. Wenn es darum geht, werden wir immer gebraucht – ansonsten sind wir unerwünscht!"

Emma dachte über diesen Satz noch lange nach, als sie später nach Hause ging. Warum diese Schranken zwischen den Religionen? Heute noch? Wo der Westfälische Friede doch schon mehr als 60 Jahre zurück lag? Warum sollte man das akzeptieren? War es das wert? Andererseits wusste sie von sich selbst ganz genau: Hätte sie nur irgendeine Chance gesehen, dass sie ihren angestammten Glauben verlassen könnte, hätte sie den katholischen Valentin genommen! Anders als Florian würde er machen, was sie wollte.

Als sie an Florian dachte, stieß sie mit ihren Holzpantoffeln in den Dreck, sodass die Erde aufflog. Sie hasste ihn! Er war an ihrem Unglück schuld. Doch es musste in der Tat der Himmel selbst gewesen sein, der ihr geholfen hatte. Dank des Gesprächs mit der feinen, klugen Ruth sah sie nun einen Plan für den schrecklichen Tag, an dem ihre Großmutter sterben würde! Doch: Es gab Rettung!

Carrigaholt, kurz vor Mitternacht

Luisa legte das Manuskript aus den Händen. Sie blinzelte, ihre Augen schmerzten. Es war anstrengend gewesen, die steile alte Schrift aus der Vergangenheit zu entziffern. Aber trotz der Jahrhunderte, die zwischen ihnen lagen, fühlte sie sich Emma sonderbar nahe.

Sie ging zum Fenster, blickte über den Garten bis zum alten Festungsturm hinunter, der im Mondlicht schimmerte. Ein kalter Glanz. Ob sich hier wohl einst Schmuggler oder gar die Widerstandskämpfer gegen die englische Besatzungsmacht getroffen hatten? Bedrückende Gedanken, Luisa schob den Samtvorhang vors Fenster und sperrte die Mondnacht aus. Sie schürte das Feuer im Kamin, das fast verglommen war, legte einen neuen Holzscheit auf die Glut. Das Holz knackte.

Luisa dachte an Emma und wie sie sich jeder Notlage voller verzweifelter Tapferkeit gestellt hatte. Sie würde jetzt nicht verzweifeln, nur weil Andreas noch immer nicht zu Hause war. Aber sie war auch zu unruhig, um sich oben schlafen zu legen. Sie beschloss, einen Schokoladenkuchen fürs Frühstück zu backen. Bald werde ich selbst aufgehen wie eine Dampfnudel, dachte sie, als sie im Flur am Spiegel vorüber kam. Obwohl sie groß und sportlich durchtrainiert war, nahm sie leicht zu. Und in diesen irischen Tagen hier vergnügten sich Andreas und sie – vor allem mit Essen.

Sie zerbröselte Schokolade, verknetete Mehl und Butter, sie rührte – und war schneller fertig, als ihr eigentlich lieb war. Dann stellte sie den Ofen an und schob die Form hinein. Genau in diesem Augenblick dröhnte Motorenlärm durch die nächtliche Stille Carrigaholts, ein Auto kam näher, man hörte Reifen quietschen, als es zum Stillstand kam. Andreas! Er fuhr immer so wild, dass Luisa sich um ihn Sorgen machte.

Als es nun gegen die Haustür bollerte, wäre Luisa am liebsten durch den Hausflur gerannt, hätte die Tür aufgerissen und ihn angeschrien. Doch sie nahm sich zusammen. Was für einen Sinn würde es haben, schon vor ihrer Ehe zu streiten? Doch als sie in sein grinsendes Gesicht blickte und seine Whiskyfahne roch, konnte sie nicht anders, als ihn anzufahren: „Lässt du dich auch noch mal herab, heimzukommen?"

„Ach, meine Zauberfee." Sie spürte seine Hand auf ihrem Arm und war versucht, sie wegzustoßen. „Ich mache hier beruflich die besten Kontakte.

Habe mich bestens mit amerikanischen Börsenmaklern unterhalten. Dann kam der alte Knabe dazu, dem der ganze Schuppen gehört."

Luisa schloss die Augen. Geschäfte, Geschäfte, Geschäfte. Und sie wurden immer unter Männern abgemacht. Obwohl Andreas sie mit seinem Geld verwöhnte und auch für die finanzielle Nachlässigkeit ihrer eigenen Eltern entschädigte, konnte sie in seiner Anwesenheit das Wort manchmal einfach nicht mehr hören.

„Hier duftet es gut", sagte er, ganz offensichtlich um Versöhnung bemüht.

„Schokokuchen fürs Frühstück." Luisa zuckte mit der Schulter. „Die Kartoffelsuppe und den Kuchen dazu kann man vergessen. Du hast behauptet, es wäre dein Leibgericht. Also habe ich es für dich gemacht – und seit fünf Uhr auf dich gewartet."

Er verzog das Gesicht zu einem etwas schiefen Lächeln, dann kam er auf sie zu und schloss sie in meine Arme. „Entschuldige, mein Liebling. Ich werde das ausgleichen."

Viel später lag sie ausgezogen neben ihm auf dem Bett. Sie hatte es knapp geschafft, seinen angetrunkenen Annäherungsversuchen zu entgehen. Luisa hasste Sex mit Alkohol. Wenn man den brauchte, um sich zu betäuben, war es ihrer Ansicht nach um eine Beziehung geschehen. Sie lag mit offenen Augen da und überlegte. Sollte sie Andreas böse sein? Da stieg ein ekliger Geruch in ihre Nase. Der Schokoladenkuchen! Sie, die für ihr Leben gern kochte und backte, hatte ihn im Ofen vergessen. So weit hatte Andreas es gebracht.

Rasch und leise schlüpfte sie in ihren Morgenmantel, wärmte sich am AGA-Ofen, kippte das Küchenfenster, schaute noch einmal nach dem verglommenen Feuer im Kamin – und ging dann seufzend die Treppe zum Schlafzimmer hinauf. Ich fühle mich wie eine uralte Frau, dachte sie. Und gar nicht wie eine vorgezogene Flitterwöchnerin. Lange lag sie wach und wälzte sich in den Kissen hin und her, bis sie endlich Schlaf fand.

Sie saßen sich bei Rührei mit kross gebratenem Speck gegenüber. Luisa fühlte sich erholt und gut ausgeruht wie lange nicht. Ihre Arbeit in der freien Kunstschule in Speyer war sehr anstrengend. Vor allem die Arbeit mit den nicht so talentierten Kindern, deren stolze Eltern meinten, unbedingt ein Wunderkind heranzüchten zu müssen. Wenn das dann nicht ganz so klappte, war sie, Luisa, die Schuldige. Sie hoffte, dass sie selbst als Mutter nie so werden würde …

Oder dass Andreas dem dann einen Riegel vorschieben würde. Vernünftig genug war er dafür. Aber Luisa vertraute auch auf sich selbst. Ihre Eltern hatten sie groß werden lassen, ohne ihr viele Vorschriften zu machen, wie sie zu sein hatte. Ihre Mutter ließ fünfe gerade sein, und ihr Vater war viel zu weise, um Luisa sehr großen Ehrgeiz abzuverlangen. Niemand schimpfte, wenn sie eine Fünf in Mathe hatte. Niemand schimpfte, als sie begriff, dass sie niemals Pianistin werden würde – und ihre Klavierstunden mit 15 Jahren beendete. Ihre Eltern ließen sie ihren Weg selbst finden. Sicher, ihr Vater war Professor für Kunstgeschichte und freute sich, als klar wurde, dass Luisa Kunst in Mainz studieren würde. Ihr Traum war die Hamburger Hochschule für bildende Künste gewesen, aber dort am „Lerchenfeld" hatte man sie nicht angenommen. So hatte sie angewandte Kunst studiert und viel über Grafik gelernt. Nur ihren Traum, selbst zu malen, hatte sie so gut wie begraben.

„Luisa? Wo steckst du? Bist du hier – oder in Wolkenkuckucksheim?"

Sie erwachte aus ihren Gedanken – und blickte in Andreas' lächelndes Gesicht. Er konnte so charmant sein! Sichtlich tat ihm der verdorbene gestrige Abend leid, und er versuchte, es wieder gut zu machen. Er schnitt sich ein Stück von dem knusprigen Speck ab, den er so liebte. Er war so leicht zufrieden zu stellen, dachte Luisa. Gutes Essen, gute Laune. Wie gut, dass sie so gerne kochte. Im Grunde hatten sie sich gesucht und gefunden.

„Wir könnten heute zusammen einen Ausflug machen", lächelte er. „Ich habe mir die Karte angeschaut. Wir könnten zu diesen Klippen von Moher fahren, von denen der Reiseführer gesprochen hat."

„Dann gehst du mal nicht Golf spielen? Und keine Geschäfte?"

Er strahlte sie an. „Kein Golf, keine Geschäfte. Nur du, die Natur und ich."

Sie stand auf, legte von hinten die Arme um ihm. Sie roch sein feinherbes Shampoo und sagte sich, dass sie ihn trotz allem liebte. „Dann lass uns essen – und losfahren."

„Freust du dich?"

„Und wie.“

„Das liebe ich so an dir“, sagte er. „Du kannst dich freuen wie ein kleines Kind. Ich lese noch die Börsenkurse, und dann fahren wir.“

Bevor es losging, suchte Luisa noch alles zusammen, was man für ein Picknick hoch über dem Atlantik brauchte. Sie stellte es sich nach den Schilderungen von John Tuck, dem Fremdenführer, unfassbar romantisch vor. In der Küche packte sie Kuchenreste ein und machte mit Schinken, Streichkäse und frischer Gurke belegte Schnittchen. Dann suchte sie eine Decke – und fand in der Truhe im Wohnzimmer eine wunderschöne aus grüner, irischer Wolle. Wenn dieses kleine, gemütliche Haus wirklich ihren spleenigen und auch geheimnisvollen Eltern gehörte, hatten sie wirklich an alles gedacht. Sie packte alles ein und rief Andreas, der immer noch in die Börsenkurse vertieft war. Die Zeitung hatte Luisa vor dem Frühstück geholt, um ein bisschen Luft zu schnappen und sich zu bewegen. Jetzt freute sie sich riesig auf den Ausflug!

Andreas legte die Zeitung weg, erhob sich zu voller Größe und lächelte auf sie herunter. Und in diesem Augenblick wusste sie wieder, warum sie ihn liebte und auch heiraten wollte!

Er startete den Mercedes, der angenehm summte. Dann öffnete er das Verdeck, denn es war ein herrlicher sonniger Tag. Als er wendete, um Richtung Küstenstraße zu fahren, sah Luisa den River Moyarta in der Sonne glitzernd. Strahlend weiß, wie auf einer Postkarte, dümpelte die „Pride of the Seas“, Patricks Boot, an der Mole. Es war noch zu früh, noch waren keine Touristen da, und noch würde er nicht hinaus zu den Delphinen fahren. Ein seltsam angenehmes Gefühl berührte Luisa, als sie an den Fischer dachte, der keiner war. Sie kannte ihn kaum, und doch hatte er mit seiner Begeisterung für die sanften Tänzer der Meere ihr Herz berührt. Aber jetzt gab Andreas Gas, sie betrachtete sein schönes Profil und sagte sich, dass er es war, den sie liebte. Dr. Andreas Freymann, mit dem Eigensinn, dem Hang zu Börsenkursen – und dem charmantesten Lächeln der Welt.

Aber warum sagte sie sich das überhaupt? Luisa verwarf den Gedanken und zog das Kopftuch fester, das sie, à la Grace Kelly, über die silberblonden Haare geknotet trug, um sie vor dem Fahrtwind zu schützen.

Andreas fuhr die Dorfstraße hinunter, am Pub und dem Laden von Mrs. Arrowsmith vorbei, Richtung Kilkee an der westlichen Küste. Er rechnete mit einer bis anderthalb Stunden bis zu den Klippen von Moher. Luisa, die sie schon im Fernsehen bewundert hatte, war aufgeregt und gespannt auf diese berühmte Sehenswürdigkeit Irlands.

Das „Rose Cottage" wurde im Rückspiegel kleiner, und Luisa spürte einen Stich von Verlassenheit. Sie hatte sich an das kleine Haus gewöhnt, das überraschenderweise ihrer Mutter gehörte und ganz offenkundig das geheime Liebesnest ihrer bis zum heutigen Tag verliebten Eltern war. Alles daran war perfekt, von den Rosen und Hortensien im Vorgarten bis zur gestrichenen Holztür, dem herrlichen Ausblick und dem Kamin im Inneren. Was ihre Mutter wohl damit bezweckt hatte, Andreas und ihr gerade jetzt einen Aufenthalt hier im romantischen County Clare geschenkt zu haben? Luisa tippte in ihr Handy. Immer noch kein Empfang.

„Was hast du?" fragte Andreas. „Wen willst du anrufen?"

„Meine Mutter", erwiderte Luisa. „Ich will sie fragen, warum sie mir nicht erzählt hat, dass das Cottage seit Jahren ihr gehört."

Eine kurze Pause, dann sagte Andreas nachdenklich: „Wenn du ein kluges Mädchen bist, lässt du es. Deine Eltern sind erwachsene Menschen. Sie haben ein Recht darauf, ihre Geheimnisse zu haben."

Während Andreas den schnittigen Mercedes sicher durch den Linksverkehr steuerte, blickte Luisa hinaus und dachte nach. Bei Kilkee fuhren sie auf dem „Wild Atlantic Way" mit spektakulären Ausblicken über Klippen und Felsformationen. Irland wie aus dem Bilderbuch.

Irland – die Sehnsucht ihrer Familie, seit sie denken konnte. Hatte Andreas Recht? Sollte sie es mit Fragen nach dem „Rose Cottage" auf sich beruhen lassen?

Sie ließen Miltown Malbay hinter sich, dann Ennistymon und erreichten schließlich die erhabenen Klippen von Moher, die jeder aus Spielfilmen kannte und die wie ein Sinnbild für Irland waren: großartig, mystisch und wild.

Hand in Hand gingen sie vom Parkplatz am Informationszentrum vorbei hinauf zu den Klippen. Das Wasser toste und brauste, und irgendwo in der Ferne, noch hinter den Aran Inseln, wäre dann Amerika, dachte Luisa – Sehnsuchtsziel so vieler Iren, etwa in den großen Hungersnöten.

Andreas legte einen Arm um ihre Hüfte. „Allein für diesen Anblick hat sich die Reise gelohnt", rief er gegen den Sturm.

Luisa nickte nur. Die Klippen von Moher waren eine Sensation! Fern über dem Meer ging ein Schauer nieder, der Wind trieb die schweren Wolken vor sich her, dann riss der Himmel auf – und ein Regenbogen spannte sich übers Wasser.

„Der ist nur für uns!" sagte Andreas lächelnd und küsste Luisa auf die Stirn. Dann zog er sie in seine Arme und küsste sie, wild und leidenschaftlich, und sie schloss die Augen und gab sich dem hin. Ob da andere Touristen waren, die sich an dem Anblick störten, war ihr egal. Hier waren nur Andreas und sie, er und ich, das ist alles, was zählt, dachte sie.

„Ich liebe Dich", hörte sie über den tosenden Wind hinweg. Ihre Antwort war ein langer, nicht minder leidenschaftlicher Kuss. Dann prasselte der Regen auf sie nieder, und lachend und prustend rannten sie auf dem Weg zum Auto zurück.

Später saßen sie zusammen im Mercedes, das Verdeck wegen des Sturms hochgefahren, und hörten U2, Musik von früher, die aus Irland stammte und ihnen gefiel. „Mit Picknick wird's bei dem Wetter wohl nichts", stellte Andreas fest. Luisa musste ihm Recht geben. „Macht nichts." Er lächelte sie strahlend an. „Dann fahren wir zusammen in mein Golfhotel und gönnen uns ein schönes Menü. Ich möchte Dich gar nicht mehr loslassen, Luisa." Er legte seine große Hand auf ihr Knie, und zum ersten Mal seit Tagen fühlte sie sich wieder umworben und geliebt. „Was meinst du, würde dir das gefallen?" fragte er.

Sie musste lachen. „Nur, wenn es nicht um Geschäfte geht."

Andreas blickte sie treuherzig an. „Geht dir das wirklich so auf die Nerven? Ich tu es doch für dich und mich, um uns etwas aufzubauen."

„Aber wir haben doch so viel. Nur keine Zeit füreinander", sagte Luisa und dachte im selben Augenblick, dass sie viel zu jammernd und zu anklagend klang.

„Weißt du, mein Schatz, ich beneide dich", sagte Andreas. „Du hast immer alles gehabt. Deine Eltern sind gebildete Leute, haben ein wunderschönes Haus, dein Vater ist ein angesehener Professor. Ihr habt Kultur – und Geld ist selbstverständlich da. Das war bei mir nicht immer so. Vielleicht bin ich deshalb manchmal – ein bisschen gierig."

Seine Worte erreichten Luisa. Sie gingen ihr ans Herz. Sie wusste, wie schwer er es in seiner Kindheit und Jugend gehabt hatte und dass sein verbissener Aufstiegswille genau daher stammte. Sie wuschelte ihm übers Haar. „Geliebte Raupe Nimmersatt. Dann lass uns fahren."

Andreas suchte ihren Blick, dann streichelte er ganz zart über ihre Wange, nahm die Hand von ihrem Knie und startete den Wagen. „Dann gibt es ein wunderbares Mittagessen – nur für dich und mich …"

Während die wunderbare Landschaft aus Klippen und sattgrünen irischen Wiesen mit Schafen darauf an ihnen vorüberzog, dachte Luisa nach. So nah wie eben war sie Andreas seit Tagen nicht gewesen, und eigentlich erschrak sie darüber. Warum hatten sie sich ausgerechnet im geliebten Irland so weit voneinander entfernt? Ich kenne ihn ja gar nicht richtig, sagte sie sich. Im Alltag zu Hause waren sie beide viel zu beschäftigt. Andreas arbeitete hart, oft bis spät in die Nacht. Luisa dagegen war eine Frühaufsteherin, schrieb dann gern Tagebuch, was er sanft bespöttelte. Wenn er aufstand, war sie schon bereit, zu ihrer Arbeit zu fahren. Hinzu kam die anstrengende Pendelei von Wiesbaden nach Speyer – und umgekehrt. Sie waren mit der Bewältigung des Alltags so beschäftigt, dass eigentlich nur die kleinen Höhepunkte am Wochenende blieben: wunderbare Dinners, Partys oder Kunstausstellungen. Dabei lernte man sich nur an der glänzenden Oberfläche kennen.

Andreas strahlte, blühte in Gesellschaft auf. Sein Charme half ihm bei seinen Geschäften.

Hier erlebte sie ihn ganz anders. Zum Beispiel war ihr nicht bewusst gewesen, dass er so viel trank. Aber sie schrieb es dem Urlaub zu. Solange er im Alltag nüchtern war, sollte es ihr egal sein, dachte sie. In den Ferien durfte man schon mal über die Stränge schlagen. Jedoch trank Luisa selbst höchstens mal ein Guinness – und niemals harte Sachen. Sie verabscheute den Kontrollverlust, der damit verbunden war, und hielt es für Zeitverschwendung.

Während Andreas vor sich hin pfiff und die Scheibenwischer quietschten, überlegte sie, warum sie ihm nichts von der Lektüre des uralten Tagebuchs erzählt hatte. Da war die Befürchtung, er könne auch darüber spötteln. Und sie fühlte schon nach den ersten Seiten, dass Emma Knothe ihr ans Herz gewachsen war. Luisa fühlte sich ihr nahe.

Aber eben, an den Cliffs of Moher, war sie Andreas so nahe gewesen wie seit der Zeit ihres Kennenlernens nicht. Wir gehören zusammen, sagte sie sich. Also brauche ich keine Geheimnisse vor ihm zu haben. Sie konnte sich ihm anvertrauen, ihm alles erzählen. „Ich habe in Emma Knothes Aufzeichnungen gelesen“, erklärte sie.

„Wie bitte?“ Andreas wirkte so verwirrt, als wäre er ganz woanders gewesen in Gedanken und als wisse er schon längst nicht mehr, worum es überhaupt ging.

„Die alten Aufzeichnungen, die ich gefunden habe“, wiederholte sie mit der Geduld einer Lehrerin.

„Ah ja?“ Er schien immer noch nicht so genau zu wissen, was sie meinte. Hatte er auch an jenem Abend so viel getrunken, dass er einen Filmriss hatte? Und sie hatte es nicht bemerkt? Wie viel trank er eigentlich zu Hause unter der Woche in Wiesbaden – und ohne dass sie es mitbekam? Sie hatte schon Artikel darüber gelesen, allerdings ohne das Gefühl, dass es sie betraf. Artikel über Manager, die sich bereits morgens am Kiosk einen Flachmann kauften, Börsenmakler, die tagsüber Wodka tranken. Dies alles war ihr fremd.

„Ich habe Papiere aus dem 18. Jahrhundert im Cottage gefunden. Die Papiere eines Mädchens namens Emma Knothe. Sie geht mir so nahe, Andreas. Es ist faszinierend. Sie stammt wie ich von einem Wehrhof und weigert sich, den Mann zu heiraten, den die Alten für sie ausgesucht haben. Und sie ist wie ich eine Protestantin. Sie leidet unter Steuern und Abgaben des Kurfürsten. Es ist sehr mühsam zu entziffern, aber mitreißend – und beinahe modern.“

Jetzt spielte ein kleines Lächeln um Andreas’ geschwungene Lippen. Er hatte einen sehr schönen Mund, und als sie an den Kuss hoch auf den Cliffs of Moher dachte, verspürte sie eine Gänsehaut.

„Interessant“, sagte er. „Dann könnten die Papiere sehr wertvoll sein, oder nicht, Schatz?“ Kurz wendete er sich ihr zu, und sie wusste nicht genau, ob er sie veräppelte oder nicht. „Wir könnten sie an ein gutes Antiquariat verkaufen", ergänzte er – und trat aufs Gas.

Anderthalb Stunden später, die sie nahezu ganz im Schweigen zugebracht hatten, von dem Luisa selbst nicht wusste, ob es feindselig oder einvernehmlich war, setzte Andreas den Blinker. Er steuerte den Mercedes durch das stolze Portal des Golfhotels im County Clare. Sie fuhren über den Kiesweg, der unter den Reifen knirschte. Dann glänzte das alte Herrenhaus, in dem das Golfhotel untergebracht war, mit seinen Erkern und Zinnen in der Mittagssonne auf. Der honiggelbe Stein des alten Gemäuers leuchtete, als hätte jemand eine Lampe darauf gerichtet. Und wie schon beim ersten Mal, als sie es erblickt hatte, bekam Luisa das Gefühl, als ob sie es kannte, als ob es irgendetwas tief in ihr berührte.

„Da wären wir", sagte Andreas lächelnd, und nach einem kurzen Augenblick des Zögerns lächelte Luisa zurück. Für einen Moment hatte sie seine Anwesenheit fast vergessen, war sie in einer unbekannten Vergangenheit gewesen!

„Ich freue mich", erwiderte sie und wartete, bis Andreas um das Auto kam, um ihr die Tür zu öffnen. Er war ein Gentleman – und das gefiel ihr.

Hier im County Limerick schien die Sonne, der Himmel war azurblau. Sie setzten sich auf die Terrasse, von der man den Park mit seinen sorgsam gepflegten Rasenflächen und den Rosengärten überblickte. Als Aperitif bestellte Andreas zwei Gläser Champagner.

„Wir sollten nicht so viel trinken", mahnte Luisa. „Du musst noch fahren."

Andreas lachte nur übermütig wie ein Schuljunge. „Danke, das schaffe ich schon."

Dann bestellte er ein irisches Menü. Es war in Anbetracht der vornehmen Umgebung, die wohl eher aus den Zeiten der englischen Herrschaft stammte, überraschend einfach – was Luisa angenehm fand. Es gab „Sodabread Rolls", frische Brötchen mit Lachs und Kressebutter. Als Hauptgericht speisten sie Lorbeer-Lamm mit Bohnen, und danach wurde Brotpudding mit Rosinen aufgetragen.

„Das war köstlich", stöhnte Luisa, als sie fertig waren und noch einen Kaffee tranken. „Ich sollte mir die Rezepte geben lassen."

„Die rückt unser Koch niemals heraus", sagte eine fremde – und doch schon vertraute Stimme. Konnte das wahr sein? War etwa Patrick hier?

Luisa wandte sich um und blickte in sein schmunzelndes Gesicht. Wenn dieser an sich eher schroffe Mann lächelte, ging die Sonne auf.

Heute sah er aus, wie man sich einen irischen Landedelmann vorstellte. Er trug einen etwas abgetragenen Cordblazer mit Lederflicken auf den Ellenbogen und lächelte ihr strahlend ins Gesicht. „Schön, Sie zu sehen, junge Frau." Dann wandte er sich Andreas zu und deutete einen knappen Diener an. Hier in der Umgebung, aus der er offensichtlich stammte, wirkte er wie verwandelt.

Aber Luisa wusste nicht, ob er ihr im dunkelblauen Wollpullover und auf der „Pride of the Seas" nicht besser gefiel …

Und was tat er hier? Man hatte im Dorf doch angedeutet, dass er mit seinem Vater zerstritten war! Die Frage danach lag ihr auf der Zunge, aber sie war doch höflich genug, um sie zu unterdrücken.

„Darf ich Ihnen einen Augenblick Gesellschaft leisten?" fragte Patrick.

Als Luisa und Andreas nickten, nahm er Platz.

„Ich bin ein bisschen erschöpft", sagte er. „Streit mit meinem alten Herrn. Er begreift einfach nicht, warum mir die Shannon-Delphine so wichtig sind. Ist nicht mal bereit, eine Spendenbüchse aufzustellen – geschweige denn, auf meine Touren hinzuweisen."

„Eine andere Generation", meinte Luisa sanft.

„Er will, dass ich nach London gehe und mir meine Sporen verdiene, wie er es vermutlich ausdrücken würde. Ich habe Jura studiert. Oxford. Er wollte immer, dass ich in eine große Kanzlei eintrete und dem Familiennamen Ehre mache, wie er es bezeichnet." Patrick verzog den Mund.

„Das tun Sie ja", sagte Luisa und widerstand dem plötzlichen Impuls, ihre Hand über die seine zu legen. „Ihr Einsatz für die Delphine ist wichtig!"

„Ach ja, finden Sie?" Wieder dieses leuchtende Lächeln. „Das tröstet mich darüber hinweg, dass der alte Herr mal wieder auch gar nichts für mich übrig hatte."

Andreas hatte lange geschwiegen. „Ich finde, dass er nicht so Unrecht hat. Ein altes, abgetakeltes Fischerboot zu irgendwelchen Delphinen zu steuern, ist doch kein Beruf!"

Luisa war erschrocken über seinen harten Ton. „Andreas!"

„Ist doch wahr", beharrte er. „Solche verrückten Aussteigerträume können sich nur die Herrschaften aus den gehobenen Kreisen leisten. Ich gehöre leider nicht dazu. Ich muss arbeiten. Ich gehe eine Runde Golf spielen und schaue, was ich dabei erreichen kann." Er stand abrupt auf und klopfte zum Abschied auf den Tisch. „Bis später, Luisa. Und lass dich nicht zu den Hippie-Anschauungen bekehren …"

„Was hat er?" fragte Patrick, als Andreas auf dem samtgrünen Rasen, der zum Golfplatz führte, immer kleiner wurde und schließlich verschwand.

„Eifersucht?" fragte sich auch Luisa. „Ich glaube, er mag es nicht, wenn er nicht im Mittelpunkt steht. Ich weiß nicht, ich glaube, ich lerne ihn hier in Irland erst so richtig kennen." Dann schlug sie sich auf den Mund: „Das hätte ich natürlich nicht sagen dürfen."

Patrick blickte nur in den Sommerhimmel: „Ich habe nichts gehört."

Dann kam ihr ein Gedanke. Patrick hieß ganz offensichtlich nach dem Schutzheiligen Irlands, Saint Patrick. Soviel wusste sie von den Reisen ihrer Kindheit. Sie besaß sogar ein Saint-Patricks-Kreuz, das ihr Alison, eine Brieffreundin aus einem Urlaub am See Lough-Arrow geschenkt hatte. Es war ein irischer, ein katholischer Name. Wie passte das zusammen? „Sind Sie Engländer?" fragte sie ganz unverblümt.

Patrick nickte. „Väterlicherseits sind wir englischer Herkunft, ja. Warum fragen Sie?" Er wirkte jetzt eher verschlossen, und Luisa wusste nicht, ob sie nachfragen sollte. Aber dann schob sie ihr silberblondes Haar hinters Ohr, fasste Mut und traute sich. „Ich habe über Ihren Namen nachgedacht. Ist Patrick nicht sehr irisch – und sehr katholisch?"

Patrick blickte ihr in die Augen und sie sah diesen ganz leichten Silberblick, der ihn so interessant für sie machte. Im leuchtenden Blau seiner Augen entdeckte sie winzige, braune Sprenkel.

„Meine Mutter war eine irische Katholikin. Der alte Herr wirft mir oft genug vor, dass ich nach ihr komme. Es war eine Mischehe. Immer noch ungewöhnlich. Vor allem in den gut protestantischen Kreisen, aus denen ich stamme." Sein Gesicht verzog sich. „Ich nehme an, Mutter brachte das Geld mit, das Vater dringend brauchte, um das Haus unserer Väter in einen Luxusschuppen umzubauen. Ihr Vater war Bauunternehmer in Amerika."

Luisa war von der ganzen Geschichte ein bisschen erschlagen. Wie einfach und unkompliziert war doch die Geschichte ihrer eigenen Herkunft! Beide Eltern waren Protestanten – und hatten rein der Liebe wegen geheiratet. Sie beschloss, das Thema Geld zu umgehen. „Sie sagen, Ihre Mutter war ... Soll das heißen, sie lebt nicht mehr?" fragte sie behutsam.

Patrick wandte den Blick ab und rutschte ein ganz bisschen weg von ihr. „Verunglückt", sagte er knapp. „Ein Autounfall. Vor fünf Jahren."

Luisa spürte, dass er mehr nicht dazu sagen wollte. Sie schwieg. Es war kein störendes Schweigen, im Gegenteil, sie fühlte sich Patrick verbunden. Anders, als wenn sie mit Andreas schwieg. Dann stand die Stille eher zwischen ihnen. Jetzt lächelte Patrick, als wolle er die dunklen Wolken seiner Vergangenheit wegwischen. „Haben Sie Lust und Zeit, einen kleinen Spaziergang durch den Park mit mir zu machen? Danach könnten wir den Tee zusammen einnehmen. Es gibt wunderbare Scones, Clotted Cream – und Erdbeeren."

Wer hätte da widerstehen können. Mit Freuden sagte Luisa: „Gern." Und als Patrick aufstand, den Stuhl hinter ihr wegschob und ihr den Arm reichte, fühlte sie sich sonderbar geborgen.

Sie spazierten durch die herrliche Gartenanlage mit den Staudenrabatten und Rosengärten. „Die Rosen waren die große Leidenschaft meiner Mutter", erzählte Patrick. „Sie hat sich auch aus Deutschland besondere Rosen schicken lassen. Nostalgierosen mochte sie am liebsten. Ich lege ihr jede Woche einen Strauß auf ihr Grab."

„Sie haben sie sehr geliebt?" fragte Luisa.

Patrick lächelte etwas schief. „Sie war meine Mutter. Natürlich habe ich sie geliebt. Sie stand immer hinter mir, egal, was ich machte."

„Dann fand sie auch ihren Einsatz für die Delphine gut?"

„Aber selbstverständlich", erwiderte Patrick. „Sie liebte auch Fungie, den Delphin von Dingle. Sie war bezaubert wie ein kleines Mädchen, wenn sie mit mir Richtung Loop Head hinausfuhr und sich die ersten Delphine zeigten. Mutter liebte sie. Überhaupt liebte sie die Natur. Sie konnte keiner

Fliege etwas zu Leide tun." Wieder dieses Lächeln, bei dem sich Grübchen in seinen Wangen zeigten und das sein ganzes Gesicht erhellte, wie Luisa fand. „Sie rettete sogar die Plage unseres alten Hauses, die Silberfischchen vor dem Tod im Staubsauger."

„Sie muss eine wunderbare Frau gewesen sein", sagte Luisa nachdenklich. „Ihr Tod muss Sie tief getroffen haben. Mich würde interessieren, ob Sie noch Geschwister haben. Vielleicht so was wie einen Vorzeigebruder, der im Pall Mall Club in London fechten geht?"

Patrick fing an zu lachen. „Leider, nein. Der alte Herr muss mit mir allein auskommen. Vielleicht hackt er deshalb immer so auf mir herum. Haben Sie Geschwister?"

„Nein", musste Luisa einräumen. „Auch nicht. Ich bin auch Einzelkind."

Er drehte sich zu ihr um, und sie blickte in seine lächelnden Augen. „Sehen Sie, da wäre doch schon mal etwas, das wir gemeinsam haben."

Darauf wusste Luisa nichts weiter zu sagen. Sie schwiegen gemeinsam, ein angenehmes Schweigen, das sie verband. Sie blickte über die in Streifen gemähte, smaragdgrüne Rasenflächen, die das alte, honiggelbe Herrenhaus umgaben. Nun hatte der Chefgärtner Rasensprenger angestellt, die wie in einem stummen Konzert den Rasen bewässerten. Mochte er auch ein Tyrann sein, Patricks Vater wusste, wie man Haus und Garten zu unterhalten hatte.

Ein Ober kam mit einem Tischwagen herbei und baute den High Tea vor ihnen auf. Schwarzen Tee in Silberkännchen, schwere, flüssige Sahne, Scones, Clotted Cream, Marmeladen, herrliches Gebäck, das sich auf einer glänzenden Etagere mit Porzellanschalen türmte.

Als der Ober sich zurückgezogen hatte, vertiefte sich das Lächeln um Patricks Augen. „Greifen Sie zu. Ich mag Frauen, die gern essen. Diese moderne Ziererei kann ich nicht leiden."

Luisa musste lachen. Ihre Mutter hatte immer mit ihr geschimpft, weil sie wenig damenhaft so viel aß. Allerdings hätte sie sich vermutlich nicht fürs Kochen so begeistern können, wäre ihr das Ergebnis gleichgültig gewesen. Das Kochen tröstete sie darüber hinweg, dass sie neben ihrer Tätigkeit an der freien Kunstschule und der Pendelei zu Andreas kaum noch zu ihrer eigentlichen Leidenschaft kam – dem Malen.

„Wussten Sie, dass ich Kunst studiert habe?“ fragte sie Patrick, während sie ihnen Tee einschenkte, ihn süßte und mit der köstlichen Sahne verdünnte. „Ich finde den Blick von dieser Terrasse wunderschön, ich würde ihn gern malen.“

Patrick zog die Augenbrauen hoch. „Sie überraschen mich immer wieder neu. Aber nein, mein alter Herr hätte sicher nichts dagegen, wenn Sie hier malen würden.“ Ein leicht bitteres Lachen. „Ihm kommt alles entgegen, was seiner Eitelkeit schmeichelt. Dazu gehört auch sein alberner Stolz auf diesen Luxusschuppen hier.“

Luisa fand es besser, nichts dazu zu sagen. Sie biss in ihr Scone, das auf der Zunge zerging. „Sie müssen hier einen Meisterkoch haben.“

„Es wird von den amerikanischen Touristen teuer genug bezahlt“, erwiderte Patrick.

Später, als sie gegessen hatten, und die Rasensprenger Schatten über den Rasen warfen, vertraute Luisa sich ihm an. „Mir ist etwas Seltsames passiert“, erzählte sie. „Ich habe durch Zufall im Cottage ein uraltes Tagebuch aus dem 18. Jahrhundert gefunden.“

Patrick starrte sie an, als wäre ihm ein Geist erschienen. „Ein Tagebuch? Tatsächlich?“

„Es handelt von einer jungen Frau, die wie ich in der Pfalz geboren wurde. Ich bin sehr gespannt, von ihrem Schicksal zu lesen, kann mir aber gar nicht erklären, wie es nach Irland kam …“

„Nun, wo Sie das sagen, es gab viele Pfälzer in Irland. Sie kamen auf Wunsch der damaligen Queen Anne aus London zu uns. Meine Familie hat ihnen damals Land zur Bebauung zur Verfügung gestellt. Sie wollten, dass Irland protestantisch wird.“ Patrick faltete seine Serviette zusammen. „Aber das war nicht hier, sondern im County Limerick, zum Beispiel in Rathkeale. Dass Sie das Tagebuch einer Pfälzerin hier im County Clare gefunden haben, ist allerdings ungewöhnlich.“ Sein Gesicht verzog sich in nachdenkliche Falten. „Es sei denn …“ Dann unterbrach er sich.

„Was wollten Sie sagen?“ fragte Luisa sanft.

„Ach, nichts, Unsinn vermutlich. Vergessen Sie es. Es ist nur, ich habe mich als junger Mann viel mit der Geschichte meiner Herkunft beschäftigt.

Es gab da so eine Geschichte, dass eine junge Pfälzerin hier im Haus als Geist umgeht …"

Luisa staunte. „Sie glauben an Geister?"

„Viele Iren tun das. Aber ich habe Ihnen ja gesagt, dass ich Unsinn erzähle. Es sind uralte Geschichten aus der Personalküche, die sicher keine Bedeutung haben. Nichts, was Sie interessieren müsste."

Wieder schwiegen sie, wieder fand Luisa es nicht unangenehm. Es war eine ganz besondere Art der Nähe, auch das Schweigen mit einem anderen Menschen aushalten zu können. Die Gesprächspausen bei Patrick musste man nicht mit sinnlosem Geplapper füllen.

Doch sie hatte noch viele Fragen an ihn, Fragen, auf die Andreas ihr heute Morgen auf dem Weg zu den Klippen von Moher keine befriedigende Antwort gegeben hatte. Es ging um das Cottage in Carrigaholt. Immer noch konnte Luisa nicht begreifen, warum ihre Eltern es vor ihr geheim gehalten hatten – und auch nicht, warum sie das Geheimnis ausgerechnet jetzt lüften wollten. Sie hatte vor, Patrick danach zu fragen, wusste aber nicht genau, wie sie es anfangen sollte. Deshalb preschte sie einfach vor. „Ich hätte da noch etwas, worüber ich gern mit Ihnen sprechen würde", begann sie.

Er blickte sie mit seinen tiefblauen Augen freundlich an. „Als da wäre?"

„Es geht um das Cottage in Carrigaholt", fing sie an. „Ich begreife nicht genau, was meine Zugehfrau Maria mir da erzählt hat."

„Dass es Ihren Eltern gehört?" fiel ihr Patrick ins Wort.

„Dann ist es wahr?" fragte Luisa zurück.

„Ich kenne Ihre Eltern schon einige Jahre, seit ich selbst in Carrigaholt lebe. Nette, ein wenig außergewöhnliche Menschen."

Luisa musste lächeln, wenn sie an ihren Vater mit seiner orientalischen Kappe und dem Kaftan dachte. In Irland wirkte das sicher noch viel exzentrischer als zu Hause in Deutschland.

„Sie sind einige Male mit mir zu den Delphinen gefahren", erklärte Patrick. „Sehr angenehme Menschen. Ihr Vater hat sich gefreut wie ein Kind."

„Er ist wie ein großes Kind", sagte Luisa voller Zuneigung und einer Spur Schmerz. Gerade jetzt, in diesem Moment, wäre sie gern zu Hause in der Pfalz gewesen, hätte sich am Kuchen bedient und mit ihren Eltern über all ihre Erfahrungen im märchenhaften Irland gesprochen.

„Andreas meint, ich soll meinen Eltern ihr Geheimnis belassen“, erzählte sie Patrick. Er wirkte auf sie wie ein Mensch, bei dem sie sich nicht verstellen musste. Sie konnte ihm alles anvertrauen. Er war ihr so nahe, so angenehm, so behutsam im Umgang mit ihr.

„Da hat er nicht so Unrecht“, nickte Patrick. „Manchmal muss man Fragen stellen, manchmal liegt aber auch die Kunst darin, es nicht zu tun.“

Luisa unterdrückte ein Seufzen. Sie wusste selbst von sich, dass sie sehr neugierig war. Schon als Kind war sie zusammen mit ihrer besten Freundin allen Geheimnissen gern auf den Grund gegangen – und sie hatten dabei viel gekichert. Sollte sie ihre Eltern nun wirklich in Ruhe lassen? „Nun, wir werden sehen“, erwiderte sie etwas vage.

Und im nächsten Moment spürte sie eine Bewegung. Dann fühlte sie eine wie magische Berührung – und sah, dass sich Patricks Hand über die ihre gelegt hatte. Nur ganz kurz, nur wie eine Illusion. Und doch hatte sich etwas verändert. Die Welt war nicht mehr dieselbe.

„Störe ich?“ Das Gesicht von Andreas hatte sie zu einem sarkastischen Lächeln verzogen, das Luisa so nicht von ihm kannte. Sie erschrak. Hatte er die Berührung durch Patrick gesehen – und ahnte er, was in ihr vorging? Andreas mochte Schwächen haben, doch war er klug und kannte sie gut. Seine Krawatte hing etwas schief, was ihm jedoch einen dynamischen Zug verlieh. Er sah immer so perfekt aus, so wie eine Werbung für die Deutsche Bank.

„Können wir dann fahren?“ fragte er mit ironischer Höflichkeit. „Oder ist die gnädigste Frau noch in ihre seelenvollen Gespräche vertieft?“

„Andreas!“ Luisa ärgerte sich. Selbst wenn Patrick ihre Hand – und ihre Seele – berührt hatte, gab das Andreas nicht das Recht, ausfallend zu werden. Aber bevor sie ihn zurechtweisen konnte, kam Patrick ihr zuvor.

Er erhob sich. „Ich denke, ich fahre wohl besser. Touristen werden schon warten. Ich habe eine Fahrt in den Sonnenuntergang.“ Ein leichter Diener vor Andreas, ein liebevolles Lächeln für Luisa, dann war er aufgestanden.

„Lassen Sie sich nicht vertreiben“, sagte Luisa schnell.

„Ich muss“, erwiderte er, immer noch lächelnd. Und kurz darauf fuhr sein uralter, verbeulter Geländewagen über den kiesbestreuten Vorplatz des alten Herrenhauses, bog in die baumbestandene Zufahrt ein und wurde rasch kleiner. Luisa fühlte sich, als wäre die Temperatur plötzlich ein wenig kälter geworden und schämte sich dafür. Sollte sie diese Gefühle nicht für Andreas haben? Warum hatte sie, seit sie nach Irland geflogen waren, immer öfter den Eindruck, er ginge ihr auf die Nerven?

Viel zu schnell schoss das silberfarbene Mercedes Cabrio durch die engen Kurven im Linksverkehr. Andreas war tatsächlich eifersüchtig, wie Luisa merkte. Albern, dachte sie. Er selbst flirtete bei jeder Gelegenheit.

„Was ist das nur für ein bescheuerter Naturfranzel?“ fragte er nach einer Weile des unbehaglichen Schweigens – und bestätigte damit Luisas Verdacht, er habe Patricks Berührung gesehen und sei eifersüchtig deshalb.

„Er ist ein interessanter Mann“, erwiderte sie und reckte bockig das Kinn vor.

Wieder dieses sarkastische Lächeln, das Luisa nicht von Andreas kannte. „Na, wenigstens bist du ehrlich. Er ist wohl interessanter als ich, ein langweiliger Banker …“

Damit trat er unter Luisas Protesten aufs Gas, und der Mercedes schoss knapp an einem Lastwagen vorbei. Luisa unterdrückte einen Schrei und hüllte sich dann in Schweigen. Anders als mit Patrick war dieses Schweigen jedoch nicht angenehm.

Erst kurz vor Carrigaholt redeten sie wieder miteinander. Andreas machte den Anfang. „Ich habe nachgedacht“, erklärte er. „Über dieses Manuskript.“

„Ja?“ fragte Luisa erwartungsvoll. Vielleicht würden sie sich ja doch etwas mitzuteilen haben.

„Wenn es so alt und geheimnisvoll ist, wie du sagst“, fuhr Andreas fort, „dann könnte man es vielleicht verkaufen. Es gibt Menschen, die für so einen Schund ein Vermögen bezahlen.“

Es dauerte eine geraume Weile, bis dieser Satz bei Luisa angekommen war. Erst meinte sie, sich verhört zu haben. Dann wurde ihr klar, dass Andreas es ernst meinte. In seiner Welt – ging alles immer nur um Geld. Geld war der Mittelpunkt seines Denkens. Und Luisa wusste nicht, wie lange sie das noch ertragen würde. Mit einer Mischung aus Sehnsucht und schlechtem Gewissen dachte sie an Patricks magische Berührung.

Hatte Andreas vielleicht Recht, hatte sie sich in den außergewöhnlichen Iren verliebt – oder war sie zumindest im Begriff, das zu tun? Nein, sagte sie sich, ich werde bald Andreas heiraten. Ich bin treu. Und dabei würde es bleiben!

Wenig später schoss der silberne Mercedes um die letzte Kurve, und Luisa sah das Rose Cottage mit den Rosen und den großen Hortensien davor. Fern glitzerte der River Moyarta in der späten Nachmittagssonne, irgendwo am Horizont, wie einen Punkt, sah sie ein Schiff. Es konnte die „Pride of the Seas" sein mit Patrick an Bord, der seinen Touristen die Delphine zeigte. Patrick. Seine Berührung. Sie schob den Gedanken fort. Irland, dieses Märchenreich, verführte sie zu aberwitzigen Gedanken. Dabei wollte sie bald Andreas heiraten, in einem Haus im Taunus leben, Kinder mit ihm haben, ihn lebenslang lieben.

War es so einfach? Fragte eine fiese kleine Stimme, während Andreas den Blinker setzte und in die kurze Zufahrt zum Cottage einbog. Nichts ist einfach!

Aber dann, als sie die Haustür aufgeschlossen hatte und in Duft und Wärme des Torffeuers eintauchte, das Maria angefacht hatte, die sie überschwänglich begrüßte, waren all diese Gedanken vergessen. Maria war so temperamentvoll und hatte ein so einnehmendes Wesen, dass man sich ihr und ihren sprühenden Augen nicht entziehen konnte. „Ihr sollt es doch gemütlich haben!" rief Maria, zeigte über den Kamin – und Luisa übersah lieber geflissentlich die Torfstücke, die die schusselige Maria auf dem Berberteppich verstreut hatte. „John und ich lieben ein schönes Torffeuer. Wir können ganze Abende damit verbringen, nur ins Feuer zu schauen. Und sag, Luisa, was ist mit diesem Tagebuch, das wir gefunden haben?"

Luisa wollte schon antworten, da fiel ihr Maria in ihrer überschwänglichen Art gleich wieder ins Wort. „Ihr kommt doch ins Pub? John ist auch da! Er freut sich so, wenn ihr kommt!" Erst als Andreas und Luisa es fest versprochen hatte, zog Maria ihre kunterbunte Kittelschürze aus, verstaute den Dyson Staubsauger unter Scheppern und Krachen – und verabschiedete sich.

Ihr Abschied hinterließ eine merkwürdige Leere im Haus.

Und doch war Luisa gerührt, als sie das kleine Wohnzimmer mit seiner niedrigen Balkendecke betrat und Andreas mit ausgestreckten Beinen vor dem Kamin sitzen sah. Er wirkte wie ein Riese, der sich in ein Zwergenreich verirrt hatte. Sie beschloss, ihm etwas Gutes zu gönnen. „Ein Whisky?" fragte sie versöhnlich.

„Wenn es nicht zu viel Mühe macht." Er war immer noch angriffslustig, hatte den kleinen Eifersuchtsstreit offenbar noch ganz und gar nicht vergessen.

„Dann schenk ich dir ein. Und husche schnell zum Laden von Mrs. Arrowsmith rüber, die Irish Times kaufen, was meinst du?"

Erst jetzt verzog sich sein kantiges Gesicht zu einem versöhnlichen Lächeln. „Wenn du das natürlich für mich machen könntest, wärst du ein großer Schatz. Ich muss die Börsenkurse wissen."

Börse, Geld, Gewinne. Für einen kurzen Moment blieb Luisa im Türrahmen stehen und starrte ihn an. Würde sie nun ihr Leben nicht mit einem Mann – sondern mit Aktiengewinnen teilen? Doch sein Lächeln ließ sie schon wieder dahinschmelzen. Sie liebte seine blitzend weißen Zähne, die sein ganzes Gesicht zum Leuchten brachten.

„Dann will ich mal los", erklärte sie fröhlich. Doch es war eine Fröhlichkeit, die sie sich aufgezwungen hatte. Sie durfte nicht zulassen, dass hier in Irland auf einmal ihre Liebe zerbrach. Es sollten doch vorgezogene Flitterwochen sein – nicht das Ende des ganzen Honeymoons. Sie warf die Holztür hinter sich ins Schloss und stemmte sich auf der Dorfstraße dem kräftigen Westwind entgegen. Ein wenig Bewegung tat gut und würde sie auf andere Gedanken bringen!

„Soll ich uns Schnittchen machen?" rief sie ins Wohnzimmer, als sie mit ihren Einkäufen bei Mrs. Arrowsmith zurück in die Geborgenheit des mollig warmen Cottages trat.

„Unnötig. Mach dir nicht zu viel Arbeit, wir essen im Pub."

„Wir sind aber erst in einer Stunde verabredet", gab Luisa zurück.

„So lange können wir warten. Du liebst doch deinen Seafood Chowder. Und ich esse Fish and Chips. Habe gesehen, dass die sie herrlich rustikal zubereiten, keine Tiefkühlkost sondern frische Kartoffeln." Luisa hörte aus der Küche, wo sie ihre Einkäufe auspackte, dass Andreas im Wohnzimmer aufgestanden war. Nun füllte er in seiner ganzen schlaksigen Größe den Türrahmen zur Küche aus – und lächelte sie an.

„Ich denke, ich hätte aber auch noch auf etwas ganz anderes Appetit."

Luisa blickte ihn fragend an. „Und das wäre?"

Sein Lächeln vertiefte sich. „Du kannst fragen! Rate mal! Du, meine liebste Meisterköchin. Ich habe Appetit auf dich!"

Und damit schloss er sie in die Arme, und endlich küssten sie sich wieder, atemlos, keuchend, verlangend und so, als hätte es Eifersucht oder den Grund dafür niemals gegeben … und als Andreas sie in die Arme nahm und die Stiege zu ihrem Schlafzimmer hinauftrug und dann lachend und prustend aufs Bett warf, lachte sie mit und bog sich ihm entgegen.

„Maria wird merken, dass wir Sex hatten", sagte sie hinterher kichernd.

Andreas pustete ihr eine Haarsträhne aus dem Gesicht. „Falsch. Sie wird merken, dass wir guten Sex hatten. Mit dir ist es einfach am schönsten."

Luisa setzte sich auf. „Du hast wohl reichhaltigen Vergleich."

„Ich habe mich ausprobiert", erwiderte Andreas gelassen, und als sie ihm antworten wollte, verschloss er ihr den Mund mit einem Kuss und zog sie abermals in seine Arme. „Maria kann von mir aus denken, was sie will", keuchte er an ihr Ohr. „Ich will dich nochmal, am liebsten die ganze Nacht hindurch."

Und das war es, dachte Luisa, was sie zu Hause in Wiesbaden so an ihm liebte. Ihr Verlangen nacheinander war schier unersättlich. Aber die kleine fiese Stimme in ihrem Kopf ließ sich nicht verdrängen. Sie flüsterte beharrlich die eine Frage, die sich ihr seit der Begegnung mit Patrick stellte: War Verlangen denn auch Liebe – oder gab es vielleicht doch noch Tieferes als das?

Doch dann schloss sie die Augen und gab sich Andreas' fordernden Händen hin, die leidenschaftlich über ihren Hals und ihre Brüste strichen und dann tiefer und tiefer wanderten, bis sie eine tiefe Glut in ihr erweckten.

Ja, dachte sie hinterher, Andreas war ein guter Liebhaber. Für eine Ehe schließlich ein ganz wichtiger Punkt!

Später zog Luisa eine schmale schwarze Jeans an, die ihre langen, schmalen Beine betonte und dazu ein flamingofarbenes Twinset aus Kaschmir, das Andreas ihr bei einem Einkaufsbummel im schicken Wiesbaden gekauft hatte. Sie bürstete ihre silberblonden Haare, bis sie glänzend auf ihre Schultern fielen und tuschte sich dezent die Wimpern. Dazu noch ein zarter, rosafarbener Lippenstift, und sie lächelte sich im Spiegel zufrieden zu.

Dann spürte sie, wie sich zwei große Hände auf ihre Schultern legten und sah im Spiegel, wie Andreas mit einem vergnügten Lächeln hinter ihr auftauchte. „Na, Prinzessin? Am liebsten möchte ich gar nicht mit dir ins Pub. Du siehst so appetitlich aus. Einfach zum Anbeißen. Sollen wir nicht hierbleiben?" Und damit fing er an, an ihrem Hals zu knabbern. Mit sanfter Gewalt und zärtlichem Lächeln schob sie ihn beiseite.

„Andreas! Wir haben es versprochen! Maria und John warten." Und wer weiß, vielleicht auch Patrick, fügte sie zu ihrem eigenen Schrecken in Gedanken hinzu.

„Die kommen auch ohne uns klar", erwiderte Andreas und pustete in ihr Haar.

Auch wenn sie ihm insgeheim Recht gab, wollte sie dennoch ins Pub. „Ich habe Lust auf ein Guinness", erklärte sie, obwohl sie doch nur ganz selten trank.

„Hört, hört. Ich hätte Lust auf etwas ganz anderes. Aber du hast mich überzeugt. Ein guter Whisky kann einen Mann sogar aus dem Bett mit seiner Liebsten locken", schmunzelte Andreas.

Hand in Hand gingen sie die Dorfstraße hinunter, stemmten sich gemeinsam dem stürmischen Wind entgegen, der im Verlauf des Abends noch aufgefrischt hatte. Schwer und grau hingen die Wolken über Carrigaholt, später würde es vielleicht noch Regen geben.

Irgendwann, wie auf ein geheimes Kommando hin, begannen sie zu laufen und kamen außer Atem und kichernd wie Schulkinder vor dem Pub an. Sie schauten sich an, und Luisa dachte, dass sie ihrem künftigen Ehemann schon lange nicht mehr so tief in die kastanienbraunen Augen geschaut hatte. Seit wann eigentlich nicht mehr? Seit sie in die Aer Lingus-Maschine nach Limerick gestiegen waren? Was hatte sich in Irland zwischen ihnen ereignet? Aber egal, was es gewesen war, dachte sie, es war vorbei, die Welt wieder in Ordnung. Sie lächelte ihn an und meinte in diesem Moment, dass sie eine gute Wahl getroffen hatte.

Sie wollte das glauben. Sie musste es tun.

Als sie in die dunstige Luft des urigen Pubs mit seiner großen Dartscheibe an der Wand eintraten, winkten John Tuck und Maria ihnen schon zu. Maria saß auf Johns Schoß, er hielt ihr ausladendes Hinterteil fest umschlungen, man sah ihnen an, wie sehr sie sich liebten. Doch John wirkte erschöpft, nippte nur am Guinness, während seine feingliedrigen Finger den Takt zu „A Nation once again", gespielt von den Dubliners, schlugen. Auch Luisa liebte dieses Lied, sie kannte es seit Kindheitstagen und konnte mindestens den Refrain mitsingen.

„Ich hatte heute einen harten Tag", erzählte John. „An Tagen wie heute ist es kein Spaß, Fremdenführer zu sein. Die deutschen Journalisten haben mir ein Loch in den Bauch gefragt. Ich fühle mich wie durch den Pürierstab gezogen. Zum Glück sind sie dann heute Abend abgereist. Als nächstes habe ich eine Seniorengruppe im County Limerick. Das wird weniger anstrengend." Er schloss mit einem Seufzen, und Maria strich ihm zärtlich eine rotblonde Haarsträhne aus der Stirn.

Trotzdem konnte es Luisa nicht lassen, John eine Frage zu stellen, die ihr auf der Seele brannte. „Patrick hat mir heute von der Pfälzer Siedlung im County Limerick erzählt", begann sie. „Und er erzählte etwas von einem Geist, der auf dem alten Sommersitz umgeht."

„Oh, das ist ganz Viscount Comley …" Nun nahm John einen größeren Schluck Bier.

„Viscount? Comley?" Luisa war verwirrt. Dann ist er also ein Adliger, fragte sie sich.

„Ja, aber sicher, haben Sie ihm das denn nicht angemerkt? Er hat seine Adelstitel abgelegt, wie ich zugeben muss. Streit mit seinem Vater. Aber früher war er ein ziemlich arroganter Bursche, sehr der englische Mylord."

Das nun wieder konnte sich Luisa so gar nicht vorstellen!

„Sehr adelsstolz", bemerkte John. „Das hat sich erst geändert, als seine Mutter bei diesem schrecklichen Autounfall ums Leben gekommen ist. Böse Zungen munkeln, sie sei betrunken gewesen. Patrick Comley hat seither Schuldgefühle, aber es hat ihn zu einem besseren Menschen gemacht. So findet jedenfalls meine Wenigkeit."

„Ich dachte, er wäre schon mit seiner Mutter zu den Delphinen gefahren?“

John lachte etwas bitter, wie es seine Art war. „Ja, mit seiner privaten, schicken Segelyacht vielleicht. Ein Katamaran mit allem Luxus. Dass er mal Touristen in die Shannon Mündung schippern würde, hätte früher sicher niemand von uns geglaubt.“

„Aber er tut es, und das muss man ihm anrechnen.“

„Quatsch“, fiel Andreas Luisa schroff ins Wort. „Er kann sich das einfache Leben leisten. Und wenn es ihm nicht mehr passt, kehrt er einfach ins englische Oberhaus zurück.“

John zog Maria noch enger an sich, seine Hände nun knapp unter ihrer großen Brust. „Jedenfalls hat er früher viel Ahnenforschung betrieben. Die Northwells waren es, die im 18. Jahrhundert die Pfälzer Einwanderer mit Land in Limerick beschenkten. Eine aber hat es sogar bis Carrigaholt gebracht. Ein Familiengeheimnis. Sie hatte den einzigen Erben der alten Linie erwartet – und ist ins Wasser gegangen. Dieser Tragödie verdankt sich der Aufstieg des heutigen Lords, der spät in der Nacht erzählt, dass es in seinem Haus spukt. Nun, das ist ein Ammenmärchen, wie es die Irland-Touristen gern hören. Ich habe auch so etwas im Repertoire – wenn ich den deutschen Urlaubern nicht sogar diese Geschichte vom gefallenen Pfälzer Mädchen in Carrigaholt erzähle. Sie liebte den jüngeren Sohn von Lord Northwell. Als dessen älterer Bruder vom Pferd stürzte und sich das Genick brach, wurde er der Erbe – und ließ das Mädchen für eine englische Adelige sitzen. Das Pfälzer Mädchen ertränkte sich und die Adelige gebar nie ein Kind. Dadurch kam die jüngere Linie an die Macht, arme Verwandte der Northwells aus Manchester, von denen unser lieber Patrick abstammt. Und, genau genommen, der Erbe ist. Beneidenswert …“

„Na John, du bist ja über meine Familiengeschichte fast so gut unterrichtet wie ich selbst“, vernahm Luisa eine melodisch klingende Männerstimme. Dann klopfte es auf den Holztisch mit den vielen Bierrändern, und Patrick Comley gesellte sich, ohne zu fragen, zu ihnen.

Luisa spürte, wie ihr Herz sich beschleunigte. Sie fragte sich, was das zu bedeuten hatte. Aber sie wusste die Antwort, die sie nicht akzeptieren wollte. Konnte es wahr sein? War sie verliebt?

Die schöne rothaarige Sheila, Johns Schwester, die aussah wie eine Bilderbuch-Irin, stellte einen Krug Guinness vor Patrick ab. Sie zwinkerte Andreas zu, was Luisa – wie immer – nicht gefiel. Sie konnte ihre eigene Eifersucht nicht leiden, fand, dass das kein guter Charakterzug sei. Und doch ließ auch Andreas kaum eine Gelegenheit aus, mit fremden Frauen zu flirten.

Jetzt starrte er Sheilas wackelndem Hinterteil im zu knappen Minirock hinterher. Vielleicht habe ich für seinen Geschmack zu wenig Kurven, sagte sich Luisa verbittert.

Dann wandte sie sich an John. „Vielleicht kennen Sie sich ja auch in meiner Familiengeschichte aus. Können Sie mir vielleicht verraten, wann meine Eltern das Rose Cottage gekauft haben?"

„Sie sind sehr neugierig", befand Patrick etwas missbilligend.

„Das ist in Ordnung", meinte John. „Neugier ist ein wichtiger Charakterzug." Er versetzte Maria einen sanften Klaps auf den Oberarm: „Das kennen wir, nicht wahr, Maria?" Dann wandte er seine Aufmerksamkeit wieder Luisa zu. „Um es kurz zu machen, Ihre Eltern haben das Cottage nicht gekauft."

„Nicht?" Luisa spürte Erleichterung, aber auch einen leisen Zug der Enttäuschung. Sie hatte sich so ans Rose Cottage gewöhnt, es so ins Herz geschlossen, als gehöre es ihr wirklich.

„Ihre Mutter hat es geerbt", schloss John mit einer Miene, die zum Ausdruck brachte, dass er mit Luisas Überraschung zufrieden war.

„Geerbt? Aber von wem? Wir haben keine Verwandten in Irland ..."

„Mehr weiß ich auch nicht darüber. Vielleicht sollten Sie einfach Ihre Mutter danach fragen!"

„Gar nichts sollte sie", schnitt Patrick, der Ex-Viscount, ihm das Wort ab. Luisa hatte ihn noch nie so schneidend klingen hören. „Menschen haben ein Recht auf ihre Geheimnisse. Wenn Luisas Mutter ihr etwas erzählen will, wird sie es tun. Wenn nicht, wird sie es lassen."

„Er hat Recht, John", sagte die schusselige, sanfte Maria, wobei sie fast vom Schoß ihres Liebsten hinunterrutschte. „Manches sollte man auf sich beruhen lassen. Und wir haben alle unsere Grauzonen, nicht wahr?"

Luisa blickte zu Andreas, der zustimmend nickte, aber ziemlich gedankenverloren wirkte. Vermutlich war er in Gedanken noch beim prallen Hinterteil von Sheila, Johns Schwester, dachte Luisa gehässig – und schämte sich sogleich für diesen Gedanken. Aber sie war müde, spürte die Anstrengung des Tages und die Folgen des wenigen Guinness, das sie getrunken hatte.

„Ich denke, ich werde nach Hause gehen", erklärte sie deshalb der Runde. Vor allem Patrick protestierte, aber dann gab er mit seinem etwa schiefen Lächeln nach.

„Bevor Sie gehen, habe ich aber noch gute Nachrichten", sagte er. „Ich habe mit meinem alten Herrn gesprochen. Sie dürfen die Gärten von Northwell House malen, wann immer Sie wollen …"

„Oh, das ist doch mal ein Wort", gab Luisa erfreut zurück.

„Sehen Sie, ich habe nicht zu viel versprochen. Wenn es um seine Eitelkeit geht, ist mein alter Herr immer voll da im Geschäft." Da Luisa zu dieser Bemerkung nichts zu sagen wusste, nickte sie nur kurz in die Runde und verabschiedete sich dann. Blieb nur zu hoffen, dass diese Sheila ihrem Andreas keine schönen Augen machte!

Aber Luisa schluckte auch ihre Eifersucht hinunter, zwang sich sogar dazu, Sheila zuzuwinken und verließ dann hoch erhobenen Hauptes das Pub, wo die Dartspieler gerade mit ihren Wettkämpfen anfingen. Luisa hätte gern Sheila als Zielscheibe genommen …

Ungeduldig stürmte Luisa die Hauptstraße zum „Rose Cottage" zurück. Aus den Kaminen von Carrigaholt stieg Rauch in dünnen Fäden, tief über dem Dorf blitzte der Mond zwischen den Wolken hervor. Als Luisa im Cottage angekommen war, hatte sie ihre Müdigkeit abgestreift wie eine schuppige, alte Haut. Sie schürte in den Überresten des Torffeuers, legte einige Holzscheite darauf, machte sich auf dem gemütlichen Herd in der winzigen Küche einen Tee und ging damit ins kuschelige Wohnzimmer, wo sie es sich in einem Sessel vor dem Kamin bequem machen würde.

Dann holte sie behutsam das alte Tagebuch der Emma Knothe aus der Schublade des zierlichen, alten Sekretärs hervor – und begann mit müden Augen, die uralten Aufzeichnungen zu entziffern. Und schließlich tauchte sie ein in diese geheimnisvolle Welt von vor mehr als 300 Jahren.

Sie schloss die Augen und lauschte in die Dunkelheit. Das Talglicht auf dem Nachttisch neben dem Strohsack ihrer geliebten Großmutter war längst erloschen, viele Stunden hatte Emma bei ihr gewacht. Sie hatte zugehört wie die Atemzüge der seit Wochen dahinsiechenden Bäuerin flacher und flacher wurden, der Druck der Hand, die sie hielt immer schwächer. Und nun war diese Hand kalt und starr und hing von der Bettkante herab.

Emma erhob sich und strich ihren langen, einfachen Rock glatt. Zeit, Abschied zu nehmen. Es gab nichts mehr, was sie für ihre Großmutter tun konnte – außer, für sie zu beten. Ansonsten war es allerhöchste Zeit, an sich selbst zu denken. Wenn sie tun wollte, was sie tun musste, sollte sie sich beeilen. Alles war seit Wochen vorbereitet, nein, seit damals, als sie nach dem Gespräch mit ihrer jüdischen Freundin Ruth ihren Plan gefasst hatte.

Sie strich das Laken unter dem Strohsack glatt und hob vorsichtig die Hand ihrer Großmutter an. So kalt! So fern war sie schon. Emma streifte ihr den uralten Siegelring vom Finger, wissend, dass ihre Großmutter es so gewollt hätte. Dann knickste sie kurz, faltete die Hände zu einem kurzen Gebet – und beeilte sich, in die Küche zu huschen.

Dort legte sie den Siegelring auf den Tisch. Florian sollte ihn finden! Damit würde er die erdrückende Last der Steuern des Kurfürsten lindern können, zunächst. Denn sie wollte ihn zwar nicht heiraten. Aber sie wollte ihm – und dem alten Wehrhof – durchaus helfen.

Vorsichtig schlich sie, knarzende Stufen, die sie seit ihrer frühen Kindheit kannte, vermeidend, die schmale Stiege zu ihrer Kammer hinaus. Dort warf sie sich das Reitkleid über, zog dicke wollene Strümpfe und Stiefel an, streifte einen Umhang über, setzte eine Mütze auf, unter der sie ihr silbrig im Mondlicht glänzendes Haar versteckte. Dann griff sie nach dem großen Beutel mit Würsten, Dörrfleisch, Brot und Münzen, den sie seit Wochen prall gefüllt hatte und schlich damit aus dem Haus.

Ihr Hund Piddel würde sie nicht verraten. Sie hatte ihm abends, als sie den Tod ihrer Großmutter erahnte, mit Wein betäubt, er schlief schnarchend in der Küche. Rasch wandte sie sich ab, um nicht doch noch in Tränen auszubrechen. Der geliebte Kindheitsgefährte musste zurück bleiben, konnte sie auf ihrer großen Reise nicht begleiten. Aber sie wusste, dass Florian ihn liebte, und dass Piddel ihm aufs Wort gehorchte.

Sie schlich in den Stall zu ihrem Pferd, umwickelte seine Hufe mit Jutesäcken, um deren Geräusch zu dämpfen und führte es ins Mondlicht hinaus. Dies war der gefährlichste Moment ihres Abenteuers, dachte sie. Jetzt könnte man sie entdecken.

Sie öffnete den schweren Eisenriegel zum Tor des Hofes, den sie seit Wochen sorgsam geölt hatte, er schwang nahezu geräuschlos auf, dann führte sie Blitz hinaus. Geduldig wartete er, bis sie das Tor wieder zugezogen hatte, dann gingen sie das kurze Stück bis zum Ende des Dorfes. Sie würden einen Bogen reiten müssen, um Florian und etwaige Häscher von sich abzulenken, falls sie ihre Verfolgung aufnehmen sollten.

Und so wandte sich Emma auf ihrem Pferd zunächst in Richtung Vater Rhein, in Richtung Speyer. Niemand würde ahnen, wohin sie wirklich wollte.

Leise lachte sie in sich hinein, als sie Blitz das Kommando zu Trab gab, woraufhin er wieherte – und in einen leichten Jagdgalopp verfiel. Wir werden es schaffen, dachte Emma voller Triumph – und ohne jedes schlechtes Gewissen.

Hinter dem Dorf band sie die Jutesäcke von den Hufen ab. Jeder sollte die Abdrücke sehen, die auf die falsche Fährte Richtung Speyer führten. Nach zwei Stunden, in denen sie im leichten Galopp über die Wege gejagt war, drosselte sie das Tempo von Blitz, führte ihn durch einen Bach und schlug sich dann in die Rheinauen, um sich zurück nach Frankfurt zu wenden. Sie wusste, dass Florian auch ein sehr guter Reiter war. Ihn fürchtete sie bei ihrem Plan am meisten. Wenn es jemanden gab, der sie durchschauen und einholen konnte, dann war es der auf Pferde verrückte Pfarrerssohn.

In den nächsten Tagen handelte Emma gegen ihren Instinkt. Statt in blinder Panik geradewegs auf Frankfurt zuzuhalten, machte sie Umwege, vermied Dörfer, schlief mit Blitz, der rasten musste, an Quellen und in Erdhöhlen. Sie achtete jedoch peinlich darauf, ihn zu bürsten und sich zu waschen. Wollten sie nicht auffallen – und so von sich Reden machen – mussten sie sich an die Regeln halten.

Emma ernährte sich von Dörrfleisch und Äpfeln aus ihrem Jutebeutel, ihren geliebten Blitz ließ sie auf Waldwiesen grasen. Und so kam es, dass sie nach einigen Tagen in der Ferne Frankfurt am glitzernden Main auftauchen sah. Und sich dennoch ausgeruht und frisch fühlte. Von möglichen Verfolgern – keine Spur!

Trotzdem konnte man nicht vorsichtig genug sein! Emma sah sich zu einem Schritt gezwungen, der ihr ins Herz schnitt. Sie sattelte Blitz ab, nahm die Zügel ab und gab ihm einen kräftigen Klaps, in der Hoffnung, dass er auf den alten Wehrhof zurückkehren würde. Wie auch ihr Hund Piddel wäre er bei Florian bestimmt in guten Händen, tröstete sie sich.

Dann entnahm sie ihrem Jutebeutel eine lederne Hose, die sie sich bei Ruth gekauft hatte, unter dem Vorwand, sie wäre für einen Stalljungen, zog den Rock aus und stattdessen die Hose an. Sie blickte ins Wasser eines Baches, als sie sich das volle, blonde Haar abschnitt. Eine Mütze auf den Kopf, die ihrem Vater, dem Schmied gehört hatte – und sie sah aus wie ein Junge.

Zufrieden nickte sie ihrem Spiegelbild im Bach zu, bis eine kleine Welle kam und es zerkräuselte.

Sie schulterte ihren Jutesack und machte sich fröhlich pfeifend auf nach Frankfurt. Sie wollte noch bei Tageslicht zum jüdischen Ghetto finden!

Noch nie zuvor war Emma in einer Stadt wie Frankfurt am Main gewesen. Sie musste sich selbst immer wieder ermahnen, nicht allzu staunend dreinzuschauen. Denn sie staunte über alles, die engen Gassen, weiten Plätze, die Brunnen, die in Lumpen spielenden Kinder, die vornehmen Damen, die à la mode gekleidet waren, die Kutschen mit feinen Wappen auf dem Verschlag, Stroh und Pferdeäpfel in den Straßen, die Düfte nach Gewürzen auf den Märkten, der Gestank nach Urin entlang der Häuser, das hohe Tempo der Fußgänger, die sich an den Kutschen vorbei drängten, die Ausmaße dieser Stadt. Ich bin ein Landmädchen, sagte sich Emma, doch das soll mir niemand anmerken! Deshalb schritt auch sie schneller aus, mit energisch vorgestrecktem Kinn, sodass ein unbeteiligter Beobachter vielleicht angenommen hätte, sie wäre ein Frankfurter Laufbursche.

Emma verlief sich ein paar Mal, bis sie endlich zum Ghetto fand, doch sie wollte nicht unnötig auffallen, indem sie überflüssige Fragen stellte. Florian kannte sie zu gut und war zu schlau. Sie hatte Angst, er würde ihr auch in Frankfurt nachspüren, denn wenn er etwas wollte, gab er nicht auf. Trost fand sie in dem Gedanken, dass es ihm gar nicht um sie ging. Er wollte ja nur ihren Hof.

Und dann stand Emma vor dem Ghetto. Die Zone, die den Juden vorbehalten war, lag hinter einer Mauer, nur durch drei Tore zugänglich, wie Emma bald erfuhr. Was sollte sie tun? Wie kam sie da hinein? Emma überlegte kurz, zog dabei die Nase kraus – und kam auf die Lösung.

Sie griff in ihren Jutebeutel, holte einige ihrer kostbaren Münzen heraus und ging zu einem fahrenden Händler, um Äpfel zu kaufen. „Wie schaffe ich es, ins Ghetto eingelassen zu werden?“ fragte sie ihn nach getanem Geschäft, da sie Vertrauen zu dem etwas schroffen Mann mit den rauen Händen fasste.

„Du hast Sorgen“, erwiderte er. „Die einen wollen unbedingt hinaus – und du willst rein. Wen willst du denn besuchen?“

„Einen Kaufmann“, gab Emma zurück. Sie hatte sich den Namen sorgsam gemerkt. „Könnt Ihr mir helfen, zu ihm zu kommen?“

„Kaum“, sagte der schroffe Mann. „Aber ich schlage vor, du kaufst mir noch die restlichen Äpfel und diese Trage ab. Dann kannst du dich am Tor als Händler ausgeben. Und ich hab meine Ruhe.“

Emma überlegte kurz. Jede Münze war kostbar, sie hatte so wenige davon retten können. Aber wenn es ihr dazu verhelfen sollte, zu Ruth und ihrem neuen Mann zu kommen, hätte es sich schon gelohnt. Also willigte sie in den Handel ein, übergab die Münzen, schulterte die Trage, tippte sich an die Mütze – und ging in ihrer Rolle als fahrender Händler sofort auf. Am Ghettotor tat sie so, als wisse sie genau, wohin sie wolle, und es gab keine Schwierigkeiten.

„Gib acht, dass du vor Sonnenuntergang wieder draußen bist“, riet der Wächter.

„Habt einen schönen Tag“, rief sie fröhlich zurück. Dann marschierte sie dem Ghetto entgegen, einer geschwungen verlaufenden Straße von drei Metern Breite, an die sich hohe enge Häuser schmiegten, die so eng und schief standen, dass es den Eindruck machte, als verneigten sie sich.

Und hier sollte nun also das vornehme Haus von Ruths Ehemann stehen?

In den Gassen drängten sich die Menschen, viele trugen Zweige, Decken, Obst, Blumen unter dem Arm. Emma überlegte. Was ging hier vor?

Da sie keine unnötige Aufmerksamkeit erregen wollte und dennoch neugierig war, wandte sie sich an einen kleinen Jungen, der in Lumpen in der Gasse spielte. Sie verstellte ihre Stimme, sprach drei Tonlagen tiefer: „Willst du dir drei Äpfel verdienen?“

Der kleine Junge, dessen Gesicht verschmutzt war, verstand nicht gleich. „Ich, Äpfel?“

Emma nickte freundlich. „Ich bin Laufbursche aus der Stadt, soll Äpfel zum Kaufmann David Salomon bringen. Wenn du mich hinführst, bekommst du was ab.“

„Da bringe ich Euch sehr gern hin. Onkel David schenkt mir manchmal Naschwerk.“

Emma staunte. „Er ist dein Onkel?“

„Nicht wirklich, aber ich darf ihn so nennen. Er hat noch keinen eigenen Sohn.“

Emma schulterte ihre Trage mit Äpfeln sowie den Jutesack mit ihren Habseligkeiten. „Was geht hier vor?“ fragte sie den kleinen Jungen, der ihr offenbart hatte, dass er Mosche hieß. „Wohin rennen all die Leute mit den Zweigen und dem Obst.“

„Sukkot“, murmelte Mosche, als hätte er es mit einer Begriffsstutzigen zu tun. „Wieso weißt du das nicht? Du bist doch schon groß.“

Emma überlegte ihre Antwort sorgfältig. „Groß vielleicht, aber nicht so klug wie du. Erklärst du mir, was das ist?“ Sie ließ das biblisch klingende Wort auf der Zunge zergehen. „Sukkot?“

„Das Laubhüttenfest. Es ist unsere Art, für die Ernte zu danken. Wir feiern draußen in Hütten die Welt und das Leben, sprechen in der Hütte den Segen über Wein und Brot.“

Eine schöne Gepflogenheit, sagte sich Emma. Und dann jagte ihr der Schreck durch alle Glieder! Hoffentlich war ihre Freundin überhaupt zu Hause – und nicht irgendwo unterwegs!

„Wo baut ihr denn die Hütten?“ fragte sie ihren kleinen jüdischen Helfer.

„Wir würden gern in die Felder, dürfen es aber nicht. So bleiben wir im Ghetto und bauen in den Höfen. Die Regeln sind nicht allzu streng“, erklärte der Junge mit zunehmender Begeisterung. „Die Hütte muss nur so gebaut sein, dass man von ihr in den Himmel schauen kann.“

Auch das leuchtete Emma ein. Früher, wenn sie lachend und prustend in den Rheinauen saßen, hatte Ruth ihr viel über ihre jüdische Religion erzählt. Emma fand das Allermeiste sehr beeindruckend und klug. Zum Beispiel fand sie es sehr respektabel, dass die Juden Milch und Fleisch trennten, damit das Essen „koscher“ war. Es hatte den Hintergrund, dass man das Zicklein nicht in der Milch der Mutter kochen sollte. Manches daran erschien ihr einleuchtender als in ihrer eigenen Religion. Ein Gedanke, der sie nicht besonders erschreckte, weil auch ihr Vater, der freisinnige Schmied mit den schwedischen Wurzeln, die jüdische Religion gelobt hatte – und sich im Dorf jedem in den Weg stellte, die auch nur ein Wort gegen Ruth oder ihre Familie gesagt hatten. Bald waren die hässlichen Worte verstummt, denn die schwieligen Fäuste des Schmieds waren gefürchtet. Und manchmal, so dachte Emma, half eben nur Gewalt.

Vor einem vierstöckigen Haus, kaum vier Meter breit, blieb ihr kleiner Begleiter stehen. Wie seine Nachbarhäuser war es schief und verschindelt. Aber die Butzenscheiben in den Fenstern blinkten blitzsauber in der Sonne des frühen Herbstes und machten auf Emma den Eindruck, als wollten sie ihr freundlich zuwinkern. Es war ein schönes Haus, wie Ruth versprochen hatte. „Weißt du, wo der Hintereingang ist?“ fragte sie den Jungen.

Er lächelte verschmitzt. „Ich werde Euch hinbringen. Aber“, er streckte seine kleine, pummelige Hand aus, „danach will ich meine Belohnung. Fünf Äpfel.“

Emma verzog den Mund zu einem Grinsen. „Wir hatten abgemacht, drei.“

„Allez-hopp, Euer Gnaden. Dann vier. Mit vier Äpfeln seid Ihr dabei.“

Sie sagte sich, dass der kleine Junge einmal ein guter Kaufmann werden würde. Von mir kann man das leider nicht sagen, dachte sie. Mein Herz ist zu weich. Und deshalb legte sie ihm eben doch fünf Äpfel in die gierig ausgestreckten Hände, als sie vor einer niedrigen Tür in einem finsteren Gang stand, der zu Ruth Salomons Kaufmannshaus führte.

Der Junge verschwand flink und ließ sie im Halbdunkel allein. Selbst am helllichten Tag drang kaum Licht in diesen Gang, der ihr beengt und bedrückend vorkam. In der Begleitung des fröhlich plaudernden Kindes war ihr die räumliche Enge des Ghettos kaum aufgefallen, doch nun meinte sie, die Bedrückung fast körperlich zu spüren. Ihr, einer Bauerntochter vom Land, die am liebsten über die weiten, freien Felder der Rheinebene ritt, fehlten das Licht und der Wind, der Himmel und die Wolken. Nein, hier könnte ich nicht glücklich sein, dachte Emma.

Ob Ruth es war?

Nun, wir werden sehen, sagte sich Emma, fasste sich ein Herz – und klopfte gegen die Seitentür. Lange tat sich nichts, dann, als sie erneut und heftiger geklopft hatte, hörte sie, wie schlurfende Schritte näher kamen. „Was ist denn das für ein Höllenlärm? Man wird wohl warten können!"

Ein Knecht, der Emma an Herbert zu Hause auf dem Wehrhof erinnerte, was ihr einen Stich der Wehmut versetzte, öffnete misstrauisch die Tür. „Was wollt Ihr?" ranzte er Emma an. „Wir kaufen nichts und geben nichts."

„Ich bringe Geschenke", erwiderte Emma spontan. „Geschenke aus der Heimat der gnädigen Frau. Man hat mich vom Hof der Knothes geschickt. Ich habe Äpfel dabei."

Misstrauisch wanderte der scharfsichtige Blick des Knechts an ihr herunter. „Führt Ihr Waffen mit? Die sind in diesem Haus verboten!"

Emma dachte an das scharfe, glitzernde Messer, das sie von ihrem Vater geerbt hatte und das sie bei ihren Habseligkeiten in ihrem Jutesack bei sich trug. Aber sie erwähnte es nicht. „Ich komme nur in allerbester Absicht."

„Dann gebt Acht und folgt mir", knurrte der Knecht. „Aber seht Euch vor, die Gänge sind dunkel und rutschig."

Damit hatte er nicht zu viel versprochen. Emma stützte sich an der feuchten Wand ab, während sie sich sputete, ihm zu folgen. Er humpelte. Ob er ein Jude war – oder ein Christ? Vielerorts verdingten sich Christen klammheimlich im Haushalt von Juden, um Aufgaben zu verrichten, die diesen verboten waren, so etwa, am Sabbat, dem Samstag, Feuer zu machen.

Noch eine Kurve, dann hatten sie den großen Wirtschaftsraum erreicht. Mädchen huschten mit köstlich duftenden Speisen hin und her, die Emmas Magen zum Knurren brachten. Erst jetzt merkte sie, wie hungrig sie war. Am liebsten hätte sie sich an den hölzernen Küchentisch gesetzt, an dem sie eine zusammengesunkene, dickleibige Gestalt bemerkte.

Erst, als der Knecht nähertrat und sich ehrerbietig verneigte, merkte Emma, dass es ihre Freundin Ruth war, Ruth, einst so schmal wie ein Vögelchen und das schönste Mädchen im Dorf.

„Kann ich Euch kurz sprechen, gnädige Frau?“ fragte sie mit verstellter Stimme, damit die Bediensteten des Hauses nichts mitbekommen würden. „Ich bringe Äpfel aus Friemersheim.“ Emma versuchte sich zu erinnern, was ihr der kleine Junge über jüdische Sitten beigebracht hatte. „Fürs Laubhüttenfest.“

„Aus Friemersheim?“ Ein wacher Ausdruck schlich sich in Ruths Augen, sodass sie wieder aussah wie Emmas Freundin in den Rheinauen.

Emma nickte nur stumm.

„Dann komm mit in den Raum der Hauswirtschafterin. Sie hat heute frei. Dort kannst du mir erzählen, was du auf dem Herzen hast, mein Junge.“

Gehorsam folgte Emma der rundlichen Gestalt. Wieder ging es durch klamme Gänge, in denen die Feuchtigkeit von den Wänden tropfte. Vor einer schlichten Tür blieb Ruth stehen. Sie öffnete sie.

„So, hier können wir reden.“

Als sie die Tür wieder fast ganz hinter sich zugezogen hatte, stemmte sie die Hände in die Hüften wie ein Waschweib. Aber in ihren Augen blitzte es, als würde sie von innen lachen. „So, die Tür muss etwas offenbleiben. Ich dürfte als Jüdin nicht mit einem anderen Mann als meinem allein in einem geschlossenen Raum sein. Und so du Schaf. Jetzt erzählst du mir, was dich hergebracht hat, Emma.“

„Du hast mich erkannt?“ fragte Emma enttäuscht und ängstlich.

„Du bist unverkennbar du. Aber was hast du mit deinen herrlichen Haaren gemacht? Etwa abgeschnitten? Das kann doch nicht sein! Und was, in Gottes Namen willst du hier? Aber setz dich erstmal. Willst du einen Tee?“

Emma, die ganz ausgedurstet war, nickte, und Ruth machte sich am kleinen Herd zu schaffen, der offenbar der Hauswirtschafterin zur Verfügung stand. Mit zwei duftenden Tassen kam sie zu dem kleinen Tisch unter einem winzigen Butzenfenster. „Tut mir leid, ins Haus kann ich dich nicht führen", seufzte Ruth. „Das würde Fragen aufwerfen. Und David ist – sehr streng. Übrigens handelt er mit Tee. Er ist oft auf Reisen. Ich fühle mich oft einsam. Aber", sie strahlte, „das wird ja nun nicht mehr sehr lange so sein."

Emma verstand nicht. „Wieso?" „Na, siehst du es nicht? Ich bin schwanger, ich erwarte ein Kind! Hoffentlich wird es ein Sohn! David wünscht sich so sehr einen Nachfolger."

„Oh, wie schön für dich, Ruth." Emma umarmte die von der Schwangerschaft pummelige Freundin. „Dann geht es dir gut?"

„Abgesehen von den Schwangerschaftsbeschwerden könnte es kaum besser sein. Aber nun zu dir, meine Liebe. Was willst du hier? Und was soll die Maskerade?"

Sie sprachen, bis die Sonne hinter den Butzenscheiben ganz und gar verblasste, Emma leidenschaftlich, Ruth besänftigend. „Ich könnte mir einen schlechteren Mann vorstellen als Florian", sagte sie immer wieder.

„Aber er will nicht mich, nur den Hof", entgegnete Emma bockig. So drehte sich ihr Gespräch im Kreis, bis es an die Tür klopfte und ein Küchenmädchen, artig knicksend, fragte, ob Abendbrot gewünscht sei. Ruth nickte.

„Und richte einen Strohsack in der Küche her. Der junge Bursche wird bei uns übernachten, bevor er morgen zurückkehrt. Weckt ihn in den frühen Morgenstunden." Das Küchenmädchen knickste, kam kurz darauf mit Platten voller Käse wieder und zog sich dann zurück. „Mehr als eine Nacht kann ich dir keinen Unterschlupf gewähren", erklärte Ruth.

„Was?" Emma wollte ihren Ohren nicht trauen. „Ich hatte gedacht, ich könnte als Magd bei dir arbeiten." Eine kurze Pause, in der Ruth verlegen das Besteck hin und herschob.

„Nein, tut mir leid, das ist unmöglich. Schon eine Nacht ist schwierig."

„Aber warum?"

„Du bist keine Jüdin. Und Florian … über kurz oder lang wird er hier auftauchen. Er würde dich finden. Und erwarte nicht von meinem Mann David, dass er ein junges Mädchen deckt, das vor einer an sich doch ganz vernünftigen Heirat flüchtet. Emma, willst du wirklich nicht zurück? Einen Besseren als Florian findest du nicht wieder. Und die Liebe kommt von alleine, sie wächst …“

„Ich will aber nicht. Ich kann nicht. Ich mag nicht.“

„Gut“, Ruth ließ matt die Gabel sinken und wischte sich müde über die Augen. „Ich habe es versucht. Ich habe bei Gott mein Bestes getan.“

Ein Schweigen stand zwischen ihnen, das sich ausdehnte. „Gut, Emma. Gib mir Zeit. Ich denke nach, was wir mit dir machen können. Und ich verspreche dir, bis morgen früh habe ich eine Lösung gefunden. Oh, was sage ich nur David? Und Florian, wenn er kommt? Aber egal, es soll nicht deine Sorge sein.“ In ihren Augen blitzte es verschwörerisch. „Wir sind doch Freundinnen, nicht wahr? Und ich habe schon den Keim einer Idee. Leg dich jetzt erst einmal hin und schlafe dich aus. Ich lasse dich bei Sonnenaufgang wecken und begleite dich aus dem Ghetto hinaus, wenn die Wachen da sind. Bis dahin schlaf gut, süßer Trotzkopf. Armer Florian. Mit jedem Mädchen außer dir wird er sich erbärmlich langweilen. Aber ich wette, er ist schon auf deiner Spur!“

Diese Worte hallten in Emmas Ohren nach, als sie viel später vor dem bullernden Herd mit angezogenen Knien unter ihrem Strohsack zu schlafen versuchte. So warm und gemütlich hatte sie es seit vielen Nächten nicht gehabt. Aber immer wieder kreisten ihre Gedanken um Florian. Würde der hoch aufgeschossene Sohn des Pfarrers sie wirklich sogar in Frankfurt aufspüren? Tief in ihrem Inneren wusste sie die Antwort. Florian war nicht nur ein sehr guter Landwirt und Reiter, er konnte auch sehr hartnäckig werden und gab bestimmt nicht auf, was er für seinen Besitz hielt.

Und dazu machte sich Emma auch Sorgen um den alten Wehrhof, der seit uralten Zeiten im Besitz ihrer mütterlichen Familie gewesen war. Würde der Siegelring ausreichen, um die erdrückenden Steuern zu bezahlen, die der katholische Kurfürst im fernen Düsseldorf seinen protestantischen Untertanen abverlangte? Manche munkelten, er wolle die Protestanten ganz aus diesen ihren angestammten Landen, der Pfalz, vertreiben und dafür nur Katholiken ansässig machen.

Was würde die Zukunft bringen? Emmas Gedanken kreisten bis spät in die Nacht, als ein kalter Mond blasse Schatten in den großen Wirtschaftsraum warf. Da hörte sie ein Geräusch – und erschrak. War schon Florian da, um sie nach Hause zu bringen und zu seinem Weib zu zwingen?

„Emma?" flüsterte jedoch eine sanfte Stimme, die Ruth gehörte. „Ich habe dir Wein und Datteln gebracht. Komm, bedien dich, dann schlaf meine Süße. Und nimm mir nicht übel, wenn ich dich hier nicht behalten kann. Wäre es irgend möglich, würde ich es tun."

Emma musste zugeben, dass sie den ganzen Sommer genau darauf gehofft hatte – und nun bitterlich enttäuscht worden war. Ohne dass sie bei Ruth bleiben konnte, hatte sie keinerlei Plan, wusste nicht, wohin mit sich. Nur zurück, so viel war klar, wollte sie nicht!

„Schlaf jetzt, Emma!" befahl Ruth sanft. „Am Morgen erkläre ich dir, was ich mir ausgedacht habe."

„Warum nicht gleich jetzt?" Emma war neugierig auf das, was Ruth sich ausgedacht hatte. Die kluge, stille Freundin war immer für eine Überraschung gut.

Ruth legte die Stirn in Falten. „Es darf uns keiner erwischen. David wäre außer sich, wenn er hören würde, dass ich dir zur Flucht verholfen habe."

„Du wirst es also tun? Mir helfen?"

„Sind wir Blutsschwestern - oder nicht?"

Natürlich! Emma schmunzelte. Einmal hatten sie sich am Schilf geritzt und sich feierlich geschworen, dass sie immer zusammenhalten würden. Nun, Ruth tat, was sie konnte. Nur über die Befehle ihres Ehemannes hinweggehen, das konnte sie ganz offensichtlich nicht.

Im Morgengrauen wurde Emma unsanft geweckt. Es rüttelte an ihrer Schulter. „Schnell! Steh auf! David ist heute Nacht gekommen. Du musst hier weg. Komm mit in den Raum der Hauswirtschafterin, da können wir reden. Ich habe ihm erzählt, ein Knecht der Knothes sei in Not zu mir gekommen. Er findet richtig, dass ich dir helfe. Jetzt schläft er. Du musst verschwunden sein, bevor er aufwacht."

Wieder führte Ruth, diesmal mit einem Talglicht bewaffnet, in die Kammer. Dort standen Platten mit Käse, Eiern und Brot bereit, und Emma machte sich hungrig darüber her. „Man könnte meinen, du wärst wirklich ein Knecht", sagte Ruth lächelnd.

Da bemerkte Emma die drei großen Goldstücke, die neben ihrem Teller lagen. Fragend blickte sie die Freundin an. „Die sind für dich! Keine Widerrede! Damit kannst du dir ein Pferd, eine Kuh und vielleicht sogar ein kleines Häuschen mit etwas Land kaufen, wenn du in der Neuen Welt angekommen bist."

In diesem Satz steckten zu viele Informationen auf einmal. Emma blickte die Freundin einfach nur neugierig an. „Das Gold stammt von meinem Vater. Für Notfälle. Nun, hier haben wir einen Notfall. Er wäre einverstanden. Dein lieber Vater hat für uns Juden im Dorf immer nur das Beste gewollt. Wir sind in der Pflicht, seiner Tochter in Not zu helfen. Und ich verrate dir jetzt, was der Plan ist."

Kaum eine Stunde später taumelte eine noch benommene Emma durch das Tor, das aus dem Ghetto führte, ins diesige Morgenlicht Frankfurts. Sie bekam kaum mit, wohin sie ging, sie musste nachdenken, und an einem Brunnen besprengte sie sich das Gesicht mit eiskaltem Wasser. Danach ging es ihr etwas besser, gut genug, um sich auf die Aufgabe zu konzentrieren, die nun vor ihr lag.

Sie hatte einen flauen Magen. War ihr Mut größer gewesen als das, was sie leisten konnte? Ruth, die von ihrem Mann David in Politik und Wirtschaft unterrichtet wurde, hatte ihr alles erklärt.

Am 23. März 1709 hatte das englische Parlament ein Gesetz zur Förderung von Einwanderung in England und den Kolonien verabschiedet. Die protestantische Queen Anne wollte Protestanten ins Land holen und hatte sich darüber mit dem Kurfürsten geeinigt. Wer zu ihr kam, konnte nicht nur Land kaufen – er konnte es sogar seinen Kindern vererben. Handel und Gewerbe waren erlaubt.

Emma fasste an die Tasche ihres Wamses, in dem neben den drei Goldstücken eine Werbeschrift des englischen Gesandten in Frankfurt, Davenant, knisterte. Bei ihm würde sie nun vorstellig werden. Wie Ruth beteuert hatte, wurden junge Leute dringend gesucht. Die Behörden Queen Annes übernahmen sogar die Kosten für die Schiffsreise über Rotterdam und von dort nach England – und dann weiter in das ferne Land, das man die Neue Welt nannte.

Fremdländische Namen, die in Emma gespaltene Gefühle wachriefen. Einerseits sehnte sie sich nach der Geborgenheit des alten Wehrhofs zurück und wäre sie versucht gewesen, sich ein Pferd zu mieten, zurück nach Friemersheim zu reiten und der Dinge zu harren, die da kommen würden. Doch andererseits war sie wild entschlossen, sich nicht in eine Ehe mit Florian zwingen zu lassen. Sie verabscheute das leicht spöttische Lächeln, mit dem er sie immer ansah. Er liebt mich nicht, dachte sie zornig – und schritt schneller aus!

Ja, sie würde sich dem englischen Gesandten vorstellen. Frechheit siegt!

Das Goldstück funkelte satt in der Nachmittagssonne, die schräg in den grünen Salon des Gesandtschaftshauses fiel. Emma hatte den halben Tag gebraucht, um bis hierher durchzudringen. Sie hatte überall nach Mr. Davenant, dem englischen Gesandten, gefragt und schließlich seinen Butler mit Münzen bestochen, bis es ihr gelungen war, trotz ihres ärmlichen Aufzugs zu ihm vorgelassen zu werden.

„Ich bin jung, protestantisch und ich habe Geld“, das waren die Zauberworte gewesen, durch die sie schließlich eingelassen wurde. Nun spürte sie, wie eine große Hand sich um ihre Finger mit dem Goldstück schloss.

„Behalte dein Geld“, sagte Mr. Davenant mit sanfter Stimme. „Ich will es nicht und ich brauche es nicht, Ihre Majestät, die Königin, bezahlt mich gut genug. Du dagegen wirst es brauchen – drüben, in der Neuen Welt.“

Emma zog die Augenbrauen hoch und unterdrückte einen Jubelschrei. „Dann habe ich Euch überzeugt und Ihr nehmt mich mit?“

„Der Jugend gehört die Welt“, erwiderte Mr. Davenant philosophisch. „Aber ich tue es nur, weil ich dich in sicheren Händen wissen werde.“

Emma schwieg. Sie wartete ab.

„Du kannst dich als Bursche verdingen. Bei mir im Haus wohnt der Ehrenwerte Robert Comley, Sohn des Lord Northwell. Sein Bursche ist ihm durchgebrannt. Und er braucht jemand, der ihm die Stiefel auszieht. Das kannst du doch, mein Junge? Und ich bin sicher, ein junger Kerl wie du scheut auch Pferde nicht. Kannst du mit ihnen umgehen? Und reiten?“

Und wie sie das konnte. Emma strahlte so breit übers ganze Gesicht, dass sie sich wie der Lausbub fühlte, als den sie sich ausgab.

Als sie nickte, lächelte der Engländer, Mr. Davenant, der nur mit ganz leichtem Akzent Deutsch sprach, gütig in sich hinein. Er griff nach einer silbernen Klingel und betätigte sie. „Mein Butler wird dich in die Stallungen bringen. Du kannst helfen, die Pferde zu putzen und auch da draußen wohnen. Der Ehrenwerte Mr. Comley wird nach dir verlangen, wenn er deine Dienste benötigt. Halte dich bereit."

Und mit diesen Worten wurde Emma aus dem Salon entlassen – und betrat ihr neues Leben auf dem Weg in die Neue Welt ...

Es begann in Mr. Davenants Stallungen, die klein, aber blitzsauber gepflegt waren. Der Stallmeister war ein streng aussehender Engländer, der eine gewisse Ähnlichkeit mit dem Butler oder jedenfalls dessen etwas steifen Umgangsformen hatte.

Er zeigte Emma das Stroh, in dem sie schlafen und einen Brunnen, an dem sie sich waschen konnte. Dann stellte er sie dem Pferdeknecht Mr. Davenants vor, der bis auf weiteres ihr Ansprechpartner sein sollte. Ein großer, bulliger Mann, der Emma an Herbert auf dem alten Wehrhof erinnerte. Dieser Mann war kein Engländer, sondern ein Hesse, wie der Stallmeister erklärte.

Als sie seinen bärenstarken Händedruck unerschrocken mit festem Griff erwiderte, überzog ein Lächeln sein von Sonnenfalten zerfurchtes Gesicht. Es sah aus wie Sonnenschein auf Granit. „Willkommen, mein Junge. Du hast Charakter. Sowas merkt man am Händedruck. Wie heißt du?"

Emma hatte es sich selbst in den letzten Stunden oft genug sagen hören: „Knut Janson." Knut war der Name, den ihr Vater ihr gern gegeben hätte, wäre sie ein Sohn gewesen. Janson war der Geburtsname ihrer Großmutter väterlicherseits. Wenn man schon lügen musste, dachte Emma, dann wenigstens so nah an der Wahrheit bleiben wie irgend möglich.

„Schöner Name", nickte der Knecht. „Du kommst von einem Hof?"

Emma nickte. „Ich bin jüngerer Sohn."

„Trauriges Geschick. Das haben wir gemeinsam. Arm durch Geburt. Naja, auf äußeren Reichtum kommt es nicht an. Der innere zählt. Kannst du mit Pferden umgehen?"

Emma ließ sich so weit hinreißen, dass sie lachte.

„Was gibt es da zu lachen?" fragte der Knecht.

Sofort riss sich Emma wieder zusammen. Er brauchte nicht unbedingt zu wissen, dass man ihr nachsagte, die schnellste Reiterin im ganzen Dorf zu sein. Mit Ausnahme vielleicht von – sie dachte es verärgert – Florian. „Ich bin mit Pferden aufgewachsen. Nutzpferden. Ich kann sie vor den Pflug spannen und auch vor einer Kutsche lenken. Reiten kann ich auch. Mein Herr Vater fand es sinnvoll, wenn ich es kann. Deshalb durfte ich mir gelegentlich seine Stute leihen."

„Sehr gut. Dein neuer Herr wird dir auch eine Stute zur Verfügung stellen."

Emma spürte, wie sich ein Strahlen auf ihrem ganzen Gesicht ausbreitete. Sie sollte wirklich sogar auf dem Weg in die Neue Welt reiten dürfen? Das wäre wunderbar! „Das ist sehr großzügig, in der Tat. Könnt Ihr mir sagen, wie er ist, mein neuer Herr?"

„Nun, wir Dienstboten sollten nicht tratschen. Wir sind ja keine Weiber, nicht wahr?"

Emma hoffte, dass sie nicht rot würde.

„Aber er ist genau das, was sein Titel verspricht. Der Ehrenwerte Mr. Comley. Er ist auch jüngerer Sohn. Allerdings etwas hochwohlgeborener als wir, der Sohn von Lord Northwell, der ausgedehnte Besitzungen in Irland hat. Mr. Comley lässt es sich aber nicht anmerken. Er wirkt ganz normal und bescheiden, nicht so viel anders als wir. Vermutlich hat er deshalb so viel Erfolg bei den armen protestantischen Pfälzern, die er im Namen Ihrer Majestät der Königin in die Neue Welt entführt."

Die Neue Welt. Emma hätte ihr großes Abenteuer beinahe vergessen, so sehr begeisterte sie der herrliche Pferdestall. „Wann werden wir reisen, wisst Ihr das?"

„Noch vor den Herbststürmen. Ihr fahrt über den Rhein bis nach Rotterdam und von dort aus nach London weiter. In englischen Schiffen, die sich auf dem Rückweg aus Spanien befinden. Du weißt sicher, dass England dort in den Erbfolgekrieg verwickelt ist?"

Emma schüttelte den Kopf. „Das wusste ich nicht."

„Nun das macht nichts. Die Hauptsache ist, du weißt ein gutes Pferd zu striegeln und deinem neuen Herrn die Reitstiefel zu wienern."

„Und wie muss ich ihn anreden?" Wieder erhellte dieses leuchtende Lächeln das Gesicht des Stallburschen.

„Du bist ein kluger Bursche, diese Frage zu stellen. Meine englischen Herren legen sehr viel Wert auf solche Formalitäten. Nenne ihn ‚Sir'. Und verbeuge dich leicht, wann immer du ihn siehst!"

Doch letzteres war gar nicht so leicht. Denn der Mann, der nun mit energischem Schritt über den Hof kam, sah so hinreißend verwegen aus, dass Emma erstarrte. Sie vergaß, dass er ihr Herr war, dass sie sich verneigen sollte und auch, dass er als „Sir" anzusprechen war.

Sie starrte ihn einfach nur an und wollte in seinen veilchenblauen Augen versinken. So etwas war ihr noch nie passiert, wirklich niemals! „Verbeug dich endlich!" ranzte der Stallknecht sie an, der Michael hieß, wie er ihr erklärt hatte. „Das ist der Ehrenwerte Mr. Comley, dein neuer Herr!"

Emma nahm von jedem Detail Notiz. Sie betrachtete Mr. Comley wie ein fremdartiges Lebewesen. Und in der Tat hatte sie eine solche Erscheinung noch nie gesehen! Es musste daran liegen, dass er ein Adeliger - und vielleicht sogar bei Hofe König Ludwig XIV. von Frankreich gewesen war.

Mühsam löste sie den Blick von diesen violetten Augen. Unter dem verwegenen Dreispitz, der auf kecke Weise schief auf seinem Kopf saß, sah sie eine weiß gepuderte Perücke, die im Nacken zu einem Zopf zusammengefasst war. Mr. Comley trug eine Halsbinde über dem locker geschnittenen Hemd zur Brokatweste, die unter dem Rock edel schimmerte. Seine Beine steckten in Kniebundhosen. Alles in allem sah er aus, wie man sich einen großen Herrn vorstellen mochte – dabei aber kein bisschen verweichlicht.

Das Gesicht unter der Perücke war markant und kantig, breite Schultern zeichneten sich unter dem Rock ab, muskulöse Beine unter der Kniebundhose. Alles in allem, so fasste sie ihren ersten Eindruck stumm zusammen, sah der Ehrenwerte Robert Comley so gut aus, dass ihr ein bisschen schwindelig wurde.

Emma nahm sich mit aller Willenskraft vor, jetzt bloß nicht zu knicksen. Sie war nun kein Mädchen, sie war ein junger Kerl, der sich knapp verneigen würde. Sie tat also, wie der Stallknecht sie geheißen hatte und verneigte sich – und Mr. Comley lächelte erfreut. Ein Lächeln, das ein wenig sparsam erschien, aber genau deshalb umso anziehender war. Er hatte einen leicht herrischen Zug um den Mund, den Emma aber nicht abstoßend fand.

Mr. Comley stellte sich vor sie und musterte sie. „So, da hätten wir also meinen neuen Burschen. Mr. Davenant hat keine schlechte Wahl getroffen. Er sagt, du kannst reiten?“

Statt viele Worte zu machen, verneigte sich Emma abermals knapp. „Sir!“, sagte sie gemessen.

Das war genau die richtige Art und Weise, sich dem Ehrenwerten Robert Comley bekannt zu machen. Er nickte ihr gnädig zu. „Prächtig, prächtig. Dann bin ich überzeugt, dass du bestens mit mir auskommen wirst.“

Emma staunte darüber, wie makellos das Deutsch dieses Adeligen war. Aber sie wusste ja, dass er viel im Auftrag Ihrer Majestät der Königin nach Deutschland reiste, um gute Protestanten anzuwerben.

„Ich gehe heute Abend aus und benötige deine Hilfe nicht. Aber morgen um fünf Uhr treffen wir uns zu einem Morgenritt.“ Damit machte der stattlich gewachsene Herr auf dem Absatz kehrt und ging forschen Schrittes ins Gesandtschaftshaus von Mr. Davenant zurück.

Emma stand so regungslos da, als hätte der Blitz sie getroffen. Diese Augen waren violetter als violett. Sie funkelten – wie Saphire! Und sie mahnte sich selbst streng zur Vorsicht. Denn diese Augen wirkten auch intelligent, sie würde sich anstrengen müssen, um Mr. Comley dauerhaft vorgaukeln zu können, was sie nicht war. Aber egal, sagte sie sich energisch und straffte die Schultern. Sie würde es schaffen! Und sei es auch nur, um in seiner Nähe sein zu können.

Und in seine Augen zu blicken.

Am nächsten Morgen wurde sie von einem kräftigen Schubs in die Seite unsanft geweckt. Als sie empört die Augen aufschlug, entdeckte sie Michael, den Stallknecht, dessen große Laterne schwankende Schatten übers Stroh warf. „Auf geht's! Frühstücken! Und mir helfen, die Pferde fertig zu machen! Wenn unser Herr vom Morgengrauen spricht, meint er genau das. Er wird bald hier sein.“

Es gab Eier mit Speck und heißen Tee mit fetter Sahne, ein englisches Frühstück, wie Michael es Emma schmatzend erklärte. Nun ja, damit konnte sie leben! Genüsslich stopfte sie die Eier in sich hinein und spülte mit Tee nach. Sie hatte Abenteuer immer schon geliebt. Und soeben erlebte sie ein größeres, als sie sich je erträumt hatte. Sie wollte sich am liebsten kneifen, um sicherzugehen, dass dies alles wirklich ihr, Emma Knothe aus Friemersheim, widerfuhr.

„So! Genug gefuttert", knurrte Michael und unterbrach damit ihre Gedanken. „An die Arbeit." Damit schloss er die Tür zu den Stallungen auf. Da es immer noch finster war, zündete er Laternen an, damit er und Emma überhaupt etwas sahen. „Hier ist ein Eimer mit Bürsten und Kratzern. Du weißt, wie es geht, sagst du?"

Emma nickte.

„Dann leg los und zeig es mir. Ich werde dich mal lieber überwachen."

Emma hatte mit nichts anderem gerechnet. Sie selbst hätte niemals zugelassen, dass irgendein dahergelaufener Fremder ihren geliebten Blitz putzen würde. Und dass der Ehrenwerte Mr. Comley seine Pferde liebte, war ihm durchaus anzumerken.

Kein Wunder! Er hatte ein Gespann zweier herrlicher Rappen. Rassig, edel, wunderschön. Soweit Emma dies in der schummerigen Dunkelheit erkennen konnte, waren es die schönsten Pferde, die sie je gesehen hatte. Dagegen war selbst ihr Blitz, das edelste Pferd in Friemersheim, ein ziemlicher Ackergaul. „Die haben wirklich Klasse", erklärte sie dem Knecht.

„Dein Urteil ist nicht gefragt", ranzte Michael sie an. „Mach dich an die Arbeit."

Und so fing Emma unter den strengen Blicken des älteren Mannes damit an, die schöne, nervöse Stute zu putzen, die von Mr. Comley als Begleitpferd für sie auserkoren war. Mit sanften Bewegungen und tiefer Stimme beruhigte sie das Pferd, während sie das Pferd reinigte, sein Fell mit kräftigen Strichen zum Glänzen brachte, sein Haar zu Zöpfen flocht und schließlich noch die Hufe säuberte.

„Das hast du richtig gut gemacht", lobte Michael mit verkniffenen Lippen. „Aber nun nehme ich mir mal das Pferd unseres Herrn vor. Schau genau zu! Dann wirst du sehen, wie das Ergebnis noch besser wird. Es ist wie bei einem guten Spiegel. Nimm etwas Spucke für das Fell. Dann glänzt es noch mehr."

Als Stallknecht Michael seine Arbeit verrichtet hatte, zwinkerte er Emma vergnügt zu. „Na, siehst du, dass mein kleiner Kniff wahre Wunder bewirkt?" Und wahrhaftig glänzte das Fell des Rappen wie poliert.

„Das habt Ihr fantastisch gemacht“, schwärmte Emma, die das Verlangen unterdrückte, dem Rappen ihres Herrn übers Fell zu streicheln. „Wie heißt er?“

„Majesty. Und deine Stute heißt Ebony, Ebenholz. Schöne Namen, die sich unser Herr da ausgedacht hat. Weißt du, mein Kleiner, diese Engländer lieben wirklich ihre Pferde.“

„Zu Recht“, fand Emma, die das für liebenswürdig hielt. Ein Land, das ihr die Überfahrt in die Neue Welt bezahlte und zudem auch noch pferdefreundlich war, würde sie in ihr Herz schließen können.

„Jetzt komm“, forderte Michael sie auf. „Du musst dich am Brunnen waschen, du hast Heu und Pferdehaare an dir. Und danach komm zu mir in die Sattelkammer. Wir müssen eine passende Uniform für dich finden.“

Eine halbe Stunde später blickte Emma an sich herunter – und erkannte sich kaum wieder. Sie trug Stulpenstiefel, Kniebundhose, Reitrock und Dreispitz auf ihrem kurzen blonden Haar. „Jetzt sehe ich wie ein Engländer aus“, seufzte sie verträumt.

„Nein“, knarzte Michael. „Nur wie das, was du bist. Der Bursche eines reichen Aristokraten.“

Emma grinste. „Bekomme ich auch eine Perücke?“

„Auch wenn der gnädigste Herr sehr freundlich zu dir ist, wird er nicht so weit gehen, dir die Privilegien seines Standes zuzugestehen. Weißt du denn gar nicht, wie teuer Perücken sind? Es gibt nur wenige Perückenmacher – und die muss man teuer bezahlen. Deshalb merk dir genau: Wann immer du einen Herrn damit siehst, muss es sich um einen Gentleman handeln und du verneigst dich. Wenn du dich daran hältst, ist dir ein gutes Trinkgeld sicher.“ Damit klopfte der Stallknecht ihr freundschaftlich auf den Rücken.

„Und nun mach und sei so gut und führe die Pferde in den Hof. Der gnädige Herr wird jeden Augenblick kommen und aufsitzen wollen. Natürlich hilfst du erst ihm in den Sattel, bevor du selber aufsitzt.“ Er seufzte. „Euch Bauernburschen muss man ja alles dreimal sagen.“

Der Ehrenwerte Mr. Robert Comley kam mit Sonnenaufgang pünktlich in den Hof. Er trug eine edle Reitgarnitur in Braun samt Stulpenstiefeln zur orangefarbenen Brokatweste – und sah äußerst vornehm aus. Emma machte sich daran, ihm auf Majesty, seinen Rappen, zu helfen.

Wie sie es aus Friemersheim gewohnt war, wenn sie ungeübten Reitern half, faltete sie die Hände, damit er mit seinem Stiefel hineinsteigen und sich hochschwingen könne. Die Kraft dafür hatte sie! Emma war stolz darauf, die Tochter des starken, schwedischstämmigen Schmiedes zu sein.

Doch zu ihrem Erstaunen lachte Mr. Comley nur. „Aus dem Weg, Tölpel", fuhr er sie gutmütig an – griff nach dem Sattelknauf und schwang sich mit vollendeter Eleganz hinauf. Von oben lächelte er sie gutmütig an. „Hat man dir Bauernjungen vielleicht weisgemacht, dass ein Engländer nicht reiten kann? Nun, wir werden mit dem Sattel am Hintern geboren. Sieh lieber zu, dass du dich aufs Pferd machst, wir wollen los!"

Das nun wiederum war Ansporn für Emma, sich mindestens ebenso lässig aufs Pferd zu schwingen. Zwar tänzelte die Stute ein wenig nervös, zwar plumpste Emma leicht in den Sattel, aber Mr. Comley schien es zufrieden zu sein. „Nun, man sieht, dass du mit Pferden groß geworden bist. Immerhin." Damit winkte er ihr herrisch, ihm zu folgen, und sie ritten aus dem Anwesen des englischen Gesandten hinaus – und bald danach durch die Tore des noch schlafenden Frankfurt.

Der Main schimmerte im Glanz der herbstlichen Morgensonne. Sie trabten am Ufer entlang, Mr. Comley voraus, Emma ihm mühelos folgend. Dann fielen sie in einen leichten Galopp, und Emma spürte, wie gern ihre Stute Ebony im Freien unterwegs war. Ihre leichte Nervosität, ihr Tänzeln, hatten sich vollständig gelegt. Emma war selbstsicher genug, um zu spüren, dass das auch an ihr lag. Man mochte ihr vorwerfen, was man wollte. Aber dass sie eine schlechte Reiterin wäre, hatte noch nie jemand behauptet, nicht einmal ihr Feind! Florian!

„Oh Gott", dachte sie, als er ihr einfiel. „Mach, dass er nicht schon bei Ruth ist! Statt spazieren zu reiten, sollte ich auf einem Rheinfrachter sitzen und längst der Neuen Welt entgegenreisen." Aber der Ehrenwerte Mr. Comley hatte es nicht eilig. Er schien den kleinen Morgenritt zu genießen. Denn Emma sah von hinten, wenn er sich nach ihr umdrehte, dass ein Lächeln seinen herrischen Mund umspielte.

Dann zügelte er sein Pferd. „Du reitest ganz ordentlich", lobte er Emma. „Gegen deinen Sitz und deine Haltung ist nichts einzuwenden, Knut. Für einen Bauernburschen möchte ich fast sagen: tadellos." Emma antwortete nichts, da er sie nichts gefragt hatte. Sie verbeugte sich nur knapp.

Das veranlasste Mr. Cromley, sein Pferd zu ihr nach hinten fallen zu lassen und neben ihr zu reiten. Emma sah, wie die Flanken des herrlichen Rappen dampften. Ein wunderbares Pferd! Aber auch Ebony, ihre Stute, konnte sich sehen lassen. „Ich kenne mich in der Pfalz etwas aus. Mr. Davenant erwähnte, du kommst aus Friemersheim. Hübsches Dörfchen. Aus welcher Familie dort?"

Emma wusste seine durchdringenden, violetten Augen auf sich ruhen, als sie log. „Mein Vater war Taglöhner, meine Mutter starb im Kindbett. Ich bin auf einem Hof Pferdebursche gewesen. Sie werden also weder mich, noch meine Familie kennen."

„Dann wirst du mir nicht verraten, bei wem du gearbeitet hast? Nun, solange du fleißig bist und deine Arbeit gut machst, werde ich keine überflüssigen Fragen stellen. Wir Engländer schätzen die Neugier nicht so sehr. Wir mögen eher", er räusperte sich, „Diskretion." Emma strahlte ihn dankbar an, und als hätten sie es stumm vereinbart, ließen sie ihre Pferde wieder in einen leichten Galopp fallen.

Viel später ritten sie nach Frankfurt zurück. Abermals kam Mr. Comley an Emmas Seite. „Wir werden in drei Tagen aufbrechen", erklärte er ihr. „Wir haben viele arme Bauern und Taglöhner dabei. Viele davon aus Oppau. Sie haben kaum mehr als das Hemd, das sie auf dem Leib tragen. Aber sie bringen Fleiß mit und sind Menschen von starkem Glauben." Er wandte sein kantiges Gesicht zu Emma. „Du glaubst auch an eine bessere Zukunft in der Neuen Welt, nicht wahr?"

Und wie! Sie nickte eifrig, und Mr. Comley lächelte so, dass es ihre Seele wärmte.

„Dann wollen wir hoffen", sagte er, „dass Ihre Majestät und ich euch Leute nicht enttäuschen."

Später brachte Emma zusammen mit Michael, dem Stallknecht, die dampfenden Pferde zurück in den Stall. Sie rieben das schweißnasse Fell mit

Stroh trocken und fütterten die edlen Tiere mit Heu. „Na, was sagst du zum Ehrenwerten Mr. Comley?“ fragte Michael brummig.

Emma zögerte. Das war schwer in Worte zu fassen, dieser schroffe, herrische und dann doch wieder so freundliche englische Aristokrat schien viele Widersprüche in sich zu vereinen. Aber wie sollte sie Michael sagen, was sie empfand? „Beeindruckend“, erwiderte sie schließlich.

Das traf den Geschmack des Stallknechtes, der den gnädigen Herrn offensichtlich bewunderte. „Er ist ein großer Herr. Oft zu Gast bei Mr. Davenant. Er steht in Diensten der Königin. Kann schießen wie der Teufel persönlich, pustet selbst betrunken mit seinen Schüssen Kerzen aus. Und wenn er spielt, gibt es viele, die in Verzweiflung stürzen. Ein Teufelskerl! Mir tut die arme Lady leid, die seinen violetten Augen und seinem Charme erliegt. Die wird vor lauter Sorgen nie mehr glücklich. Aber darum ist er auch genau der richtige, um euch einfältige Pfälzer Bauern ins Reich Ihrer Majestät der Königin zu entführen.“

Emma staunte. „Dann ist er so eine Art Spion?“

„Eine Art?“ Michael lachte. „Natürlich ist er das. Er entführt Seiner Durchlaucht dem Kurfürsten die tüchtige, protestantische Bevölkerung zu Nutzen Ihrer Majestät der Königin!“

„Halten die Engländer uns denn für so tüchtig?“

Michael wischte sich die großen Hände an der Schürze ab. „Mr. Davenant hat die allerhöchste Meinung von Euch. Man sagt in England, ihr seid fleißig, bescheiden und gläubig. Solche Mitbürger braucht jedes Land, wenn Wohlstand gedeihen soll. Ich habe gehört, es gibt Sammlungen für die Pfälzer, die schon in London angekommen sind, und die Engländer spenden reichlich!“

Das bestärkte Emma in ihrer Zuversicht. Die kluge Ruth hatte den richtigen Weg gefunden! Nun war es lediglich höchste Zeit, dass sie abreisen – und Emmas Spuren verwischen würden. Denn sie fürchtete den klugen und hartnäckigen Florian. Hoffentlich hatte er nicht schon längst den Weg nach Frankfurt und zu Ruth gefunden. Seit sie dem Ehrenwerten Mr. Comley begegnet war, hatte sie den Duft der großen, weiten Welt geschnuppert und wollte auf keinen Fall zurück nach Friemersheim.

Lieber in der Fremde sterben, als am heimatlichen Herd lebendig begraben sein!

Luisa lächelte. Emma war einfach hoffnungslos romantisch gewesen! Aber wie nah war ihr das Mädchen von vor mehr als 300 Jahren. Luisa legte das Manuskript behutsam beiseite, erhob sich, legte etwas Holz auf das kleine, erlöschende Feuer und trat ans Fenster. Der River Moyarta glitzerte wie schwarze Diamanten im Mondschein. Sie seufzte und schob die schweren Vorhänge zu. Andreas kam spät! Einmal wieder.

Luisa setzte sich hin und dachte nach. War Mr. Comley ein Vorfahre von Patrick? Musste sie ihm dann das Manuskript vielleicht überlassen? Sein Recht wäre es! Und was hatte es mit dieser geheimnisvollen Pfälzerin auf sich, die angeblich auf Northwell House spukte? Konnte das Emma sein? Aber sie wirkte in ihrer Erzählung so sprühend, so lebensbejahend, dass Luisa sich das kaum vorstellen konnte. Nein, es passte nicht zu Emma, sich das Leben zu nehmen, aus welchem Grund dieser Welt auch immer.

Irgendwann werde ich mit Mutter über all das reden müssen, sagte sie sich. Denn natürlich fragte sie sich auch, warum ihre Eltern ausgerechnet kurz vor der Hochzeit das Geheimnis um Rose Cottage gelüftet hatten? Sie waren nicht unbedingt für diese Hochzeit mit Andreas, so viel war Luisa bewusst. Aber sie wünschten sich auch Enkelkinder! Hatten sie ihnen deshalb die Reise geschenkt?

Doch Luisa ging noch mehr durch den Kopf. Emma stammte wie auch sie selbst von einem alten Wehrhof. Konnten sie verwandt sein? Aber wie war das Tagebuch einer Pfälzerin nach Carrigaholt gekommen? Patrick hatte gesagt, die Pfälzer in Irland seien vornehmlich im County Limerick ansässig. Das war auf der anderen Seite des River Shannon! Fragen über Fragen, die Luisa bestürmten.

Am besten mache ich mir eine gute Tasse Tee, sagte sie sich, ging in die Küche und setzte einen nostalgischen Wasserkessel auf. Er hatte gerade gepfiffen, als die Tür zum Cottage aufflog und Andreas mit Riesenschritten eintrat.

„Mann, ist das ein Wetterchen da draußen. Es stürmt und regnet."

Und tatsächlich hatte auch Luisa den Sturm ums Haus pfeifen hören. Sie fand es gemütlich. Andreas allerdings war klitschnass. Sie ging zu ihm und gab ihm einen flüchtigen Kuss auf den Mund. „Ein Tee wird dich wieder aufwärmen", versprach sie sanft.

„Ich setz mich ans Feuer und lass mich bedienen", erwiderte er grinsend.

„Willst du von der Waliser Teemischung meines Vaters?"

„Schon wieder so schrecklich kultiviert", spottete er. „Aber her damit. Und wie wäre es mit einem Whisky zum Nachtisch?"

Davon, so dachte sich Luisa, hatte er vermutlich schon genug gehabt. Aber sie wollte heute Abend nicht streiten und brachte ihm beides. Sie wollte die gute Stimmung nicht zerstören, in der sich Andreas ganz offensichtlich befand. „Hattest du einen schönen Abend?" fragte sie mit einem Stich Eifersucht, da sie an die attraktive Sheila mit ihren betonten Rundungen dachte.

„Sehr schön. John und seine Frau sind wirklich sehr nett. Ich mag auch Sheila."

„Sie gefällt dir", warf Luisa ein.

„Mag sein. Aber mach dir keine Sorgen, mein Schatz, an dich kommt keine heran."

Luisa lächelte. Er konnte ein unverbesserlicher Charmeur sein!

„Der einzige, der mir auf die Nerven geht, ist dein Schwarm", knurrte Andreas und streckte die Beine lang vor dem Kaminfeuer aus.

„Ich weiß nicht, wovon du sprichst."

Seine Augen funkelten. „Das weißt du sogar sehr genau. Dieser unverbesserliche Weltverbesserer Patrick Comley. Er hat nichts im Kopf als seine Delphine und den Schutz der Ozeane."

Luisa setzte sich auf die Armlehne von Patricks Sessel und zauste ihm durchs Haar. „Dagegen ist doch nichts einzuwenden. Ich finde, im Gegenteil. Wir könnten uns an ihm ein Beispiel nehmen. Unser Leben in Wiesbaden ist doch manchmal – ein bisschen egoistisch!"

„Weltverbesserung!" Andreas spuckte die Worte mehr aus als dass er sie aussprach. „Diesen Firlefanz können sich Aristokraten leisten. Wir Normalos müssen inzwischen arbeiten gehen." Dann griff er nach Tee und Whisky und lächelte wieder. „Aber wir zwei haben uns. Also auch kein Grund, sich zu beklagen." Andreas nippte geziert am Tee, stellte die Tasse ab und kippte dann den Whisky mehr herunter, als dass er ihn trank. Dann grinste er Luisa an. „Lass uns nach oben gehen, was meinst du, mein Hase."

Sie gab ihm einen leichten Nasenstüber. „Frechheit, ich bin kein Hase."

„Kann schon sein, aber du bist mein." Mit einem hintergründigen Lächeln erhob Andreas seine langen Gliedmaßen aus dem Sessel, dann packte er Luisa – und hatte wieder dieses Funkeln in den Augen. „Auf, meine Schöne, wir verbringen eine vorgezogene Hochzeitsnacht!"

Es war leidenschaftlich und romantisch, und Luisa hatte das Gefühl, noch nie so ein Begehren bei Andreas gespürt zu haben. Seine Hände waren überall auf ihrem Körper gewesen, waren vom Hals über die Brüste bis hinunter zu ihren geheimsten Stellen gewandert. Dann hatte er sie mit einer Heftigkeit geliebt, die sie nicht von ihm kannte und die ihr gefiel. Es war schön, sich so begehrt zu fühlen. Dennoch war und blieb da ein Stich von Eifersucht.

„Hast du an sie gedacht, als wir Liebe machten?" fragte sie Andreas, während das kalte Mondlicht ins Zimmer flutete und ihre Körper kalkweiß anstrahlte.

„An wen?" fragte er in vollkommener Unschuld zurück. Luisa kannte das. Immer dann, wenn Andreas um eine Antwort verlegen war oder sich in die Enge getrieben fühlte, hatte er eine Gegenfrage auf Lager. Luisa konnte sich schon vorstellen, wie er geschäftliche Konkurrenten niedermachte.

„Na, an sie. An Sheila."

Sie sah, wie seine weißen Zähne aufblitzten, und in diesem Moment hasste sie ihn für sein selbstgefälliges Lächeln. „Appetit holt man sich woanders. Gegessen wird zu Hause …", kommentierte er nur.

Und Luisa stöhnte. Sie konnte diesen abgedroschenen Spruch nicht leiden, wollte aber auch keinen Streit vom Zaun brechen. Deshalb drehte sie sich verärgert in den Laken um und starrte noch lange ins Mondlicht, das einen blassen Streifen auf die Holzdielen warf. Sie war sich nicht sicher, was hier in Irland mit Andreas und ihr passierte. Die Dinge hatten sich rasant verändert …

Und manchmal war Veränderung eben auch eine Aufgabe.

Die Morgensonne fiel schräg in die kleine Küche, als Andreas die „Irish Times" beiseite legte, aufsprang und Luisa einen achtlosen Kuss auf die Stirn gab. „Ich muss los, meine Kleine. Bin zu einer Partie Golf verabredet. Geschäfte …"

„Geschäfte", nickte Luisa, doch Andreas bemerkte ihre sanfte Ironie überhaupt nicht.

„Ich werde auf Northwell House zu Mittag essen. Was machst du? Backst du etwas Schönes?“ Er strahlte sie mit so einem jungenhaften Charme an, dass sie nicht anders konnte, als zu nicken.

„Es sollte eine Überraschung werden. Ich habe bei Mrs. Arrowsmith frische Erdbeeren und Clotted Cream bekommen. Dazu backe ich Scones.“

„Dann werde ich pünktlich zum High Tea um 5 Uhr wieder hier sein.“

Das war mal wieder eine lange Zeit, dachte Luisa. Aber sie wollte keinen Streit vom Zaun brechen, deshalb nickte sie. „Aber ausnahmsweise mal wirklich pünktlich. Sonst kipp ich alles ins Klo.“

Er umfasste ihr Kinn mit den Fingern und blickte ihr in die Augen. „Wie ungezogen. Ich ahnte gar nicht, dass meine kultivierte Kleine so drastisch werden kann.“

Luisa blieb unerschrocken. „Du zwingst mich dazu.“

Diesmal nickte Andreas – und senkte als erster den Blick. Dann gab er ihr Kinn frei, und als er kurz darauf den Trench überwarf und mit einem knappen Gruß und langen Schritten aus dem Haus stürmte, wusste sie, dass sie diese Schlacht gewonnen hatte!

Andreas würde heute pünktlich sein!

Luisa hatte die Erdbeeren gewaschen, geputzt und fein geschnippelt und die Arbeitsfläche der winzigen Küche mit Mehl bestreut. Sie wollte gerade den Backofen öffnen, als es an die Tür klopfte, so als würde jemand verfolgt. Maria stand mit zerzaustem dunklem Strubbelhaar vor der Tür. Sie hatte ein rotes Gesicht, denn sie war zum Rose Cottage gerannt. „Entschuldige, Luisa, ich habe verschlafen. Habe gestern Abend wohl ein Pint zu viel erwischt.“

Das war Luisa gleichgültig. „Ich frage mich nur, warum du dich bei mir entschuldigst?“

„Weil deine Eltern mich dafür bezahlen, dreimal die Woche zu kommen.“

„Himmel! Und das in diesem kleinen Häuschen!“

„Es ist meine beste Verdienstquelle!“ rief Maria verzweifelt.

Luisa verstand. „Wir brauchen dich ja auch dringend“, verbesserte sie sich und schämte sich für ihr mangelndes Taktgefühl. „Komm rein. Wir könnten eine Tasse Tee trinken.“

„Du bist schon eine richtige Irin geworden“, sagte Maria strahlend.

„Das hab ich von meinem Vater übernommen. Er liebt walisischen Tee.“

Luisa brachte den Ofen zum Brummen und hatte sich dabei die Hilfe von Maria verbeten. Es käme sonst nur zu einer Staubexplosion, dachte Luisa. Sie hatte den Tee mit kochendem Wasser überbrüht und ließ ihn ziehen, während Maria im Kampf mit der Garderobe lag, versuchte, ihre Wetterjacke aufzuhängen – und dabei alles runter warf.

Luisa unterdrückte ein Seufzen. Wie hielt der disziplinierte John es mit dieser Chaotin aus? Aber sie war eben auch ein äußerst liebenswertes Persönchen, dachte Luisa. Vermutlich hatte ihre Mutter sie deshalb angestellt. Die verwöhnte Ehefrau von Professor Eduard Schöttler hatte jederzeit eine soziale Ader! Und spürte genau, wann jemand Unterstützung brauchte …

Luisa stellte das schöne, englische Rosen-Geschirr auf den Tisch, das sie im Wohnzimmer in der alten Vitrine gefunden hatte, goss Tee in zarte Tassen, bot Maria Sahne und Haferkekse an.

„Ich bewundere dich“, sagte Maria mit vollen Backen. „Du kannst kochen, backen – und hast noch einen tollen Job als Kunstlehrerin. Bei mir kann John schon froh sein, wenn unser Cottage nicht abgebrannt ist, wenn ich gekocht habe.“

Luisa unterdrückte ein Lächeln. Darin lag viel Selbsterkenntnis! Aber das ließ sie sich selbstverständlich nicht anmerken. „Dafür kannst du andere Sachen“, tröstete sie Miss Ungeschick.

Maria strahlte übers ganze pausbäckige Gesicht. „Soll ich dir ein Geheimnis anvertrauen?“

Luisa tunkte einen Keks in den wunderbar starken Tee und wartete ab. „Nicht mal John weiß davon. Ich habe begonnen, einen Roman zu schreiben.“

„Oh, das ist ja wunderbar“, erwiderte Luisa. „Wovon handelt er?“

Es entstand eine kurze Pause. „Das kann ich in drei Sätzen nicht erklären.“

„Du musst nicht, wenn du nicht willst“, sagte Luisa gleichmütig.

„Jedenfalls spielt er in Carrigaholt.“

„Na, das ist doch klasse.“ Luisa nickte in sich hinein. Da kam ihr eine Idee. „Dann kennst du dich mit der Geschichte des Ortes vermutlich gut aus.“

„Ein bisschen. Ich habe recherchiert. War mal eine ganz anständige Journalistin. Auch wenn das heute keiner mehr denkt."

„Gut." Luisa nahm noch einen Schluck heißen, mit Honig gesüßten Tee. „Dann kannst du mir vielleicht helfen. Weißt du, seit wann meine Eltern das Rose Cottage haben? Patrick deutete an, sie könnten es geerbt haben."

„Oh je." Maria sah ein bisschen verzweifelt aus. „Deine Eltern würden sicher nicht wollen, dass ich dir das erkläre."

Luisa blickte Maria unverwandt in die Augen. „Wieso? Haben sie es dir verboten?"

„Das nicht. Aber …"

„… na also. Ich werde ihnen auch nichts darüber erzählen."

„Also gut", gab sich Maria ziemlich schnell geschlagen. Sie plauderte gern und war ein wenig naiv, wie Luisa schon bemerkt hatte. Sie unterdrückte ihr schlechtes Gewissen, das sie deshalb hatte. Denn ihre Neugier auf das Geheimnis um das Cottage von Carrigaholt war größer. „Hast du einen Whisky?" fragte Maria.

Luisa blickte unwillkürlich auf die Küchenuhr, die über dem Herd hing, der gemütlich vor sich hin bullerte und die Geräusche des Sturms übertönte. Elf Uhr. Marias Blick war ihr gefolgt. „Nicht zu früh für eine Dame …" Luisa lächelte und schenkte Maria ein Glas ein.

„Also, mit dem Cottage verhält es sich so", fing Maria mit leicht geröteten Wangen an. „Es muss jahrzehntelang, wenn nicht jahrhundertelang leer gestanden haben – wie übrigens viele Häuser in Irland. Man sagt, es hat den Grundherren gehört, die aber irgendein Geheimnis daraus machen. Es hat mit einer ertrunkenen Frau aus deiner Heimat zu tun. Da tauchten irgendwann vor zehn Jahren, also vor meiner Zeit hier, deine Eltern auf. Man munkelte im Dorf, Patrick Comley hätte Dokumente gefunden, dass das Haus vor sehr langer Zeit eurer Familie übereignet worden war. Die Comleys hatten sich als Grundherren darum gekümmert. Patrick übergab es ihnen. Daraufhin gaben deine Eltern viele Aufträge an heimische Handwerker, um es schön zu renovieren. Daher sind sie sehr beliebt in Carrigaholt." Maria schmunzelte. „Natürlich hat es die Leute auch beeindruckt, dass dein Vater Professor ist. Ganz abgesehen von seiner beeindruckenden Erscheinung – im Kaftan."

Luisa dachte nach „Davon weiß ich nichts. Habe nie gehört, dass wir von Iren abstammen. Höchstens von Emma Knothe …"

„Der Frau, von der das Tagebuch stammt?"

„Könnte sein. Aber wenn sie die Pfälzerin ist, von der Patrick Comley mir erzählt hat, muss sie sich umgebracht haben oder so. Angeblich spukt sie auf Northwell House." Luisa schaute auf und sah, dass Maria sich schüttelte. Typisch! „Du glaubst doch nicht an so einen Quatsch?"

Maria biss sich auf die Lippe. „Ich bin über meine Großeltern eine halbe Mecklenburgerin. Wir glauben an Geister. Das nennt man Spökenkiekerei auf platt."

„Ach, Blödsinn", seufzte Luisa entnervt. „Aber warum haben wir ihre Aufzeichnungen hier im Cottage gefunden?"

„Das ist allerdings rätselhaft", nickte Maria. „Wie sind sie eigentlich?"

„Hoch spannend", erklärte Luisa. „Wenn ich durch bin, kannst du darin lesen." Doch schon während sie es sagte, bereute sie es. Erstens wollte sie die Aufzeichnungen nicht in fremden Händen wissen, verspürte einen Hauch von Eifersucht! Und zweitens hatte sie Angst, die schusselige Maria würde sie vielleicht aus Versehen als Papierflieger in den River Moyarta werfen.

„Das wäre sehr nett", sagte Maria jedoch mit so einem breiten Lächeln, dass Luisa sich gezwungen sah, ihr Versprechen nicht zurück zu nehmen.

Gutmütigkeit hatte ihren Preis.

Einem Impuls folgend, schenkte Luisa ihnen beiden noch ein Glas Whisky ein. Und das, obwohl sie in der Regel überhaupt nicht trank! Sie verabscheute den Kontrollverlust. Aber heute wollte sie ihre Neugier befriedigen, die sie schon seit Tagen quälte.

„Was ist eigentlich mit diesem Patrick?" fragte sie Maria. „Wo wohnt er denn?"

„Oh, er hat ein wunderschönes Bauernhaus mit Blick bis hinunter nach Loop Head. Er hat es eigenhändig saniert, mindestens so schön wie deine Eltern Rose Cottage. Es ist ein Natursteinhaus mit vielen Schafweiden drumherum. Die Frau, die ihn mal bekommt, kann sich glücklich schätzen."

„Dann hat er keine?“ fragte Luisa, die endlich am Ziel des Morgens angekommen war.

„Warum willst du das wissen?“ fragte Maria scharf.

„Einfach so“, erwiderte Luisa mit vorgetäuschtem Gleichmut.

„Er ist mit den Delphinen in der Shannon-Mündung verheiratet, glaube ich. Soweit ich weiß, hat er nach einer großen Enttäuschung nie wieder eine Frau gehabt.“

„Dann gab es mal eine?“

„Ich denke, du würdest es sowieso herausfinden“, seufzte Maria resigniert. „John wird böse auf mich sein, wenn ich es dir erzähle. Es ist eine alte Geschichte …“

„Du machst es sehr spannend.“

„Er war mit Johns Schwester Sheila zusammen. Sie waren verlobt. Aber dann wurde es sehr kompliziert.“ Maria nahm einen Schluck Tee und gluckste dabei ungeschickt. „Willst du die Geschichte hören?“

„Sicher.“

„Ich erzähle es dir nur, weil ich den Eindruck habe – ach, egal. Ich erzähle es dir.“ Und Luisa hörte aufmerksam zu.

Patrick war glücklich gewesen mit Sheila, jedoch immer eifersüchtig, da sie gern Miniröcke und Dekolleté trug, wie ja auch Luisa schon aufgefallen war. Sie waren drei Jahre zusammen gewesen, bis Patrick eines Tages Sheila erwischte, als sie lachend auf der Armlehne seines Vaters saß.

„In diesem Augenblick war Patrick überzeugt, dass Sheila eine Affäre mit seinem Vater hatte“, berichtete Maria. „Er ließ sich durch nichts beeindrucken. Nicht durch Sheilas Tränen, nicht durch strenge Worte seines Vaters, nicht durch Johns Eingreifen. Ich fürchte, Patrick ist bis heute davon überzeugt, im Recht zu sein und hat deshalb so ein schlechtes Verhältnis zu seinem Vater.“

Unfassbar! Dachte Luisa. Das passte gar nicht zu dem an sich so ruhig und besonnen wirkenden Mann, wie sie ihn kennengelernt hatte. „Wann war das?“ fragte sie.

„Vor etwa fünf Jahren“, erklärte Maria. „Patrick hat sich seither nicht wieder beruhigt. Zu Sheilas Schande wurde die Verlobung gelöst – und das in so einem kleinen Dorf wie Carrigaholt. Aber schwerer noch wiegt, dass sie ihn wirklich geliebt hat. Sie verlor jeden Lebensmut, warf ihr Studium hin und jobbt seither im Pub.

„Dann lag es gar nicht an der Wirtschaftskrise?"

„Das sagt sie nur so. Ein Versuch, ihr Gesicht zu bewahren."

„Und John? Glaubt er ihr?"

„Ja, zum Teufel", nickte Maria. „Und ich tue es auch. Und davon wird mich auch keiner abbringen! Niemals!" Als hätte sie damit genug gesagt, sprang sie auf. „An die Arbeit. Ich will den Kamin im Wohnzimmer sauber machen. Und du hast sicher auch zu tun. Habe dich lange genug aufgehalten. Aber eins musst du mir versprechen. Kein Sterbenswörtchen zu irgendwem darüber, auch nicht zu Patrick. Ich habe es dir nur erzählt, um dich in gewisser Weise zu warnen!"

Luisa blickte zornig auf. „Warnen?"

„Patrick ist ein attraktiver Mann. Aber er hat auch eine dunkle Seite. Ich dachte mir nur, das solltest du vielleicht wissen, Fräulein Schöttler. Wenn du so willst, bin ich es deinen Eltern schuldig!" Und damit holte Maria Kehrbesen und Zinkeimer unter der Spüle hervor und machte sich unter Klappern und Flüchen an ihre Arbeit.

Luisa spülte nachdenklich die schönen Teetassen ab. Sie dachte an einen Spruch, den eine Freundin ihr ins Poesiealbum geschrieben hatte: „Eifersucht ist eine Leidenschaft, die mit Eifer sucht, was Leiden schafft." Das traf auf Patrick wohl voll und ganz zu!

Nachdem Maria gegangen war – nicht ohne graue Aschewolken im hübschen Wohnzimmer zu produzieren –, machte sich Luisa über den Teig für die Scones her. Beim Kochen überwand sie in der Regel ihren Frust. Und frustriert war sie nach dem Gespräch mit Maria.

Sie gab Mehl, Zucker, Backpulver, Eier, Salz und Milch in eine große Steingutschüssel und rieb den Teig zwischen den Fingerspitzen, bis die Mischung krümelig wurde. Dabei beherzigte sie den guten Rat von Mrs. Arrowsmith: „Den Teig vor dem Backen bloß nicht zu stark bearbeiten." Dies, so die gutherzige Krämerin, mit der sich Luisa hätte stundenlang austauschen können, sei ihr großes Geheimnis für die besten Scones in West-Irland. Außerdem riet sie Luisa, die Form beim Ausstechen nicht zu drehen, damit die Scones beim Backen gleichmäßiger aufgehen würden. Man lernt nie aus, dachte Luisa, während sie überlegte, wie sie mit Marias Enthüllungen umgehen sollte.

Sheila war also die Verlobte von Patrick gewesen – das machte ihn eigentlich nicht unsympathisch. Sheila war fröhlich und praktisch veranlagt und vermutlich äußerst liebevoll. Oder war es jedenfalls gewesen bis zu jenem Augenblick, als sich ihr Leben so dramatisch veränderte. Luisa fragte sich, wie man helfen könne. Und ob sie Andreas einweihen solle? Aber sie hatte Maria versprochen, kein Wörtchen über dieses Geheimnis zu verlieren. Es ging ihn nichts an. Und, dachte sie nun ihrerseits mit einem Stich von Eifersucht, es würde in seinen Augen vielleicht Sheilas Reiz überflüssigerweise nur noch erhöhen.

Und da war noch eine Frage, die sie aber rasch beiseite wischte: War sie eifersüchtig wegen Patrick? Oder weshalb verspürte sie diesen fiesen kleinen Schmerz in der Brust, wenn sie ihn sich mit Sheila Arm in Arm vorstellte?

Luisa setzte gerade die Scones auf eines der gefetteten Backbleche, als es abermals gegen die Tür zum Rose Cottage bollerte. Kurz und herrisch, diesmal. Es konnte nicht Maria sein! Selbst ihr Klopfen hörte sich – irgendwie schusselig an.

Und wirklich stand der Überraschungsgast vor der Tür, über den Luisa gerade nachgedacht hatte. Es war Patrick. Und er hatte ein großes, viereckiges Paket dabei. „Was machen Sie denn hier?“ fragte Luisa verblüfft.

„Ich habe etwas für Sie besorgt“, gestand er etwas verschämt. „Wollen Sie mich nicht herein bitten?“

Nur allzu bereitwillig führte ihn Luisa ins kleine Wohnzimmer. „Hier ist es etwas staubig“, hüstelte sie.

„Lassen Sie mich raten.“ Er grinste. „Maria hat versucht, den Kamin sauberzumachen. Nun ja, sie ist wirklich keine Putzfrau. Dafür war sie früher eine ganz gute Journalistin, habe ich gehört. Aber das hat sie alles für ihre große Liebe aufgegeben. Würde nicht jede machen.“

Luisa nickte. „Sie sind doch sicher nicht gekommen, um mit mir über Maria zu sprechen?“ fragte sie erwartungsvoll und blickte unwillkürlich auf das Paket, das Patrick ins Wohnzimmer manövrierte. Dieser große Mann füllte den kleinen Raum förmlich aus. Ja, dachte Luisa, er hatte Format.

Und er strahlte so eine wohltuende Ruhe aus. Als eifersüchtig rasenden Othello konnte sie sich ihn gar nicht vorstellen!

Allerdings lagen die Geschehnisse mit Sheila nun ja auch schon fünf Jahre zurück. Bestimmt war er an der Tragödie gereift, erwachsener geworden. Luisa verscheuchte diese indiskreten Gedanken und besann sich auf ihre guten Manieren. „Es ist nach elf Uhr. Trinken Sie einen Whisky?"

„Lieber einen Tee, wenn es keine Umstände macht."

„Überhaupt keine. Ich habe den Herd angeheizt, weil ich gerade Scones in den Ofen stellen wollte. Ein paar Minuten, und der Wasserkessel pfeift."

„Scones? Wie lecker. Ich liebe frisch gebackene Scones", sagte Patrick grinsend und in einem Ton, der nichts anderes zuließ als ihn einzuladen.

„Dann sollten Sie zum 5-Uhr-Tea zu uns kommen."

„Da lasse ich mich nicht dreimal bitten. Aber die Scones stellen Sie besser erst später in den Ofen. An sich habe ich jetzt nämlich etwas mit Ihnen vor. Ich wollte Sie entführen."

Luisa unterdrückte ihre Neugierde und war ganz Gastgeberin. „Das können Sie gern tun, aber bevor Sie mich kidnappen", sagte sie energisch, „bekommen Sie erst einmal einen schönen Tee. Der wärmt bei dem Sturm draußen von innen auf."

Patrick lächelte. „Und Sie können mir gern eine Portion Ihrer Wärme dazu geben."

Luisa lachte ein bisschen verlegen, holte klappernd eine Tasse aus dem Wandschrank und schenkte ihm ein. „So, und nun sollten Sie mir erzählen, worum es bei dieser Entführung geht …"

Patrick nickte gehorsam. „Ich habe Ihnen etwas mitgebracht. Leinwand, Staffelei, Pinsel, Farbe. Sie hatten erwähnt, dass Sie Northwell House malen möchten. Nun, da mein alter Herr es erlaubt hat, könnten Sie es tun. Der Sturm soll über Mittag nachlassen. Wissen Sie, was ich Ihnen vorschlage? Wir nehmen den Lunch auf Northwell House und dann malen Sie."

„Aber wie nett von Ihnen", meinte Luisa. „Sie sollen sich doch keine Mühe machen. Und sich schon gar nicht in Unkosten stürzen!"

„Einer Künstlerin zu helfen, ist mir ein Vergnügen. Ich wusste nur nicht, ob Sie in Aquarell oder in Öl malen mögen." Er räusperte sich. „Nun, ich habe mich für Aquarell entschieden. Das schien mir zarter zu sein. Und besser zu Ihnen zu passen!"

„Oh, ich erscheine Ihnen also zart?“ fragte Luisa lachend. „Gefällt mir allerdings besser, als wenn Sie mich für allzu robust hielten.“

Patrick lachte mit. „Sie sind eine Elfe. Sie wissen, wir Iren glauben nicht nur an Geister, sondern auch an Elfen.“

Luisa nickte. Das wusste sie seit ihrer Kindheit am See Lough Arrow in Sligo. Sie und ihre spätere Brieffreundin Alison aus Donegal hatten einen flachen Hügel nicht betreten dürfen, weil der Grundbesitzer, Onkel John, daran glaubte, dass es ein Elfentanzplatz sei. Luisa hatte das höchst beeindruckend gefunden – und war mit Onkel John zum Fischen gefahren, um mehr von diesen Geschichten zu hören. Abends, am Lagerfeuer, erzählte sie diese dann ihren Eltern weiter, die sich königlich darüber amüsierten. „Ich habe mir Elfen allerdings nie so baumlang wie mich vorgestellt“, erwiderte sie.

„Oh, es gibt auch groß gewachsene Elfen.“ Als er lächelte, zeigten sich in Patricks Wangen die Grübchen, deren Anblick Luisa so liebte. „In jedem Fall sind sie silberblond. Und nun möchte ich wissen, was Sie von meinem Entführungsplan halten. Fahren Sie mit mir nach Northwell House?“

Luisa wusste ganz genau, wie viel Überwindung ihn das kosten musste, noch mehr, seit er Sheila und seinen eigenen Vater verdächtigt hatte, eine Affäre gehabt und sein Leben zerstört zu haben. Aber vielleicht war es richtig, ihn in seinen Besuchen in dem Hotel zu unterstützen? Luisa hatte noch keinen Plan, wie, aber vielleicht könnte man eine Versöhnung mit seinem Vater herbeiführen – und so auch Sheilas Ehre retten? Nun, dachte sie, das würde nicht leicht werden. Aber es wäre eine lohnende Aufgabe. „Ich würde Northwell House und seine Gärten sehr gern malen“, erklärte sie deshalb. „Vielleicht treffen wir dort auch Andreas. Er golft dort und geht Geschäften nach.“

Patrick nickte. „Er wirkt wie ein tüchtiger Geschäftsmann auf mich.“

Wie ein richtiges Kompliment klang das nicht. Aber auch Andreas konnte ja umgekehrt keinerlei Verständnis für Delphin-Engagement und Weltverbesserung aufbringen. Gegensätzlicher als diese zwei Männer konnte man kaum sein! Trotzdem vertraute sie jetzt Patrick etwas an, das sie Andreas bisher verschwiegen hatte, und während sie es tat, hatte sie ein schlechtes Gewissen ihm gegenüber. Seit sie in Irland angekommen waren, stand da eine Mauer zwischen ihnen. Vielleicht mussten sie sich überhaupt erst richtig kennen lernen …

„Als ich Northwell House zum ersten Mal sah", erinnerte sich Luisa und spürte die Gänsehaut, die ihren Arm entlang lief, „hatte ich das Gefühl, ich hätte es schon einmal gesehen. Es hat meine Seele tief berührt. Es ist ein wundervolles Anwesen."

Patrick hörte ihr stumm zu und suchte ihren Blick. „Merkwürdig. Wir Iren glauben ja an sowas. Ich glaube, man nennt es das zweite Gesicht. Ich finde fantastisch, dass Sie auf Ihre innere Stimme hören – und es mir auch noch erzählen. Ja, Northwell House ist ein Ort der Geschichte. Ich bin sehr stolz darauf." Damit lächelte er sie mit seinem zuversichtlichen Lächeln an. „Was meinen Sie? Wollen wir jetzt aufbrechen?"

Luisa nickte. „Ich will nur noch kurz diese Scones mit Alufolie abdecken. Der Herd kühlt von alleine aus. Sie versprechen mir, dass ich um vier wieder im Rose Cottage bin? Wir essen um fünf."

„Schon aus Eigeninteresse", sagte Patrick lächelnd, stellte die Teetasse in den Ausguss, packte das Paket mit Luisas Mal-Utensilien – und ging zu seinem verbeulten, alten Geländewagen voraus.

Während die wunderschöne Landschaft des County Clare an ihnen vorüberzog, schwiegen sie fast die gesamte Zeit einträchtig. Patrick, der offenbar in seiner Identität als Ire ein glühender Patriot war, hatte „Dubliners" laufen und summte gelegentlich laut mit, was Luisa lächeln ließ. Sie mochte diesen exzentrischen Mann aus bester Familie, auch wenn sie sich selbst wunderte, wie das möglich war. Von ihren Eltern hatte sie übernommen, sich eher um Menschen wie Andreas zu kümmern, der hinter seiner sorglosen Fassade viele Abstiegsängste hatte, die mit seiner trübsinnigen Familiengeschichte zusammenhingen.

Patrick mochte früher einmal arrogant gewesen sein, heute war er es in seinem dunkelblauen, schlichten Fischerpullover ganz offensichtlich nicht mehr. Und auch die Tatsache, dass er mit Sheila Tuck verlobt gewesen war, sprach für ihn, dachte Luisa. Sheila war ein ganz normales, nettes, wenn auch außergewöhnlich hübsches Dorfmädchen! Er hatte sich nicht irgendeine schnieke Lady aus London gesucht, nicht irgendein modisches Klappergestell, das zu Schönheits-OPs ging.

Aber er war sehr eifersüchtig, wenn man Maria glauben durfte. Woran lag das? Luisa wusste aus den Frauenmagazinen, die sie gelegentlich las, dass das häufig mit einem zu gering ausgeprägten Selbstwertgefühl zusammenhing. Aber Patrick sah sehr gut aus, war sehr gebildet und kultiviert, sportlich, weltoffen und engagiert. Warum sollte ausgerechnet er einen Mangel an Selbstwertgefühl haben? Lass mal die Küchenpsychologie, sagte sich Luisa, die ohnehin die Glaubwürdigkeit dieser Magazine anzweifelte. Sie drehte sich zu Patrick um und sah, dass ein leichtes Lächeln um seine Mundwinkel spielte. Sie fand, dass er fast schon unverschämt attraktiv wirkte.

Und wendete sich lieber ab, um die Shannon Mündung zu betrachten, die in der Maisonne glitzerte. Sicher, Patrick war faszinierend. Aber war es nicht so, dass er sie im Grunde nichts anging?

Der schwere Geländewagen bog auf den knirschenden Kies der Zufahrt zu Northwell House ein. Luisa bewunderte die Anmut der Toranlage und die gepflegten, smaragdgrünen Rasenflächen, die nur von großen Eiben durchzogen waren. Die Zufahrt schlängelte sich bis zum Herrenhaus, das wie am ersten Tag honiggelb in der Sonne leuchtete, die in seinen vielen Erkerfenstern blinkte. „Es ist einfach wunderschön!“ rief Luisa.

Patrick nickte schweigend. „Das war es immer. Noch mehr, bevor mein alter Herr auf die Idee kam, es in ein Luxushotel zu verwandeln.“

Luisa überlegte. „Hat Ihre Mutter das noch erlebt?“

Patrick schüttelte den Kopf. „Sie hätte es niemals zugelassen.“

„Trotzdem“, sagte Luisa, „ist es doch vielleicht besser, dass es ein Hotel ist. Nicht so snobistisch, wie so ein riesiges Anwesen ganz für sich allein zu nutzen. In einem Hotel können viele daran teilhaben.“

„Genau“, nickte Patrick mit einem sarkastischen Lächeln. „Es steht vielen offen. Vor allem vielen neureichen Protzen …“

Luisa schreckte ein wenig zurück. Richtete sich das gegen Andreas – und damit letzten Endes gegen sie? Und war Patrick doch noch immer nicht von der kläglichen Arroganz seiner Klasse geheilt? Sie beharrte unerschrocken auf ihrer Meinung. „Ihr Vater hat Recht gehabt, es der Öffentlichkeit zugänglich zu machen. Und“, sie sagte es mit einem spitzen Unterton,

„auch so neureichen Protzen wie Andreas und mir. Wir wissen es durchaus zu schätzen."

„Bitte, so war es nicht gemeint." Patricks Augen schimmerten in einem stürmischen Dunkelblau. „Ich wollte nicht sagen, dass Sie neureich sind oder Protze." Und dann veränderte sich seine Stimmlage wieder. „Ich sehe nur all diese schrillen Ladies mit ihren reichen alten Gatten aus Amerika durch das Haus meiner Väter stöckeln, als gehöre es ihnen. Und das kann ich nicht leiden! Mein Vater hätte einen Weg finden sollen, das Haus auf klügere Weise zu erhalten."

Sie hatten den Parkplatz erreicht, wo lauter Luxuskarossen standen. Patrick machte mit dem Kinn eine herrische Bewegung. „Sehen Sie doch! Hier finden Sie keinen normalen Kleinwagen. Von wegen, der Öffentlichkeit zugänglich machen! Hier kommt man nur mit einem dicken Geldbeutel herein. Der allerdings genügt als Qualifikation. Und Manieren kann sich nicht unbedingt jeder kaufen. Wenn Sie von Öffentlichkeit sprechen, wäre mir lieber gewesen, es zu einem Museum zu machen, das wirklich jeder besichtigen kann." Damit trat er kurz, aber heftig aufs Gas, riss das Lenkrad herum und schoss mit dem Land Rover in eine freie Parklücke, die gerade noch eben breit genug war, dass Luisa aussteigen konnte.

„Alles klar", sagte sie versöhnlich, denn sie spürte, dass die Diskussion unwiderruflich beendet war …

Patrick holte die Mal-Utensilien aus dem Land Rover, knallte die Tür zu und marschierte mit großen Schritten voraus. Er blickte sich dabei nicht nach ihr um, und Luisa spürte, dass sie ihn verärgert hatte. Aber sie hatte umgekehrt mittlerweile auch ihre ganz eigenen Zweifel an ihm. Er schien abgründiger zu sein, als sie vermutet hätte. Adelsstolz, arrogant, eifersüchtig …

Andererseits hatte sie das alles nur aus zweiter Hand, und sie konnte es mit ihm und seinem so überaus angenehmen Wesen nicht wirklich in Einklang bringen. Er hatte eine Ehrlichkeit und Einfachheit, die sie überaus anziehend fand. Übertrieben John und Maria vielleicht, weil sie Patrick die geplatzte Verlobung mit Sheila übelnahmen?

Gottergeben trottete sie hinter Patrick mit dem großen Paket hinterher und bewunderte dabei das altehrwürdige Herrenhaus, das wie jedes Mal einen Stich der Sehnsucht in ihr weckte. Es kam ihr immer wieder so vor, als würde sie es kennen, als wäre sie geheimnisvoll mit ihm verbunden. Aber vielleicht war das auch einfach nur Wunschdenken – und ein Hauch von Neid?

Wie selbstsicher musste man sich doch fühlen, wenn man in so einem herrlichen Gemäuer aufgewachsen war und es lebenslang schützend in seinem Rücken wusste. Vielleicht war Patrick deshalb so empfindlich, dass nun wildfremde Touristen durch die Korridore seiner Vorfahren stapften? Egal, sagte sie sich. Es war nicht ihre Baustelle. Patrick musste selbst wissen, was er dachte.

Luisa ließ den Blick über den eher kleinen Parkplatz schweifen, der von Buchsbaumhecken gesäumt war. Es standen nur wenige Autos dort. Wie Patrick so treffend bemerkt hatte, lauter Luxusschlitten. Eines jedoch störte sie. Denn ein Auto fehlte. Ein silberfarbenes Cabrio. Das Auto von Andreas. Und das war tatsächlich ungewöhnlich! Er hatte doch definitiv gesagt, er wolle heute bis zum Nachmittag hier sein und Golf spielen! Hatte er es sich anders überlegt? Das kam sehr selten vor, dachte Luisa, denn er liebte die zwei Dinge, die mit G anfingen. Golf und Geschäfte.

„Patrick!“ rief sie ihren etwas ruppigen Begleiter von hinten an. „Bleiben Sie doch bitte mal stehen! Ich muss Ihnen etwas Merkwürdiges sagen!“

Umgehend machte Patrick, was sie verlangte und blickte sie abwartend an. „Etwas Komisches ist passiert. Andreas wollte doch hier sein!“ rief sie aus. „Aber sein Auto ist nirgendwo geparkt. Gibt es noch einen zweiten Parkplatz am Herrenhaus?“

Patrick verneinte mit einem grimmigen Gesichtsausdruck, den sie sich nicht recht zu erklären wusste. Doch er ließ sie nicht lange im Unklaren, warum sich seine Augenbrauen so finster zusammen gezogen hatten. „Ist Ihr Andreas für uns beide so wichtig?“

„Nun, er ist immerhin mein Verlobter“, konnte Luisa nicht verschweigen. Diese Augenbrauen zogen sich noch weiter zusammen, wenn das überhaupt möglich war.

„Es wird ihm schon nichts passiert sein“, grummelte Patrick nach einer kurzen, beredten Pause.

„Er könnte einen Unfall gehabt haben“, widersprach Luisa besorgt.

„Ach, hören Sie auf. Sie mögen seine Verlobte sein, aber Sie sind nicht sein Kindermädchen. Wenn es einen Unfall gegeben hätte, hätten wir es unterwegs gesehen oder in den Nachrichten gehört. Er wird bei dem herrlichen Wetter eine kleine Spazierfahrt machen, nichts weiter. Wollen Sie sich davon nun den Tag verderben lassen?"

Das war in einem derartig deutlichen Ton gefragt, dass Luisa nicht länger Kontra geben mochte. Konnte ja schließlich sein, dass Patrick Recht hatte. Vielleicht war Andreas ganz einfach zu einem Stadtbummel nach Limerick gefahren? Sie biss sich auf die Lippe und folgte Patrick in den tiefen Schatten des alten Hauses. Doch sie konnte sich des Gedanken nicht erwehren: War nicht auch ein Schatten auf ihrer aller Beziehung gefallen?

Patrick ging mit langen Schritten zu einem wunderschönen Wintergarten voraus, dessen Bleiglasscheiben den Blick über den Landschaftspark, einen See, den Golfplatz und schließlich, fern schimmernd, die Shannon-Mündung freigab. In Damast eingedeckte Tische wirkten höchst einladend, auch wenn der Wintergarten fast leer war. „Noch keine Saison", erklärte Patrick knapp.

Ein Ober führte sie zu einem besonders schönen Tisch am Fenster. Patrick lächelte ihn gewinnend an. „Wir möchten nur eine Kleinigkeit. Was ist heute Ihre Empfehlung?"

Der Ober antwortete ohne zu zögern: „Frischer Hummer, Mylord."

„Lassen Sie diese Anrede, bitte. Für Sie bin ich Mr. Comley", erwiderte Patrick scharf. „Und was für einen Wein würden Sie dazu empfehlen?"

„Nun, einen leichten Chablis, würde ich vermuten", sagte der Ober, offensichtlich gekränkt, etwas steif.

Patrick blickte fragend zu Luisa. Sie lächelte ihn an. Auch wenn er den Ober gekränkt hatte, war doch sehr sympathisch, dass er kein Adeliger sein wollte – und auch nicht beabsichtigte, damit vor ihr anzugeben. Doch sie schüttelte den Kopf.

„Für mich keinen Wein, bitte. Ich trinke nicht."

Patrick nickte nur knapp. „Dann lasse ich es auch. Ich trinke ebenfalls selten und muss noch Auto fahren. Wir nehmen also ein Wasser."

Als der Ober sich mit undurchdringlicher Miene zurückgezogen hatte, fragte Patrick: „Gibt es einen Grund, dass Sie nicht trinken?"

Luisa lächelte. „Sie meinen, dass mein Vater Alkoholiker gewesen wäre oder so etwas? Nein. Um ehrlich zu sein, er trinkt überhaupt nicht, er interessiert sich sehr für den Islam. Manchmal sagt er, dass er die wiedergeborene Seele eines Arabers wäre. Nur leider gibt es im Islam ja keine Wiedergeburt, wie er zugibt. Aber meine Mutter genehmigt sich gelegentlich einen guten Whisky." Luisa musste an den Whisky mit Maria denken. „Naja, nun, ich manchmal auch. Allerdings nur sehr gelegentlich. Und um ihre Frage zu beantworten – ich verabscheue den Kontrollverlust, der mit Alkohol verbunden ist."

Patrick lachte. „Trotzdem könnte man den Eindruck gewinnen, Ihnen könnte etwas weniger Kontrolle nicht schaden. Sie sind äußerst zurückhaltend." Er dankte dem Ober, der das Wasser brachte und wartete, bis er wieder gegangen war. „Was man von Ihrem – Verlobten nicht sagen kann. Ich finde ihn, nun, genauso gesprächig wie Sie geheimnisvoll sind." Seine Augen mit dem ganz leichten Silberblick suchten die ihren. „Sind Sie sicher, dass Sie diesen Menschen heiraten wollen?"

Luisa war verwirrt. Was sollte diese Frage? Patrick preschte ganz schön mutig in ihr Privatleben vor. Was ging es ihn genau genommen an? Aber dann sagte sie sich, dass ja auch sie sich mit seiner Eifersucht befasste. Dennoch wollte sie ihm keine Antwort geben. „Spricht etwas dagegen?" fragte sie ausweichend zurück.

Patrick hatte seinen Blick nicht von ihr abgewandt, ein durchdringender Blick. „Ich erlebe Sie beide nicht als besonders glücklich. Alle beide nicht. Und dann habe ich egoistische Motive, so etwas zu fragen." Er machte eine kurze Pause, so als warte er auf Luisas Ermutigung, dass er weitersprechen solle. Und zu ihrer eigenen Verblüffung ermutigte sie ihn.

„Was soll das bedeuten?" fragte sie neugierig.

„Es soll bedeuten, dass ich mich in Sie verliebt habe und besser zu Ihnen passe als dieser Angeber, der sich nur für Geld und Geschäfte interessiert."

Luisa starrte ihn an. Darauf konnte es keine Antwort geben, die nicht beleidigend war. Wie konnte Patrick es wagen? Sie war verlobt! Sie hatte es ihm gesagt. Und sie liebte Andreas.

Zumindest war es das, was sie glaubte. Glauben musste, wenn nicht hier in Irland ihre ganze Welt zusammen brechen sollte!

Mit der Antwort ließ sie sich Zeit. Was sollte man auf eine solche Eröffnung auch sagen? Und komplizierter wurde es noch dadurch, dachte sie verzweifelt, dass sie selbst insgeheim ja auch schon festgestellt hatte, dass Mr. Patrick Comley ihr keineswegs gleichgültig war. Seine Ehrlichkeit, seine Fantasie, sein leidenschaftliches Eintreten für die Sache der Delphine hatten ihr Herz berührt.

Aber das kam natürlich auch, weil das Leben des Iren im Vergleich zu ihrem zu Hause so anders war. Ihres war zwischen Wiesbaden und Speyer so mit Arbeit und Konventionen angefüllt – und so wenig romantisch. Wie sie sich jetzt eingestehen musste, hatten Andreas und sie keine wahre Gemeinsamkeit, kein gemeinsames Engagement, das über die Bewältigung von Alltag hinausging.

Sie lebten so egoistisch vor sich hin. Luisa in ihrer Kunstschule und ohne die Zeit für ihre Leidenschaft, das Malen. Andreas verheiratet mit seiner Arbeit. Sicher, es gab Candle Light Dinners bei teuren Italienern, aber nichts, was Luisas unstillbaren Hunger nach Leben hätte befriedigen können.

Hör doch auf, sagte sie sich jetzt mit einer Gespaltenheit, die sie so nicht von sich kannte. Ist Andreas nicht ein netter, normaler, guter Mann? Er geht arbeiten, verdient Geld, will für eine Familie sorgen. Allerdings, so musste sie sich eingestehen, hatte er Gespräche über Kinder immer auf übermorgen vertagt – auch ein Grund, weshalb ihm ihre Eltern mehr als nur ein wenig skeptisch gegenüber standen. Aber ihr Vater, Professor Eduard Schöttler, hätte Einwände gegen jeden Mann. Auch gegen Patrick.

„Wissen Sie“, sagte Luisa schließlich, „es mag Ihnen unwahrscheinlich erscheinen, aber ich liebe meinen Verlobten. Er mag seine Schattenseiten haben, aber das gilt für uns alle.“

Patrick blickte auf. Verletztheit stand in seinen Augen. „Was genau lieben Sie an ihm?“

Luisa fühlte sich nun doch bedrängt. Was, zum Teufel, war das für ein Gespräch? Was gingen diesen irischen Aristokraten ihre Gefühle an? Die waren ihr Problem – und sollten es bleiben! Und doch fand sie beunruhigend, dass sie auch dann keine Antwort gewusst hätte, wenn sie gewillt gewesen wäre, etwas zu sagen. Was genau liebte sie an Andreas? Nach diesen letzten, irgendwie so schief gegangenen Tagen im Rose Cottage wusste sie es nicht zu sagen.

„Alles“, erwiderte sie Patrick dennoch trotzig. „Und im Übrigen muss Liebe immer auch Geheimnis bleiben.“

Eine kurze Pause, dann breitete sich ein Lächeln über seine Gesichtszüge aus, die Grübchen blitzten auf. „Wenn Sie sich auch in vielen Punkten irren mögen – in diesem Punkt haben Sie Recht. Liebe ist ein Geheimnis, und genau das ist das Schöne daran …“

Zu Luisas Erleichterung wurde Patrick unterbrochen, denn der Ober servierte den Hummer. „A l'Américaine, Mylord, äh, Mr. Comley.“

„Haben Sie schon einmal Hummer probiert?“ fragte Patrick, offenbar nun auch gewillt, das Thema zu wechseln. Doch noch immer zeigten sich in seinen Wangen die Grübchen, und Luisa wusste genau, warum er so belustigt war: Er hatte diese erste Schlacht gegen sie gewonnen!

Nach einer Crème Brulée, die einfach paradiesisch schmeckte, zog Patrick für Luisa den Stuhl zurück und geleitete sie zum Concierge, der ziemlich vornehm aussah. Er behandelte Patrick mit ausgesuchter Hochachtung, auch wenn er nur Jeans zum Tweedblazer anhatte. Sie holten die Mal-Utensilien ab und traten über die große Kaffee-Terrasse hinaus.

„Hier bin ich früher Dreirad gefahren“, erklärte Patrick mit einem wehmütigen Lächeln. „Aber ich denke, ich kenne noch einen besseren Ort für Sie, um zu malen. Von dort hat man einen wunderbaren Blick über die Gärten und das Haus. Es sind ein paar Schritte, was meinen Sie?“

Nur zu gern ließ sich Luisa darauf ein. Viel zu lange hatte sie in ihrem hektischen Alltag zwischen Wiesbaden und Speyer nicht mehr gemalt! Jetzt war sie gespannt auf den Ort, den Patrick ihr zeigen würde, und sie freute sich wie ein kleines Kind darauf, die Leinwand und die Aquarellfarben auszupacken. Ein bisschen war es wie Bescherung für sie!

Seite an Seite gingen sie durch den Rosengarten, den Patricks Mutter so liebevoll angelegt hatte – und dann über die satt smaragdgrünen Rasenflächen, bis zu einer sanften Anhöhe. Dort stand, von zwei Eiben flankiert, ein Pavillon. „Wir sind gleich da“, sagte Patrick. „Jetzt noch nicht umdrehen.“

Luisa spürte, dass sich wie zufällig ihre Hände berührten. Ein leichtes Klicken, wie magisch. Nein, wenn es stimmte, dass Patrick ein wenig in sie verliebt war, konnten diese Gefühle kaum einseitig sein. Doch Luisa fühlte sich unbehaglich dabei. Immerhin war sie doch verlobt!

Patrick lächelte sie ermutigend an, ging jedoch nicht auf die Diskussion von vorhin ein. „Ich muss zugeben, dass ich sehr gespannt auf die geheimnisvolle Tochter von Professor Schöttler war“, sagte er in einem heiteren Ton. „Jahrelang habe ich nur von Ihrem großen Maltalent und Ihrem Fleiß gehört. Das hat mich sehr neugierig gemacht.“

„Dann kennen Sie meine Eltern?“

„Aber sicher“, nickte er. „Ich habe sie beraten, als sie aus der alten Ruine das zauberhafte Rose Cottage machen. Ihnen gefiel die Art, wie ich mein eigenes Bauernhaus renoviert hatte, und ich konnte ihnen die Namen traditioneller, einheimischer Handwerker nennen. Daraus hat sich eine Art Freundschaft entwickelt. Ihre Eltern fahren gern mit mir zu den Delphinen hinaus. Und sie haben mich gelegentlich zum Abendessen eingeladen. Ich bin ein einsamer Mann, koche nicht gern und komme umso lieber mal ein bisschen raus. Wissen Sie, ich kenne Sie schon lange – von Fotos. Die silberblonde Elfe, so nannte ich Sie.“

„Dann habe ich Sie hoffentlich nicht enttäuscht“, meinte Luisa, die das alles ein wenig sonderbar fand und die gern das Thema wechseln wollte. Sie fand, dass sie sich schon wieder auf einem etwas gefährlichen Terrain bewegten.

Und so kam es ihr sehr entgegen, dass sie mittlerweile die Anhöhe erreicht hatten. Patrick führte sie zu dem Pavillon, an dem sich Efeu und Rosen hochrankten und sagte: „Keineswegs. Jetzt drehen Sie sich mal um. Und dann hoffe ich, Sie nicht enttäuscht zu haben.“

Luisa musste einen Schrei der Begeisterung unterdrücken. Was sie nun sah, war einfach zauberhaft. Die Gärten, das harmonische, honiggelbe Haus, der kleine See, und im Hintergrund das tiefe Blau der Shannon Mündung. „Es ist unfassbar schön“, sagte sie atemlos. „Das möchte ich malen.“

„Das hatte ich gehofft“, antwortete Patrick – und deutete einen Handkuss an. Wieder erschauerte Luisa, auch wenn er nur die Luft über ihrer Haut geküsst hatte.

Ja, sie war verlobt. Ja, sie wollte bald heiraten. Und doch fand sie diesen fast völlig fremden Mann gefährlich attraktiv.

Patrick tat unterdessen so, als wäre nichts gewesen und packte die Staffelei und die Leinwand aus dem groben, braunen Papier aus. Er baute einen Klapphocker auf und öffnete die Palette. Dann griff er in eine Hosentasche und beförderte den Bleistift heraus, den Luisa für ihre Vorstudien brauchte. „Alles da? Nichts vergessen?“ fragte er sie mit einem Unterton zärtlicher Neckerei.

„Perfekt“, antwortete Luisa und wollte nicht allzu viel Begeisterung zeigen. Doch sie war begeistert. Und gerührt. Wie schön war es von diesem Irischen Träumer, ihr dabei zu helfen, dass ihre eigenen, halb verschütteten Träume wieder wahr werden würden. Zum Kummer ihrer Eltern, vor allem ihres Vaters, hatte sie viel zu lange nicht gemalt! Immer war irgendetwas anderes wichtiger, ging es in der Hektik des Alltags zwischen Speyer und Wiesbaden unter. Jetzt freute sie sich unendlich darauf, das Panorama von Northwell House zu malen.

„Ich werde Sie dann jetzt allein lassen“, erklärte Patrick und legte ihr ganz leicht die Hand auf die Schulter – wirklich federleicht, und doch wirkt es auf Luisa wie ein Stromstoß. Sie konnte nur hoffen, dass Patrick nicht bemerkte, wie sehr seine fast zufälligen Berührungen sie aufwühlten und verstörten. Sie konnte doch nicht wirklich verliebt in ihn sein?

„Ich komme in zweieinhalb Stunden wieder“, fuhr er fort. „Dann haben wir genug Zeit, dass wir um vier Uhr in Carrigaholt zurück sind und Sie Ihre sicher ganz wunderbaren Scones in den Ofen stellen können. Ich habe an langen Scrabble-Abenden von Ihren Eltern gehört, dass Sie nicht nur eine hoch begabte Malerin sind. Sondern auch eine Meisterköchin. Mit anderen Worten – meine Traumfrau!“

Er lachte, als wolle er damit seinen Worten die Bedeutung nehmen. Doch bevor Luisa antworten oder etwas sagen konnte, hatte er sich zu ihr heruntergebeugt – und ihr einfach einen sanften Kuss aufs Haar gegeben. Ja, es gefiel ihr. Nein, es war unverschämt.

Und ja, sie wollte mehr davon. Dennoch zwang sich Luisa zu einem distanzierten Lächeln, das nichts von ihrer inneren Aufregung verriet. Wenn er schon gedachte, sie durcheinander zu bringen, sollte er wenigstens nichts davon bemerken!

Er winkte noch einmal lächelnd, dann ging er mit seinen großen Schritten fort. Luisa sah ihm nach, während seine hochgewachsene Gestalt auf den Rasenflächen kleiner wurde und schließlich verschwand. Erst dann machte sie es sich auf dem Klappschemel bequem und versuchte, die beste Perspektive von Northwell House einzufangen, bevor sie die Umrisse schemenhaft mit dem Bleistift auf der Leinwand festhielt. So umsichtig arbeitete sie stets.

Luisa mochte eine Stunde in ihrer Arbeit versunken gewesen sein, als auf einmal von hinten ein Schatten über die Leinwand fiel. Einen kleinen Moment erschrak sie, dann hatte sie ihre Hand, die den Pinsel führte, wieder im Griff.

„Sie haben die Seele des Hauses getroffen", sagte eine kultivierte Männerstimme lobend, und sie drehte sich um. Vor ihr stand ein großer, schlaksiger Herr im rehbraunen, dreiteiligen Maßanzug. Auffallend waren sein volles, schlohweißes Haar, eine beeindruckende, aristokratische Nase sowie der ganz leichte Silberblick seiner meergrünen Augen, der Luisa an jemanden erinnerte.

„Sie sind eine begabte Künstlerin", fuhr der Eindringling in ihre innere Ruhe fort. „Das sieht man schon an Ihrem Entwurf. Ich bin gespannt, wie es wird, wenn es fertig ist. Aber ich will nicht unhöflich sein. Mein Name ist Molyneux Comley, und ich vermute, Sie sind die Begleiterin dieses jungen Taugenichts, der sich mein Herr Sohn nennt."

Luisa starrte ihn sprachlos an, bevor sie sich auf ihre Manieren besann. Dann war er also der Vater von Patrick, Eigentümer des Hotels – und Lord Northwell.

„Ich bin Luisa Schöttler, Mylord", erklärte sie ein wenig eingeschüchtert von seiner imposanten Erscheinung. Sie hatte nicht geahnt, das Lord Northwell eine so erstaunliche Jugendlichkeit im Blick haben würde. Seine Augen blickten so rau wie die stürmische See.

„Ich freue mich, Sie hier zu sehen", sagte er mit einem papierdünnen Lächeln. „Sie schaffen es, meinen widerspenstigen Jungen für das Haus seiner Väter zu begeistern. Das hätte ich niemals mehr gehofft!"

„Es ist ein wunderbares Haus", meinte Luisa etwas ausweichend. „Es hat mich auf den ersten Blick berührt. Es kam mir gleich so vor, als ob ich es kannte. Das Haus hat eine Seele, finde ich."

„Nun, das höre ich gerne. Von hier hat man den schönsten Blick über das ganze Anwesen. Ich komme jeden Tag hierher. Wissen Sie, es war der Lieblingsort von Charlotte, meiner verstorbenen Frau. Sie saß gern hier, nahm den Tee ein oder stickte. Leider habe ich ihr schönes Wesen nicht rechtzeitig erkannt. Ich ahnte zu ihren Lebzeiten nicht, wie sehr ich sie liebe. Heute weiß ich es." Er beschattete mit den Händen seine Augen und blickte irgendwohin in die Ferne, auf irgendetwas, das Luisa nicht sehen konnte und das er nicht mit ihr teilte. Sie schwiegen einen Moment.

„Liebe ist das Wichtigste, was es im Leben gibt", erklärte Seine Lordschaft. „Das habe ich lange nicht begriffen. Nun fragen Sie sich gewiss, warum ausgerechnet ein Engländer so ausführlich mit einer Fremden über seine Gefühle spricht. Wenn Sie so wollen, will ich Sie warnen. Ich habe Sie mit diesem anderen Mann hier speisen sehen. Verletzen Sie meinen Patrick nicht." Wieder zeigte sich dieses papierdünne Lächeln, das Luisa jedoch nicht unsympathisch war. „Wenn Sie es doch tun, werden Sie erschossen!" Damit deutete der alte Grandseigneur eine Verbeugung an. „Er hatte sich einmal verliebt und wurde sehr verletzt. Ich werde nicht zulassen, dass es ein zweites Mal geschieht."

Er machte eine kurze Kunstpause, dann verneigte er sich ein weiteres Mal und wandte sich zum Gehen. Alles an ihm strömte Macht und Autorität aus, dachte Luisa, aber auch die Ehrlichkeit, die sie an Patrick so liebte. Nein, sie konnte sich nicht vorstellen, dass dieser Mann seinen eigenen Sohn mit dessen Verlobter betrogen haben sollte. Gewiss hatte Patrick Gespenster gesehen.

Die Frage war nur, wie man das beweisen könnte! Da sie darauf keine Antwort fand, wandte Luisa sich wieder ihrer Malerei zu. Die Komplimente des alten Lord erfreuten und bestärkten sie in ihrer Arbeit. Und sie wunderte sich: Er war so gar nicht das Scheusal, als das Patrick ihn beschrieben hatte!

Das Haus war sanft, dachte sie, die Herren des Hauses waren kantig – und schwer zu durchschauen. Warum hatte Patrick sie an den Lieblingsort seiner Mutter geschickt? Er musste doch wissen, dass Lord Northwell oft hierher kam. Oder hatte er genau das beabsichtigt?

Patrick hatte mehr verschiedenartige Seiten, als sie anfangs angenommen hatte. Ja, er war direkt, offen, geradeheraus. Aber er schien auch seine Geheimnisse zu haben und diese mit eiserner Entschlusskraft zu bewahren.

War es das, was sie an ihm so reizte? Der Wunsch, den weichen Kern hinter der harten Schale zu finden? Du lebst nicht in einem Märchen, schalt sie sich selbst. Und Patrick ist nicht der Froschkönig! Und trotzdem, dachte sie, würde sie ihn über alles gern küssen, diese sarkastischen und gleichzeitig etwas herrisch wirkenden Lippen auf den ihren spüren. Ein verbotener Gedanke.

Hör auf! Sagte sie sich. Du bist mit Andreas verlobt. Und den Gedanken, dass Dr. Andreas Freymann sie offensichtlich angelogen hatte, sich ganz offensichtlich nicht auf dem Gelände des Northwell House befand, verdrängte sie rasch wieder. Machten sie beide sich nur etwas vor? Liebten sie sich überhaupt? Und, noch schwerwiegender: Kannten sie sich denn eigentlich? In dem turbulenten Alltag einer Fernbeziehung zwischen Speyer und Wiesbaden kam ihnen die Nähe abhanden – falls es sie denn je gegeben hatte! Hier in Irland lernte Luisa einen Mann kennen, dessen Unzuverlässigkeit ihr bisher nicht aufgefallen waren. Die grüne Insel war ein Mysterium, schuf Sehnsüchte und schenkte mit den so offenen Menschen eine Ehrlichkeit, die im deutschen Alltag nicht so ohne weiteres zu finden war.

Energisch wischte Luisa mit dem Pinsel über die Leinwand. Gern hätte sie Lady Charlotte Comley gekannt! Sie musste eine außergewöhnlich sanfte Frau gewesen sein, und wenn Northwell House eine sanfte Anmut hatte, war das bestimmt auch ihrem Einfluss zu verdanken.

Lag es an ihrem Tod, dass Vater und Sohn schroff und kantig geworden waren? Luisa wischte mit dem Schwamm über die Leinwand, verwischte Konturen, machte sie weicher und weiblicher. Sie vergaß all ihre Zweifel, Fragen und Sorgen und ging, wie in ihrer Zeit als junge Studentin, voll in ihrer Arbeit auf. Darüber vergaß sie alles, sogar die Zeit.

„Aber das ist wunderbar“, hörte sie eine vertraute Stimme sagen. Und ihr wurde klar, dass die Sonne längere Schatten warf und es schon halb vier sein musste. Patrick war gekommen, um sie abzuholen!

„Ihre Eltern haben nicht übertrieben“, meinte Patrick lächelnd. „Sie sind eine fantastische Malerin. Sie haben Northwell House genau auf den Punkt gebracht. Viel besser, als ich das jemals könnte, obwohl ich hier aufgewachsen bin."

„Können wir die Leinwand hier irgendwo abstellen, damit sie trocknet?"

„Hier in den Pavillon vielleicht. Aber ich würde sie lieber mitnehmen. Ich trage sie auch so vorsichtig wie chinesisches Porzellan, versprochen."

„Das sollten Sie auch tun", warf Luisa lachend ein. „Wenn es Ihnen wirklich so gut gefällt, gehört das Bild nämlich Ihnen. Sie sind ja gewissermaßen – mein Mäzen."

Seite an Seite schlenderten sie zum Haus und dann zu den Parkplätzen zurück. Sie redeten nicht viel. Patrick zeigte ihr diesen oder jenen schönen Baum oder Strauch, darunter einen Gingko, der noch aus der Zeit Johann Wolfgang von Goethes stammte. Dann hatten sie den verbeulten alten Geländewagen erreicht und verstauten die Mal-Utensilien hinter den Sitzen.

„Zuhause muss ich mich wohl erstmal waschen", stellte Luisa fest, als sie ihr Spiegelbild in den Autoscheiben sah. „Warum haben Sie mir nicht verraten, dass ich Farbe auf der Nasenspitze habe?"

„Weil Sie so ganz besonders süß aussehen", erklärte Patrick brummend, dann schwang er sich in den kastenförmigen Wagen und ließ den Motor an. „Ich mag Clowns."

„Sie Halunke", sagte sie, und beide lachten.

„Auf nach Carrigaholt, Madame Picasso. Ich freue mich schon auf Ihre Back-Künste."

Aber so einfach wollte Luisa ihn nicht davon kommen lassen. Sie tupfte sich die Farbe von der Nase und fragte: „Warum haben Sie mich zu dem Pavillon geschickt?"

Patrick sah sie erstaunt an. „Weil es der schönste Aussichtsplatz des ganzen Geländes ist."

„Sie wussten doch sicher, dass Ihr Vater jeden Tag dahin spazieren geht!"

„Mein alter Herr?" Patrick wirkte derartig verblüfft, dass Luisa ihm die Überraschung abkaufte.

Sie nickte. „Er erzählte mir, es sei der Lieblingsplatz Ihrer Mutter gewesen."

„Das hat der alte Haudegen gesagt?"

„Er hat noch viel mehr gesagt", gestand Luisa. „Er hat mir erzählt, dass er entdeckt hat, wie sehr er Lady Comley liebte." Sie fügte lieber nicht hinzu, dass der alte Herr sie davor gewarnt hatte, mit Patricks Gefühlen zu spielen. Etwas hielt sie davon ab. Vielleicht, weil sie doch emotional auf der Bremse stand. Und das war ja auch gut so. Denn schließlich würde sie im Rose Cottage gleich Andreas treffen. Und dann würde er ihr verraten müssen, warum er nicht auf Northwell House gewesen war. Und er würde sie überzeugen müssen, warum sie ihn liebte – und nicht diesen spleenigen Iren.

Auf dem Rückweg nach Carrigaholt hing jeder von ihnen seinen Gedanken nach. Dann unterbrach Patrick das Schweigen. Er wandte sich mit einem Lächeln an Luisa: „Wie ist es eigentlich mit Ihrer Emma Knothe weitergegangen?"

„Oh", bei all den Erlebnissen und Aufregungen des Tages hatte Luisa das Tagebuch der Emma Knothe beinahe vergessen. Aber sie wollte im Grunde auch mit Patrick nicht darüber sprechen. Noch nicht. Denn sie wollte erst herausfinden, was es mit dem Ehrenwerten Mr. Comley auf sich hatte. Es lag ja nahe, dass er ein Vorfahr von Patrick war.

Aber was war mit Emma? Wie passte sie in die Geschichte? Und wie war das Tagebuch in den alten kleinen Sekretär im Rose Cottage gekommen? Es gab viele Fragen, und Luisa hoffte, dass ihre Mutter sie vielleicht würde beantworten können, wenn sie denn endlich den Mut fasste, sie anzurufen.

„Ich bin noch nicht sehr weit gekommen mit dem Text", gestand Luisa deshalb. „Die junge Frau, die das Tagebuch hinterlassen hat, scheint überaus ungewöhnlich gewesen zu sein, sehr stark, sehr zäh. Sie berichtet von ihrem Abenteuer, dass sie in die Neue Welt reisen will."

„Nach Amerika?" Patrick schaute vom Lenkrad zu ihr. Aber nur kurz, dann wandte er sich zu Luisas Erleichterung wieder der schmalen, kurvenreichen Straße zu.

„Es sieht mir so aus. Viele protestantische Pfälzer waren anscheinend von Queen Anne angeworben worden, nach England zu kommen – und von dort in die Kolonien weiter zu reisen. Bei sich zu Hause wurden sie von hohen Steuern erdrückt, die der katholische Kurfürst ihnen auferlegte. Er war wohl ein sehr kunstsinniger und im Grunde nicht unfreundlicher

Mann. Aber er wollte, dass seine Pfalz katholisch wird, und dem wollten sich die Protestanten nicht beugen."

Patrick nickte. „In den Grundzügen kannte ich diese Geschichte. Ich weiß, dass unsere Familie in die Ansiedlungspolitik Queen Annes verwickelt war. Das habe ich Ihnen ja schon erzählt. Dennoch sagen Sie, Ihre Heldin wollte nach Amerika. Wie kam sie dann stattdessen zu uns nach Irland?"

„Die Antwort weiß ich noch nicht", sagte Luisa. „Vielleicht kann ich Ihnen mehr sagen, wenn ich weiter gelesen habe. Ich komme nicht so häufig dazu, und ich muss viele Pausen machen, denn es ist nicht leicht, diese Handschrift zu entziffern."

„Verstehe", murmelte Patrick, und für einen ganz flüchtigen Moment, kurz wie eine Illusion, spürte sie seine Hand auf ihrem Knie. Dann hatte er sie schon wieder am Lenkrad – und lächelte in sich hinein, als wäre nichts geschehen.

Vor dem Rose Cottage stand schon der silberfarbene Mercedes von Andreas. Ihr Verlobter musste auf sie gewartet haben – und würde nicht gerade allerbester Laune sein, sagte sich Luisa. Aber sie war es auch nicht! Immerhin hatte er sie angelogen – und war überhaupt nicht auf Northwell House gewesen. Vor Patrick verbarg sie diese düsteren Gedanken und bat ihn mit hinein.

„Nein, danke", sagte er hastig, so als könne er sich denken, dass sie Ärger erwartete und sie diesen lieber ohne Zeugen austragen würde. „Ich muss noch mal zu meinem Schiff. Aber wenn Sie nichts dagegen haben, wäre ich zum 5-Uhr-Tea gerne da. Ich liebe Scones, das wissen Sie ja."

Also stieg Luisa aus. „Was mache ich mit den Farben?"

„Die lassen Sie bei mir im Auto. Wissen Sie, ich habe eine Idee. Sie sind eine so großartige Malerin! Sie könnten morgen mit mir hinausfahren und die Delphine malen."

Luisa starrte ihn an. Das war eine fantastische Idee! Nichts würde ihr besser gefallen, als die verspielten, sanften Meeressäuger auf die Leinwand zu bannen. „Das würden Sie für mich tun?" hörte sie sich selber fragen.

Und sie war sich nicht ganz sicher, ob sie es richtig verstand. Hatte Patrick im Wind gemurmelt: „Ich würde alles für Sie tun"?

Andreas hingegen wirkte nicht gerade sehr erfreut, sie zu sehen. Er saß in der Küche neben den abgedeckten Backblechen voller Scones, las „Irish Times“ und blickte demonstrativ auf die Uhr. „So, die Dame geruhen auch noch mal, nach Hause zu kommen.“

„Das selbe könnte ich zu dir sagen“, erwiderte Luisa gelassen. Sie blickte ihn an wie einen Fremden. Zwischen ihnen stand neuerdings eine Wand der Entfremdung. „Ich war auf Northwell House. Wir wollten mit dir lunchen. Aber du warst nicht da.“

„So, wir? Dieser Lümmel Patrick und du?“ Wütend knallte er die Zeitung auf den Tisch. „Ihr scheint euch ja immer besser zu verstehen.“

Luisa musste sich beherrschen, um nicht ebenfalls laut zu werden. „Du willst ja nur ablenken. Wo bist du gewesen, Andreas? Du hast mich angelogen, ist dir das klar?“

„Ich habe dich nicht gebeten, hinter mir her zu schnüffeln.“

„Das habe ich auch nicht getan. Ich habe lediglich den Fehler gemacht, deinem Wort zu vertrauen. Ganz offensichtlich kann ich das nicht. Also, wo warst du?“ fragte sie scharf.

Er verzog das Gesicht zu einem unangenehmen Grinsen, das sie noch nicht von ihm kannte. „Das würdest du nicht wirklich wissen wollen.“

„Ich bin überzeugt, du wirst es mir sagen.“ Luisa wurde nun doch laut. „Sonst löse ich die Verlobung und werfe dich raus.“

Eine unbehagliche Pause entstand. „Also gut“, sagte Andreas schließlich mit unfreundlichem Unterton. „Du hast es so gewollt. Ich werde es dir sagen. Fräulein Tugendhaft will ja unbedingt die Wahrheit wissen. Ich war an den Cliffs of Moher. Mit Sheila Tuck.“

Verrat! Luisa saß da, als hätte sie der Blitz getroffen. Das konnte nicht sein! Genau das konnte er ihr nicht angetan haben! „An den Cliffs of Moher?“ fragte sie sinnlos zurück. Denn sie wusste die Antwort. Andreas hatte ihr die Wahrheit gesagt – und schämte sich nicht einmal dafür. An den Cliffs of Moher mit Sheila, da, wo sie endlich einmal wieder an ihre Liebe, ihre Verlobung, ihre Zukunft geglaubt hatte! Ein solcher Betrug konnte doch einfach nicht wahr sein! „Das glaube ich jetzt nicht“, sagte sie in die Stille.

Andreas trommelte mit seinen langen Fingern auf den Tisch. „Na und? Was wäre so schlimm daran?“

Sein völliges Unverständnis für ihre Gefühle machte alles noch schlimmer als die Tatsache selbst. Begriff er überhaupt nicht, dass sie sich gerade entglitten, dass ihre Beziehung kurz vor dem Aus stand, seit sie den Beschluss fassten, nach Irland zu fliegen? Es sollten doch vorgezogene Flitterwochen sein! Luisa wusste, dass ihre Unterlippe zitterte und biss sich darauf. Sie wollte nicht, dass Andreas auch noch sehen würde, wie sie die Fassung verlor. Am liebsten hätte sie die Backbleche nach ihm geworfen! Aber nicht mal dazu fühlte sie sich in der Lage, selbst das wäre noch zu viel Gefühl gewesen, das sie für ihn aufbrachte. Sie fühlte sich wie taub. Alles war wie erstarrt, ihre Zukunftshoffnungen – ihre Liebe. Ja, ihre Eltern hatten sie vor dieser Ehe gewarnt. Sie hatten durch die Blume und direkt gesagt, dass Andreas und sie keine gemeinsamen Werte hatten, und dass gemeinsame Werte das wichtigste für eine Ehe seien.

„Ich kann es nicht glauben!" schrie Luisa nun doch. „Meine Eltern hatten Recht!"

„Ach, jetzt kommst du mir mit deinen hochgestochenen Eltern?" Andreas hatte immer noch dieses unangenehme Grinsen im Gesicht. „Dass die etwas gegen mich haben, war mir schon seit Tag Eins klar. Vermutlich haben sie uns deshalb in dieses gottverlassene Nest in Westirland geschickt – statt wie normale Schwiegereltern auf die Malediven! Und was sollte der Mist mit den vorgezogenen Flitterwochen? Sie hatten vor, uns auseinanderzubringen! Hier muss sich ja jeder halbwegs normale Mensch zu Tode langweilen. Und das noch mit einer Frau, die nur Kochen, Lesen und Backen im Kopf hat. Hör bloß auf, mich auch noch kontrollieren zu wollen. Ich brauchte einfach ein bisschen Spaß. Du machst ja niemals mal einen Witz. Mit Sheila kann man wenigstens mal lachen!"

Mit wachsender Kälte und Verbitterung hatte Luisa ihm zugehört. „So ist das also", sagte sie einfach nur noch müde. Da gab es nichts mehr, worüber sie noch streiten wollte. Es war die Sache nicht mehr wert.

Luisa unterdrückte die Panik, die in ihr hochschoss wie eine Fontäne. Wenn sie jetzt aussprach, wie ihr zumute war, würde sie allein sein – und vielleicht nie mehr einen Mann finden. Vielleicht niemals Kinder haben. Vielleicht allein alt werden – und schließlich sterben. Das nennt man Torschlusspanik, sagte sie sich sarkastisch. Mit der werde ich fertig! Alles ist besser, als im Käfig einer unglücklichen Ehe eingesperrt zu sein!

„Gut“, sagte sie mit gefasster Stimme. Gefasst zu bleiben, befahl ihr ihr Stolz. „Ich schlage folgendes vor. Du packst jetzt deine Sachen. Dann verschwindest du von hier. Und zwar möglichst ohne Lärm zu machen. Ich habe genug gehört.“

Eine Weile war es still. „Okay“, sagte Andreas schließlich. „Ich gehe. Du hast Recht, ausnahmsweise mal. Wir beide passen nicht zusammen. Ich hole meinen Koffer und haue ab. Sieh zu, wie du allein fertig wirst. Das war's dann.“

Luisa horchte seinen Worten nach. Sie wusste auch nicht, was sie erwartet hatte. Dass Andreas betteln, schreien, toben würde? Jedenfalls hätte sie niemals gedacht, dass sie so sang- und klanglos auseinander gehen würden.

Er sprang auf und verschwand aus der Küche. Sie hörte seine Schritte aus dem Schlafzimmer auf dem Dachboden, dumpf und hohl. Noch vor kurzem waren sie dort oben so glücklich gewesen. Aber es hatte nichts bedeutet. Es war nur Sex gewesen, nicht Liebe.

Kurz danach kam er die Treppe herunter. „Es war nur eine kleine Liebe“, sagte er böswillig. Dann zog er die Tür hinter sich zu, stieg in den Mercedes und fuhr davon. Erst, als sie sicher sein konnte, dass er weg war, brach Luisa in Tränen aus.

So saß sie einen Augenblick am Küchentisch und badete in Selbstmitleid. Doch dann fiel ihr ein, dass Patrick sich für fünf Uhr angekündigt hatte! Oh, nein! Mit äußerster Disziplin schob sie die Scones in den Herd und zuckerte die Erdbeeren. Ich bin ja nur die Frau fürs Kochen, das Heimchen am Herd. Und mir fehlt der Humor! Sie war so verletzt, so enttäuscht! Aber sie beschloss, sich vor Patrick nichts anmerken zu lassen.

Also huschte sie nach oben ins Bad, rasch vorbei am Ehebett, das noch nicht gemacht war und das sie auch nie mehr machen würde. Sie wollte auf dem Sofa im Wohnzimmer schlafen, um nicht an Andreas erinnert zu werden! Vor dem Badezimmerspiegel blieb sie stehen. Ein rot geheultes Gesicht starrte sie an. Das konnte doch nicht sie sein! Nicht wegen dieses Mistkerls Andreas! Sie dachte an sein unangenehmes Grinsen – und schob den Gedanken beiseite. Sie würde stark sein, wenn Patrick kam und ihm die Nachrichten mit Würde erzählen. Würde, ja, dachte sie, das war ein gutes Wort!

Luisa sprengte sich das gute, fast eiskalte Wasser ins Gesicht. Dann zog sie ihre Jeans und den Pullover aus und streifte sich ihren Kaftan über. Jeans und Pullover, die sie lebenslänglich an Andreas und diese hässliche Trennung erinnern würden, wollte sie zurück zu Hause in die Altkleider-Sammlung geben. Die Jeans waren von Calvin Klein, der Pullover von Iris von Arnim. Beides hatte Andreas ihr bei einem Kurzurlaub in Kampen auf Sylt gekauft. Nun, in Zukunft würde sie etwas einfacher leben. Aber Luisa war zuversichtlich, auch ohne Luxusklamotten und Luxusschlitten auszukommen. Natürlich war Andreas mit seinem Mercedes Cabrio auch in Kampen angeberisch in der Promenade der Protze spazieren gefahren … und nun würde Schluss sein mit dem Konsum-Wahn.

Ich werde in der Kunstschule Stunden reduzieren und einfacher leben, nahm sich Luisa vor. Und ich werde wieder malen. Dann finde ich zurück zu mir selbst – und wenn ich weiß, wer ich bin, werde ich auch der Liebe wieder begegnen! Es ist niemals zu spät.

Und mit diesem tröstlichen Gedanken warf sie all ihre Kleider in einen Koffer und schleppte ihn hinunter ins Wohnzimmer. Leider musste sie ja noch durch das Schlafzimmer gehen, um ins Bad zu kommen. Aber mit der Zeit würde die Erinnerung an Andreas und die wilden Nächte mit ihm verblassen. Mit der Zeit? Stockte Luisa. Plante sie, länger in Carrigaholt zu bleiben?

Sie wusste selbst die Antwort nicht. Es gab viel mehr Fragen in ihrem Kopf als Gewissheiten. Aber das war ja auch kein Wunder, die hässliche Trennung war noch so frisch. Natürlich konnte man nicht sofort an morgen denken. Dennoch, sagte sich Luisa, morgen kommt ein neuer Tag! Und dann werde ich neu beginnen.

In der Küche holte sie das Steingutgeschirr ihrer Mutter aus dem hölzernen Wandschrank, wollte den Tisch für Patrick und sich decken. Da fiel ihr Blick auf ihre Hand. Ein großer Diamant von de Beers funkelte an ihrem Finger, ihr Verlobungsring. Er hatte den Gegenwert eines Autos, und wenn sie wieder in Speyer zurück war, würde sie ihn Andreas nach Wiesbaden schicken. Sie brauchte seine Klunker nicht!

Dabei war es so romantisch gewesen, als sie ihn bekommen hatte, an einem wunderschönen Herbstsonntag im Pfälzer Wald, als die Sonne von einem tiefblauen Himmel knallte. Sie hatten einen Ausflug zum Donnersberg gemacht, der die ganze rheinische Tiefebene überragte und einen wunderbaren Ausblick bis zum Odenwald bot.

„Was wird dein Vater dazu sagen?“ hatte Andreas gefragt. „Ich weiß noch nicht, wie ich es ihm beibringen soll.“ Luisa hatte abwartend geschwiegen. „Wird er kapieren, dass wir heiraten?“ Damit hatte er sie mit seinem jungenhaften Lächeln angestrahlt und in seine Hosentasche gegriffen. Im nächsten Moment hatte er ihr einen Heiratsantrag gemacht, und als sie begeistert nickte, hatte er ihr den funkelnden Diamantring über den Finger gestreift.

„Für immer und ewig!“ hatte er zärtlich gesagt.

„Für immer und ewig!“ hatte Luisa gerührt wiederholt.

Und das hatten sie nun von diesem leichtsinnigen Versprechen. Für immer und ewig, das hatte nur für ein gutes halbes Jahr gereicht!

„Das tut mir unsagbar leid“, meinte Patrick mit einem tiefen Blick aus seinen klugen Augen. Er hatte gerade am Tisch Platz genommen, Scones, Erdbeeren und Clotted Cream auf seinen Teller gehäuft und wollte mit dem Essen anfangen, als ihm aufgefallen war, dass der Mercedes nicht vor der Tür stand. Harmlos hatte er sich erkundigt, wo Andreas sei – und gegen ihren Vorsatz und gegen ihren Willen war Luisa mit allem herausgeplatzt.

„Ausgerechnet an die Klippen von Moher! Wo wir so glücklich waren! Mit einer anderen!“

Patrick nahm ein Scone in die Hand und legte es wieder beiseite. Mit einer gefährlich wirkenden Ruhe stellte er fest: „Sie haben mir noch gar nicht gesagt, wer diese andere Frau eigentlich gewesen ist!“

Luisa, die mit dem Gesicht zum Fenster stand, weil sie schon wieder weinte, sagte ihm ohne großes Nachdenken die Wahrheit. „Sheila!“ rief sie aus. „Sheila Tuck!“

Zu spät fiel ihr auf, wem sie das gesagt hatte – und sie bereute es im selben Moment tief. Sie hätte es wenigstens Patrick ersparen können! Was für eine kleine Idiotin sie doch war. Nun wurde noch ein Mensch mehr verletzt als notwendig war. Als sie Patricks Schweigen bemerkte, drehte sie sich vom Fenster weg und schaute ihn an. Sie schlug die Hand vor den Mund: „Das hätte ich nicht sagen sollen. Ich hätte den Mund halten sollen! Verzeihen Sie mir bitte."

Patricks Gesicht hatte einen zornigen Gesichtsausdruck angenommen – der nun aber verflog wie ein Wölkchen am Sommerhimmel. „Sie wissen also von Sheila und mir?" fragte er und nickte in sich hinein, ohne dass Luisa antworten musste. „Nun, Sie brauchen sich nicht zu entschuldigen, es verletzt mich schon lange nicht mehr. Unser Zerwürfnis ist Jahre her, und mit der Zeit sind die Wunden verheilt, auch wenn ich das anfangs nicht glauben wollte. Sheila kann mir nicht mehr wehtun. Aber es tut mir sehr leid, dass sie Sie verletzt hat. Das haben Sie nicht verdient."

Luisa lächelte unter Tränen. Warum trösteten sie seine Worte? Weil ihm Sheila nichts mehr bedeutet, kommentierte eine innere Stimme, die sie jedoch nicht gern hören wollte. Denn das ging sie nichts an. Sie hatte sich eben erst von Andreas getrennt, sie würde es nicht so wie viele Männer machen und eine Beziehung mit der nächsten beenden!

„Okay", sagte sie mit einer Forschheit, die sie selbst überraschte. „Es geht mir okay. Und soll ich Ihnen etwas verraten? Diese Scones hier haben es nicht verdient, dass sie hart werden und weggeworfen werden. Setzen wir uns doch hin und essen. Wenigstens den Appetit lasse ich mir von Andreas nicht verderben."

Ein Blick von Patrick, der ihr mehr den Rücken stärkte als hunderttausend Worte. „Dann wollen wir mal anfangen. Sie sind eine wunderbare Frau, Luisa Schöttler. Eine Zauber-Elfe. Lassen Sie sich von diesem Trottel bloß nichts anderes einreden …" Doch als sie ihm Tee einschenkte, warf er einen Blick auf ihre Hand. „Der Verlobungsring ist ab. Dann ist es wirklich vorbei?"

Statt eine Antwort geben zu können, brach Luisa abermals in Tränen aus. „Ich könnte diesen Unglücksmenschen Sheila ermorden", knurrte Patrick. „Und diesen Andreas gleich mit. Er hat Sie überhaupt nicht verdient, dieser Idiot."

Und dann stand er auf einmal neben ihr und schloss sie in die Arme, und Luisa ließ es zu. Sie spürte seine starken Arme, tauchte ein in den Duft seines herben After Shaves und wollte nur noch in dieser tröstenden Umarmung versinken und alles vergessen, was ihre Realität ausmachte.

Viel später löste sie sich aus ihrer Umklammerung. Luisa hätte nicht zu sagen vermocht, wie lange sie da so gestanden hatten. Zärtlich strich Patrick ihr eine Haarsträhne aus dem Gesicht. „Wäre es nicht an der Zeit, dass wir endlich du sagen", fragte er in seinem fließenden Deutsch, das er sich in drei Jahren Internatsschule in Salem angeeignet hatte, wie er Luisa erzählt hatte.

„Doch. Wir sollten auf Brüderschaft anstoßen!" sagte Luisa, der es auf einmal schon viel besser ging. „Ich trinke zwar normalerweise nicht. Aber jetzt sollte ich auf Andreas mit dir anstoßen. Darauf, dass er gegangen ist!"

„Hoffentlich", meinte Patrick trocken. „Hoffentlich kommt er nicht wieder."

Luisa schaffte es zu lächeln und holte eine Flasche Champagner aus dem Kühlschrank, den Andreas immer im Haus haben musste. Natürlich trank er nicht Sekt wie andere, ganz normale Leute. Nein, es musste für ihn immer vom Edelsten sein.

„Champagner von Ruinart. Danke!" Patrick ergriff die Flasche, die Luisa ihm hingehalten hatte und öffnete sie mit geschickten Handgriffen. Luisa fiel auf, was für wohlgeformte Hände er hatte. Dann goss er in zwei Gläser ein, die Luisa inzwischen auf den Küchentisch gestellt hatte. „Zum Wohl!" sagte er lächelnd und blinzelte ihr zu.

„Auf unsere Verflossenen!" Sogar Luisa gelang abermals ein kleines Lächeln.

In seinen Wangen zeigten sich die Grübchen. „Auf dass sie verflossen bleiben."

Sie tranken den Champagner aus und stopften so viele Erdbeeren in sich hinein, wie sie vermochten. Irgendwann fing Patrick an, Luisa damit zu füttern. Lachend tat sie es ihm nach.

„Kaum zu glauben, dass heute der unglücklichste Tag meines Lebens sein müsste", prustete sie.

Er legte einen Finger auf den Mund. Dann sagte er: „Für mich ist es der glücklichste Tag seit langem."

Luisa brauchte einen Augenblick, um das zu verarbeiten, dann nickte sie zögernd. „Ja, du hast den Tag gerettet. Trotzdem sollten wir hier nicht weiter machen. Es ist alles noch zu frisch. Ich sollte mich nicht in Dinge hinein stürzen, die ich nicht überblicken kann. Ich muss erst herausfinden, wie ich mit allem fertig werde und wer ich eigentlich bin."

„Selbstfindung?" Patrick lächelte sie von oben herunter zärtlich an. „Du bist so wunderbar. Lass dir alle Zeit der Welt, ich werde auf dich warten."

Luisa stellte sich vor ihm auf die Zehenspitzen und gab ihm einen sanften Kuss auf den Mund.

Er lächelte. „Allerdings bin ich sehr ungeduldig. Also lass dir nicht allzu viel Zeit, schöne Frau. Wir sehen uns morgen? Bei den Delphinen? Ich fahre um acht Uhr mit einer Gruppe amerikanischer Touristen hinaus. Sie könnten dir das Bild abkaufen …"

„Ich male nicht für Geld", erklärte Luisa.

„Dann malst du für mich?"

„So könnte man es ausdrücken. Vielleicht." Sie lächelte und gab ihm noch einen flüchtigen Kuss. Es fühlte sich so gut, so richtig an. Und doch war es weder gut, noch richtig, denn schließlich war sie eben gerade erst frisch getrennt. Sie wollte Patrick nicht benutzen.

Doch als er gegangen war, fühlte sie eine bodenlose Leere. Jetzt kam erst wirklich bei ihr an, dass Andreas das Rose Cottage verlassen hatte, dass ihre Flitterwochen nun beendet waren! Flitterwochen ohne Hochzeit. Was ihre Eltern wohl dazu sagen würden? Oh, nicht jetzt, verdrängte sie den Gedanken und sagte sich, dass sie sich beschäftigen müsste. Sie ging ins kleine Wohnzimmer, schüttelte Kissen auf und schürte ein kleines Feuer im Kamin. Dann zog sie sich einen Sessel davor, ging zu dem alten Sekretär und holte die Aufzeichnungen der Emma Knothe heraus. Die zu lesen, würde sie ablenken und trösten. Luisa machte sich einen weiteren Tee, kippte den restlichen Champagner fort, spülte Teller und Gläser und machte es sich dann vor dem Kamin bequem. Sie fing an, mit zusammengekniffenen Augen in der uralten Schrift zu lesen.

„Well, das wäre geschafft!“ Der Ehrenwerte Mr. Comley sah erleichtert aus. Durch sein reich verziertes Lorgnon blickte er über den matschigen Platz, wo nun hunderte von Pfälzer Bauern, Tagelöhnern und ihre Familien in Zelten untergebracht waren. „Willkommen im Reich von Ihrer Majestät, der Königin.“

Auch Emma, die etwas hinter ihm stand, beobachtete, wie diese armen, frommen Menschen auf Flucht vor religiöser Unterdrückung und viel zu hohen Steuern ihre spärliche Habe aus Säcken packten und sich in den Zelten einrichteten, so gut sie es vermochten.

Diese Reise nach London war lang und anstrengend gewesen, bis Rotterdam und dann mit einer englischen Brigg weiter nach England. Dunkle Enge im Boden des Schiffs, überall der Gestank nach Erbrochenem, verfaultes Essen, trübes Wasser, Seekrankheit – nein, die Fahrt war kein Vergnügen gewesen, auch für Emma nicht. Ihr graute in Wahrheit vor der Weiterfahrt in die Neue Welt, die ja noch viel länger dauern würde, und nicht nur einmal hatte sie ihren Beschluss bedauert, vor Florian zu flüchten. Wäre es nicht auch ein Abenteuer gewesen bei ihm zu bleiben?

Aber nun stand sie hier in London und hatte immer noch das Gefühl, wie auf hoher See würde der Boden unter ihren Füßen schwanken. Sie wartete ab, was Mr. Comley weiter verfügen würde. Sollte sie auch hier sein Bursche bleiben? Oder beschäftigte er irgendeinen hochmütigen Lakaien, der sie als unter seiner Würde betrachten – und hinausekeln würde?

Im Augenblick beschäftigte er sich gar nicht mit ihr, sondern wandte sich freundlich Emmas Pfälzer Landsleuten zu. Er prüfte an den Ausgabestellen, ob das Essen in Ordnung war und schritt zum Brunnen voraus, um zu sehen, ob das Wasser klar und schmackhaft war. Dass dabei seine Kniehosen vom Dreck der nassen Wege beschmutzt wurden und schließlich, im Eifer des Gefechts, sogar seine leicht gepuderte Perücke verrutschte, störte ihn nicht im allermindesten. Emma musste zugeben, dieser leidenschaftliche und ehrenhafte Gentleman war ihr mehr und mehr ans Herz gewachsen.

Sie hatte erkannt, dass sich hinter seinem vermeintlich schroffen Wesen ein großmütiger, freundlicher Mensch verbarg. Daher wollte sie gern in seiner Nähe bleiben! Aber noch war nichts entschieden, noch könnte auch sein, dass er sie in den Zelten unterbringen würde … Sie schritten zu einer Halle, die ein Quäker extra für die Pfälzer gestiftet hatte. Hier war es komfortabler, natürlich trockener – aber auch viel enger.

Frauen in derben Röcken schnitten pampiges Brot, das ihnen von Londons Bevölkerung gestiftet worden war, für ihre Familien auf, Männer beteten, Kinder lärmten. Nein, Emma hat kein besonders großes Bedürfnis, unter diesen armen Leuten zu leben. Viel lieber wollte sie die vornehme Welt kennen lernen, in der sich der Ehrenwerte Mr. Comley in London offensichtlich bewegte, und als sein Stallbursche könnte das gelingen, könnte sie gelegentlich einen Blick in sein Leben erhaschen.

„Komm, wir wollen gehen!" sprach er schließlich die erlösenden Worte. „Wir werden uns eine Droschke nehmen. Meine Familie hat ein Haus am Belgrave Square. Für die Leute hier können wir jetzt nichts weiter tun, als für sie beten – und mehr Spenden sammeln."

In den ersten Tagen hatte Emma vor allem mit der Sprache zu kämpfen. Englisch klang für sie wie ein Kauderwelsch, bei dem man auch noch die Zunge herausstrecken musste. Jedoch war sie jung und entschlossen und brachte einen anderen Stalljungen des hochherrschaftlichen Hauses dazu, mit ihr zu sprechen, sodass sie mit ihrer großen Auffassungsgabe rasch die ersten Worte lernte.

Doch London, das war zunächst wie ein Alptraum für sie. Dagegen war Frankfurt, das sie schon erschreckt hatte, das reinste Dorf! Vornehme Damen mit Krinolinen, die auf Sänften durch die Stadt getragen wurden, Dandys mit Spitzenkragen und großen Silberschnallen an den Kniebundhosen, Droschken, Chaisen, Pferde, denen man ausweichen musste, Dreck und Abfälle in den Straßen, Menschenmassen, die sich überall hindurch zwängten. Feinste Geschäfte für die reiche Oberschicht, Strohsäcke für die Dienstboten wie Emma – oder Knut Janson, wie sie sich jetzt ja nannte.

Dennoch wurde sie gut behandelt, sie bekam gutes Essen aus kräftigen Eintöpfen und manchmal sogar ein Dünnbier dazu. Mehr konnte man auch auf einem großen Hof in der Pfalz nicht erwarten.

Und Emma bekam noch mehr. Obwohl ihr eigentlich nur Kost und Logis zustanden, wie der englische Gesandte in Frankfurt ausgehandelt hatte, bekam sie Geld. Um sich die Handvoll Schillinge zu verdienen, die

Mr. Comley ihr gelegentlich äußerst großzügig auf dem Umweg über den Stallmeister überließ, putzte sie Pferde, scheuerte sie die Stallböden, mistete sie aus. Und ihr Eifer blieb nicht unbemerkt, wurde belohnt. Eines Morgens kam der Ehrenwerte Mr. Comley persönlich in den Stall und sagte in seinem fließenden Deutsch: „Ich höre, du bist sehr fleißig. Genau wie deine Landsleute. Komm, sattle dir die braune Stute, du darfst mit mir zur Zeltstadt reiten."

„Sir!" Emma verneigte sich, tat wie ihr geheißen und sie ritten in die um diese Zeit noch frische Morgenluft von London hinaus. Emma liebte das Gefühl, so ein edles, temperamentvolles Pferd unter sich zu spüren und nahm es als Kompliment, dass Mr. Comley ihr zutraute, mitten im Londoner Verkehr damit fertig zu werden. Wie froh war sie, dass sie schon als junges Mädchen heimlich ohne den Damensattel geritten war. So konnte niemand bemerken, dass sie gar nicht der Junge war, als der sie sich ausgab.

Sie liebte es aber auch in zunehmendem Maß, sich in der Nähe von Mr. Comley aufzuhalten. Sicher, auf den ersten Blick machte er mit seinen buschigen, eng zusammenstehenden Augenbrauen einen sehr strengen Eindruck. Aber er war hilfsbereit und voller Leidenschaft für die Sache von Königin Anne. Während sie durch London ritten und nach und nach die feinen Viertel, in denen außer den Dienstboten alles noch schlief, hinter sich ließen, erklärte er ihr, warum Ihrer Majestät so am Zuzug der Pfälzer in ihren Einzugsbereich gelegen war.

„Wir leben in einer Zeit des Merkantilismus", sagte er mit seiner melodisch warm klingenden Stimme, die nur selten einen herrischen Ton annahm. „Das heißt, in einer Zeit des Handels. Damit der Handel blühen kann, braucht ein Land stets mehr Bevölkerungswachstum. Und darum benötigen wir euch, die Pfälzer."

Emma wusste schon, dass man auf englischem Boden Freiheit genoss, Hof und Land erwerben – und es sogar weiter vererben konnte. Das war ungewöhnlich und in anderen Ländern nicht der Fall. „Ihre Majestät, die Königin, scheinen sehr gütig zu sein", meinte sie.

Das war genau das, was der Ehrenwerte Mr. Comley hören wollte. „Wir lieben und verehren Ihre Majestät", sagte er und schenkte Emma ein so strahlendes Lächeln, dass es tief in ihr etwas berührte. Ja, sie hatte Mr. Comley zunächst für etwas erschreckend gehalten. Aber mittlerweile, da sie mehr vornehme Herren so gesehen hatte, war sogar der Anblick seiner Perücke nichts Merkwürdiges mehr. Und sie wusste nicht genau, was in ihr vorging. Aber es hatte damit zu tun, dass sie zum ersten Mal im Leben wünschte, jemand würde sie küssen. Sie wollte diese schmalen, spöttischen Lippen auf ihrer Wange spüren. Und dabei wusste sie doch genau, wie aussichtslos das war!

Als sie eine etwas unbelebtere Straße erreichten, zügelte Mr. Comley seinen Rappen und wandte sich zu Emma. Ein Ausdruck von Güte überflutete sein Gesicht, der sie tief berührte. „Nun erzählt mir von dir, mein Junge. Warum hast du die Heimat verlassen. Kannst du es mir hier erzählen? Oder soll ich mich lieber weiterhin auf diese meine viel gepriesene englische Tugend der Verschwiegenheit besinnen?"

„Sir!" Emma überlegte fieberhaft, was sie preisgeben könnte, ohne Verdacht oder Misstrauen zu erwecken. Wie wunderbar wäre es, wenn sie diesem freundlichen, großen Herrn mit den forschenden, klugen Augen die Wahrheit sagen könnte! Aber das ging natürlich nicht. Niemals würde er eine Frau dabei unterstützen, vor der Ehe zu flüchten! Sie beschloss daher, sich lieber in politischen Einzelheiten zu ergehen als von ihrer persönlichen Lage zu berichten. Und damit kannte sie sich ja aus.

„Die Steuern sind bedrückend hoch, Sir. Und viele Bauern und Taglöhner können sich kaum noch erhalten, wie Ihr wisst, Sir. Der katholische Kurfürst presst uns aus wie die Zitronen. Er selbst lebt in Düsseldorf und verprasst die Steuern, die er auf uns Protestanten in der Pfalz erhebt. Gewiss ist er kein unfreundlicher Mann und der Kunst sehr wohlgesonnen. Aber er bedenkt nicht, dass für uns die Lage in der Heimat unerträglich wird." Sie unterbrach sich. Für einen einfachen Knecht hatte sie viel zu hochtrabende Worte geschwungen!

Und wirklich blickte Robert Comley sie grüblerisch aus seinen violetten Augen an. Es dauerte einen Moment, bis er antwortete. „Du scheinst dich gut auszukennen und bist sehr wortgewandt. Bist du der uneheliche Sohn deines Bauern und wurdest mit seinen Kindern gemeinsam erzogen? Nun, ich will nicht in dich dringen. Wir Engländer nehmen die Geheimnisse anderer sehr ernst."

Das konnte man nur hoffen, dachte Emma, deren Herz nicht aufhören wollte zu klopfen. Für einen Moment hatte sie das Gefühl gehabt, dass Mr. Comley sie durchschaute. Seinen durchdringenden Augen, die vor Scharfsinn sprühten, schien kaum etwas zu entgehen. So war sie äußerst erleichtert, als ihnen eine Chaise entgegen kam, er mit seinem Rappen vorpreschen musste und ihr Gespräch damit beendet war.

„Wie auch immer es sei, darüber, dass ich dich als Burschen gewinnen konnte, mag ich mich glücklich schätzen", stellte er fest, ohne sich unter seinem Dreispitz noch einmal umzudrehen.

Nun musste Emma nur hoffen, dass in der Zeltstadt, wo sich ihre Landsleute drängten, niemand war, der sie erkannte. Sie zog sich den eigenen Hut etwas tiefer ins Gesicht, sodass er Schatten über ihre Augen warf. Dann drückte sie die braune Stute sanft in die Flanken und trabte Mr. Comley hinterher.

In der Zeltstadt angekommen, erkundigte sich Mr. Comley nach Frauen und Kindern und der allgemeinen Versorgung, auch danach, ob es Beschwerden gab. Doch die Pfälzer Landsleute von Emma schienen zufrieden damit, dass Queen Anne sie hier hatte aufnehmen lassen und auch bereit war, sie in England und den Kolonien anzusiedeln.

Mr. Comley sprach einen verhärmt aussehenden Mann in fleckigen Hosen an, der gerade mit seinem dünnen Weib und einer ganzen Kinderschar ein Zelt bezogen hatte. Er stammte von der englischen Brigg, mit der sie von Rotterdam gekommen waren und verneigte sich nun sehr tief vor Mr. Comley, der sich erkundigte, warum er nach England gekommen sei. Der Mann, der zu den Pächtern des Schönauer Hofgutes zu Oppau gehörte, erinnerte an das Schreckensjahr 1704, das ihm und den Seinen alle Hoffnung auf ein unbesorgtes Leben zu Hause in der Pfalz genommen hatte: „Wir sind durch die Kriegstruppen, die Belagerung Landaus, auch das Hochwasser und sonstiges in solchen Rückstand mit der Entwicklung der Pacht geraten, dass wir uns nicht daraus zu wickeln wissen. Unsere meisten Felder, die schwer und feucht sind, sind unbebaut und wüst geblieben, geschweige, was in der Blüte erfroren, und es ist uns unmöglich, die Pacht davon zu entrichten."

Der Mann sah aus, als wäre ihm peinlich, einen solchen Vortrag gehalten zu haben, doch Mr. Comley nickte nur in sich hinein. „Selbst Liselotte von der Pfalz bemerkte einst, der Kurfürst solle sich mehr um seine armen Pfälzer kümmern als um Karnevalsvergnügungen." Er hielt sein Lorgnon vors Auge und musterte Emma: „Kannst du bestätigen, was dieser Mann erzählt?"

Emma nickte. Von der Not des Schönauer Hofgutes hatte man auch in Friemersheim gehört. „Die Bauern und Handwerker müssen alles, was sie mit harter Arbeit verdienen, dem Landesherrn abtreten, Sir."

Comley schaute irgendwohin in die Ferne, an einen Punkt, den Emma nicht sah. „Genau das wissen wir aus unseren Quellen. Darum ist unsere Arbeit mehr als bloßer Zeitvertreib." Verstohlen steckte er dem Mann eine Guinee zu.

„Hinzu kommt, dass der Winter 1709 so kalt war", mischte sich Emma ungefragt ein, die hoffte, Comley möge sich dann womöglich noch großzügiger erweisen. „Winterfrüchte, Weingärten und Obstbäume sind in der ganzen Pfalz erfroren."

Doch Comley fuhr zornig zu ihr herum. „Die Tatsachen mögen stimmen. Jedoch möchte Er bitte nicht ungefragt mit mir sprechen." So hatte er sie noch niemals angefahren.

Emma errötete und verstummte. Bei den nächsten Zelten schwieg sie still. Es waren Handwerker, ledige Gesellen oftmals, die sich in der Fremde eine bessere Zukunft versprachen. Emma, deren Vater ja Schmied gewesen war, wusste, dass man seit dem Dreißigjährigen Krieg von den Zünften kaum noch leben konnte. Kleine Werkstätten mussten die Meister – wie ihr Vater – häufig noch mit Landwirtschaft finanzieren. Der Gewinn war gering, ebenso gering die Bezahlung der Gesellen und Lehrlinge, die kaum eine Chance auf eine eigene Werkstatt besaßen, wenn sie nicht wie Emmas Vater eine Bauerntochter heirateten.

Aber selten, wusste Emma, ließen sich Bauerntöchter dazu herab. Ihre Mutter war eine eigensinnige Ausnahme gewesen, und Emma war stolz darauf. Auch im Angedenken ihrer Eltern war sie vor Florian geflohen, der, wie sie annahm, nur den Hof, aber keine Liebe wollte. Noch Jahre nach dem Tod ihrer Mutter hatte sie die Liebe in den Augen ihres Vaters gesehen. Und darunter werde ich es nicht machen, sagte sich Emma. Niemals!

Die Politik verhandelte, was mit den tausenden von Pfälzern nun weiter geschehen sollte, erste Glückliche wurden in England angesiedelt, andere in die Neue Welt verschifft, doch der Großteil harrte in bitterster Armut und ohne sich zu beklagen in den Zelten aus. Vor dem Winter spendete Londons Bevölkerung Decken und warme Mäntel, und Emma half Mr. Comley, die Spenden auszuteilen. Dabei konnte er in Erfahrung bringen, wie die Stimmung unter den Leuten war, und sie genoss seine Nähe. Je besser sie diesen Menschenfreund kennenlernte, desto mehr mochte sie ihn. Bald wurden ihre täglichen Ausritte zu den Zelten eine Routine, die sie nicht mehr missen wollte.

Emma liebte den Blick in seine violetten Augen, die Art, wie sich seine Augenbrauen finster zusammenzogen, wenn er sich still ärgerte, ihm etwas nicht passte. Sie bewunderte seine edle, schlanke Gestalt, wenn sie ausritten, und sie freute sich daran, wenn er ihr, ganz ohne Gönnerhaftigkeit, ein paar Worte Englisch beibrachte.

Eines Tages fragte er sie, ob sie lesen könne. Emma nickte. Ihre Großmutter hatte es ihr beigebracht, da sie Hoferbin war. Daraufhin schenkte Mr. Comley ihr eine „Anleitung zur Englischen Sprache“, mit der sie in der Nacht beim Schein einer Laterne im Stall lernte, bis der Stallmeister sie entdeckte und ausschalt, da sie den Stall und das ganze Haus in Brand stecken könne. Nach einer kurzen, aber harschen Unterredung mit Mr. Comley, der sich nicht zu fein war, sich um alle noch so winzigen Kleinigkeiten seines Hausstandes zu kümmern, durfte sie von nun an jeden Tag bei Sonnenlicht nach dem Lunch eine Stunde lernen. Denn Mr. Comley sagte strikt, es sei für seinen Burschen Pflicht, sich der Landessprache zu bemächtigen. Regelmäßig befragte er Emma, und regelmäßig war er mit ihren Fortschritten zufrieden. Sie konnte bereits in einfachem Englisch mit den anderen Stallburschen über die Frage zanken, warum ein Pferd mehr glänzte, wenn man sein Fell mit Spucke polierte – und warum diese Behandlung auch den eleganten Stulpenstiefeln des Hausherrn diente.

Für Emma hätte die Zeit so stehenbleiben können. Dennoch schämte sie sich vor ihren Landsleuten, dass es ihr durch die Freundlichkeit des englischen Gesandten Mr. Davenants und Mr. Comleys so gut ging. Die Menschen in den 1600 notdürftigen Zelten in Blackheath, Greenwich und

Camberwell würden nun zum Großteil nicht mehr vor dem Einbruch des Winters in die Neue Welt umgesiedelt werden können – und waren auf die Gnade und die Spenden der Londoner Bevölkerung angewiesen. Doch die Pfälzer muckten nicht auf und gaben sich mit braunem Brot und schlichtem Essen zufrieden. So viel mehr hatten sie meistens zu Hause in der Pfalz auch nicht bekommen. Sie gingen zum Beten in die lutherische Savoy-Kirche in London und waren dankbar, ihren Glauben in Großbritannien frei ausleben zu können. Auf Geheiß der Königin wurden sogar deutsche Bibeln an die protestantischen Pfälzer verteilt.

„Ein fleißiges und gläubiges Volk", meinte Mr. Comley eines Tages zu Emma. „Du kannst stolz darauf sein, ihm anzugehören."

Während der Herbst in London Einzug hielt und stürmische Winde die bunten Blätter durch die holprigen Straßen mit dem Kopfsteinpflaster wirbelten, gewöhnte sich Emma daran, in England zu leben. Eifrig studierte sie in ihrem Englischbuch, angetrieben vom Ehrgeiz, Mr. Comley zu gefallen. Sie konnte bereits mit den Stallburschen erste Witze machen – und sich verteidigen, wenn sie zu ihren Lasten gingen.

Nur manchmal, wenn sie in Mondnächten auf ihrem Strohsack wach lag, überfiel sie das Heimweh. Sie sehnte sich nach ihrem Hund Piddel, dem Pferd Blitz, ihrem Stallknecht, dem Wehrhof – und gelegentlich sogar nach dem leichten Spott Florians, der sie sonst immer nur aufgebracht hatte. Ja, sie war böse gewesen, dass Florian schneller reiten konnte als sie und dass ihr Hund auf ihn hörte. Aber waren das nicht kindische Gründe gewesen? Und wo blieb er eigentlich? Manchmal hoffte, manchmal bangte sie, es möge zornig an die Pforten des Hauses am Belgrave Square klopfen – und er möge mit seinem ewig zerzausten Haar vor der Tür stehen. Dann hätte sie nämlich den Beweis, dass es ihm um sie ging, dass er sie wollte – und nicht einfach nur den Wehrhof!

Doch sie fand auch Mr. Comley immer anziehender. Es war etwas an seinem ruppigen Charakter, das sie überaus verführerisch fand. Und ihr gefiel, mit welcher Entschlossenheit und Ehrlichkeit er sich für ihre Landsleute einsetzte …

Natürlich trennten sie Welten. Mr. Comley war jüngerer Sohn eines Lords, und als ebensolcher ein Adeliger. Sie war nur ein kleines Dorfmädchen von einem uralten, kleinen Hof.

Die Gegensätze wurden ihr bewusst, wenn sie auf das große, weiße Haus am Belgrave Square blickte, das von den Stallungen her teilweise einzusehen war. Hinter den hohen, bodentiefen Fenstern spielte sich das vornehme Leben ab, eines, das sie nicht kannte. Wenn er in Gesellschaft ging, nahm Mr. Comley einen anderen Burschen mit, einen Engländer aus York, der sehr vornehm tat und wie Mr. Comley hohe Stulpenstiefel trug, die er von seinem Herrn geschenkt bekommen hatte. Emma war nur Mr. Comleys Begleiter, wenn es um die Sache der Pfälzer ging, der er sich jedoch leidenschaftlich und regelmäßig widmete.

Eines Nachts konnte Emma nicht schlafen. Der Vollmond hing kalt wie ein blasser Lampion am Londoner Himmel, und sie schlich von ihrem Schlafboden in den Hof, um auf die Sterne zu sehen. Da hörte sie Stimmen vom großen Haus. Sie duckte sich in die Dunkelheit und erblickte Mr. Comley. Heute Nacht trug er ein Spitzenjabot über einer prachtvollen Brokatweste und statt seiner Stiefel elegante Schuhe mit großen Silberschnallen zu Strümpfen und Kniebundhose. Er hielt eine Schnupftabakdose in der Hand – und wirkte ausgesprochen vornehm und elegant, so, wie Emma ihn nicht kannte.

An seinem Arm klammerte sich eine junge Dame fest. So weit Emma es sehen konnte, war sie sehr groß und sehr hager, hatte eine eindrucksvolle Nase und dünnes, dunkles Haar. Jetzt strich sie sittsam ihre Röcke glatt. „Es war ein nicht unangenehmer Abend, Robert“, sagte sie etwas schroff.

„Das beruht auf Gegenseitigkeit, Lady Mary“, erwiderte Robert Comley mit einer leichten Verneigung. Nie hatte sie ihn in ihrer Gegenwart so galant lächeln sehen. Wenn er sich unter Seinesgleichen befand, verwandelte er sich in einen anderen. „Dann darf ich hoffen, Sie öfter hier zu sehen, Lady Mary?“

Sie tätschelte ihm energisch die Hand. „Das werden wir sehen.“

Eine elegante Chaise mit vier Pferden davor war vorgefahren, und ein Lakai in Livree half Lady Mary mit ihren Reifröcken hinein. Mr. Comley wartete, bis die Kutsche weggefahren war, dann seufzte er tief und lange und bediente sich aus der Schnupftabakdose.

Was hatte dieses Seufzen zu bedeuten? Emma wusste es nicht genau. Aber bevor sie weiter darüber nachdenken konnte, machte Mr. Comley mit dem Kopf eine rasche Bewegung zu ihr. Ganz offensichtlich spürte er mit dem Instinkt eines Raubtieres, dass er beobachtet wurde. Vorsichtig zog sich Emma in die Schatten des Hofes zurück und huschte zurück an den Ort, an den sie gehörte, ihren Strohsack im Stall. Dort lag sie noch lange wach und fragte sich, warum sie Lady Mary hasste? Vielleicht weil sie inzwischen schon etwas für Robert Comley empfand? Sie, die immer über alle Burschen im Dorf, außer Florian, gelacht hatte … nein, das durfte nicht sein.

Ich kann mir jetzt keine Gefühle zugestehen, sagte sich Emma mit zusammengebissenen Zähnen. Ich bin nur der Stallbursche, ein Nichts und ein Niemand, jemand, den ein großer Herr wie Mr. Comley im wahren Leben gar nicht beachten würde. Alles andere war nur Fantasie …

Doch sie konnte es nicht lassen. Emma ging weder die hagere Lady Mary aus dem Sinn noch Mr. Comleys Seufzen, als sie fortgefahren war.

Am nächsten Abend spielte sie mit den anderen Stalljungen Karten. „Hat Mr. Comley eigentlich eine Verlobte?" fragte sie wie beiläufig in die Runde, als sie eine Weile gelacht und geplaudert hatten. Jack und Tim waren nur zu begeistert, ihre Geheimnisse weitergeben zu können. Mochte Mr. Comley ja behaupten, Verschwiegenheit sei eine Tugend der Engländer – für Jack und Tim traf das nicht unbedingt zu.

„Das könnte er gar nicht", lachte Tim und warf seine Karten auf den Tisch. „Unser Mr. Comley ist mit seinem Dienst verheiratet. Er hat für nichts anderes Zeit."

„Ach, wirklich?" Emma war nicht überzeugt und entschied sich deshalb dafür, volles Risiko zu gehen und mitten aufs Ziel zuzupreschen. „Und wer ist dann Lady Mary?"

„Woher kennst du sie?" fragte Tim, nun mit einem gewissen Unterton der Schärfe.

Emmas Gehirn arbeitete fieberhaft. „Ich habe sie bei einem unserer Ausritte gesehen."

„Dann wirst du ja sicher wissen, dass Lady Mary Holland nicht zu verachten wäre. Einzige Tochter eines reichen Earl. Da kann man über die Plantagenet-Nase leicht hinwegsehen. Außerdem hat sie einen sehr klaren

Verstand, was unserem Mr. Comley gefallen dürfte. Er hält nichts von törichten Frauenzimmern, egal wie hübsch sie auch sein mögen. Aber jetzt genug davon, Knut Janson. Neues Spiel, neues Glück. Du mischst die Karten und gibst, mach schon, Knut."

Damit nickte er ihr zu. Und Emma spürte, dass Tim nun dickköpfig wurde und nichts weiter verraten würde. Eben doch typisch englisch, sagte sie sich! Aber immerhin wusste sie nun den Namen der jungen Lady. Nur wozu war das nütze? Es würde sie nicht weiterbringen. Emma starrte in die Dunkelheit. Ich könnte Mr. Comley lieben, dachte sie, wenn meine Lage nur nicht so aussichtslos wäre! Erstens hält er mich für einen Burschen, und zweitens wäre ich niemals standesgemäß. Ich werde mich mit dem begnügen müssen, was der liebe Gott mir bietet – in Mr. Comleys Nähe zu sein. So lange, bis mein ganzer Schwindel auffliegt.

In der Nacht hatte sie viele wirre Träume. Mal sah sie das Bild ihres Vaters, des Schmieds, ganz deutlich vor Augen, mal das von Mr. Comley. Und dazu mischten sich Erinnerungen an Friemersheim, die Pfalz, an die Pfarrersfrau und ihren Sohn Florian. Wenn sie aus dem Durcheinander kurz erwachte, fragte sie sich, wie es Florian gelingen konnte, sich immer wieder in ihre Träume zu mischen. Fürchtete sie ihn so sehr? Emma mochte keine Feiglinge und konnte es an sich selbst nicht ausstehen, wenn sie feige war.

Was genau brachte sie dazu, wie eine Verrückte ans andere Ende der Welt zu fliehen? Hätte sie sich nicht mit ihrem Schicksal arrangieren – und Florian heiraten können? Aber ich wollte nur einmal das Wort Liebe hören, sagte sie sich jetzt und lauschte in der Dunkelheit ihrem wild klopfenden Herzen. War Florian ihr gar nicht so fern? Vermisste sie ihn? Oder war er nur ein – irgendwie tröstlicher – Ersatz für Mr. Comley? Emmas Gedanken schwirrten ungeordnet durch ihren Kopf, und das, obwohl sie sonst so stolz auf ihren wachen Verstand war. Liebe ist eine Krankheit, dachte sie, und noch mehr leidet man daran, wenn es keinerlei Chance auf Heilung gibt.

Nein, sie konnte nun nicht mehr so ohne weiteres zu Florian zurück. Und Mr. Comley hielt sie für jemanden, der sie nicht war. Und zu allem Überfluss befand sie sich auf dem Weg in die Neue Welt und hatte keinen blassen Schimmer, was sie dort erwarten würde. In dieser Nacht sagte sich Emma, dass sie wohl vollkommen wahnsinnig geworden war. Aber selbst wenn es sich so verhielt – es gab nun keinen Ausweg, und vor allem kein Zurück.

Doch nicht alles war nur aussichtslos. Einer ihrer Wünsche ging in Erfüllung. Und das betraf den Ehrenwerten Mr. Comley. In seiner Nähe war sie auch in den nächsten Wochen immer einmal wieder, wenn er mit ihr zusammen zu den Zeltlagern ritt, um die Lage dort zu inspizieren. Es war kalt geworden in London, und der Stallmeister hatte ihr einen dicken warmen Umhang sowie ein paar Fäustlinge gebracht. Die konnte sie unterwegs gut gebrauchen!

Inzwischen waren viele Flüchtlinge mutlos geworden. Sie steckten in den Zelten fest – und kamen nicht weiter. Zwar hatte man ja einige wenige Glückliche in verschiedenen englischen Grafschaften untergebracht, aber die große Mehrheit wusste nicht, wie es weitergehen würde. Manche kehrten vollkommen entmutigt in die Heimat zurück. Denn inzwischen hatten sich auch Teile der Londoner Bevölkerung von ihnen abgewandt. Durch die billigen Arbeitslöhne der Tagelöhner aus der Kurpfalz waren die Löhne gesunken, und die Bevölkerung nahm ihnen das übel. Die Folge war, dass die Spenden zurückgingen – und die Freundlichkeit ebenfalls. Ja, es gab sogar üble Hetze gegen die Pfälzer, sie wollten sich nur als Papisten, also päpstliche Spione, in England einnisten. Emma tat das alles sehr leid, und sie war glücklich darüber, dass Mr. Comley nun umso öfter in die Lager ritt und sich persönlich um Wohltätigkeitsbasare und Spendensammlungen kümmerte.

„Morgen musst du dich gut benehmen“, sagte er eines Tages zu Emma.

„Sir?“

„Wir nehmen morgen eine junge Lady und ihre Kammerzofe zu den Zeltlagern mit. Sie ist äußerst energisch und einflussreich und will sich ein Bild von den Menschen machen. Sei also so höflich, wie du es vermagst, mein Junge, und rede nur, wenn man dich fragt.“ Und dann bestätigte er, was Emma schon erraten hatte. „Ihr Name ist Lady Mary Holland.“

Hoch zu Ross war sie eine imposante Erscheinung. Ihr Apfelschimmel, der sich gut mit Mr. Comleys Rappen ergänzte, war groß gewachsen – und genauso knochig wie sie. Lady Mary trug ein sehr teures Reitkostüm und saß natürlich wie ihre Zofe, die einen Falben ritt, im Damensitz. Emma folgte ihnen allen mit etwas Abstand, doch war sie nahe genug, um zu hören, was gesprochen wurde.

Und das versetzte sie in stille Wut.

„Ich bin sicher, wir werden diese armen Menschen zur Anglikanischen Hochkirche bekehren können“, erklärte Lady Mary gerade mit näselndem Tonfall. „Wenn sie mehr für ihr Seelenheil tun, werden sie auch in der Welt mehr Erfolg haben, davon bin ich überzeugt.“

Emma wusste, dass diese Kirche des Adels und der konservativen Kräfte sich mit den schlichten und schnörkellosen Glaubensvorstellungen der heimatlosen Protestanten wohl kaum vereinbaren lassen würde. Es kostete sie alle Willenskraft, die sie aufbringen konnte, um nicht damit herauszuplatzen. Sie war selbst Protestantin! In der Kirche von Florians Vater hing lediglich ein schmuckloses Kreuz. Der protestantische Glaube war einfach – und volksnahe. Was verstand diese eingebildete, hagere Lady schon vom Volksglauben? Fragte sich Emma.

„Nun ja“, Lady Mary lächelte ein schmales Lächeln. „Die Hauptsache ist wohl, dass sich keine Papisten mehr unter diesen Leuten befinden.“

Mr. Comley schaute sehr ernst. „Wer an die Kirche Roms glaubt, wurde und wird erbarmungslos zurück geschickt, darauf können Sie sich verlassen, Lady Mary. Ich gebe Ihnen mein Wort.“

Das fand Emma nun auch nicht gerade sehr christlich, und kurz stieg das Bild ihres Jugendfreundes Valentin, des Müllerssohns, vor ihr auf. Er war so ein netter Junge gewesen! Wer würde etwas gegen ihn haben – nur weil er katholisch war? Wenn ich über ihn gelacht habe, dachte Emma, dann nur, weil er im Sattel hing wie ein Plumpsack! Dass er katholisch war, spielte keine Rolle!

Doch Lady Mary war offenbar anderer Ansicht. Denn sie nickte mit hoheitsvollem Gesichtsausdruck in sich hinein, bevor sie sich wieder dazu herabließ, sich Mr. Comley zuzuwenden. „Immerhin, mein Bester, immerhin. Wenn die Papisten alle fort sind, will ich sehen, was mein Vater und ich für diese Menschen tun können. Aber ich muss wirklich sagen, es wäre mir schon bedeutend lieber, wenn sie dem rechten Glauben angehören würden …“

Mit größter Herablassung besuchte Lady Mary ein Zelt mit einer Pfälzer Familie. Sie besaß die Selbstachtung einer Königin, dachte Emma irgendwo zwischen Zorn und Eifersucht. Denn Mr. Comley schien von Lady Marys majestätischem Auftreten tiefst beeindruckt zu sein. Doch er erwies sich auch gegenüber den Pfälzern als höflich, zog den Dreispitz ab, als er das Zelt betrat.

Lady Mary stellte in eingebildetem Tonfall und mit dem unverkennbaren Tonfall der Oberschicht ein paar barsche Fragen an die eingeschüchterten Pfälzer Landsleute von Emma, die Mr. Comley beflissen übersetzte. Aber über sehr viel mehr als ein oberflächliches „How do you do“ ging es nicht hinaus, ganz offensichtlich interessierte sich Lady Mary recht wenig für die Bedürfnisse ihrer vom Schicksal nicht so begünstigten Mitmenschen.

Immerhin griff sie umständlich in ihr Retikül, und Emma hielt den Atem an. Nun würde die arme Familie immerhin eine Zuwendung erhalten. Doch die einzige Tochter eines reichen Earl wurde allen Vorurteilen gerecht, die Emma gegenüber den reichen Leuten hatte. Statt einer Guinee – also einer Goldmünze – warf sie mit so bedeutungsvollem Gesicht, als gewähre sie ein Vermögen, ein paar Schilling auf den Tisch.

Aber ihr Gehabe hatte die Pfälzer Bauern ganz offensichtlich so eingeschüchtert, dass sie sich mit tiefen Verbeugungen bei „Ihrer Gnaden“ bedankten. Emma verließ das Zelt. Sie hatte das Gefühl, ihr würde sonst schlecht.

„Nun, wie finden Sie Lady Mary?“ fragte Mr. Comley am nächsten Morgen bei ihrem Ausritt.

Emma musste nicht lange überlegen. Sie dachte an die Plantagenet-Nase. „Höchst beeindruckend“, sagte sie ausweichend und fügte dann noch hinzu: „Eine wahre Aristokratin.“

„Höre ich da einen Anflug von Kritik heraus?“ Mr. Comley hatte noch schärfere Ohren als Augen, dachte Emma. Und obwohl sie sich ja in ganz verschiedenen gesellschaftlichen Etagen bewegten – durchschaute er sie schon sehr gut!

Aber natürlich durfte sie sich ihre echte Meinung über Lady Mary nicht anmerken lassen. „Sir! Das würde ich mir niemals anmaßen.“

„Das will ich hoffen", erklärte Mr. Comley mit einem etwas hintergründigen Schmunzeln, das sich Emma nicht recht erklären können. „Sie wird nämlich bald zu unserer Familie gehören …"

Emma blieb fast das Herz stehen. Eifersucht überkam sie wie ein Feuer.

Mr. Comley fuhr mit seinen Erklärungen fort. Sonst eher schweigsam, war er heute Morgen ganz offensichtlich in Plauderlaune. „Sie wird meine Schwägerin werden. Sie heiratet bald meinen älteren Bruder, den Erben meines Vaters, Lord Northwell."

Für einen Augenblick dachte Emma, die ganze Welt stünde still, so erleichtert war sie. Mr. Robert Comley war viel zu klug, um sich eine dermaßen eingebildete Lady anzulachen! Doch sie durfte sich ihre Gefühle auf keinen Fall anmerken lassen. „Freut mich zu hören, Sir", sagte sie knapp. Und dann winkte Mr. Comley ihr, in Trab zu verfallen, und die ganze Geschichte war für Emma erledigt, ihr Tag gerettet – auch wenn ihre eigenen Aussichten auf ihn um keinen Deut besser waren als zuvor.

Am nächsten Morgen kam Mr. Comley schon frühmorgens in die Ställe. Emma, die sich gerade Tee und eine herzhafte Speckseite schmecken ließ, schluckte, verhielt sich still und wartete seine Befehle ab. Wie sich herausstellte, wollte er wieder zur Zeltstadt reiten und sie mitnehmen. Immerhin, dachte sie triumphierend, er fand mittlerweile an ihrer Gesellschaft offensichtlich Gefallen.

Unterwegs durch die Gassen des bereits betriebsamen London war der sonst eher gesellige und gesprächige Mr. Comley ziemlich schweigsam. Und am Eingang zur Zeltstadt machte er auch keine großen Worte. Zielstrebig steuerte er auf das Zelt der Pfälzer Bauern zu, die sie am Vortag zusammen mit Lady Mary besucht hatten. Dort war man schon auf den Beinen, der Vater hackte Holz für das kümmerliche Lagerfeuer, die Mutter hatte Wasser geholt, Kinder greinten, in irdenen Tellern entdeckte Emma gräulichen Haferschleim, der auf alle zum Frühstück wartete. Sie schämte sich, dass es ihr so gut ging, und dass ihre Landsleute offensichtlich mit so wenig zum Überleben zufrieden waren.

Als sie Mr. Comley entdeckten, verneigten sie sich. „Ich komme von Lady Mary", sagte er mit seiner etwas heiser klingenden Stimme. „Sie hatte gestern etwas vergessen."

Damit schwang er sich vom Pferd, und Emma tat es ihm instinktiv nach. Mr. Comley ging mit langen Schritten auf den Pfälzer Bauern und seine Familie zu, der etwas eingeschüchtert wirkte und unwillkürlich zurückwich. Emma bemerkte, wie viel Respekt ihr Arbeitgeber den einfachen Leuten einflößte. Und das lag nicht nur an seinem braunen Reitrock und den von ihr auf Hochglanz polierten Stulpenstiefeln. Davon war sie überzeugt!

Der Engländer machte keine großen Umstände. Er griff in seine Jackentasche, entnahm ihr eine Börse und fasste beinahe achtlos hinein. Drei Guineen übergab er dem völlig verblüfften Pfälzer. „Ihr sollt gut zu essen haben, richtet Lady Mary aus. Damit ihr England in guter Erinnerung behaltet." Mr. Comley schmunzelte, und sein Gesicht legte sich in sympathische Wetterfalten.

„Aber wie soll ich Euch danken?"

Emma war mindestens so überrascht wie ihr Landsmann. Sie überlegte fieberhaft. Diese Gabe konnte nicht von Lady Mary stammen! Sie war überzeugt, dass Mr. Comley der Geiz der Lady gestern genauso unangenehm aufgefallen war wie ihr – und dass er es nun gutmachen wollte. Und sie achtete ihn hoch dafür. Es machte sie sehr stolz, für einen so ehrbaren Gentleman tätig zu sein. Und wie schön wäre es gewesen, sie hätte sich auch erlauben können, ihren Gefühlen freien Lauf zu lassen – und ihn zu lieben!

„Wir werden verreisen müssen", erklärte Mr. Comley auf dem Rückweg zum Belgrave Square.

Und für Emma war allein das Wort „wir" schon wie Musik in ihren Ohren! „Sir?" fragte sie wie gewohnt und versuchte, ihrer Freude Herr zu werden.

„Wir reisen mit der Kutsche nach Chideock in Dorset. Das soll ein hübsches Küstendörfchen sein. Einige Pfälzer wurden dort gerne aufgenommen. Und ich will dich als Begleitung haben." Er schaute sie aus seinen violetten Augen scharf an. „Du hast einen wachen Verstand, verstehst die Sprache und kennst die Probleme deiner Landsleute. Wir werden sehen, wie sie untergebracht sind. Pack heute schon deine Sachen, es geht morgen in aller Frühe los."

Er hatte sie nicht gefragt, ob sie wollte, aber sie wollte, und wie!

Chideock lag an der Südküste Englands und war ein beschauliches Straßendörfchen mit kuscheligen Steinhäusern unter Reet, einem Pub und einem Herrenhaus, wo Mr. Comley bei einem grantigen Major Quartier bezog. Aber Emma fand in ihren mittlerweile in recht passablem Englisch geführten Gesprächen mit den Stallburschen heraus, dass der Major sich grantiger gab, als er eigentlich war.

„Feiner alter Bursche", erklärte Jack, der Knecht. „Man wird passabel bezahlt und überarbeitet sich nicht. Jedes Jahr gibt der Major ein großes Sommerfest, an dem nicht nur die Herrschaft teilnimmt. Auch die Dienerschaft ist eingeladen. Das ist nicht zu verachten."

Auch die Pfälzer Bauern aus Oppau hatte der Major gut untergebracht. „Beispielhaft", knurrte Mr. Comley zufrieden. „Beispielhaft."

Drei Familien hatten Quartier in dem kleinen Dörfchen bezogen und hatten mittels ihrer Ersparnisse schon Pflug und Ochsen erworben. In den Küchen fand sich ausreichend Geschirr, die Kinder hatten volle rote Wangen – und strahlten übers ganze Gesicht, als Mr. Comley ihnen ein paar Schillinge schenkte. Sie zankten sich darum und waren glücklich.

„Besser könnten wir es nicht getroffen haben", sagte einer der Bauern mit einer weit ausholenden Geste über das Dorf, das glitzernde Meer und das wunderschöne Herrenhaus, das alles überragte. „Der Major hat uns mit allem versorgt, was wir brauchen. Unser Pfarrer kommt aus Bridport ganz nahebei, er hat ebenfalls ein ansehnliches Haus bekommen. Und unsere Kinder dürfen in die Dorfschule gehen und können außerdem oben im großen Haus beim Melken helfen. Sie sprechen sogar schon englisch."

Man sah Mr. Comley das Wohlgefallen an, während er zuhörte, dachte Emma. Hin und wieder nickte er aufmunternd oder stellte eine interessierte Frage. Er war ein guter Zuhörer, dem auch ihre Landsleute volles Vertrauen schenkten, wie sie voller Freude bemerkte.

„Ihre Majestät die Königin hat sich alle Mühe gegeben, euch aus den Zeltstädten und Notquartieren herauszuholen", bemerkte Mr. Comley schließlich. „Doch nicht alle Pfälzer haben es bisher so gut getroffen. Nicht jeder Grundherr ist so großzügig wie Major Skinner. Leider haben wir viel zu viele Absagen für eure Landsleute, euch bei uns in England unterzubringen. Und in der Neuen Welt ist es auch nicht leicht. Mr. Penn hat einige herübergeholt. Viele wurden auch auf Staatskosten nach New York und

Carolina transportiert. Aber noch tausende sitzen fest. Nun“, er nahm eine Prise Schnupftabak, „mit Gottes Hilfe werden wir eine Lösung finden, davon bin ich überzeugt.“

Am Abend starrte Emma in die Dunkelheit und lauschte. Im Hof des stolzen Herrenhauses standen Mr. Comley und der Major, nahmen Tabak aus ihren Schnupftabakdosen und blickten übers dunkle Meer, das im Mondlicht schimmerte. Sie unterhielten sich, und Emma, die in der Nähe auf ihrem Strohsack schlief, konnte Fetzen der Unterhaltung verstehen.

„Es sind fleißige, brave Leute“, grummelte Major Skinner. „Ich bin sehr angetan von ihrem Glauben und ihrer Tüchtigkeit.“

„Ihre Majestät die Königin weiß das schon lange“, gab Mr. Comley zurück. „Jede Gemeinde in England erhält Geld für jeden Pfälzer, den sie aufnehmen. Einige sind in der Stadt Chester und der Grafschaft Yorkshire untergekommen. Und sie machen sich gut. Trotzdem ist das nicht Anreiz genug. Bald kommt der Winter, und ich weiß nicht mehr, wohin mit den Menschen. Alle Hallen und Gastwirtschaften sind überfüllt.“

„Hm“, machte der Major.

„Das Handelsministerium hat sogar schon erwogen, die Pfälzer am Rio de la Plata in Südamerika anzusiedeln. Aber das ist natürlich nicht durchführbar.“

„Was wollt Ihr also tun?“ erkundigte sich der Major.

„Mein Vater sieht eine Lösung.“

„Davon bin ich überzeugt“, sagte Major Skinner. „Wer Lord Northwell kennt, weiß, dass ihm die Ideen niemals ausgehen.“ Der Major räusperte sich. Dann hörte Emma wieder Mr. Comleys leise, etwas heisere Stimme.

„Lord Northwell hat immer einen Plan“, sagte Mr. Comley lachend. „Es geht um seine irischen Besitzungen. Er hat viel brachliegendes Land in der Gegend von Limerick und könnte tüchtige Pachtbauern gut gebrauchen. Der Statthalter der Krone in Irland ist für diese Idee. Er will den Protestantismus in Irland stärken.“

„Gott schütze die armen katholischen Iren vor diesem Glaubenseifer. Sie sind mit den Penal Laws weiß Gott genug gestraft, sie können keine öffentlichen Ämter mehr bekleiden, können nicht Lehrer und nicht Richter werden. Aber ich muss sagen, Eurem alten Herrn mangelt es jedenfalls nicht an Fantasie. Wie durchführbar ist der Plan?“

Mr. Comley erwiderte: „Nun, man müsste ihnen beibringen, dass William Penn finanziell bankrott ist und sie nicht mehr nach Pennsylvania bringen kann. Sie wollten in die Neue Welt und landen vielleicht auf der grünen Insel bei harter Arbeit, dem Wind aus Westen Ackererträge abzutrotzen. Aber es müsste möglich sein. Ich werde es versuchen. Habe meinem Vater mitgeteilt, dass ich bald mit einer ersten Gruppe Richtung Limerick aufbrechen werde. Ich nehme vor allem Landwirte und Leinenweber mit. Das ist es, was wir dort brauchen.“

Emma schlug das Herz bis zum Hals. Nein! Das durfte nicht sein. Er durfte nicht nach Irland gehen und sie allein in London zurück lassen. Schon jetzt gehörte sie zu ihm! Und es war, als hätte er ihre dunklen Gedanken erraten.

„Ich frage mich, ob ich meinen Pfälzer Stallburschen mitnehme“, fuhr Mr. Comley fort. „Er macht sich gut. Ist mir bei Davenham, dem englischen Gesandten in Frankfurt, zugelaufen wie ein kleines Hündchen und weicht mir nicht mehr von der Seite. Er könnte mir nützlich sein, wenn es darum geht, die Pfälzer Leute auf unseren Ländereien heimisch zu machen. Andererseits wäre es auch eine nicht unerhebliche Belastung. Der Knabe ist noch ziemlich jung. Vielleicht lasse ich ihn auch in London zurück.“

Wieder grunzte der Major zustimmend, dann mussten sich die beiden ins noch hell von Kerzenschein erleuchtete Haus zurückgezogen haben, denn Emma hörte Schritte, und dann waren die Stimmen verklungen. Aber sie hatte alles gehört, was sie hören musste!

Mochte sie auch für Mr. Comley nicht viel mehr als ein zugelaufenes Hündchen sein, sie durfte ihn nicht verlieren! Sie musste Mittel und Wege finden, wie sie ihn überzeugen könnte, sie mitzunehmen. Und in Irland würde Florian sie ganz gewiss nicht finden. Morgen werde ich darüber nachdenken, morgen gleich, sagte sie sich. Denn morgen ist ein neuer Tag. So beruhigt, kuschelte sie sich in ihre grobe Jutedecke über dem Strohsack und schlief schnell und einigermaßen friedlich ein.

Doch in der Nacht hatte sie wilde und wirre Träume. Ihr Hund Piddel kläffte zu Hause in Friemersheim vor dem Wehrhof Mr. Comley an, dann kam Florian, um ihn zur Vernunft zu bringen, was jedoch nicht gelang. Schweißgebadet und mit wirrem Haar wachte sie irgendwann auf. Der Vollmond schien kalt in den Stall. Vermutlich war sie deshalb aufgewacht! Trotzdem blieb die Frage, warum sich neben Mr. Comley auch Florian immer öfter in ihre Träume schlich. Hatte sie so viel Angst, dass er bald auftauchen würde? Oder worum ging es? In jedem Fall, sagte sie sich mit einem Anflug von Resignation, bin ich gedanklich wohl öfters in Friemersheim als ich es sein will.

Später sprengte sie sich Wasser ins Gesicht und nahm ein reichliches Frühstück aus Porridge, Speck und Eiern zu sich, das Jack, der Stallknecht, vom Hintereingang des großen Hauses geholt hatte. Heute würden sie wieder aus Chideock abreisen, und Mr. Comley würde Ihrer Majestät der Königin berichten können, wie gut ihr Ansiedlungsplan für die Pfälzer in England aufgegangen war. Eben noch Flüchtlinge, waren sie jetzt schon treue Pächter und Untertanen …

Emma putzte die Mietpferde, die sie unterwegs mehrfach wechseln würden. Denn wie sie schon auf der Hinfahrt von London an die Westküste bemerkt hatte, bevorzugte Mr. Comley ein sehr scharfes Tempo. Und er war ja ganz offensichtlich ein viel beschäftigter Mann, hatte keine Zeit zu verlieren. Nun, sie würde ihr Bestes tun, damit die Reise ohne Zwischenfälle vonstatten ging. Und sich nützlich machen. Voller Schmerz dachte sie an die irischen Pläne ihres Herrn! Sie musste beweisen, dass sie es wert war, von ihm mit nach Irland genommen zu werden. Das war wenigstens nicht ganz so weit aus der Welt wie New York. Aber viel weiter kam sie mit ihren Gedanken nicht.

Die prächtige Kutsche mit dem Familienwappen der Northwells wurde angespannt, und unter den kurzen Befehlen des Kutschers nahm Emma, wie schon auf der Hinfahrt, vorne neben ihm Platz. Hui, das würde eine wilde Jagd werden! Mr. Comley und Major Skinner verabschiedeten sich mit einer kurzen, ruppigen Umarmung, dann stieg Mr. Comley hinten in die Kutsche, der Fuhrmann ließ die Peitsche knallen, und bald darauf verschwanden das Herrenhaus, das Dorf und das graublaue, stürmische Meer hinter ihnen am Horizont, als wäre das alles nur ein Traum gewesen …

Sie jagten durch die herbstliche Landschaft unter schwerem Wolkenhimmel dahin. Auf der Mautstraße nach London legten sie noch einmal Tempo zu, wechselten an Herbergen die Mietpferde so oft es ging, und Emma, die sich gegen den schneidenden Fahrtwind in ihren warmen Umhang kuschelte, genoss es, so dahin zu fliegen. Es gefiel ihr an Mr. Comley, dass er schnelles Tempo mochte. Sie konnte Langsamkeit ebenso wenig leiden wie er.

Dennoch hatte selbst die verwegene Emma mehr als einmal Angst, es könnte sich ein Rad an der Kutsche ablösen, wenn der leichtsinnige Fuhrmann den Pferden immer noch mehr abverlangte. Doch es kam zu keinem Unfall, der Kutscher hatte viel Erfahrung, und die Pferde waren immer frisch, egal, was es auch kosten mochte.

Bis zum Einbruch der Dunkelheit machten sie nur Rast, um Pferde zu wechseln und ganz kurz etwas zu trinken, ein Dünnbier für Mr. Comley, und Wasser für Emma und den Kutscher, der auf der ganzen Fahrt kaum ein Wort mit ihr wechselte, sondern sich verbissen auf die Pferde konzentrierte, die über die Straße dahin preschten. Doch in der Dämmerung zügelte er die Tiere. Mr. Comley war trotz allem ein umsichtiger Mann, wie Emma schon bemerkt hatte, und er würde nicht unnötig einen Unfall verursachen.

„Wir machen in der nächsten Herberge Rast über Nacht", rief Mr. Comley aus der Chaise.

Und der Kutscher legte die Hand an die Mütze, als Zeichen, dass er verstanden hatte. Emma, die vom Geruckel und Gerumpel der Kutsche über Kopfsteinpflaster und durch Schlaglöcher ziemlich ermüdet war, fand diese Aussicht äußerst vielversprechend. Sie freute sich auf ein einfaches Mahl im Stall und schloss in Vorfreude darauf schon die Augen, schwelgte in Bildern von einem reich gedeckten Tablett, das Mr. Comley ihr und dem Kutscher sicher nicht vorenthalten würde.

Da auf einmal knallte es durch die Luft. Und neben sich hörte Emma einen Schrei. Sie öffnete erschrocken die Augen. Dann kam die Kutsche in der Finsternis eines Wäldchens ganz plötzlich zum Stehen.

„Aussteigen! Hände hoch!" rief ein vermummter Mann, und drei weitere hünenhafte Gestalten kamen aus dem Gebüsch. Einer hielt die Pferde am

Zügel, damit sie nicht durchgehen würden. Es knallte abermals, noch lauter diesmal.

Emma blickte neben sich. Der verwegene Kutscher hing verletzt vom Bock, Blut lief aus seinem Arm, der Schuss hatte offenbar ihm gegolten. Und da wusste sie, dass sie schnell würde handeln müssen. Neben dem Kutscher lag eine große Pistole, die sie blitzschnell ergriff. In Friemersheim war sie früher mit ihrem Vater, dem Schmied, zur Jagd gegangen, eine Tatsache, die ihre Großmutter, die alte Bäuerin, immer als unpassend für ein junges Mädchen empfunden hatte.

Gerade als Mr. Comley die Hände erheben wollte, um sich zu ergeben, nahm sie den bewaffneten Halunken vor der Kutsche ins Visier – und schoss ihm die Pistole aus den Händen. Ihr Vater hatte sie gut unterrichtet, und sie hatte immer schon eine ruhige Hand bewiesen. Dann lud sie durch, und während der Halunke fassungslos und schockiert zurück wich, zielte sie genau auf die Stelle zwischen seinen Augen.

„Verschwinde – oder du bist ein toter Mann", brüllte sie mit absichtlich tief verstellter Stimme. Doch daraufhin kamen zwei seiner Räuberkameraden auf sie zu. Emma, die sich in Gefahrensituationen immer auf ihre innere Ruhe verlassen konnte, wartete, bis sie die Umrisse der Ganoven erkennen konnte. Dann schoss sie seelenruhig einem ins Bein, lud nach, schoss den anderen in den Arm. Und dann, gerade als der Anführer sich auf sie stürzen wollte, knallte ein weiterer Schuss. Ganz offensichtlich war Mr. Comley der Meisterschütze, als den ihn seine Stallburschen beschrieben hatte. Der Schurke betrachtete seine blutende Hand.

Dann brüllte er etwas, das Emma nicht verstehen konnte, und die Räuber zogen sich ins Dickicht des Wäldchens zurück, ohne sich noch einmal einen zu mucksen. Vorsichtshalber lud Emma dennoch die Pistole nach, und sie sah, dass Mr. Comley es ebenfalls tat, und zwar schneller als sie, was sie bemerkenswert fand.

„Ich war in Gedanken. Die hätten mich entführt oder umgebracht. Du hast mir das Leben gerettet", sagte er heiser – und mit einem schmalen Lächeln.

„Sir!"

„Nun bin ich dir mein Leben lang verpflichtet. Solche Ehrenschulden mag ich eigentlich nicht. Woher kannst du so gut schießen?"

„Mein Herr hat mich mit auf die Jagd genommen“, erklärte Emma – was ja nun auch nicht ganz gelogen war.

„Brav, brav“. Mr. Comley ging um die Kutsche herum zu Branson, dem Kutscher. Er hatte viel Blut verloren und hing halb bewusstlos vom Sitz. Mr. Comley zerschnitt sein Hemd, und Emma sah, was für eine breite Brust er hatte. Dann säuberte er die Schusswunde mit dem Stoff und legte einen Verband an. Schließlich gab er dem Kutscher einen kräftigen Schluck Brandy zu trinken.

„Hilf mir, Knut“, sprach er Emma zum ersten Mal mit dem Vornamen an, den sie sich selbst gegeben hatte. „Wir müssen ihn zur nächsten Herberge bringen. Der Old Lion müsste hier ganz in der Nähe sein. Dort können wir ihn dann verarzten lassen.“

Und als Emma den Kutscher an den Stiefeln packte und ihn mit ihrer ganzen Kraft in die Kutsche schleppen half, vermutete sie, dass sie ihr Ziel von gestern Abend nun sicher bald erreicht hatte. Mr. Comley würde nun sicher bald begreifen, dass sie ihm bei der Reise nach Irland unabkömmlich war. Und dass sie mehr war als nur ein zugelaufenes Hündchen.

„Hinter der ganzen Geschichte muss mein Bruder stecken“, erklärte Mr. Comley wutschnaubend, nahm die Zügel in nur eine Hand und gönnte sich eine große Prise aus der Schnupftabakdose. „Ich würde sogar so weit gehen zu vermuten, dass er der Anführer dieser Lumpen war!“

Emma hielt den Atem an. Sie wollte ihn nicht stören, wollte, dass er sich ihr endlich anvertraute! Vielleicht konnte er nun doch einen richtigen Menschen in ihr sehen?

„Der Viscount ist gegen mein Engagement für die Protestanten aus der Pfalz. Er vermutet, dass ich mich bei Lord Northwell einschmeicheln will. Mein Vater ist zutiefst gläubig. Protestant. Und seit der Kapitulation von König Jakob II. in Limerick von der Krone mit vielen Ländereien in Irland bedacht worden. Er sieht es mit großer Genugtuung, dass ich das Land bewirtschaften lasse.“

„Und die Iren?“ wagte Emma zu fragen. Ihr war klar, dass sie Mr. Comley jetzt nicht stören sollte, aber ihr großer Gerechtigkeitssinn, den sie von ihrem Vater übernommen hatte, war stärker als alle ihre Bedenken.

„Viele haben nach der Niederlage von Limerick 1691 das Land verlassen. Die Iren nennen es „The Flight of the Wild Geese", die Flucht der Wildgänse. Und aus den irischen Truppen sind Söldner auf dem ganzen Kontinent geworden. Deshalb liegen viele der Höfe, die mein alter Herr 1703 übernommen hat, brach und verlassen. Die Pfälzer könnten sie wieder urbar machen. Mein Bruder ist gegen diese Idee, weil er allen Iren grundsätzlich misstraut. Er befürchtet permanent eine Rebellion. Ja, er geht so weit, mich als den ‚irischen Sturkopf' zu beschreiben. Gut, kann er ja. Ein typischer Familienzwist eben. Aber", knurrte Mr. Comley und nahm die Zügel wieder in beide Hände, „noch lange kein Grund, mich als Straßenräuber zu überfallen. Ich werde dem Viscount etwas erzählen, wenn ich zurück in London bin und ihn in irgendeiner Spielhölle oder anderen Kaschemme antreffe. Er arbeitet nichts und verlässt sich ganz darauf, dass er schon alles erben wird, wenn Vater stirbt und er Lord Northwell wird."

Ein schurkischer Charakterzug, wie auch Emma fand. Doch angesichts von Mr. Comleys Verärgerung behielt sie diesen Gedanken lieber für sich. Sie wollte nicht, dass er später bedauern würde, sich ihr, die für ihn nur ein lästiges Hündchen war, anvertraut zu haben. Deshalb schwieg sie und wartete lieber ab.

Mr. Comley nahm abermals die Zügel in nur eine Hand, fischte in der Tasche seines schweren Reitmantels und beförderte die Flasche mit dem Brandy zutage. „Auch ein Schluck?" fragte er Emma.

„Sir!" Sie nahm einen ausreichend langen Zug und schaffte es knapp, nicht zu husten. Es musste ihr gelingen, dass er sie geeignet fand, sie mit auf seine irischen Besitzungen zu nehmen.

Auch Mr. Comley nahm einen Schluck – und dann noch einen und noch einen. Mit gemischten Gefühlen beobachtete Emma, wie leicht er den starken Alkohol vertrug. Zu Hause in Friemersheim kannte sie niemanden, der trank. Sie selbst kämpfte mit brennender Kehle und heißen Backen, während Mr. Comley nichts anzumerken war. Betäubte dieser Baum von einem Mann seine Schwierigkeiten, indem er trank?

Bis sie den Old Lion erreichten, war die Flasche mit dem Brandy leer, und Mr. Comley war immer gesprächiger geworden. Doch vor der Gaststätte übergab er mühelos Kutsche und Pferd dem Stallknecht und erklärte ohne jedes Anzeichen einer schweren Zunge, dass der Kutscher verletzt sei und er Hilfe brauche, ihn in ein anständiges Bett zu bringen.

Doch wie sich herausstellte, hatte sich Bransom schon wieder erholt. Er war aus der Ohnmacht erwacht, jammerte zwar leise, aber ein neuer Schluck Brandy, den diesmal der Stallknecht brachte, holte ihn ins Leben zurück. Als die Frau des Wirts, mit einer großen Kerze bewaffnet, nach seinem Verband sah, stellte sich heraus, dass Mr. Comley ihn mit seinen starken Händen fachgerecht angelegt hatte und dass die Blutung gestoppt war.

„Gut, gut", knurrte Mr. Comley zufrieden. „Dann können wir morgen früh beruhigt weiter nach London fahren. Ich kutschiere für mein Leben gern selbst. Und diesmal lasse ich die Gedanken nicht abschweifen", fügte er wie in einem Selbstgespräch hinzu. „Meine Duellpistolen sind nun jedenfalls geladen. Nur, falls wir noch einmal irgendwelchem Gesindel begegnen, mit dem mein Herr Bruder sich anscheinend so gerne umgibt. Von meinen Plänen, die Protestanten auf unser Land umzusiedeln, lasse ich mich nicht abbringen. Und du, Knut, kommst mit."

Carrigaholt, Mai 2014

Luisa schreckte hoch. Sie war über den uralten, geheimnisvollen und teilweise fast unleserlichen Aufzeichnungen beinahe eingeschlafen. Das Feuer im Kamin war verglommen, in dem niedrigen, kleinen Wohnzimmer hoch über dem River Moyarta war es klamm und kühl. Luisa bedauerte nun, dass sie sich heute Nacht nicht ins Schlafzimmer flüchten, nicht in die Arme von Andreas kuscheln konnte. Mistkerl! Dachte sie jedoch, als ihr alles wieder einfiel. Lieber allein, als belogen und betrogen zu werden. Sie wünschte ihm in diesem Augenblick alles Schlechte der Welt an den Hals!

Aber sie dachte auch, mit schlechtem Gewissen, an Patrick Comley. Hatte sie Andreas nicht auch in gewisser Weise betrogen, indem sie Patrick eine gefährliche Nähe zugestanden hatte? Aber ich bin wenigstens ehrlich gewesen, tröstete sie sich. Und als sie sich vorstellte, wie Andreas mit der schönen, kurvenreichen Sheila Tuck in ihren engen Tops an den Cliffs of Moher gewesen war, zog sich ihr der Magen zusammen. Verzeihen kann ich das nie, dachte sie.

Wäre sie für Alkohol auch nur irgendwie offen gewesen, hätte sie sich jetzt einen Whisky aus Andreas' reich gefüllten Beständen gegönnt. Stattdessen schürte sie die Reste des Feuers und legte wenig hoffnungsvoll, dass es noch einmal brennen würde, etwas Torf darauf. Dann ging sie in die Küche, wo der riesige rote Herd immer noch an war, stellte den Wasserkessel darauf, wartete, bis er pfiff und brühte sich einen Waliser Glengetties Tea auf. Auch Tee konnte helfen, rebellierende Nerven zu beruhigen. Sie setzte sich an den Küchentisch und blickte auf die große Uhr an der Wand. Zwei Uhr nachts. Sie sollte sich drüben aufs Sofa legen, sich in die Decken einmummeln und versuchen zu schlafen.

Stattdessen kreisten die Gedanken durch ihren Kopf wie ein wild gewordenes Karussell. Emma stammte aus der Pfalz – wie sie. Von einem Wehrhof – wie sie. Und sie liebte einen Mr. Comley – wie sie.

Wie sie? Luisa war fassungslos über diesen Gedanken. Hatte sie sich in den stolzen, einsamen Iren verliebt? Hatte er gar ihre Seele berührt? Wenn dem so wäre, dachte sie, dürfte sie Andreas natürlich keinen Vorwurf machen! Dann müsste er gespürt haben, dass sie sich von ihm zurückzog.

Und vermutlich waren seine Annäherungsversuche an Sheila Tuck dann nur eine Reaktion gewesen.

Ich bin eine Versagerin, dachte Luisa und stützte das Gesicht in den Händen auf dem großen, blankgescheuerten Küchentisch aus Kiefernholz auf. Es kann nur mir gelingen, mich ausgerechnet in den vorgezogenen Flitterwochen in einen anderen Mann als meinen Verlobten zu verlieben.

Aber es stimmte, Patrick ging ihr nicht aus dem Kopf. Vor ihrem inneren Auge sah sie sein etwas spöttisches Lächeln, seinen herrischen Mund, den klugen Blick aus blauen Augen vor sich. Er fehlte ihr, auch jetzt, mitten in der Nacht.

Und es gab noch etwas anderes, das sie immer mehr bedrückte. Da er auch Comley hieß und ganz offensichtlich von Lord Northwell abstammte – hatte er dann nicht das Recht, in dem alten Tagebuch zu lesen? Sie wollte die Zeilen aber lieber als ihr Geheimnis bewahren, als etwas, das nur ihr allein gehörte. Davon abgesehen: Was bedeutete es für ihn? Und für sie?

Mit einem Gähnen dachte sie daran, dass sie ihn morgen sehen würde. Später, genau genommen. Sie würden hinaus zu den Delphinen fahren, und sie würde Gelegenheit haben, sie zu malen. Konnte sie das wirklich in aller Seelenruhe tun? Oder sollte sie ein Taxi rufen, nach Shannon Airport fahren und den nächstbesten Flug nach Frankfurt nehmen – Andreas hinterher?

Eine richtige Verlobte würde das tun. Ach, verflixt! Ihr kamen die Tränen. Und ihr war nicht klar, um wen. Und egal, wie spät es sein mochte, egal, wer es essen würde oder nicht, egal, ob sie in dieser Nacht irgendeinen Schlaf fände, sie tat genau das, was sie immer tat, wenn sie nicht mehr weiter wusste, wenn es ihr so richtig dreckig ging. Sie fing an, einen Schokoladenkuchen zu backen.

Es war noch fast dunkel. Luisa, die schließlich doch noch auf dem kleinen Sofa im Wohnzimmer übernachtet hatte, wachte von einem irren Bollern an die hölzerne Haustür auf. Sie hustete. Es roch nach kaltem Rauch. Asche, dachte sie trübsinnig, vollkommen passend zum Zustand ihrer Gefühle.

„Moment!“ rief sie dem ungeduldigen Besucher zu, sprang mit ihrem Nachthemd, auf dem „I love New York“ prangte, auf und hüllte sich schusselig und provisorisch in einen Morgenmantel. Ihre Hausschuhe fand sie nicht, also ging sie barfuß zur Tür. „Fast hätte ich es mir denken können“, fuhr es ihr heraus, bevor sie ihre Zunge unter Kontrolle hatte. Der ungestüme Gast war – Maria.

„Ich muss dich sprechen!“ rief Maria aufgeregt, und Luisa sah, dass sie vor Aufregung hochrote Wangen hatte wie ein kleines Kind. Das fand sie rührend, irgendwie.

„Patrick hat mir erzählt, dass ihr zu den Delphinen fahrt“, fuhr Maria hastig fort. „Und da dachte ich, dass ich besser vorbei komme, bevor ihr rausfahrt.“

„Wieviel Uhr ist es jetzt?“ fragte Luisa verschlafen, die sich denken konnte, dass es noch sehr früh sein musste. Eben erst glänzte die Sonne über dem River Moyarta auf.

„Es ist sowieso zu spät, da spielt die Uhrzeit keine Rolle.“ Das nun wieder sagte Maria mit einem so tragischen Tonfall, dass Luisa fand, es wäre vermutlich besser, sie ins Haus zu bitten. Man musste in einem kleinen Dorf wie Carrigaholt nicht alles auf offener Straße austragen.

„Komm rein, Maria, komm rein. Du hast Glück. Ich habe heute Nacht einen Schokoladenkuchen gebacken.“

„Ja, das riecht man!“ rief Maria mit einer falschen Fröhlichkeit. „Es duftet himmlisch. Gib mir eine Riesenportion bitte, die können meine Nerven heute Morgen vertragen.“ Dann fiel ihr offenbar ein, dass sie in Schwierigkeiten steckte, und sie senkte ihren Ton wieder zu tragisch. „Du hast ihn heute Nacht gebacken?“

Luisa nickte.

„Ganz allein?“

Wieder sparte sich Luisa die Antwort und nickte bloß.

„Oh je, dann ist es also wahr.“ Maria, die sich immer wie zu Hause fühlte, ließ sich an dem großen Küchentisch niedersinken und ließ sich gierig ein großes Stück leckeren, saftigen Schokoladenkuchen auftischen. „John hat sofort gesagt, es muss so sein.“

„Was muss wie sein?“

„Dein Andreas ist weggefahren, nicht wahr? Der Mercedes steht nicht mehr vor der Tür. Und Mrs. Arrowsmith erzählte, er ist wie ein Wilder weggefahren.

„Er wollte nach Frankfurt. Arbeiten.“

„Luisa“, sagte Maria drängend. „Das ist nicht die ganze Wahrheit.“

„Okay“, gab Luisa zögernd zu. „Wir machen eine Beziehungspause.“ Jetzt hatte sie es ausgesprochen. Warum nur war ihr plötzlich so zum Heulen zumute? Ach, es war einfach alles schief gelaufen, in diesen letzten irischen Tagen.

„Dann ist er allein abgereist?“ fragte Maria wie beiläufig.

„Ja, wieso nicht?“

„Nun ja, vermutlich nicht ganz allein.“

Luisa, deren Magen sich schon wieder zusammenzog, ahnte es, bevor Maria es ausgesprochen hatte …

„John tobt vor Wut. Geh ihm bloß aus dem Weg. Sheila, sein geliebtes Schwesterherz, ist verschwunden. Er vermutet, sie ist mit deinem Andreas nach Wiesbaden durchgebrannt.“

Luisa war vollkommen fassungslos. Sie lauschte den Worten hinterher und konnte zunächst gar keinen Sinn darin finden. Andreas? Mit Sheila Tuck durchgebrannt? Das rauschte an ihr vorbei. Sie spielte mit ihrem Verlobungsring, den sie aus unerfindlichem Grund wieder angezogen hatte, der aber fest an ihrem Finger saß. Denn ihre Hände waren geschwollen. Konnte das wahr sein? War es möglich, dass er sie schon vor Beginn ihrer Ehe betrog? Das konnte nicht stimmen! Luisa war selbst erstaunt über ihre eigene, kühle Reaktion. Dabei war ihr danach, einfach aufzustehen und den Schokoladenkuchen gegen die nächstbeste Wand zu werfen. „Wie kommt John auf diese Idee?“ hörte sie sich selbst gefasst fragen.

„Luisa! Sprich nicht in so einem kalten Ton. Und dein Gesicht! Dein ganzes Gesicht ist versteinert. Los, schrei, brüll, mach mich fertig, von mir aus. Aber mach irgendwas!“

„Ich will nur wissen, wie John darauf kommt“, wiederholte Luisa.

„Also gut!“ Maria verzog das Gesicht, als wäre sie es, die nun gleich weinen würde, gewissermaßen an Stelle von Luisa.

Mitgefühl war eine schöne Sache, dachte Luisa. Aber nicht, wenn man es damit übertrieb!

„John war gestern spät noch in der Kneipe. Da hat sich Lucky, also der Wirt, bei ihm beschwert. Sheila ist unentschuldigt nicht zur Abendschicht gekommen. Da ist John zu ihr nach Hause gefahren, er hat einen Zweitschlüssel, und in einem Berg von aus den Schränken gezerrten Sachen hat er einen Brief gefunden."

„Und da stand drin, dass sie mit Andreas durchbrennt?"

„Naja, auch nicht so ganz", gab Maria zu. „Hier! Du kannst lesen."

Luisa ergriff den Zettel, den John in seinem Zorn offenbar zerknüllt hatte. Darauf stand, dass Sheila endlich auch mal ein bisschen in der Welt herum kommen wollte – und die Gelegenheit ergriffen hatte, mit Dr. Freymann nach Frankfurt zu fliegen, der sie eingeladen hatte.

„Das kann alles und nichts bedeuten", erklärte Luisa.

„Naja, ich weiß nicht", meinte Maria. „Also, wenn John etwa dich mit nach Dublin nehmen würde, ohne vorher mit mir darüber zu reden, würde ich ihm diese Teetasse an den Kopf werfen. Luisa, es ist besser, du lässt deine Wut raus, als so versteinert dazusitzen."

„Und ich wollte ihn heiraten!" Wieder versuchte Luisa, ihren Verlobungsring abzustreifen. Aber das gelang nicht!

„Was wirst du jetzt tun?" fragte Maria behutsam.

Luisa musste achtgeben, dass sie nicht mit den Zähnen knirschte. „Ich fliege den beiden hinterher."

„Das hat John auch schon vermutet", nickte Maria. „Tue es nicht. Bleib hier. Lass sie ihre Dummheiten machen. Andreas hat dich gar nicht verdient."

In der Stille, die sich nun über die Küche legte, hörte man die Wanduhr ticken. „Ach, verflixt, du hast recht", seufzte Luisa schließlich. „Er ist es nicht wert."

„Ich hatte gehofft, dass du das sagen würdest. Was machst du heute?"

„An sich bin ich nachher mit Patrick verabredet. Er fährt eine Gruppe amerikanischer Touristen zu den Delphinen. Da kann ich die Delphine malen. Ich hatte gedacht, vielleicht verkaufe ich das Bild sogar. Oder schenke es Patrick."

Auf Marias Gesicht breitete sich ein strahlendes Lächeln aus. „Oh, da bin ich erleichtert."

„Wieso?" fragte Luisa.

„Du bist beschäftigt und wirst keine Dummheiten machen! Die Delphine werden dich auf andere Gedanken bringen. Sie zaubern einfach jedem ein Lächeln ins Gesicht", schwärmte Maria.

„Aber ich wollte Patrick absagen …“

„Um Andreas hinterher zu heulen? Das würde ich nicht tun, Luisa. Fahr mit Patrick aufs Meer hinaus. Auch das Meer beruhigt.“

Luisa dachte an die weite, im Sonnenlicht glitzernde Shannon-Mündung mit ihren sanften Wellen. Ja, es war richtig, hier zu bleiben. Patrick und seine Leidenschaft würden sie ablenken. „Okay“, gab sie sich geschlagen. „Ich mache es. Ich fahre mit ihm hinaus. Aber vorher werden wir zwei diesen Schokoladenkuchen essen. Mir wäre zwar auch mehr danach, ihn gegen die Wand zu werfen. Aber Schokolade macht glücklich, nicht wahr?“

„Vor allem, wenn jemand so gut backt wie du“, nickte Maria und teilte Kuchenstücke auf Teller. „Und jetzt siehst du auch schon wieder ein bisschen mehr aus wie du selbst …“

Am Pier, wo die „Pride of the Seas“ ablegte, stand ein großer Reisebus aus Dublin, dem die amerikanischen Touristen entstiegen und zum Boot strömten. Sie trugen große Sonnenbrillen und bunte Urlaubskleidung und unterhielten sich angeregt. Luisa konnte den einen oder anderen Satz verstehen. Die meisten waren aufgeregt, ob man wohl Delphine zu sehen bekäme. Luisa konnte das gut verstehen, sie hatte ja bei ihrer ersten Fahrt in die Shannon-Mündung auch nicht daran geglaubt. Aber heute wusste sie, dass Patrick sie bestimmt wieder in die Nähe der fröhlichen Meeressäuger bringen würde. Patrick lächelte, als er sie sah, und in diesem Moment erhellte sich auch endlich wieder ihre Laune. War Andreas den Kummer wert, wenn sie doch sehen konnte, dass sie auf Patrick Comley durchaus attraktiv wirkte?

Luisa hatte die silberblonden Haare zurückgekämmt, trug rote Leinenhosen, Slipper aus nachgemachtem Krokoleder und ein helles Twinset, das sie erst vor kurzem mit Andreas in Wiesbaden gekauft hatte. Sie hatte es trotzig angezogen. Ja, sie musste dadurch an ihn denken. Nein, wenn sie in Patricks forschende Augen blickte, machte ihr das nichts aus.

„Du siehst gut aus“, sagte Patrick zur Begrüßung, und sein Lächeln vertiefte sich, als sie mit der Schulter zuckte. „Sei nicht immer so bescheiden“, ergänzte er, bevor er Luisa wie auch den anderen Passagieren über die Reling hinweg an Bord half. Das Wasser des River Moyarta plätscherte glucksend gegen den Pier, es würde eine ruhige Fahrt werden.

„Dein Malwerkzeug habe ich am Heck bereitgestellt", erklärte er und zwinkerte ihr zu. Dann streichelte er ihr kurz über den Arm und verschwand zwischen den Touristen, bevor er in den Bootsführerstand kletterte. Luisa wunderte sich, warum sie an der Stelle, an der er sie berührt hatte, eine Gänsehaut bekommen hatte.

Luisa hatte gerade die Leinwand aufgerichtet und die Aquarellfarben bereitgestellt, als die „Pride of the Seas" tuckernd vom Kai ablegte. Patrick war nun ganz in seine Aufgaben vertieft und Luisa in die ihren. Der leichte Fahrtwind war bei der Morgensonne nicht ganz ungefährlich, und so cremte sich Luisa das Gesicht ein. Dann setzte sie eine schicke Sonnenbrille auf, die ihr fast bis zur Nasenspitze reichte und ein bisschen zickig wirkte. Das gefiel ihr. Es passte zu ihrer Laune.

Während die Touristen am Bug standen und von einer Praktikantin mit Limonade bewirtet wurden, nahm Patrick Kurs auf die Shannon-Mündung. Luisa sah sein scharf geschnittenes Profil, seinen leicht spöttischen Mund, den sie vom ersten Augenblick an so anziehend gefunden hatte, wie sie sich jetzt im Rückblick eingestehen musste. Jetzt hatte Patrick keinen Blick für sie, er war in seine Aufgabe vertieft. Ein Mann mit einer Mission.

„Meine Damen und Herren, bevor wir die Delphine erreichen, möchte ich Sie auf etwas aufmerksam machen", erklärte er übers Bordmikrofon. „Wir alle müssen dringend etwas unternehmen, wenn wir unumkehrbare Tragödien in den Weltmeeren verhindern wollen. Ich spreche von der Verschmutzung durch Plastik und den Klimawandel. Es gibt, wie eine Konferenz in Edinburgh festgestellt hat, bereits bis zu 500 tote Zonen in den Ozeanen. Dort gibt es kein Unterwasserleben mehr. Und wenn wir so weitermachen, wird bis 2050 mehr Plastik in den Weltmeeren sein als es Fisch gibt. Wir müssen alle dazu beitragen, dass damit Schluss ist, dass wir die Ozeane nicht als gegeben hinnehmen, dass wir uns um ihr Überleben bemühen. Meine Damen und Herren, setzen Sie sich hier und zu Hause gegen Plastik-Verpackungen ein, kämpfen Sie für die Umwelt, setzen Sie sich ein für eine Welt, in der Mensch und Natur beide in größtmöglichem Einklang leben."

Es gab eine kurze Pause, so als erwarteten die amerikanischen Touristen, er würde noch weiterreden, doch er schwieg, und dieses Schweigen ließ seine Botschaft beredter wirken als tausend Worte es vermocht hätten. Dann, als Luisa gerade dachte, die Urlauber seien über die warnenden Worte verärgert, brandete der Beifall los. Er übertönte das Wogen der Wellen und den Dieselmotor des Schiffs und überflutete Luisa an diesem Morgen des Unglücks mit plötzlichem Glück. Sollte Dr. Andreas Freymann mit seinem Mercedes und all seinem Geld doch zur Hölle fahren. Hier war Patrick, der sich in voller Reinheit und voller Klarheit und jenseits von allem materiellen Streben für die gute Sache einsetzte. Hier war der Mann, den sie respektieren konnte. Und der Mann, den sie liebte?

Luisa war über den Gedanken selbst erschrocken. Aber sie blickte zu Patrick hinauf, der ihr von der Bootsführerkabine aus zuwinkte, und etwas von seiner Entschlossenheit und Fröhlichkeit steckte sie an. Nein, sie würde sich von Andreas und Sheila nicht den sonnigen Tag verderben lassen. Sie würde diese ganze unangenehme Angelegenheit jetzt fürs Erste gedanklich zu den Akten legen und ganz im Augenblick leben.

Als am anderen Ufer der Shannon-Mündung das Landsende, Loop Head, zu sehen war, Patrick den Motor abstellte und es auf dem Wasser ruhig genug war, dass sie zeichnen konnte, griff Luisa zum Bleistift und gab sich zum Malen mit raschen Strichen die ersten Eindrücke der Landschaft vor. Sie wollte einen strahlenden Himmel und eine dramatische Meereslandschaft zeigen – und mittendrin ein springender Delphin, der in einem sterbenden Paradies planschte.

Sie war so versunken in ihre Arbeit, dass sie die Amerikanerin erst bemerkte, als sie genau neben ihr stand. „Das wird wunderbar, Liebes“, lobte die alte Dame, die ganz in Pink gekleidet war – und so dem Alter trotzte. Luisa dachte aus ihr selbst nicht ganz erklärbaren Gedanken heraus an Florida. „Ich sehe den Delphin richtig tanzen“, fuhr die alte Dame fort. „Sie müssen ihn tatsächlich schon live gesehen haben?“

„In der Tat“, bestätigte Luisa in ihrem langsam etwas stabileren Englisch. „Bei unserer letzten Fahrt. Aber ich bin überzeugt, dass Patrick, ich meine, der Käpt'n, uns wieder zu den Delphinen fahren wird. Er hat ein Gespür dafür. Er fühlt sie.“

„Was man von Ihnen ebenfalls behaupten kann“, meinte die alte Dame und lächelte. „Ich nehme an, Sie und, nun ja, Patrick gehen miteinander?“

Luisa verzog den Mund zu einem schmalen Lächeln. Wie schön wäre es gewesen, wenn sie das hätte bestätigen können. Aber das ging nicht. Egal, was für einen Krach sie mit Andreas gerade hatte, war und blieb sie seine Verlobte. Mindestens fürs erste. „Nein, ich bin mit einem Deutschen verlobt", erklärte sie deshalb. „Er musste geschäftlich nach Wiesbaden zurück. Deshalb bin ich allein hier. Aber ja, Patrick hat mich ein wenig unter seine Fittiche genommen, bis mein Verlobter wiederkommt."

Luisa wusste selbst nicht, warum sie ein so starkes Erklärungsbedürfnis hatte und warum sie so auf ihrer Verlobung bestand. Gab sie ihr Sicherheit? Vor Patrick? Aber warum sollte sie vor ihm auf der Flucht sein? Eben gerade noch hatte sie gedacht, dass sie ihn liebte. Er war doch ein Seelenfreund. Aber genau das beunruhigte sie auch. Eine solche Nähe wie zu dem Delphinflüsterer aus bester Familie hatte sie nie zuvor bei einem Mann gespürt, auch nicht bei Andreas. Das machte ihr Angst. Was, wenn Patrick nur mit ihr spielte? Gut, mit seiner Ernsthaftigkeit und Ehrlichkeit machte er nicht unbedingt diesen Eindruck. Aber konnte der einzige Sohn – und Erbe – von Lord Northwell nicht jedes Mädchen an der ganzen Westküste Irlands und in London haben? Bestimmt hatte er viele Verehrerinnen, dachte sie voller Verärgerung. Dem wich sie lieber aus …

Jetzt musste sie ihre Konzentration wieder der Amerikanerin zuwenden. „Ich möchte das Bild kaufen, wenn es fertig ist", erklärte die alte Dame im bestimmenden Tonfall einer Lehrerin, der keinen Widerspruch erlaubte. „Ich brauche eine Rechnung und eine Quittung für den Zoll, dann lasse ich es mir nach New York City nachschicken. Dort kann ich dann von der Heimat meiner Vorfahren und den Delphinen träumen. Ein echtes Andenken an Irland."

„Aber ich bin doch noch gar nicht fertig", versuchte Luisa zu protestieren, die noch nie im Leben ein Bild verkauft hatte – und davon eigentlich gar nicht zu träumen wagte. Obwohl, Patrick hatte ihr prophezeit, dass es genauso kommen würde.

„Man erkennt aber jetzt schon, dass in Ihnen eine geniale Malerin steckt. Sie verleihen der Landschaft sehr viel Gefühl und Ausdruck. Man könnte es fast schon expressionistisch nennen. Doch, Liebes, ich möchte dieses Bild sehr gern an die Park Avenue nachschicken lassen."

Park Avenue? New Yorks beste Adresse? Von wegen, Florida. Luisa sagte sich, dass sie die alte Dame falsch eingeschätzt hatte. Auch hatte sie deren Hartnäckigkeit unterschätzt.

„Sie brauchen einen guten Galeristen. Ich werde, wenn ich in New York zurück bin, mit meinem Kunsthändler über Sie sprechen. Vielleicht bietet sich da eine Chance ..."

Luisa war einfach nur noch fassungslos. Was für ein verrückter Morgen! Erst brannte Andreas mit der Kellnerin des Pubs durch, und nun stand eine Millionärin aus New York vor ihr und sprach von ihrem Galeristen. Wollte der liebe Gott heute mal lächeln?

„Nun, Liebes. Sie bekommen 1000 Dollar von mir, wenn Sie mir das Bild überlassen. Ist das in Ordnung fürs Erste?" Die alte Dame lächelte, sodass sich ihr ganzes sonnen- oder solariumsgebräuntes Gesicht in sympathische Runzeln legte. „Und wagen Sie ja nicht, weniger zu verlangen. Das Bild wird bald ein Vielfaches wert sein. Es ist eine der besten Investitionen, die ich in meiner langen Laufbahn als Kunstsammlerin jemals getätigt habe."

Damit griff sie in die pinkfarbene Handtasche, die von Gucci stammte, wie Luisa sah und beförderte eine Visitenkarte heraus. „Alicia Guggenheim", las Luisa staunend. „Sie sind doch keine Nachfahrin von Peggy Guggenheim?"

„Nein, bedauere", lehnte die alte Dame die direkte Verwandtschaft mit dieser berühmten Kunstmäzenin des 20. Jahrhunderts ab. „Nur um ein paar Ecken. Aber die Liebe zur Kunst muss bei uns Guggenheims im Blut liegen. Nun lass ich Sie also in Ruhe malen, Liebes. Aber bevor wir wieder an Land gehen, hole ich mir dieses wunderbare Bild ab. Und dann hören Sie von mir. Diese Art, die Landschaft und die Delphine zu zeigen, hat etwas Naives, aber auch ganz und gar Erfrischendes. Ich bin überzeugt, dass ich mich bald bei Ihnen melden kann."

Damit ging die alte Dame wirklich. Und Luisa blieb mit schwirrendem Kopf zurück. Sie glaubte nicht an diese Versprechungen und auch nicht an ihr Talent. Und doch – wenn es wahr wäre? „Schluss mit der Träumerei. An die Arbeit", sagte sie sich selbst – und setzte den nächsten Pinselstrich in einem dramatischen Dunkelblau.

Dann erklang die melodische Stimme von Patrick über den Bordlautsprecher. Eine Stimme, die Luisa mittlerweile gern hörte, die ihr ans Herz gewachsen war. „Delphine gehören zur Familie der Zahnwale. Es gibt 40 Arten. Das Gehirn der Delphine ist groß, weshalb einige Zoologen sie zu den intelligentesten Tieren zählen. Delphine haben einen sehr guten Gehör- und Gesichtssinn. Sie können Töne bis in den Ultraschallbereich wahrnehmen. Sie sind schnelle Schwimmer, erreichen bis zu 55 Kilometer pro Stunde und schwimmen gern mit Schiffen mit. Dann reiten sie gern auf den Wellen. Auf der Jagd können sie bis zu 300 Meter tief und 15 Minuten lang tauchen. Aufgrund ihrer Intelligenz und geistigen Fähigkeit sprechen manche Ethiker ihnen sogar Persönlichkeitsrechte zu. Andernorts, so teilweise in Japan, werden sie abgeschlachtet. Wer sich mit dem dunklen Kapitel dieser Sache beschäftigen will, dem sei der Oscar-prämierte Dokumentarfilm „Die Bucht" empfohlen, der sich mit dem Thema auseinandersetzt. Aber jetzt, meine Damen und Herren, schauen Sie nach backbord, schauen Sie, sie kommen."

Und wie im Fieber setzte Luisa die Pinsel an, um die Flipper darzustellen. Sie malte wie im Rausch, und konnte sich nicht mehr auf Patrick konzentrieren. Erst nach längerer Zeit bemerkte sie, dass die ältere Dame in Pink wieder neben ihr stand. Alicia Guggenheim.

„Danke", sagte sie gerade in ihrem breiten Kaugummienglisch und mit ihrer großen Herzlichkeit. „Danke, dass Sie mir ein so wunderbares Bild malen, Liebes. Es tut mir leid, dass ich Sie gegen die Abmachung noch einmal störe. Aber Kunstfreunde haben etwas mit Verbrechern gemeinsam. Sie kehren immer wieder an den Tatort zurück. Das hat sich gelohnt. Es ist berührend."

Luisa kniff die Augen zu und betrachtete die Leinwand. Sie staunte selbst darüber, dass ihr anscheinend wirklich etwas gelungen war. Sie hatte sich immer mehr für eine Lehrerin als für eine Künstlerin gehalten. Jetzt merkte sie aber, wie viel Versenkung ihr die künstlerische Arbeit schenkte und was für ein Glücksgefühl es war, etwas zu gestalten, dass auch noch eine Fremde so in Begeisterung versetzen konnte. „Am liebsten würde ich es gar nicht hergeben", flüsterte Luisa mehr zu sich selbst.

Aber Alicia Guggenheim hatte sie gehört. Sie lachte. „Muss ich mir Sorgen machen? Das Fräulein-von-Scuderi-Prinzip?" Als Luisa nicht verstand, ergänzte die New Yorkerin: „Die Novelle von E. T. A. Hoffmann. Fräulein von Scuderi klärt eine Mordserie in Paris auf, bei der ein Goldschmied alle Kunden umbringt, die Kunstwerke bei ihm kauften. So will er ihren Besitz zurück erlangen."

Auch Luisa lachte. „Ich bin mehr Friedensbewegung", erklärte sie. Und fügte hinzu: „Und freue mich aufrichtig, dass Sie mein Bild kaufen wollen. Ich habe mich nie für eine Künstlerin gehalten."

„Vielleicht ist es in Ihnen gereift. So etwas gibt es", meinte Alicia Guggenheim ernsthaft.

„Jedenfalls muss die Leinwand natürlich noch durchtrocknen", sagte Luisa. „Patrick und ich werden Sie Ihnen schicken, wohin immer Sie wollen. Und Sie müssen mir kein Geld dafür bezahlen. Ich möchte Ihnen das Bild gerne schenken."

„Ich würde Ihnen aber auch das Zehnfache geben …"

Luisa strahlte. „Genau dafür möchte ich mich bedanken. Sie machen mir Mut. Vielleicht sollte ich öfters malen."

„Genau das meine ich", sagte Alicia Guggenheim leise. „Es ist ein großes Geschenk, und ich bin sehr gerührt und werde es annehmen. Aber es soll nicht Ihr Schaden sein. Das werden Sie noch merken. Haben Sie auch eine Visitenkarte?"

Luisa bückte sich nach ihrer großen alten Wildledertasche, die schon schwarze Patina angesetzt hatte. Sie fischte eine Visitenkarte mit der Adresse der Kunstschule heraus, an der sie unterrichtete. „Hier können Sie mich in der Regel am besten erreichen."

„Oh, dann wohnen Sie gar nicht im schönen Irland?" Alicia Guggenheim schien einen Moment irritiert, wenn nicht sogar enttäuscht, bevor sie sich wieder fasste. „Nun ja, was nicht ist, kann ja noch werden. Ihr Delphin auf diesem Bild scheint zu leuchten und zu leben. Ich bitte Sie darum, arbeiten Sie weiter!"

Eine halbe Stunde dümpelten sie mit den Delphinen, die um sie herumschwammen und sprangen im Wasser der Shannon Mündung. Dann stand die Mai-Sonne hoch am Himmel, die Meeressäuger entfernten sich, und Patrick wendete, um wieder Kurs aufs Festland zu nehmen. Luisa, die ihr Bild fertiggestellt hatte, setzte sich auf einen Plastikstuhl am Bug, streckte die langen Beine aus und blinzelte in die Sonne. Obwohl sie silberblondes Haar besaß, wurde sie schnell braun, einer ihrer genetischen Vorzüge, wie Andreas immer witzelte! Andreas! Schon allein der Gedanke an ihn ließ Luisa zornig werden. Was für ein ausgesprochen schäbiger und gemeiner Charakter er doch war, dachte sie. Das einzig Gute daran: Sie hatte es noch vor der Hochzeit bemerkt.

Auf einmal stiegen Luisa die Tränen in die Augen und sie bekam Sehnsucht danach, mit ihrer Mutter zu sprechen. So ganz hatten ihre Eltern Andreas nie über den Weg getraut. Meinte er wirklich sie, Luisa? Oder ging es ihm darum, eine „Professorentochter" zu heiraten, wie er selbst manchmal spöttelte? Immerhin war Luisa das einzige Kind ihrer Eltern und deshalb dauernder Bestandteil der Sorge. Natürlich wollte sie ihre Mutter nicht belasten. Aber Luisa fand, die Lage wäre dramatisch genug, ihr alles sagen zu müssen. Bevor sie es von jemandem anders erfuhr. Nur: Wo könnte sie mit ihrer Mutter in Ruhe sprechen? Im Cottage gab es kein Telefon und in Carrigaholt hatte Luisa keinen Empfang. Aber natürlich, dachte sie jetzt, sie würde später Patrick fragen.

Als die „Pride of the Seas" den Pier von Carrigaholt erreicht und scheppernd angelegt hatte, brachten zwei Helfer die Gangway in Position, und die amerikanischen Touristen verabschiedeten sich fröhlich schnatternd und beglückt von ihrer Delphin-Erfahrung zu ihrem komfortablen Reisebus. Alicia Guggenheim winkte Luisa noch einmal zu. Mittlerweile hatte sie ihr pinkfarbenes Outfit mit einer cremefarbenen Chanel-Jacke kombiniert, was sie plötzlich sehr elegant und welterfahren aussehen ließ. Luisa kam sich dagegen in ihrem schlichten Look ziemlich provinzlerisch und trampelhaft vor.

„Wir hören voneinander!" rief Alicia Guggenheim zum Abschied. „Und ich freue mich auf mein Bild!" Dann war auch sie in den Reisebus gestiegen, er wendete langsam und fuhr zurück in die Richtung, aus der er gekommen war, in Richtung Dublin. Luisa, die dem Ungetüm nachwinkte, blieb mit dem Gefühl einer sonderbaren Leere zurück.

Sie wartete am Pier auf Patrick, der ihr mit Bild und Malwerkzeug helfen wollte. Beide hatten sie beschlossen, dass Luisa Leinwand und Farben mit ins Rose Cottage nehmen würde. Dort könnte sie das kleine hübsche Haus ihrer Eltern malen – und ihnen so eine Freude machen. Wenigstens eine Freude, sagte sich Luisa.

Schließlich, als die „Pride of the Seas" ganz leer war, kam Patrick über die Gangway an Land. Luisa lächelte. Er hatte den etwas o-beinigen Gang eines Seemannes, mit wiegenden Schritten, so, als ginge er immer noch über Wellen. Sie platzte ohne alle Umstände mit den Neuigkeiten heraus. „Stell dir vor, eine Amerikanerin wollte mein Bild kaufen, sie wollte 1000 Dollar dafür bezahlen. Sie ist so ein Schatz! Es macht mir so viel Mut, es mal wieder mit dem Malen zu versuchen! Da habe ich ihr das Bild geschenkt. Sie freute sich so. Sie ist verwandt mit Peggy Guggenheim."

„Glückwunsch", erwiderte Patrick, ebenfalls lächelnd. „Es ist allerdings ein fantastisches Bild. Du solltest öfter zu uns nach Irland kommen. Land und Leute scheinen dich zu inspirieren." Patrick lud das Bild und die Farben in seinen beigen alten Land Rover mit den vielen Schrammen und Dellen und bestand darauf, Luisa zum „Rose Cottage" zu fahren. Unterwegs erzählte sie ihm, wie gern sie mit ihrer Mutter telefonieren würde.

„Sonst hast du kein größeres Problem?" fragte er fast ein bisschen unwirsch – und setzte den Blinker in die entgegengesetzte Richtung des Rose Cottage. „Wir fahren zu mir nach Hause. Mach dir keine Sorgen, ich kenne dich ja schon ein wenig. Du willst nichts annehmen. Aber du brauchst nicht von meinem Telefon zu sprechen. Mein Haus liegt auf einem Hügel, da hast du Handy-Empfang."

Im Stillen dachte Luisa, dass sie es wunderbar fand. So konnte sie noch ein wenig in der Gegenwart des attraktiven Iren bleiben. Und ihre Mutter sprechen! Und, so gestand sie sich ein wenig widerwillig ein, auch ihre Neugier zu befriedigen. Sie wollte sehen, wie Patrick wohnte. Sie wollte alles wissen, was ihn anging. Und das stimmte sie versöhnlicher, auch was Dr. Andreas Freymann betraf.

War sie überhaupt so viel besser als Andreas? Aber Patrick verscheuchte ihre trüben Gedanken mit seinem Lächeln, das wie ein Sonnenstrahl war. „Wir sind gleich zu Hause, dann kannst du nach Herzenslust telefonieren", erklärte er.

„Wie schön“, gab Luisa zurück. „Aber wo ist hier ein Hügel?“ Sie war die Hänge ihrer schönen Pfälzer Heimat gewöhnt. Hier dagegen konnte sie nur weites Land entdecken. Patricks Lächeln vertiefte sich.

„Nun, nennen wir es eine Anhöhe. Du wirst es gleich sehen.“

Er zweigte mit dem Land Rover von der Landstraße ab und hielt vor einem hölzernen Gatter, hinter dem ein privater Landwirtschaftsweg durch Schafweiden führte. „Ich habe einen alten Bauernhof gekauft“, erzählte er. „Das hat dir Maria sicher erzählt. Das Land habe ich zum Freundschaftspreis verpachtet. Ich kann mit Schafen nichts anfangen.“

Luisa lächelte. „Du könntest immerhin vor dem Einschlafen Schafe zählen ….“

Patrick lachte. „Das habe ich als Kind auch immer gemacht.“

In einträchtigem Schweigen fuhren sie unter dem Maisonnen-Himmel zu einem zweistöckigen Steinhaus, das sich tatsächlich leicht übers Wasser in der Ferne erhob. Von hier aus hatte man einen prächtigen Panoramablick bis hinüber nach Carrigaholt. Das Haus sah sehr alt und stattlich aus.

„Schön hast du es hier“, fuhr es Luisa heraus. „Ein richtiges irisches Feenschloss.“

Patrick stoppte den Wagen vor der schlichten Haustür und gab Luisa einen zärtlichen Nasenstüber. „Nur, dass ich selbst mit einer Fee wenig Ähnlichkeit habe. Die Rolle überlasse ich dir.“

Luisa kontrollierte, ob sie ihr Handy in ihrer riesigen Handtasche hatte, seufzte erleichtert und kramte es heraus. Immerhin war es noch aufgeladen. Glückssache, denn das Auflade-Gerät lag unbenutzt im Rose Cottage in Carrigaholt.

„Du kannst gleich telefonieren. Aber vorher kommst du mit in die Küche und trinkst einen Tee. Das hilft, die Gedanken zu ordnen. Du willst deine Mutter ja sicher nicht in Angst und Schrecken versetzen, richtig?“

Eine Viertelstunde später saß Luisa an dem riesigen Küchentisch mit acht Stühlen drum herum, hatte einen Pott Tee vor sich und blickte übers Wasser, das in der Ferne an den Horizont grenzte. Wie Patrick ihr geraten hatte, ordnete sie ihre Gedanken. Sie konnte ihre Mutter ja nicht mit lauter wirrem Zeug schockieren.

Patrick war unterdessen ins Wohnzimmer verschwunden, wo er ein Torffeuer entfachte. Dort in der Wärme würde sie gleich mit ihrer Mutter sprechen. Es kam ihr so vor, als hätte sie das seit einer halben Ewigkeit nicht mehr getan, und auf einmal bekam sie Heimweh nach ihren Eltern, dem Kuchen, Vaters Kaftan und den Hügeln der Pfalz! Sie wollte jetzt dort am Küchentisch sitzen und ihnen wenigstens in die Augen schauen, während sie ihnen eingestehen musste, dass ihre Verlobung mit Andreas wohl in die Brüche gegangen war. Aber es half nichts, sie musste es von hier aus tun. Hier und heute – und bevor ihre Eltern es von Dritten erfuhren!

„Bist du bereit?" rief Patrick aus dem Wohnzimmer, und sie folgte einfach dem Klang seiner Stimme. Im Eingang zu dem großen, gemütlich niedrigen Raum blieb sie stehen, so schön fand sie ihn: Große cremefarbene Sofas standen vor den Terrassentüren, die alle übers Wasser blicken ließen. Es gab orientalische Teppiche, Bücher an allen Wänden und ein Schaffell vor dem Kamin. In dem Schaukelstuhl, den Patrick ihr vor das prasselnde Feuer gezogen hatte, ließ sie sich gern nieder. Sie liebte das sanfte Schaukeln, hatte selbst einen zu Hause. „Hier kann man es aushalten", seufzte sie behaglich und streckte die Füße vor dem Kamin aus.

„Schön. Freut mich zu hören. Das sagen deine Eltern auch immer, wenn sie bei mir zu Besuch sind. Grüße sie ganz herzlich von mir – und lass dir alle Zeit der Welt. Du hast ja sicher gut bedacht, was du erzählen willst. Wenn du fertig bist, ruf mich einfach." Damit verschwand er in der Küche, und kurz darauf hörte Luisa Geschirr klappern. Offenkundig spülte er ab. Sie griff mit etwas zittrigen Fingern nach ihrem Handy, wählte 0049 und dann die Speyerer Nummer und hoffte, dass ihre Mutter dran sein würde, nicht ihr Vater, der vielleicht nur triumphieren würde, wenn sich ihr Andreas als untreues Ekel entpuppt hatte. Oh, wie eifersüchtig Väter doch sein konnten! Und wie gern sie Recht behielten!

Doch Luisa hatte Glück – und ihre Mutter war am Apparat. Nach dem ersten Schreck über den unvorhergesehenen Anruf und Luisas Tonfall, drängte sie Luisa, alles zu erzählen. „Jetzt mal der Reihe nach. Was genau ist passiert?" fragte ihre Mutter in einem Ton, der keinen Widerspruch zuließ.

Luisa berichtete alles, soweit sie selbst den Überblick hatte.

„Und das vor der Hochzeit!" sagte ihre Mutter immer wieder. „Das kann doch nicht wahr sein. Kind, ich bekomme weiche Knie. Ist jemand bei dir?"

„Patrick Comley“, erklärte Luisa. „Ich bin bei ihm im Haus. Mein Handy geht im Cottage nicht.“

„Einer der Vorteile des Cottage“, stimmte ihre Mutter zu. „Wenn Patrick bei dir ist, bin ich beruhigt. Ihm kannst du vertrauen. Ein von Grund auf freundlicher Mann. Und was ist mit Maria?“

„Die könnte ich auch jederzeit fragen, wenn ich reden möchte. Nur John tobt. Er ist anscheinend außer sich, dass Sheila mit Andreas durchgebrannt ist ....“

„Das muss man ja auch verstehen“, unterbrach die Mutter. „Sag, mein Kind, wann kommst du nach Hause zurück?“

Luisa hatte mit dieser Frage gerechnet. Dennoch – und trotz ihres Anflugs von Heimweh – wollte sie nicht zurück nach Speyer. Nicht jetzt. Noch nicht. Den Verlust von Andreas, falls es denn endgültig dazu kommen würde, fände sie dort ganz unerträglich. Sie würde überall seine Abwesenheit spüren. Panik stieg in ihr auf. „Ich kann im Moment nicht kommen“, sagte sie, ohne eine weitere Erklärung abzugeben. Sie erzählte nichts von der Kunstsammlerin Alicia Guggenheim, stellte keine Fragen nach dem Cottage und auch nicht nach dem uralten Manuskript der Emma Knothe. Luisa fühlte sich wie ein kleines Mädchen, das einfach nur in den Arm genommen werden wollte. „Glaubst du, es war meine Schuld?“ fragte sie, ein Schluchzen unterdrückend.

„Oh Luisa“, stöhnte ihre Mutter im fernen Speyer auf. „Es geht doch nicht um Schuld. Vielleicht ist alles viel einfacher. Vielleicht passt ihr beide einfach nicht zusammen.“

„Und das sollten wir hier in Irland herausfinden? Deshalb habt ihr uns vorgezogene Flitterwochen geschenkt?“

„Ach, mein armes Kind! Wir dachten doch nur, dass ihr zwei euch fast überhaupt nicht kennt. Ihr habt eine Fernbeziehung geführt. Das ist immer aufregend und romantisch. Aber es ist eine ganz andere Sache, wenn man Zeit miteinander verbringt, Zeit ohne permanente Essen beim Italiener und irgendwelche Ausstellungen oder Partys. So etwas ist wichtig, bevor man beschließt, das ganze Leben miteinander zu verbringen. Und das wollt ihr doch schließlich?“

Zumindest wollten wir das, dachte Luisa traurig.

„Habt ihr mal miteinander gesprochen?“ fragte ihre Mutter. Luisa schwieg, die Pause dehnte sich aus. „Nein? Dann solltet ihr das vielleicht einmal tun. Das Ganze könnte immer noch ein Missverständnis sein.“ Wenig später legten sie auf, und Luisa versprach, sich bald wieder zu melden. In ihr war eine Mischung aus Traurigkeit und Erleichterung, sich alles von der Seele geredet zu haben.

Die Erinnerungen stürzten auf sie ein. Sie, mit Andreas im Planetarium und wie er ihr den Sternenhimmel erklärte. Sie, mit ihm in Paris, einen Rotwein an der Place Contrescarpe auf Hemingways Spuren trinkend – sie, leicht beschwipst, weil sie ja nur selten trank. Hand in Hand waren sie, pitschnass vom Sommerregen, quer durch die Stadt in ihr romantisches kleines Hotel im 8. Arrondissement gelaufen. Sie, morgens im Loft in Wiesbaden, den Cappuccino schlürfend, den Andreas ihr mit seiner teuren Schweizer Kaffeemaschine zubereitet hatte.

Er – lächelnd, im smarten, hellgrauen Business-Anzug, einen Riesenstrauß rote Rosen im Arm und sich nicht darum kümmernd, ob die Blumen für Luisa dunkle Wasserflecken auf dem teuren Anzug hinterließen. Er – in Marrakesch, wie er im Café de Paris zwei Espresso bestellte und sie mit Bemerkungen über die Touristen zum Lachen brachte.

Sie beide, nach einer Ausstellungseröffnung in Wiesbaden zu Hause im Loft Champagner schlürfend, sich gegenseitig mit Erdbeeren fütternd. Sie beide, im Bett zusammen. Andreas frech lächelnd, und dann seine Berührung, seine Haut, seine Leidenschaft …

Luisa schreckte aus ihren Träumereien hoch, als sie eine Hand an ihrem Arm bemerkte. Sie war groß, stark und warm und gehörte zu Patrick. Er musste schon eine ganze Weile neben ihr gestanden haben und schaute sie nun voller Zuneigung an.

„Ich konnte es nicht vermeiden“, erklärte er. „Du bist laut geworden. Ich habe mitgehört, was du deiner Mutter erzählt hast. Aber ich hätte es ohnehin bald erfahren. Sheila ist mit Andreas durchgebrannt. Was du erlebst, ist schlimm“, sagte er schlicht.

„Ich kann es nicht verkraften“, erwiderte sie, vergeblich bemüht, die Tränen zurückzuhalten.

„Das kann man ja auch nicht verkraften", stellte er fest und blickte zu Boden, als wolle er ihrem Blick ausweichen oder als hänge er eigenen Gedanken nach.

Eine Weile stand er schweigend da, beließ die ganze Zeit seine starke, irgendwie tröstliche Hand an ihrem Arm. Sie erinnerte sich daran, dass auch er betroffen sein musste. Sheila war seine Ex-Freundin. Sie war auch ihm einst untreu geworden, wie er behauptete. Sicher kochte das jetzt in ihm hoch. Und Luisa konnte verstehen, wie es ihm einst ergangen war. Sie fing abermals an zu weinen. Patrick streichelte ihr den Rücken. „Wenn du fertig bist, geh zurück in den Flur. Links findest du eine Gästetoilette. Ich habe Handtücher bereit gelegt, da kannst du dich frisch machen …"

„Keine Umstände", wollte ihm Luisa ihm ins Wort fallen.

Doch er funkelte sie zornig an. „Was für Umstände? Dieses Wort kenne ich nicht. Nie gehört. Das existiert nicht im Wortschatz unter Freunden. Und das sind wir doch – Freunde? Wenn du mit allem fertig bist, komm zu mir in die Küche. Ich habe einen kühlen Chablis da, den köpfen wir heute. Und dazu kannst du uns etwas kochen. Ich sterbe fast vor Hunger und bin süchtig nach deinen Kochkünsten."

„Ich bin sehr geschmeichelt. Aber vielleicht sollten wir es gemeinsam versuchen – in Zeiten der Emanzipation." Sie lächelte unter Tränen, und er klopfte ihr lobend auf den Arm.

„Ironie? Das gefällt mir. Das hört sich schon viel besser an. Klingt mehr nach der Luisa Schöttler, die ich bisher kennen gelernt habe. Also, ich warte in der Küche. Und ich kann nicht endlos warten … Mein Magen knurrt wie ein ganzes Rudel Löwen."

Sie musste lachen und stand auf. „Dann komme ich wohl besser. Mit ein paar Löwen nehme ich es so gerade noch auf."

Er nickte. „Dann wirst du auch mit Andreas und Sheila fertig. Aber am besten erwähnen wir diese Namen heute Abend einfach nicht mehr. Wie wär's, wenn wir heute Abend stattdessen ein bisschen über uns beide sprechen? Ich finde, das haben wir zwei uns verdient."

Zugegeben, dieser Vorschlag war nicht ohne Reiz für Luisa, und so stimmte sie zu. Und dennoch, bevor sie ins Gästebad ging, konnte sie es nicht unterlassen, rasch noch einmal auf ihr Handy zu blicken. Aber da tat sich nichts. Kein Wort, keine SMS von Andreas. Nichts.

Eine Viertelstunde später stand Luisa mit frisch gewaschenem Gesicht und gespieltem Lächeln in Patricks Küche. „Du bist ein guter Küchenjunge, Smutje." Sie versuchte, sich zu kleinen Witzen zu zwingen.

Patrick, eine Rüschenschürze um den starken Körper gebunden, schnitt Zwiebeln in feine Stücke. Luisa hatte Mehl, Eier und Butter gefunden, wollte einen Pfälzer Zwiebelkuchen mit Mürbeteig zu dem schönen Chablis zubereiten, den sie im Kühlschrank, wie versprochen, vorgefunden hatte. Ja, sie trank nur sehr selten. Aber heute war so ein Tag, wo sie es sich zugestand. Am liebsten hätte sie die ganze Zeit über Andreas und Sheila geredet.

„Wie machst du das sonst mit dem Essen?" erkundigte sie sich stattdessen bei Patrick, der ja von Sheila und Andreas kein Wörtchen mehr hören wollte.

Er blickte sie treuherzig an. „Ich gehe in den Pub, liebe den Seafood Chowder. Oder Maria kocht mir. Sie macht auch mir den Haushalt – oder jedenfalls tun wir so. Gelegentlich wische ich ein bisschen hinterher. Aber bei aller Zuneigung", er verzog das Gesicht, „ihr Essen schmeckt einfach schauderhaft. John muss sie schon wirklich lieben!"

„Ja, das soll es geben. Wahre Liebe!" Luisa seufzte.

Zwischen ihr und Andreas hatte es die offensichtlich nicht gegeben. Aber sie sollte die traurigen Gedanken verbannen – und die Zeit genießen, die Patrick ihr schenkte. Gar nicht so leicht. Andreas' Gesicht tauchte dauernd vor ihrem geistigen Auge auf, überlagert von Sheila. Damals, als er sie mit Sarah Ferguson verglichen hatte, hätte sie gewarnt sein müssen. Er schwärmte für die heutige Herzogin von York, die rein optisch so ziemlich das Gegenteil der dürren, baumlangen Luisa war.

„Ich habe auch mal davon geträumt", erklärte Patrick, und wenn Luisa es sich nicht nur einbildete, zerschnitt er die Zwiebeln nun etwas aggressiver. Vielleicht tränten seine Augen deshalb. „Aber wir haben uns heute Abend ja vorgenommen, nicht mehr darüber zu sprechen!" Er machte eine kurze Pause und blickte ihr fest in die Augen, so als wolle er ihr seinen Willen aufzwingen. Dann fuhr er fort. „Ich dachte, da wir ja gewissermaßen Leidensgefährten sind, könnten wir noch einmal und dieses Mal noch nachhaltiger auf Brüderschaft trinken. Und", er schob die Zwiebeln mit dem Messer fort, „der gute Smutje hat ein gewerkschaftliches Anrecht auf Pause."

Er stand auf, ging zum Kühlschrank, nahm den Chablis heraus und entkorkte ihn fachmännisch. Dann schenkte er in zwei Gläser ein, die er der Vitrine entnahm, die in einer Ecke der weiträumigen Küche stand und glänzte und blinkte. Punktuell konnte Maria gut putzen, dachte Luisa, dann, wenn sie etwas liebte.

Sie stieß mit ihm an. „Auf lebenslange Freundschaft."

Patrick zögerte einen Augenblick. Dann platzte es aus ihm heraus. „Ich habe einen besseren Trinkspruch. Auf lebenslange Liebe! Den Glauben daran sollten wir alle beide niemals verlieren. Man kann jeden Tag von vorn anfangen."

Luisa musste achtgeben, dass ihr nicht schon wieder die Tränen kamen, diesmal vor Rührung. Patrick berührte ihr Herz. Schnell setzte sie sich mitsamt ihrem Glas an den Platz, wo er zuvor gesessen hatte und schnitt die restlichen Zwiebeln auf. Patrick sollte nicht bemerken, dass sie weinen musste! Dann erhob sie ihr Glas. „Auf lebenslange Liebe!"

Später schob sie den fertig belegten Zwiebelkuchen in den großen, vorgeheizten Ofen und stellte sich an die großen Fenster, die wie auch jene im Wohnzimmer, Fernblick übers Wasser boten. „Es ist ein wunderschöner Ort", seufzte sie.

„Ja, mir hat das Haus auch gleich gefallen. Es war im Besitz unserer Familie, als ich es übernahm. Ich habe viel vom Erbe meiner Mutter und noch mehr Arbeit hineingesteckt."

„Das hat sich gelohnt", dachte Luisa laut. „Wie viele Zimmer hast du?" Es kam ihr so vor, als wäre sie immer schon mit ihm per „Du" gewesen. Es fühlte sich gut und richtig an. Wie schön, dass er ihr so nahe war!

„Fünf Schlafzimmer, drei Bäder, Wohn- und Speisezimmer, diverse Kammern und Ausbaufläche."

Sie musste lachen. Er hatte den Tonfall eines Immobilienmaklers angenommen – und damit unwillkürlich Andreas nachgeäfft. „Und auf all dieser Fläche wohnst du ganz alleine?" erkundigte sie sich etwas frech.

„Seit die Dame, deren Namen wir nicht mehr erwähnen wollen, ihre Koffer packen musste … ja. Aber du hast Recht, es ist manchmal ein wenig einsam hier draußen. Vielleicht sollte ich mir einen Hund anschaffen, einen Terrier vielleicht. Ich habe überlegt, ihn Union Jacky zu nennen."

Wieder musste sie trotz ihres Kummers lachen. „Das zeigt, dass du doch ein Engländer bist."

„Nein, nein." Er nippte an seinem Chablis, denn er konnte ja nicht viel trinken, da er sie ja noch zurück nach Carrigaholt fahren musste. „Im Herzen bin ich Ire. Ein echtes Muttersöhnchen eben."

Luisa musste an seinen Vater denken. Sicher, in seinem maßgeschneiderten Anzug wirkte er sehr streng und sehr britisch-aristokratisch. Aber dennoch hatte etwas an ihm sie berührt. Vermutlich, dass er sich so viele Sorgen machte, sie könne seinen Sohn verletzen. „Ich bin ja deinem Vater begegnet. Ich glaube schon, dass er dich liebt."

„Nun ja", erwiderte Patrick gedehnt. „Wie auch immer man das definieren will. Ich glaube, wir sind eher von einer Art Hassliebe geprägt – wie zwei Magneten. Wir ziehen uns an und stoßen uns ab. Doch eigentlich bin ich der Meinung, dass auch mein Vater auf die Liste der Namen gehört, die wir heute Abend nicht weiter erwähnen wollen. Erzähl mir doch lieber etwas Schönes. Was hat es genau mit dieser Kunstsammlerin aus New York auf sich?!"

Und nur zu gern erzählte ihm Luisa alles. Was für ein Erfolg für sie, der sogar ihr privates Unglück ein wenig abmilderte. Sicher, so erklärte sie Patrick, würde sie von Alicia Guggenheim niemals wieder hören. Sicher war es die Freundlichkeit der Amerikanerin, mit der sie versprochen hatte, sich wieder zu melden. Und doch hatte sie tausend Dollar für das Delphin-Bild geboten.

„Ein Erfolg, der zur Hälfte dir gehört", erklärte sie Patrick.

Er schaute verblüfft. „Wie kommst du auf die Idee?"

„Du hast mich ermutigt und inspiriert. Deine flammende Rede über den Zustand der Weltmeere hat mir erst die richtige Einordnung des Themas gegeben. Sonst hätte ich vielleicht einfach nur einen niedlichen Delphin gemalt, nett und total naiv. Übrigens waren auch die Amerikaner von dem kurzen Vortrag sehr angetan. Das hat man am Beifall gemerkt."

„Noch lieber wäre mir, die Botschaft hätte sie auch in der Hinsicht erreicht, dass sie anfangen, Müll zu trennen und an das Pariser Klima-Abkommen zu glauben." Patrick nahm noch einen winzigen Schluck Chablis und goss auch Luisa nach. Heute Abend gönnte sie sich das, heute Abend hatte sie es nötig.

Sie unterhielten sich noch ein wenig über Alicia Guggenheim, dann schaute Luisa auf die Uhr, denn es roch ein wenig angebrannt. Sie hatten sich so intensiv in ihre Diskussion vertieft, dass sie fast die Zeit für ihren leckeren Zwiebelkuchen verpasst hätte. So etwas war ihr noch nie passiert!

„Verflixt!" Luisa zog den Zwiebelkuchen aus dem Ofen und sah, dass sie gerade noch eben Glück gehabt hatten. Die obere Masse war schon ziemlich braun geraten, aber man konnte es noch essen. Sie stellte die Form auf den Tisch, schnitt den Kuchen auf und gab ihn auf zwei rustikale Teller mit blauem Muster, die Patrick ihr aus der großen Vitrine gebracht hatte. Schweigend fingen sie an zu essen und prosteten sich schweigend zu.

Irgendwann lobte Patrick den Zwiebelkuchen, und als Luisa bescheiden protestieren wollte, legte er ihr zärtlich den Finger auf den Mund. „Du musst dich nicht immer so klein machen. Und jetzt erzähl mir mal ein bisschen von dir. Ich habe in den letzten Tagen viel zu viel von mir selbst geredet. Aber das forderst du auch heraus. Du stellst dich immer so in den Hintergrund. Dabei bist du so eine tolle, fantasiereiche und kreative Frau. Was machst du so in Speyer?"

Luisa konnte sich ja denken, dass Patrick schon viel über ihre Eltern wusste. Trotzdem erzählte sie ihm, dass sie mit der Ehe ihrer Eltern tatsächlich ein gutes Beispiel lebenslanger Liebe vor Augen hatte. „Sie haben sich verliebt, als meine Mutter bei Vater Kunstgeschichte studierte. Und seither sind sie dauerverliebt", bemerkte sie – und wischte den Gedanken an Andreas beiseite. „Sie halten immer noch Händchen. Und sie haben wohl dieses Cottage in Carrigaholt als ihr geheimes Liebesnest gehabt."

Patrick lächelte. „Geheimnisse halten Beziehungen jung."

„In jedem Fall ist es schön für mich zu sehen, dass Liebe auch gelingen kann. Mein Vater ist ein ziemlich exzentrischer Mann, wie du ja vermutlich gemerkt hast. Mutter kann ihn um den Finger wickeln. Und ich", sie dachte an Professor Eduard Schöttler, „kann es eigentlich auch. Außer, wenn es um Männer geht. Keiner ist gut genug für mich …"

Patrick hob sein Glas. „Da kann ich ihm nur Recht geben. Kluger Mann."

„Ja, aber auch der Mann, dessen Namen wir hier nicht aussprechen wollen, war ihm immer nicht gut genug. Er meinte, Andreas mit seinem vielen

Geld gehört in eine andere Gesellschaftsschicht. Vater hat mehr Bücher als Geld. Er sagt immer, Geld sei nicht so wichtig."

„Nun ja, das mit der anderen Gesellschaftsschicht weiß ich nicht so genau. Das sind Begrifflichkeiten einer anderen Generation. Aber was Geld betrifft, es wird häufig überschätzt. Kann man allerdings leicht sagen, wenn man genug davon hat", erwiderte Patrick. „Aber du hast unser Abkommen gebrochen. Wir wollen den Mann ohne Namen hier wirklich nicht erwähnen. Du wirst sehen, dass wir zwei uns auch ohne ihn prächtig unterhalten können. Wie wär's? Noch ein Schluck Chablis?"

Luisa legte die Hand auf ihr Glas. Sie trank ja nicht. Ein paar Schlucke vielleicht, aber nicht gleich eine halbe Flasche – und vor allem nicht, wenn es ihr schlecht ging. Alkohol war ein Stimmungsverstärker. Hatte man keine gute Laune, wurde sie durch Wein oder Whisky in der Regel noch schlechter.

Also verkorkte Patrick, der ebenfalls nicht weiter trank, die Flasche und stellte sie in den Kühlschrank zurück. Über die Landschaft draußen senkte sich die Dämmerung wie ein graues Tuch, und Patrick holte eine alte Rotweinflasche mit einer Wachskerze darauf aus einer Kammer und zündete sie an. Luisa hatte so etwas seit den Zeiten ihrer WG im Studium nicht mehr gesehen – und fand es höchst romantisch. Bei flackerndem Kerzenschein und dem Geräusch des bullernden Herdes unterhielten sie sich, ohne zu merken, wie die Zeit verging. Luisa erzählte von der Kunstschule in Speyer und dem schönen Natursteinhaus ihrer Eltern, das sie so liebte. Patrick erzählte, wie er die „Pride of the Seas" vor einigen Jahren gekauft und flott gemacht hatte. Ja, sie waren sehr neugierig aufeinander, und Luisa fand das schön. Später erzählte Patrick wieder viel von seiner verstorbenen Mutter und davon, dass ein Teil seiner Seele auch nach Amerika gehörte.

„Ich bin da sehr gespalten", erklärte er, während er mit den Fingern mit dem Kerzenlicht spielte. „Ein Teil von mir ist Ire, der andere unterbewusst sicher doch auch Engländer. Und irgendwie bin ich trotz allem auch Amerikaner. Ich liebe das Landleben hier. Aber manchmal sehne ich mich auch nach New York. Ich war da als Kind öfter mit meinen Großeltern, die in Philadelphia lebten."

Luisa konnte ihn gut verstehen. Nicht nur, dass sie ein New-York-T-Shirt besaß, sie träumte auch davon, eines Tages dorthin zu reisen. Bislang hatte Andreas eine große Rolle in diesen Träumen gespielt. Sie sagte lieber nicht, dass sie sich eine Reise nach New York mit ihm gewünscht hatte.

„Mir fällt da etwas ein", sagte Patrick nachdenklich. „Wenn du auch New-York-Fan bist, hätte ich da einen meiner Lieblingsfilme auf DVD. Wir könnten ihn zusammen schauen. Magst du Woody Allen?"

„Sicher", nickte Luisa, die vor Urzeiten mal „Der Stadtneurotiker" mit ihren Eltern gesehen hatte.

„Kennst du ‚Manhattan'"?

Sie verneinte.

„Gut", sagte Patrick, „dann komm mit ins Wohnzimmer." Er pustete die Kerze aus, knipste das Licht aus und ging voraus. „Es ist wirklich ein ganz wunderbares Werk, und ich freue mich darauf, den Film mit dir zusammen anzuschauen."

Während Patrick Kissen auf den großen Sofas für sie beide aufschüttelte und die DVD einlegte, erinnerte sich Luisa an ihre erste Begegnung mit ihm in Carrigaholt zurück. Damals, als sie gedacht hatte, sie könne bei ihm Fisch für eine Pastete einkaufen, hatte er den Charme eines Brummbären besessen! Dass gerade dieser schroffe Mann nun stattdessen seine ganze romantische Ader und Verletzlichkeit zeigte, rührte sie tief an. Sie musste unwillkürlich an die Worte seines Vaters denken: „Wenn Sie ihm wehtun, werden Sie erschossen." Nun, sie hoffte, das würde sie niemals tun!

Patrick war sanft und empfindsam und hatte Sheilas Manöver ebenso wenig verdient wie sie die von Andreas. Wir sind wirklich Leidensgenossen, sagte sie sich und nahm auf dem Sofa Platz, wozu Patrick sie eingeladen hatte. Es war gemütlich und weich, in ihrem Rücken prasselte das Kaminfeuer, das Patrick neu angefacht hatte, die Musik zu „Manhattan" war zu hören – und sie sah die Bilder dieser Diva unter den Großstädten, ein bisschen schäbig, ein bisschen grell und bei Feuerwerk dann doch wieder so funkelnd und so anziehend und vielversprechend.

Luisa ließ sich in den Monolog von Woody Allen hineinziehen, bewunderte die Aufnahmen von Manhattan, durch die sich die handelnden Figuren immer nur am Rand bewegten, so, als wäre eigentlich New York City der Held des Films.

So versunken war sie, dass sie erst nach einer Weile bemerkte, dass sich Patricks starker Arm um ihre Schultern gelegt hatte. Er merkte, wie sie es spürte und blickte sie fragend an. Aber sie lächelte nur und kuschelte sich enger an ihn. Es war schön, ihn zu fühlen, so tröstlich und so verlässlich und so ganz anders als der Mann, dessen Namen sie heute Abend vergessen wollte.

Später im Film, als seine Liebe zerbrochen war, stellte sich Woody Allen die Frage, was das Leben lebenswert machte und kam unter anderem zu der Antwort: „Frank Sinatra."

„Das kann ich nur unterschreiben", fuhr es Luisa heraus.

Patrick legte ihr den Zeigefinger auf den Mund, weil er weiter zuhören wollte. Doch als der Film beendet war und Luisa mit dieser gewissen Leere zurückließ, die sie nach starken Büchern oder Filmen immer empfand, stand er auf und schritt zu einem CD-Player. Kurz danach erklang der Mann mit der Goldstimme, Frank Sinatra. Er sang „New York, New York"; Luisa summte mit.

Dann, einem Impuls folgend, öffnete Patrick die bodentiefe Tür zur Terrasse. Draußen funkelten Millionen Sterne über Carrigaholt am Mai-Himmel. Es war noch warm.

„Strangers in the night", kam aus dem CD-Player, und Patrick zog Luisa auf die Terrasse. Sie tanzten zu der wunderschönen Melodie unterm Sternenhimmel, und als die Stimme Frank Sinatras verklang, spürte Luisa Patricks festen, spöttischen Mund auf ihren Lippen, und er fühlte sich zärtlich an und willensstark und sehr verführerisch, und Luisa dachte, dass alles gut war. Sie hatte sich an ein anderes Ufer gerettet, an das Ufer, an das sie gehörte.

Sie schlang die Arme um seinen Hals, schloss die Augen und erwiderte seinen Kuss voller Leidenschaft. Seine Hände durchwühlten ihr Haar, und sie nahm nichts mehr von der Musik wahr, nichts mehr von der Sternennacht, sie wollte nur noch bei ihm sein, nahe, ganz nahe.

Er nahm sie in die Arme und hob sie hoch, während Frank Sinatra ein letztes, ironisches „Schubidu" sang. Sie ließ Patrick gewähren und er drehte sich mit ihr unter dem funkelnden Sternenhimmel und sie schloss die Augen. Sie fühlte, dass er sie wie eine Braut über die Schwelle trug. Behutsam bettete er sie auf das Schaffell vor dem Kamin, legte Torf aufs neu prasselnde Feuer – und kam zu ihr.

Luisa wagte kaum zu atmen. Würde sie es tun? Würde sie sich diesem einsamen, verschlossenen Iren hingeben? Das Bild von Andreas schob sich vor ihr inneres Auge wie ein Schatten, doch dann musste sie an Sheila denken, und die Zweifel und ihr schlechtes Gewissen verflogen.

Patrick legte sich vorsichtig neben sie. Seine Hände näherten sich ihrem Hals, strichen sanft über ihre Haut und wanderten dann fordernd zu ihren Brüsten hinunter. Luisa ergab sich dem wohligen Schauer, den sie so nicht kannte. Patrick war so zart und fest zugleich, und sie fühlte sich unfassbar umsorgt und geborgen.

Sie ließ es zu, dass er ihr Twinset öffnete und den Pullover hochschob und schließlich mit seinen festen spöttischen Lippen ihre Brüste erkundete, mit ihnen spielte, sie neckte und dann hinauf wanderte, über den Hals bis zu den Ohrläppchen. Dann verschloss er ihre Lippen mit einem harten Kuss, und schließlich erwiderte sie den Kuss – und vergaß Andreas und Sheila und den Sternenhimmel draußen und die ganze Welt um sich herum.

Sie zerrte an seinem blauen Wollpullover, zog ihn aus, und er half ihr, indem er sich seiner Hosen entledigte, während sie mit den ihren das Gleiche tat. Schwer legte er sich auf sie und drang unmittelbar in sie ein, fest, begehrend, immer leidenschaftlicher dann, und ihre Hände ließen von seinem Rücken ab, sie ergab sich seinem Rhythmus, ließ ganz ihn bestimmen, wie er es wollte, und es kam ihr so vor als würden Sterne in ihrem Kopf explodieren in dem Moment, als sie kam.

Und erst als es vorbei war, und Patrick sein etwas spöttisches Lächeln lächelte, wurde ihr klar, dass sie eben zum ersten Mal in ihrem Leben wirklichen Sex erfahren hatte.

Weil sie zum ersten Mal im Leben gekommen war.

Das war wunderschön, und es war beunruhigend, denn Luisa hatte niemals zuvor die Kontrolle so abgegeben, sich so ganz und gar einem Mann überlassen. Patrick hatte sie verzaubert, nein, überwältigt. Sie war so voller Dankbarkeit und Liebe zu ihm, dass sie gar nicht wusste, wohin mit so viel Gefühl. Sie spürte, wie eine Träne über ihr Gesicht rann, Patrick küsste sie zärtlich fort.

„Ich liebe dich", sagte er fast barsch; es musste diesem sonst so wortkargen, schroffen Mann sehr schwerfallen.

Aber auch Luisa fehlten die Worte, sie konnte nicht antworten. Sie nickte nur und lächelte, unter Tränen. Sie lauschte dem Prasseln des Feuers und hörte in sich hinein. Der Sex mit Patrick war wundervoll gewesen, sie wollte mehr davon – und gleichzeitig wollte sie vor dem Mann, der sie so erweckt hatte, bis an den Nordpol fliehen. Denn er konfrontierte sie mit einer Tatsache: Sie war der Liebe immer ausgewichen!

„Mach's nochmal", flüsterte sie schließlich, und er tat es, und sie gab sich ihm hin, hinterher so satt und so glücklich und beinahe so schnurrend wie eine Katze.

Viel später wachte sie in seinem gemütlichen, breiten Bett auf, das einen herrlichen Ausblick aufs Wasser und den Horizont bot. Der frühe Morgenhimmel war so blassblau wie auf einem ihrer zarten Aquarelle. Luisa griff neben sich. Patrick war fort, offensichtlich schon aufgestanden, ein Frühaufsteher, was ihr gefiel. Sie räkelte sich im Bett und wollte sich gerade erheben, als Patrick mit einem frechen Grinsen und einem riesigen Tablett ins Zimmer kam. Darauf gab es Tee und Orangensaft und Toast und Spiegeleier mit Bacon und gebratenen Tomaten.

„Ich habe einen Bärenhunger", sagte er lächelnd. „Ich hoffe, du auch."

Gierig frühstückten sie im Bett, bevor sie die Teller beiseiteschoben und abermals übereinander herfielen und sich liebten, als wären sie besinnungslos.

Luisa wollte, dass es niemals aufhören sollte – und zugleich wollte sie fliehen. So nahe wie Patrick hatte sie noch nie einen Mann an sich herankommen lassen, und sie wusste selbst nicht genau, warum sie so doppeldeutig war. Sie wollte ihn – und sie wollte ihn nicht. Vermutlich, so dachte sie nach dem Morgensex verträumt, habe ich Angst, mich fallen zu lassen, weil ich Panik habe, enttäuscht zu werden. So, wie von Andreas.

Während Patrick auf dem Rücken lag und zufrieden noch einmal eingedöst war, stand sie auf und suchte sich über den langen, schmalen Flur und eine breite Holztreppe den Weg nach unten ins Erdgeschoss und ins Wohnzimmer, wo ihre Kleider verstreut herumlagen und ihr die Geschichte ihrer ersten wahren Liebesnacht erzählten. Es war so schön gewesen, aber nun war es vorbei!

Hastig zog sie sich an und ging in die Küche, um noch einen starken Tee für Patrick und sich selbst zuzubereiten. Da sah sie, dass ihr Handy noch auf dem Tisch lag und strich, eher zerstreut, über die Schaltfläche. Es gab eine SMS. Und sie stammte von Andreas. „Hi Süße. Liebe nur dich. Ankunft Carrigaholt heute Abend. Mach Dich hübsch. Ich möchte dich fressen."

Luisa konnte es nicht fassen. Andreas? Der hatte Nerven! Was sollte sie nun tun? Sie setzte sich mit einer großen Tasse Tee an Patricks Küchentisch und versuchte, sich zu ordnen. Andreas war trotz allem immer noch ihr Verlobter. Sie hatte ihn betrogen – nachdem er sie hintergangen hatte. Welche Rechte besaß er noch? Und sie?

Plötzlich war da in ihr eine Sehnsucht nach dem Altvertrauten. Patrick hatte ihr Neuland gezeigt, ein Neuland, das sie faszinierte und erschreckte. Wollte sie sich Patrick noch weiter öffnen, müsste sie einen neuen Kontinent erschließen, ganz an seine Seite des Ufers springen. Mit allen Konsequenzen – und nur dann, wenn er es überhaupt wirklich wollte.

Patrick war im Grunde ein Unbekannter für sie, und das Leben, das er ihr abverlangen würde, wäre freier, doch auf eine Weise auch härter als ihr wohltemperiertes Leben zwischen Speyer und Wiesbaden mit Andreas. Ihr Verlobter und sie hatten sich eingerichtet. Mit Andreas hatte sie ihren Job in der Kunstschule, besuchte sie ein paar Ausstellungen, musste sich aber nicht dem Wagnis aussetzen, selbst zu malen. Der Sex mit ihm war routiniert und nicht unangenehm, und bald würden sie ein paar Kinder und einen Windelbomber und vielleicht ein Haus irgendwo im Taunus haben. Wollte sie das alles für ein Abenteuer in Irland aufs Spiel setzen?

Luisa blickte übers Wasser, so als könnten die Weiten der irischen Landschaft ihr eine Antwort geben. Sie hatte zu viele Ängste, um ihr Leben mit Andreas einfach aufzugeben. Ängste, nicht zu genügen. Künstlerisch, menschlich, persönlich.

Als sie sich das klar gemacht hatte, stand ihre Entscheidung fest. Ja, sie würde im Cottage in Carrigaholt sein wollen, wenn Andreas kam. Ja, sie würde zumindest mit ihm reden – egal, wie schön und wie aufregend der

Sex mit dem heißblütigen Patrick gewesen war. Andreas war ihr Verlobter. Und dabei sollte es bleiben! Und Luisa überhörte diesen fiesen kleinen Schmerz in ihrer Brust und die beharrliche innere Stimme, die ihr einflüsterte, dass sie nichts weiter als ein Feigling war …

„Na, meine Kleine?“ Luisa drehte den Kopf zur Tür in den Flur. Im Türrahmen lehnte Patrick, frisch geduscht, mit zerstrubbeltem blonden Haar, kuscheligem, weißen Morgenmantel – und seinem sexy, leicht spöttischen Lächeln. „Warum bist du schon angezogen?“ fragte er Luisa. „Egal. Es wird mir ein Vergnügen sein, dich noch mal auszuziehen. Komm her.“

Luisa versuchte, ihr wie rasend klopfendes Herz zu ignorieren. Wie gern hätte sie es getan, wie gern wäre sie seiner Aufforderung gefolgt. Sich einfach in seine Arme gestürzt und die Welt um sich herum vergessen. Aber das ging nun nicht mehr. Andreas kam. Und sie gehörte in seine Welt. Das war das, was man Realität nannte, dachte Luisa.

Und nun musste sie versuchen, es Patrick zu erklären. „Ich muss nach Carrigaholt ins Cottage“, platzte sie heraus. „So schnell wie möglich. Bevor ich Dorfgespräch werde. Du musst mich fahren.“

Patrick sagte betont langsam: „Ich muss nur sterben. Gibt es denn hier etwas, das ich nicht weiß? Haben wir etwas zu verheimlichen? Von mir aus kann die ganze Grafschaft Clare über uns Bescheid wissen.“

„Nein, ja. Das ist es nicht. Ich meine, Andreas kommt heute Abend. Ich muss mindestens mit ihm reden. Und darauf muss ich mich vorbereiten. Allein.“

Eine Pause, die sich ausdehnte. Luisa hätte am liebsten geweint, so fassungslos und verletzt sah Patrick aus. Seine gesamte Hochstimmung war von ihm abgefallen. Dann wich der Ausdruck auf dem Gesicht des schroffen Iren einem anderen Gefühl. Reinem, kaltem Zorn.

„So! Du musst! Mit Andreas! Reden! Gut. Ich akzeptiere das. Was heute Nacht zwischen uns vorgefallen ist, wollen wir also einfach vergessen. Gut.“ Damit zog er wütend die Schlaufe seines Morgenmantels zu und verschwand mit zornig stapfenden Schritten über die Treppe.

Luisa war vollkommen klar, dass er nicht bitten und nicht betteln würde. Patrick war nicht der Mann, der so etwas tat. Und als sie merkte, wie ihr angesichts seines Verlusts nun doch die Tränen kamen, verachtete sie sich selbst dafür.

In tiefem Schweigen, das diesmal nicht verbindend war, sondern entzweiend, fuhren sie in dem klapprigen Land Rover hinüber nach Carrigaholt. Erst kurz vor dem Rose Cottage durchbrach Patrick das Schweigen. „Ich werde dein Bild an Frau Guggenheim schicken“, sagte er, ohne sie anzusehen. Und auch Luisa sah ihn nicht an, als sie ihm die Visitenkarte mit der Adresse der New Yorker Kunstfreundin auf die Mittelkonsole legte.

Dann waren sie vor dem Cottage angekommen, Patrick sprang aus dem Geländewagen und öffnete Luisa mit einer Höflichkeit die Wagentür, die etwas Kaltes und Endgültiges hatte. Luisa wusste, sie hatte ihn verletzt. Andreas hintergangen, und sich selbst wehgetan. Ich bin eine Niete, dachte Luisa. Dann stieg sie aus dem Wagen und sagte das einzige Wort, das ihr einfiel: „Danke.“

Patrick erwiderte nichts. Es wäre auch falsch gewesen, dachte Luisa. Es gab nichts mehr zu sagen. Jeder von ihnen würde nun in seine eigene Welt zurückkehren. Sie ging vorbei an Rosen und Hortensien zur Haustür und drehte sich nicht mehr um, als Patrick den Range Rover startete und wendete und davonfuhr. Doch sie fühlte sich, als hätte sie sich selbst um alles Glück der Welt betrogen!

Im Cottage roch es nach kalter Asche. Bevor sie duschte, sich umzog oder irgendetwas anderes machte, räumte Luisa den Kamin im Wohnzimmer aus und gab die Asche in einen Eimer für die Blumenbeete. Dann überwand sie sich dazu, nach oben zu gehen. Dort stand das breite Bett ihrer Eltern, das Andreas verlassen hatte – verlassen wollte. Sie mochte gar nicht daran denken, wie glücklich sie hier mit Patrick hätte sein können.

Hastig wandte sie den Blick ab, ging ins Bad, kletterte in die altmodische Wanne mit den Löwenfüßen und duschte heiß und lange, ohne sich darum zu kümmern, ob sie alles unter Wasser setzte. Das ganze Bad dampfte, als sie fertig war. Dann zog sie ihren Kaftan an, in dem sie sich so wohl fühlte und den ihr Vater ihr geschenkt hatte. Obwohl sie all ihre anderen Kleider nach unten geschleppt hatte, hing der Kaftan noch am Kleiderschrank. Sie hatte ihn oben vergessen.

Eilig machte sie die Betten und öffnete das Fenster zum River Moyarta, ließ frische Luft ins Zimmer. Luft für einen Neuanfang.

In der Küche fand sie den Schokoladenkuchen, oder vielmehr seine Überreste. Maria und sie hatten tüchtig davon gegessen. Das erinnerte sie an gestern Morgen – so kurz her und doch eine kleine Ewigkeit vorbei. Sie aß ein Stück von dem Schokoladenkuchen und warf den Rest in den Mülleimer. Sie wollte nicht an gestern Morgen erinnert werden – und auch nicht an das, was danach gekommen war. Sie würde nun überlegen müssen, ob sie Andreas ihren Seitensprung beichten sollte – oder ob sie das besser unterließ.

Nachdenken konnte sie am besten, wenn sie buk. Da sie keine Lust hatte, in den Laden von Mrs. Arrowsmith zu gehen, inspizierte sie die Vorräte. Was sie fand, genügte reichlich für einen schönen Pfälzer Streuselkuchen. Und so dachte sie nach. Und sie buk.

Später, als sie fertig war, kamen innere Leere und Müdigkeit. Sie wollte nur die Augen vor allem schließen und legte sich im Wohnzimmer einen Augenblick hin. Da sie beim Aufwachen, nach wirren Träumen von Patricks starken Armen, von innen gefroren hatte, ging sie zum Kamin und entfachte ein Feuer, das nun, wo der Kamin gereinigt war, hell aufflackerte.

Es war kurz nach Mittag, und mit dem Tag gestern lag der schönste Tag ihres Lebens hinter ihr. Unwiderruflich. Sie verdrängte die Gedanken lieber. Und da sie auf die inneren Fragen, die sie bewegten, keine Antwort fand und sich irgendwie die Zeit bis zu Andreas' Ankunft vertreiben musste, ging sie zu dem kostbaren alten Sekretär in der Ecke des Wohnzimmers und griff nach den Aufzeichnungen der Emma Knothe.

Luisa machte es sich in einem Sessel gemütlich. Und las und las und las.

Emma Knothe, Februar 1710

Mr. Comley hatte Wort gehalten und Emma mit nach Irland genommen. Sie waren mit mehr als einhundert Pfälzern im Pferdewagen von London aufgebrochen, einer ungewissen Zukunft in Irland entgegen. Die Reise führte sie gen Westen, über die englische Stadt Chester weiter in Richtung der grünen Insel.

Emma wusste aus dem Gespräch, das Mr. Comley mit Major Skinner geführt hatte, dass Irland ein gespaltenes Land war. Politisch und wirtschaftlich ungeteilt, religiös zutiefst gespalten. Die Engländer, Protestanten, die dort wohnten, verfügten über den Einfluss in den politischen Ämtern – und über das Geld. Katholiken durften nicht zur Schule gehen oder Land kaufen, nein, sie durften nicht einmal Land geschenkt bekommen. Ungerecht, fand Emma, die immer an ihren so freundlichen Jugendfreund Valentin, den Müllerssohn, dachte.

Der verwegene Mr. Comley gehörte zu dieser protestantischen Oberschicht und machte sich nicht allzu viele Gedanken um die Gefühle der Katholiken, die von Seinesgleichen beherrscht und unterdrückt wurden, wie Emma nicht ohne Zorn bemerkte. Er kannte es nicht anders. Und auf eine Art war er auch nicht besser als der Kurfürst von der Pfalz, der die Protestanten tyrannisierte, um seine Religion durchzusetzen. Das Volk hatte es immer auszubaden, fand Emma.

Trotzdem schwärmte sie weiterhin für den muskulösen Mann mit den violetten Augen und dem ruppigen Umgangston. Wenn er lächelte, hellte das sein gesamtes, schroffes Gesicht auf, und es war, als würde die Sonne aufgehen. Emma war süchtig nach diesem Lächeln.

Jetzt stand sie an der Reling einer englischen Brigg, die sie und die anderen Pfälzer nach Irland übersetzen sollte, blickte zum Festland und nahm in Gedanken Abschied von England, das so gut zu ihr gewesen war. Dennoch war sie froh, dort wegzukommen. Denn in den letzten Tagen und Wochen war sie immer nervöser geworden.

Immer wenn es gegen das Tor des Hauses am Belgrave Square klopfte, hatte sie vermutet, es könnte Florian sein, der sie nach Friemersheim zurückholen wollte. Wenn sie mit Mr. Comley zum Zeltplatz der Pfälzer ritt, fürchtete sie unter jedem Dreispitz die kantigen Gesichtszüge Florians mit den sommerhimmelblauen Augen zu sehen. Sie fürchtete es – und doch sehnte sie es herbei.

Emma litt nämlich manchmal doch an Heimweh nach dem Dorf, nach dem alten Wehrhof, nach ihrem Pferd, Piddel, dem Hund. Und all den Leuten von Friemersheim. Sie musste sich eingestehen, dass sie ein Dorfmädchen war und blieb, egal, wie weltmännisch sie sich mit ihrem immer perfekteren Englisch nach außen hin auch geben mochte …

Das Schiff schwankte und die Wellen schwappten gegen den Bug. In der Ferne sah Emma die Schaumkronen, die auf den Wogen tanzten. Es würde eine wilde Überfahrt werden, wie Mr. Comley ihr vorhergesagt hatte.

Im Gegensatz zu den anderen Pfälzern, die dicht gedrängt unter Deck am Boden schlafen mussten, hatte Emma wieder einmal großes Glück. Mr. Comley, der immer wieder hinter seiner ruppigen Art ein goldenes Herz verbarg, hatte ihr eine Pritsche in einer Ecke seiner Kajüte überlassen. Dort würde sie ruhig schlafen können, dachte Emma, auch wenn das Schiff auf den Wellen krängte.

Nur durfte Mr. Comley nicht sehen, wie sie sich umzog! Er hatte immer noch keine Ahnung, dass sich hinter dem Knecht und Burschen Knut Janson ein manchmal auch doch ängstliches Mädchen namens Emma Knothe verbarg. Aber sie hatte bei ihren Raufereien im Dorf, die meistens um die Rettung von Tieren oder aber den Ruf ihrer jüdischen Freundin Ruth gingen, gelernt, dass man Angst niemals zeigen durfte.

Trommeln gehört zum Geschäft, sagte sie sich auch jetzt, als das Schiff ablegte, die Küste Englands immer kleiner wurde und sie selbst nicht wusste, was in jenem fremden Land auf sie zukommen würde, in dem sie nun ihre Heimat finden sollte.

„Du siehst ja ganz grün aus“, sagte Mr. Comley und verzog den Mund zu einem spöttischen Lächeln, als er später in die Kajüte kam. Emma war gerade einmal wieder dabei, seine Stiefel auf Hochglanz zu wienern. Sie arbeitete wie besessen, um sich von diesem scheußlichen Gefühl in ihrem Magen abzulenken. Ihr war speiübel, und sie mochte nicht darüber nachdenken.

„Du musst etwas essen“, erklärte Mr. Comley. „Dann wird dir zwar vielleicht noch mehr übel. Aber die Seekrankheit kann man nur mit etwas im

Magen besiegen." Damit verschwand der große, stark gebaute Mann mit eingezogenem Kopf in der Tür, um kurz danach mit einem Teller voll Kartoffeln, Eiern und Speck in die Kajüte wieder aufzutauchen.

„Iss", befahl er kurz angebunden.

Emma war zu schwach, um ihren Widerwillen zu verbergen.

„Ich kann nicht", jammerte sie.

Mr. Comley blickte sie unter seinen buschigen Augenbrauen finster an. „Iss – oder du lernst meine Peitsche kennen."

Das wollte sie nun lieber doch nicht riskieren! Unter größtem Ekel zwang sich Emma dazu, das Ei, die Kartoffeln und den Speck in sich hinein zu zwängen. Doch dieses rabiate Heilmittel sollte nicht lange wirken. Der Sturm verstärkte sich, die Wellen krachten hart gegen die englische Brigg, das Holz ächzte und krachte. Das letzte, woran sich Emma für lange Zeit erinnerte, war, dass der Ehrenwerte Mr. Comley ihr einen Eimer reichte. Darin übergab sie sich – und dann kippte sie um.

Als sie wieder aufwachte, saß Mr. Comley bei ihr auf der Pritsche und blickte sie unter seinen buschigen Augenbrauen nachdenklich an. Sie schaute ihm genau in die violetten Augen. „Du bist vielleicht eine kleine Schwindlerin", sagte er nicht ohne eine gewisse Zärtlichkeit in seiner brummigen Stimme. „Ich komme mir vor wie ein Dummkopf. Du hast Mr. Davenant in Frankfurt und mich die ganze Zeit schön zum Narren gehalten."

Er half ihr dabei, sich in den Kissen aufzurichten. Ihr Herz klopfte so laut, dass sie es zu hören meinte. So war sie also enttarnt! Er wusste, dass sie kein Junge war. Was würde nun passieren?

„Ich bin erst einmal froh, dass es dir wieder besser geht", erklärte er mit einer Sanftheit, die sie ihm gar nicht zugetraut hätte. Dann veränderte sich sein Tonfall, wurde ernst. „Und jetzt wirst du mir alles von Anfang an erklären. Du wirst mir erzählen, wer Piddel und Blitz sind, nach denen du geschrien hast, wo du herkommst, warum du dich als Junge ausgegeben hast und warum du mein Bursche sein wolltest. Und zwar ganz klar und ganz ehrlich und von A bis Z."

„Ihr wollt die ganze Wahrheit hören?" fragte Emma matt, aber nicht ganz ohne Hoffnung. Immerhin musste die Überfahrt nach Irland schon so gut wie überstanden sein. Mr. Comley konnte sie ja nicht einfach zurückschicken, nicht mutterseelenallein.

„Wenn du nicht die Wahrheit sagst, ertränke ich dich wie ein Kätzchen." Mr. Comley blickte ihr so hart in die Augen, dass sie das Gefühl bekam, er könnte es womöglich ernst meinen. „Ich will wissen, warum du so gut reiten und schießen kannst, wo du herkommst – und wo du hinwillst."

Und Emma, schwach wie sie war, erklärte ihm alles. Der vorzeitige Tod ihres Vaters, der Kampf um den Erhalt des uralten Wehrhofs, ihre geliebten Tiere, die Sorge um die Steuer – und die Furcht vor einer lieblosen, lediglich arrangierten Ehe. Sie ließ selbst den kurzen Besuch im Frankfurter Ghetto bei ihrer Freundin Ruth nicht aus. „Und dann kam ich auf die Idee, auszuwandern", schloss sie matt. „Und Mr. Davenant wollte, dass ich als Euer Bursche anfange."

Als sie fertig war, seufzte Mr. Comley vernehmlich. Er stand auf und ging mit seinen langen Schritten durch die Kajüte. „Und was soll ich nun mit dir anstellen?" fragte er mehr sich selbst als Emma. „Ich sollte den leichtesten Weg wählen. Und dich über Bord werfen."

Emma schwieg. Sie kannte ihn schon genug, um zu wissen, dass es leere Drohungen waren. Dann kam er wieder auf sie zu und ließ sich mit einem lauten Knarzen abermals auf ihrer Pritsche nieder. Er ergriff ihre Hand. „An den Händen hätte ich es merken müssen. Nicht die Hände eines Knechts, sondern die einer feinen jungen Dame. Aber ich habe dir vertraut. Ich habe dir in die Augen geschaut und dir alle Märchen geglaubt. Das haben wir Engländer nun von unserer vornehmen Diskretion! Wir verlieben uns einfach – und verlieren unser Herz."

Er schüttelte den Kopf als wundere er sich über sich selbst. „Was mache ich nur?" Der große, starke Mann schien vollkommen ratlos. Und dann drückte er zu Emmas völliger Verblüffung einen sanften Kuss auf ihre Hand. Und dann noch einen und noch einen …

„Du bist ein zauberhaftes Mädchen", sagte Mr. Comley dann mit einem zärtlichen Lächeln. „Du bist mir schon als Knut Janson ans Herz gewachsen. Aber die geradlinige Emma Knothe schätze ich noch mehr. So eigenwillig wie dich habe ich mir eine Frau immer vorgestellt. Mit den faden Ladys aus der Londoner Gesellschaft kann ich nichts anfangen." Damit nahm er behutsam ihren Kopf in seine großen Hände und drückte ihr einen Kuss auf die Stirn. Gar nicht väterlich, sondern verlockend und verlangend.

Emma ließ das alles mit sich geschehen. Sie war ja nun schon so lange in den Ehrenwerten Mr. Comley verliebt – und hatte sich nichts anmerken lassen dürfen.

„Ich glaube, ich habe dich lieben gelernt, Emma", sagte Mr. Comley zärtlich. „Könntest du es dir auch vorstellen? Dein Herz an einen zähen alten Knochen wie mich zu verschwenden?"

Emma war so betäubt von der Erfüllung all ihrer Träume, dass sie einfach nur lächelte und nickte.

„Gut, liebste Emma." Er strich mit dem Zeigefinger über ihre Wangen. „Wir werden bald an Land sein. Du musst etwas essen. Und noch wichtiger trinken." Damit reichte er ihr mit sehr bestimmender Geste Brot und Wasser, und Emma bediente sich daran. Mehr als das hätte sie nach ihrer schlimmen Übelkeit auch nicht heruntergebracht.

„Braves Mädchen", lobte Mr. Comley. „Auf deinen Wangen zeigt sich schon wieder Farbe. So gefällst du mir besser als das Gespenst der letzten Zeit."

Natürlich fragte sich Emma, wie nun alles weitergehen sollte. Doch sie wagte es nicht, die Frage laut zu stellen. Sie wartete ab, was Mr. Comley sagte, so, wie sie es auch als sein Bursche gehandhabt hatte.

„Wir müssen deinen Verehrer abschütteln", stellte er fest. „Deshalb wirst du dich wieder als mein Bursche verkleiden müssen, wenn wir bald an Land gehen. Deine Landsleute sollen nicht merken, dass du dich auf einmal in eine wunderschöne, blonde Prinzessin verwandelt hast. Sonst erfährt es dein Florian. Du kommst mit mir nach Northwell House, den Sommersitz meines Vaters. Und dann werden wir sehen, wie alles weitergeht. Deine Pfälzer Freunde reisen mit den Pferdewagen weiter in die Grafschaft Limerick, wo sie auf unseren Ländereien angesiedelt werden. Und dir kaufe ich in Dublin alles, was das Herz begehrt. Vor allem richtige Mädchenkleider."

Nachdem sie endlich an Land gegangen waren, brachen die Pfälzer mit eigens für sie bereitgestellten Pferdewagen in die Grafschaft Limerick auf – und Mr. Comley wandte sich mit Emma nach Dublin. Auch dort besaß seine Familie ein ansehnliches Stadthaus, erzählte er.

Die Comleys waren vermögend, wie Emma feststellte. Und auch Mr. Robert Comley, obgleich jüngerer Sohn, mangelte es ihm an nichts. Sein Vater, Lord Northwell, der im irischen Parlament saß, hatte nicht nur ausgedehnte Ländereien im County Limerick, sondern auch eine große Leinen-Manufaktur auf seinem Gutsbesitz. Sein fruchtbares Land war größtenteils nicht bebaut, was sein starkes Interesse an der Pfälzer Einwanderung aber nur zum Teil erklärte. Er war auch ein gläubiger Protestant und wollte den Protestantismus in England stärken.

Dies alles erklärte Mr. Comley Emma, während sie in einer unbequemen Chaise mit allerdings beeindruckendem Wappenbeschlag nach Dublin schaukelten. Aber es gab auch noch mehr, was Mr. Comley beschäftigte. „Genau genommen dürftest du gar nicht ohne Zofe reisen, wenn du erst einmal die Burschenkleidung abgelegt hast", erklärte Mr. Comley.

„Sir", erwiderte Emma, wie sie es sich zur Gewohnheit gemacht hatte.

„Ich werde dich dann in einer guten Herberge unterbringen", fuhr er fort. „Und zunächst mal müssen diese Lederhosen weg. Ich will dich in Samt und Seide sehen."

Und Mr. Comley hielt, was er versprochen hatte. Zunächst einmal quartierte er Emma in einem guten Gasthof, „Zum Goldenen Hammer", in Dublin ein. Dort erhielt sie ein Schlafzimmer, das sogar einen kleinen Salon zum Aufenthalt besaß. Speisen konnten sie in aller Stille in einem Nebenzimmer. Der Wirt selbst tischte einfach, aber kräftig auf, so einen „Irish Stew", einen irischen Eintopf aus Hammelfleisch, Kartoffeln und Petersilie, der nach der kraftzehrenden Reise mit der Kutsche Emmas Lebensgeister wieder weckte.

„Nimm mal den Dreispitz ab", befahl Mr. Comley, nachdem sie beide gesättigt waren. „Auf dem Schiff habe ich dein schönes, goldblondes Haar gesehen. Du musst es wieder wachsen lassen."

Emma tat, wie er ihr befohlen hatte, sie nahm den Hut ab, und er lächelte.

„Ich werde blaue Seide und dunkelblauen Samt mit Goldbrokat für dich kaufen. Du wirst dich noch wundern, wie schön du bist", flüsterte Mr. Comley beinahe, und sein Kiefer spannte sich. Es war ihm anzusehen, dass er nach etwas verlangte, das Emma ersehnte und fürchtete, etwas, das sie noch nicht kannte.

Am nächsten Morgen, nachdem sie gründlich ausgeschlafen hatte und die Müdigkeit der Reise von ihr abgefallen war, frühstückte sie ausgiebig in ihrem kleinen Salon und fühlte sich wie eine große Dame. Es war einfach wundervoll, von Mr. Comley so umsorgt zu werden. In ihren kühnsten Träumen hätte sie sich nicht ausgemalt, dass er etwas für sie empfinden könnte. Doch es war so, wie sie ihm gestern Abend angemerkt hatte und wie er auch beteuert hatte.

„Du bist das ungewöhnlichste Mädchen, dem ich je begegnet bin", hatte er leise und mit dem Lächeln einer Raubkatze gesagt. „Ich sollte mir dir schimpfen, ich sollte dich bei meiner nächsten Pfalzreise mit nach Friemersheim nehmen. Aber ich will dich für mich. Du sollst ganz allein mir gehören."

Das fand sie zwar ziemlich dreist, aber doch auch sehr schmeichelhaft. Dem attraktiven und klugen Mr. Comley waren sicher schon viele Mädchen vorgestellt worden, echte Ladys, deren Mütter wollten, dass ihre Töchter mit ihm einen guten Fang machten! Und stattdessen wollte er sie, Emma, das Bauernmädchen aus der Pfalz!

Allerdings hat er nichts von Heiraten gesagt, gab ihr eine bösartige innere Stimme ein, die sie bald wieder verdrängte. Emma war nicht der Mensch, der gern grübelte. Heute ist heute, dachte sie immer. Und morgen ist morgen.

Am Nachmittag kam Mr. Comley mit seinen Einkäufen aus der Stadt zurück. Emma hatte ihm ihre Maße mitgeben müssen und er hatte in den feinsten Kaufhäusern Dublins üppig eingekauft. Mr. Comley war zwar Protestant, doch sein Geschmack bewies französische Raffinesse. Es war Mode wie direkt aus Versailles, wo der Sonnenkönig Ludwig XIV. residierte und die Geschicke halb Europas bestimmte. Es gab reiche Krinolinen, feinste Spitze, weichen Brokat, Samtmieder, Seidenröcke, Unterkleider, Sonnenschirme, ja sogar Schminkzeug, mit dem sich Emma einen Schönheitsfleck ins Gesicht malen konnte, wenn sie wollte.

„Probier alles an“, befahl Mr. Comley und übergab ihr eine wunderbar gelockte Perücke, die ein kleines Vermögen gekostet haben musste.

„Das kann ich nicht annehmen, Sir“, stammelte Emma. Doch ihre Finger strichen begierig über die Stoffe, die sie in eine Dame verwandeln würden.

„Ich bin mir nicht sicher, ob ich dir eine Wahl gelassen habe“, knurrte Mr. Comley. „Los! Zieh das blaue an! Und mach dich bereit. Ich will dich der ganzen Welt zeigen.“

Ganz gleich, was Emma bei ihrer Großmutter über sittsames Verhalten und nicht vorhandene Eheversprechen wilder Männer gelernt hatte, sie schlug es alles in den Wind! Sie zog ein wunderschönes blassblaues Kleid mit Brokatmieder über einem Reifrock an, setzte die Perücke auf, schlüpfte in perlenbestickte Schuhe, die einer Prinzessin würdig waren und ergriff zuletzt noch einen dunkelblauen Sonnenschirm. Niemand würde in ihr den einstigen Burschen des Ehrenwerten Mr. Comley erkennen.

Dann flanierte sie am Arm von Mr. Comley durch Dublin, wo er immer wieder höchst ehrerbietig gegrüßt wurde und das mit einem freundlichen Lächeln erwiderte. Ja, er war ein Raubtier, dachte Emma. Aber eines mit unwiderstehlichem Charme.

„Du siehst in der richtigen Kleidung entzückend aus. Wie eine zauberhafte Puppe“, erklärte Mr. Comley am Abend. „Aber das Gute ist, dass du kein Püppchen bist. Ich musste um die halbe Welt reisen, um einem so mutigen, tapferen und schönen Mädchen wie dir zu begegnen.“

Emma lauschte ihm verzückt. Solche Komplimente hatte ihr noch nie jemand gemacht – schon gar nicht Florian. Er belehrte sie meistens. Und nahm dabei kein Blatt vor den Mund, war ziemlich ruppig.

Auch Mr. Comley war ihr anfangs sehr unzugänglich erschienen. Doch nun benahm er sich wie ein verliebter Beau aus der vornehmen Londoner Gesellschaft – und tänzelte um sie herum wie ein gezähmter Bär. Das mochte auch daran liegen, dass ein wichtiger Teil seiner Mission nun erfüllt war. Er hatte mehr als hundert Pfälzer Familien auf die Ländereien seiner Familie gerettet, und um deren weiteres Wohlergehen kümmerte sich nun sein Vater, Lord Northwell. Er würde den Pfälzern Holz und weiteres Baumaterial zur Verfügung stellen, damit sie sich Häuser und Stallungen bauen könnten und ihnen Geld leihen für die Anschaffung des Viehs. Dies alles wurde von der Krone nicht nur gebilligt, sondern auch mit mehreren tausend Guineen unterstützt.

„Ich werde erst im Frühling wieder nach Deutschland reisen“, sagte Mr. Comley, während er in dem reichhaltigen Menü stocherte, dass der Wirt ihnen aufgetragen hatte. „Dann muss ich zu Mr. Davenant nach Frankfurt. Wir müssen mit Eurem Kurfürsten verhandeln, ob er noch mehr Pfälzer in den Schutz der englischen Krone ziehen lässt.“

„Was macht Ihr dann mit mir, Sir?“ wagte Emma zu fragen. Doch ihre Stimme war nur ein Hauch. Panik überfiel sie! Wenn sie Mr. Comley zurück nach Frankfurt begleiten müsste, wäre ihr gesamtes Abenteuer womöglich sinnlos gewesen. Ruth würde davon erfahren! Florian würde sie finden!

Ihre Gedanken rasten! Doch Mr. Comley schaute sie nur versonnen an und vermittelte ihr das beruhigende Gefühl, dass er schon eine Antwort hätte. „Wir werden sehen, mein schönes Kind, wir werden sehen.“ Damit zog er einen großen Sessel vor den Kamin, streckte die Füße in den blanken Reitstiefeln vor dem Feuer aus und winkte Emma, sich auf seinen Schoß zu setzen.

Sie zögerte. Alles in ihr wollte zu ihm … Aber das durfte man doch nicht! Vor allem dann nicht, wenn man eine ehrbare Frau bleiben wollte! Aber war sie das je gewesen? Oder hatte sie damit schon aufgehört, als sie vor Florian und der Ehe mit ihm aus Friemersheim geflohen war?

Sie dachte an ihren Vater, den Schmied. Er und ihre Mutter hatten aus Liebe geheiratet – über viele Klassenschranken hinweg. Ihr Vater war ein mittelloser Handwerksbursche gewesen, ihre Mutter hingegen einzige Erbin des alten Wehrhofes. Sie hatten sich auch nicht um Konventionen geschert! Und da würde sie nun kneifen?

„Komm!“ sagte Mr. Comley energisch und streckte die Hand nach ihr aus.

Schließlich setzte Emma sich in Bewegung. Die Seide ihres Traumkleides und der Unterröcke rauschte, als sie auf Mr. Comley, auf ihr Schicksal, zuging. Sie hatte sich immer geschworen, sie würde immer nur aus Liebe zu einem Mann gehen, nicht, weil die Alten es wollten – wie bei Florian! Und dennoch!

Plötzlich stand ihr Florians Bild vor Augen. Der Pfarrerssohn hätte nie gewagt, sie zu berühren, bevor sie nicht verheiratet waren. Musste man ihm das nicht hoch anrechnen?

Aber dann war da dieses Lächeln auf Mr. Comleys Gesicht, das sein ganzes Gesicht aufhellte und das Emma so liebte. Und seine violetten Augen blitzten zugleich schelmisch und verführerisch. „Du bist ja zimperlicher als die Ladys in London", stellte er fest, während er ihre schmale Hand ergriff und sie kurzerhand zu sich auf den Schoß zog.

Es war so unwirklich, es war so schön, und Emma schloss die Augen, als seine Lippen die ihren trafen und er sie küsste, behutsam und zärtlich zunächst, und dann immer wilder, immer fordernder.

Seine Zunge erkundete ihren Mund, Emma ließ es geschehen, dann öffnete sie die Lippen, erforschte ihn, und sie vergaß alle Zweifel, alle Ängste, alle Probleme, bog den Kopf zurück und gab sich ganz und gar dem Augenblick hin. Heute ist heute, dachte sie verzückt.

Was morgen ist, werden wir morgen sehen!

Am nächsten Morgen wachte sie davon auf, dass ihr der Kopf dröhnte. Emma hatte zu viel von dem guten Portwein erwischt, den Mr. Comley ihr nach dem fast endlosen Kuss eingeschenkt hatte. Er hatte danach von ihr abgelassen und ihr einen zweiten Sessel an den Kamin gerückt, und sie hatte am Portwein genippt und voller Sehnsucht von neuen zarten, wilden, leidenschaftlichen Küssen geträumt.

Ihr Kuss war zuletzt fast Kampf gewesen, so sehr begehrten sie sich. Aber Mr. Comley war nicht bereit gewesen, ihr mehr zu gewähren. „Die Sehnsucht muss wachsen", erklärte er mit einem unverschämten Grinsen, stupste nach Emmas Nase und zog sich aus dem Seitenraum des „Goldenen Hammers" zurück.

Emma hatte fast körperlich diese Leere gespürt, die sein Abschied bei ihr hinterließ.

Jetzt räkelte sie sich faul im Bett und stellte fest, dass die Morgensonne schon am Himmel stand und ein goldenes Muster auf die hölzernen Bodendielen malte. Aufstehen, sagte sie sich voller schlechtem Gewissen. Da klopfte es, und ein Dienstmädchen kam herein. Ehrerbietig zog sie die Vorhänge, die nur halb geschlossen waren, ganz auf und brachte das Frühstück zu Emma ans Bett, die darin schwelgte, so verwöhnt zu werden. Sie schlief in leinenen Laken, statt in einem Strohsack. Sie wurde bedient, statt bei Morgengrauen schon Mr. Comleys Stiefel und Pferde auf Hochglanz zu wienern.

Und dennoch wollte sie die Zeit in den Ställen nicht missen. Ich bin keine feine Dame, dachte sie. Meine Großmama hatte Recht, ich bin nur ein kleiner Pfälzer Wildfang. Und eines Tages werde ich die Strafe für meine Abenteuer bekommen.

Trotz dieser düsteren Gedanken, die mehr dem Portwein geschuldet waren, sah es nicht danach aus, als müsse Emma für ihre eigene Wildheit büßen.

Als sie angekleidet war, ihre rauschenden Röcke raffte und in den kleinen Nebenraum des „Goldenen Hammers“ ging, wartete Mr. Comley schon auf sie, erhob sich, als sie hereinkam und küsste ihr beide Hände. Er musterte sie vom Scheitel bis zur Sohle. Sie trug die Perücke, hatte sich einen Schönheitsfleck unters linke Auge gemalt, und sich für das Kleid aus Zartblau und Gold entschieden, das so gut zu ihrer Haut passte und das Mr. Comley mit großer Sorgfalt für sie ausgesucht hatte.

„Du siehst aus wie Aphrodite“, seufzte er. „Du machst einen Mann schon am Morgen schwach.“

„Freut mich“, knickste sie artig, „wenn es Euch gefällt.“

Wieder flanierten sie durch Dublin, der sonst so streng anmutende Mr. Comley bestens gelaunt, sie vorzeigend und für jedes Späßchen zu haben.

Aber er erzählte ihr auch ganz ernsthaft von seiner Familie. Dass Lord Northwell ein Castle in Limerick gehörte, das der Familiensitz war und das sein älterer Bruder erben würde, wenn er dereinst Titel und Ländereien übernahm. Er würde dann auch die imposante, hagere Lady Mary heiraten, die ebenfalls beträchtliche Besitztümer mit in die Ehe einbringen würde.

Für Mr. Robert Comley, als jüngerer Sohn, blieb Northwell House im County Clare, das ihm mit seinem Gutsbetrieb ebenfalls einige Guineen abwarf. Zudem würde er von seiner Patentante eines Tages eine wunderschöne Wohnung in London erben. „Ich habe weniger Geld als mein älterer Bruder“, so schloss er. „Und keinen Adelstitel. Dafür habe ich etwas, das mir umso kostbarer ist – meine Freiheit.“

Emma, die aufmerksam zugehört hatte, fragte sich, warum er ihr dies alles so offen darlegte. Waren seine Absichten ernsthafter, als sie möglicherweise angenommen hatte? Egal! Sie verdrängte die Frage und schmiegte sich noch enger an seinen Arm. „Wenn ich heirate, bis ich 26 bin, erbe ich den Wehrhof in Friemersheim", erklärte sie ohne weitere Hintergedanken. „Wenn nicht, fällt er in den Besitz der Kirche."

„Habt ihr viel Land?" fragte Mr. Comley und nahm eine Prise aus seiner goldenen Schnupftabakdose. Aber es hörte sich nicht so an, als ob es ihn aufrichtig interessierte – was Emma einmal mehr für ihn einnahm. Dieser leidenschaftliche Protestant war kein Mann der Berechnung.

„Wir kämpfen um unser Land", antwortete Emma. „Wir haben über die Jahrhunderte immer wieder lieber Land dazu gekauft als das alte Bauernhaus zu erweitern. Es ist viele hundert Jahre alt, ein winziges Fachwerkhaus mit einer riesigen Mauer außen herum. Aber der Kurfürst belegt uns mit so hohen Steuern, dass wir bald gezwungen sein werden, zum ersten Mal in unserer Geschichte Land zu verkaufen, um die Steuern zu bezahlen."

Emma merkte jetzt erst, wie viel sie geredet hatte und unterbrach sich. Doch Mr. Comley nickte höflich. „Das ist sehr interessant. Ich werde den Kurfürsten im Frühling treffen und könnte in deiner Sache bei ihm vorsprechen. Allerdings widerstrebt es mir. Ich will dich nicht an diesen Jüngling aus deinem Dorf verlieren. Du sollst mir gehören, das werde ich dir schon beibringen."

Emma überlief ein wohliger Schauer. Sie wusste nicht, ob Mr. Comleys letzter Satz Drohung oder Versprechen war, und sie dachte an den Kuss von gestern Abend.

Und da wusste sie die Antwort. Versprechen, sagte sie sich, es war pures und reines Versprechen, wenn er sie besitzen wollte!

Am Abend wiederholte Mr. Comley nach dem reichhaltigen Dinner, was er gestern Abend gemacht hatte. Er rückte seinen Sessel vor den Kamin und bedeutete Emma zu kommen. Diesmal zögerte sie nicht, und doch klopfte ihr Herz. Was würde heute kommen, welche Aspekte der Liebe würde er ihr heute zeigen?

Er zog sie auf seinen Schoß und streichelte sanft über ihr Gesicht, küsste behutsam die Stelle, wo sie den Schönheitsfleck aufgetragen hatte. Dann strich er ihr die vorwitzigen Locken der Perücke aus dem Gesicht und bedeckte ihren Mund mit vielen zarten Küssen. Sie erwartete mehr, erhoffte, dass seine Zunge sie neu erobern würde. Doch diesmal glitten seine Lippen über ihr Gesicht und dann hinunter über ihren Hals. Dann spürte sie seine Finger an ihrem Mieder, spürte, wie er es aufschnürte und ihr das Oberteil zärtlich hinunterzog. Nun saß sie mit entblößten Brüsten über ihm, schämte sich, fröstelte – und war doch neugierig, sehnsüchtig nach dem, was nun kommen würde.

Ganz zart strichen seine Finger über ihren Busen, und plötzlich drückte er zu. Emma hätte beinahe aufgeschrien, und Mr. Comley lachte brummig und leise. Sie blickte in seine violetten Augen, die vor Begierde blitzten. Dann schloss er sie und küsste ihren Busen, küsste abermals ihren Hals, die Kontur ihres Gesichts. Und dann knabberte er überraschend an ihren Brustwarzen.

Emma quietschte, sie bekam eine Gänsehaut und fühlte, wie sich ihre Schenkel öffneten, wie sie an einer unbekannten Stelle dort ein Verlangen spürte, das sie nicht kannte, und das sie doch dazu trieb, sich noch enger an Mr. Comley zu drängen, nun seinen Hals zu umklammern und seinen harten muskulösen Körper an sich zu spüren.

Sie bemerkte etwas Hartes, etwas zwischen seinen Beinen, und sie streichelte mit der Hand darüber. Niemand hatte ihr je gesagt, was Mann und Frau miteinander taten, aber nun bekam sie eine Ahnung davon, wusste sie es instinktiv. Das geheime uralte Wissen der Frauen.

„Mein kleiner Schatz“, flüsterte Mr. Comley rau, und nach einer langen und festen Umarmung, die Emma wie eine kleine Ewigkeit erschien, ließ er von ihr ab.

Ihr wurde flau zumute. Wollte er sie nicht? Begehrte er sie nicht im selben Maß wie sie ihn? Er musste ihr die Fragen angesehen haben. Denn er lachte heiser.

„Wir überstürzen nichts, Emma. Wir haben alle Zeit der Welt.“

Und da wusste sie, dass sie ihm rückhaltlos vertrauen konnte, dass er ihr die Liebe so gemächlich und schön zeigen wollte, wie er es für richtig hielt. Und sie sagte schlicht: „Sir!“

„Kannst du nähen?“ fragte Mr. Comley am nächsten Morgen beim Spaziergang ziemlich unvermittelt.

Emma, die in einem weit ausgestellten Traumkleid aus blassrosa Seide mit ihm eingehakt ging, nickte gehorsam. „Nähen und sticken, Sir. Ich war immer etwas ungeduldig, aber Großmutter hat mich gezwungen. Sie sagte, ich hätte einen feinen Stich.“

„Gut, gut“, Mr. Comley nickte in sich hinein und wirkte zufrieden dabei. „Eine gute Erziehung macht sich immer bezahlt.“

Emma kannte ihn genug, um ihn nicht weiter zu drängen. Wenn er einen Plan machte, würde er sie genau dann einbeziehen, wenn ihm danach war. Heute Morgen war dies offenkundig nicht der Fall, denn er sprach das Thema nicht wieder an. Überhaupt wirkte er etwas verdrießlich. Emma schrieb das dem Sherry zu, dem er gestern Abend zugesprochen hatte, nachdem sie auf seinen Befehl hin von seinem Schoß geschlüpft war. Mr. Comley war ein friedlicher Trinker, er bekam glasige Augen und redete wenig – aber er war ganz offensichtlich ein Trinker. Was Emma nicht gefiel.

Sollte ich seine Frau werden, muss ich das ändern, versprach sie sich selbst. Ich werde ihn trösten und aufmuntern und dafür sorgen, dass er nicht zu viel arbeitet und nicht zu viel Leidenschaft an seine Arbeit verschwendet. Denn ihr war aufgefallen, kleine Rückschläge nahm der Ehrenwerte Mr. Robert Comley durchaus persönlich. Der Spion Ihrer Majestät war ein Perfektionist, dachte Emma, und vermutlich musste er das aufgrund seiner Verantwortung auch sein.

Aber jetzt war das alles vergessen, die Februarsonne knallte schon mit der Kraft eines frühen Frühlings vom Himmel, und Mr. Comley gönnte sich eine Auszeit. Sie schlenderten durch ein Kaufhaus, und Mr. Comley kaufte Emma Bänder, Hüte, sogar Handschuhe. „Damit deine Hände wieder fein und weiß werden“, erklärte er.

Er trank ein Dünnbier in einem Pub, wo sie ein Gurken-Sandwich verzehrte. Dann spazierten sie gemächlich zum „Goldenen Hammer“, wo neue Verheißungen auf Emma warteten, wie sie ganz genau wusste. Erst ein köstliches Mahl – und dann die nicht minder köstlichen Berührungen des Mr. Comley, den sie mittlerweile zu lieben glaubte!

Jedenfalls dachte sie nur selten noch an Florian. Aber dass sie es überhaupt tat, grenzte an ein Wunder! Manchmal ertappte sie sich dabei, wie sie sich wünschte, Florian könnte sie in Samt und Seide, mit Schönheitsfleck, Retikül und Sonnenschirm sehen! Da würde er vielleicht staunen, sagte sie sich. Dann wieder verdrängte sie den Gedanken hastig. Er bedeutete ihr doch gar nichts! Er sollte ihr nichts bedeuten. Sie wollte nun ganz und gar zu Mr. Comley gehören, so, wie er es sich wünschte.

Am Abend ließ er sie im Sessel vor dem Kamin Platz nehmen und kniete sich vor ihr nieder. Er zog ihr die perlenbestickten Pantoletten aus, die sie mittlerweile nur noch im „Goldenen Hammer" trug. Für die Spaziergänge durch Dublin mit seinem verdreckten Kopfsteinpflaster waren sie viel zu schade! Behutsam legte er die Pantoletten beiseite und ergriff ihren linken Fuß. Dann küsste er ihre Zehen, ließ seinen Mund und später seine Zunge über ihre Fußsohle gleiten. Erst kitzelte es ein wenig, dann wurde ihr ganz schwach, und wieder spürte sie dieses seltsame, unbändige Gefühl zwischen den Schenkeln, das sie schon gestern überfallen hatte.

Sie wollte etwas, wusste aber nicht, was. Und wusste doch voller Sehnsucht, dass Mr. Comley es ihr würde geben können, dann, wenn er es wollte.

Jetzt nahm er sich ihren rechten Fuß vor und küsste und streichelte und kitzelte ihn, bis sie die Augen schloss und vor Verlangen fast geschrien hätte. „So ist es Recht", sagte Mr. Comley lächelnd, als er von ihr abließ und Emma matt in den Sessel zurückfiel. „Die Gefühle sollen immer stärker werden, mein kleiner Schatz."

Und wieder entgegnete Emma nur dieses einzige Wort, das ihr einfiel: „Sir!"

Zu Emmas völliger Verblüffung kam er am nächsten Morgen, als sie in ihrem wunderschönen, leinenen Nachthemd frühstückte, unangemeldet in ihr Zimmer. „Ich werde dir Koffer für die Kleider kaufen gehen", erklärte er knapp, nachdem er sich in einen Stuhl gelümmelt hatte und die Beine weit ausstreckte. „Wir reisen heute Mittag ab."

Emma blieb das Weißbrot mit dem Rührei auf dem Weg zum Mund in der Luft stecken, so überrascht war sie. Abreisen? Doch, meine Güte, hoffentlich nicht in die Pfalz zurück? Und hoffentlich war er ihrer Person nicht überdrüssig! Zu Hause in Friemersheim hatte sie natürlich die warnenden Geschichten der Alten gehört, von leichtherzigen Mädchen, die sich ohne Eheversprechen einem Burschen hingaben, dann sitzen gelassen wurden und niemals einen Mann fanden! Nein, zu diesen bedauernswerten Geschöpfen wollte sie niemals gehören! Gerade jetzt, wo sie so viel Gefallen an Mr. Comleys Berührungen und Liebesspielen gefunden hatte, wollte sie ihn auf keinen Fall verlieren. Aber sie versuchte, sich von ihren aufwühlenden Gefühlen nichts anmerken lassen, er sollte sie für stark und gefasst halten. Und so wartete sie geduldig ab, was er ihr zu sagen hatte.

„Ich zeige dir heute Abend Northwell House, mein Erbgut“, erklärte er. „Allerdings kann ich dich nicht hinbringen, ohne deinen Ruf zu ruinieren. Mir ist aber etwas eingefallen. Meine alte Nanny wohnt an der Küste. In einem kleinen Dorf namens Carrigaholt. Dorthin werde ich dich bringen. Sie hat mir neulich geschrieben, dass dort ein kleines Haus leer steht. Dort könntest du leben – und für deine Unabhängigkeit, die du so schätzt, ein paar Näharbeiten übernehmen.“

Emma nahm ihren gesamten Mut zusammen. Zum ersten Mal, seit sie Mr. Comley kannte, begehrte sie auf. „Sir! Ich dachte, Ihr wolltet mir noch mehr über die Liebe zeigen!“

Einen Augenblick lang starrte er sie unter seinen buschigen, dunklen Augenbrauen fassungslos an. Dann schlug er mit seiner Reitgerte gegen seine Reitstiefel und fing an, aus vollem Halse zu lachen. „Donnerwettermädchen! Mit dir habe ich ja den richtigen Fang gemacht. Aber fasse dich in Geduld, mein schönes Kind. Ich werde dir schon noch alles zeigen, was du wissen musst.“ Abermals lachte er laut, befahl Emma, sich für die Abreise bereit zu machen. Und verließ das Zimmer. Und Emma wusste in diesem Augenblick schon, dass das, was nun kommen würde, viel aufregender und spannender sein würde als alles, was sie bisher erlebt hatte …

Diesmal fuhren sie ohne Kutscher in der Chaise mit den großen Wappen an den Türen. Mr. Comley hatte beschlossen, selbst die Zügel zu übernehmen. Zuletzt war es ihm nicht schnell genug gegangen, wie er sagte.

Emma trug ein hellbraunes Reisekleid aus Samt, und Mr. Comley half ihr galant in den Innenraum der Kutsche. Dann schlug er die Tür zu und nahm auf dem Kutscherbock Platz. Emma winkte dem Wirt des „Goldenen Hammers“, und das diskrete Wirtshaus, indem sie so überaus glücklich gewesen war, verschwand aus ihrer Sichtweite.

Sie galoppierten einmal quer über die Insel, durch endlose Weiten, die jetzt im Februar etwas trostlos wirkten. Emma war enttäuscht. Denn Mr. Comley hatte ihr in den schönsten Tönen beschrieben, wie seine Heimatinsel smaragdgrün leuchtete. Jetzt war das Gras nass und schwer, und von einem Leuchten war wenig zu erkennen. Die Landschaft erinnerte Emma eher an die Rheinebene in einem nasskalten Winter.

Hin und wieder machten sie Rast, um hastig die Pferde zu wechseln. Dann gab es rasch ein Dünnbier und etwas Brot für Mr. Comley und einen Madeira und Kuchen für Emma. Überall wurde sie respektvoll behandelt, auch wenn sie ohne Zofe unterwegs war.

„Das Adelswappen und der Kutscher machen es wett“, erklärte Mr. Comley unter spöttischem Gelächter.

Sie übernachteten in einem einfachen, gemütlichen Gasthof, wo Mr. Comley zu Emmas Enttäuschung jeden Annäherungsversuch unterließ. War er ihrer schon überdrüssig geworden?

Er schlang Huhn und Ochsenfleisch hinunter, als wäre er seit Tagen ausgehungert, trank viel von dem schweren Rotwein, an dem Emma lediglich nippte – und schlief dann in einem Sessel ein. Sie schlich auf Zehenspitzen aus dem Nebenraum, den er gemietet hatte und begab sich in ihr kleines, aber schön eingerichtetes Zimmer mit dem Bett aus Kirschbaumholz und dem kleinen Frisiertisch. Das Dienstmädchen hatte vergessen, die Samtvorhänge zuzuziehen, und so schien der Vollmond ins Zimmer.

Emma, die das Mondlicht mochte, lag lange wach und dachte über ihr Schicksal nach. Es war nicht der Aufbruch ins Ungewisse, der ihr Angst machte. Sie wusste, dass sie fein nähen konnte, und außerdem hatte sie noch die Goldmünzen ihrer jüdischen Freundin Ruth aus dem Frankfurter Ghetto.

Mr. Comley, den sie zwar herbeisehnte – aber auch fürchtete! Wie würde es mit ihm weiter gehen? Was würde sie in der Liebe weiter mit ihm erfahren? Jetzt schon war sie wie süchtig nach seinen Berührungen.

Und dennoch schob sich manchmal, wenn sie Mr. Comley küsste, das Bild von Florian aus Friemersheim vor ihr inneres Auge, und sie fragte sich selbst, ob sie mehr für den klugen, willensstarken Jungen empfunden hatte, als ihr selbst bewusst gewesen war.

Aber wenn dem so ist, kann ich es auch nicht ändern, sagte sich Emma. Florian ist weit weg und hat gewiss meine Spur verloren. Selbst wenn er mir bis London gefolgt sein mag, wird er mich niemals in Irland vermuten. Und er liebt mich ja auch nicht.

Unter diesem trüben Gedanken sprang Emma, die leicht fröstelte, aus dem Bett und schürte das erkaltete Feuer in dem kleinen Kamin. Erst, als die Flammen wieder hell flackerten, kuschelte sie sich in ihre Kissen, dachte an Mr. Comley und war getröstet – mindestens für den Augenblick.

Die Reise verlief schnell, die Chaise holperte über die Straße in Richtung Westküste und manchmal ruckelte es trotz der guten Federung derartig, dass Emma fürchtete, die Achse könnte in einem Schlagloch brechen. Aber dem war nicht so. Beim verwegenen Mr. Comley handelte es sich um einen ausgezeichneten Fuhrmann, der seinen Pferden einiges abverlangte, sie aber nicht überlastete.

Am Nachmittag erreichten sie ein großes, honigfarbenes Tor, an dem Emma dasselbe Wappen erkannte, das auf den Türen ihrer Kutsche prangte. Die Chaise bog in einen Kiesweg ein, der durch einen herrlichen Landschaftsgarten führte. Emma schaute neugierig durchs Fenster. In der Ferne tauchte ein breites, behaglich in die sanften Hügel der Parkanlage geschmiegtes Herrenhaus auf. Es leuchtete honiggelb in der Wintersonne. Mr. Comley zügelte die Pferde.

„Northwell House“, rief er laut nach hinten. „Ich wollte es dir nur rasch zeigen. Ich fand, du solltest es sehen. Ich hoffe, es gefällt dir. Aber wir müssen jetzt schnell weiter zur nächsten Herberge. Es wird bald dunkel werden.“

Wieder speisten sie vorzüglich, und wieder rührte Mr. Comley Emma danach nicht an. „Du bist mein Dessert“, erklärte er, nachdem er die feinen Törtchen, die der Gastwirt höchstpersönlich aufgetragen hatte, nicht angerührt hatte. „Was von nun an für uns beide kommen wird, spare ich noch für uns auf. Damit du niemals die Sehnsucht nach mir verlierst.“ Er schenkte Emma und sich selbst vom vorzüglichen Sherry ein.

„Wenn du in Carrigaholt untergebracht wirst, wird alles einfacher werden für uns beide. Du wohnst in einem verschwiegenen kleinen Häuschen mit Blick auf den River Moyarta, wo ich dich jederzeit besuchen kann. Ich selbst besitze einen kleinen Bauernhof in der Nähe. Da kann ich mich aufhalten, ohne dass jemand unangenehme Fragen stellt. Und dann werden wir sehen.“ Er lächelte. „Wir zwei werden die Liebe entdecken.“ Nicht nur sein spöttischer Mund, auch seine violetten Augen lächelten sie an.

Wenn er seine buschigen Augenbrauen nicht zusammenzog, wirkte er freundlich und sanft, dachte Emma, und eine angenehme Wärme durchströmte sie. War das Gefühl, das sie empfand, in Wahrheit doch längst Liebe?

Mit dem Cottage, das Mr. Comley ihr versprochen hatte, traf er genau Emmas Geschmack. Er kennt mich schon gut genug, dachte sie beglückt, um das zu wissen. Das kleine, zweistöckige Haus gefiel ihr weitaus besser als Prunk und Pomp von Northwell House.

Das Cottage stand in einer kleinen Reihe von Häusern über dem River Moyarta, hatte einen Vorgarten, den sie mit Blumen bepflanzen könnte und einen großen, zum Fluss gewandten Garten, wo Platz für Gemüse und Hühner und vielleicht sogar für ein Mutterschaf war. Emma erkannte sofort, dass die Erde schwer und fruchtbar war. „Wundervoll“, sagte sie, als Mr. Comley die Holztür zum Haus aufschloss. „Hier kann ich alles pflanzen, was mir gefällt. Auch herrliche Rosen.“

„Dann wollen wir es doch ‚Rose Cottage‘ nennen“, meinte Mr. Comley schmunzelnd und sie stimmte begeistert zu.

Bevor er eintrat, klopfte er vernehmlich an die Tür. Eine uralte Frau mit weisen großen Augen und weißer Rüschenschürze kam mit raschen Schritten, die eine erstaunliche Spannkraft verrieten, aus der Dunkelheit des Flurs.

„Nanny!“ rief er und stellte sie Emma vor.

Das ganze Gesicht der alten Frau begann zu strahlen, als sie erkannte, wer sie besuchen gekommen war. Mr. Robert Comley, der seiner Nanny früher sicher viele garstige Streiche gespielt hatte, musste ihr absoluter Liebling sein. Doch Emma erkannte auch die Wärme in seinen Augen, als er zu seiner einstigen Kinderfrau blickte.

„Das ist meine Nanny, Anne Hicks. Aber niemand nennt sie Hicks. Sie ist Nanny, auch für dich."

„Sir!" Emma knickste artig vor der alten Frau. „Nanny."

„Und das", erklärte er, an Nanny gewandt, „ist Miss Emma, meine Verlobte. Sie ist ein protestantisches Mädchen aus gutem Hause, das vor dem katholischen Kurfürsten der Pfalz geflohen ist. Sie kann nicht mit Zofe reisen, da böse Männer aus ihrem Dorf sie verfolgen. Also pass gut auf sie auf. Sie wird hier allein leben und ein paar Näharbeiten für Northwell House übernehmen, um sich ihren Lebensunterhalt zu verdienen." Er lachte heiser. „Sie ist viel zu stolz, um von mir etwas anzunehmen. Und das muss sie ja auch nicht, wenn sie nähen und sticken kann. Du wirst sehen, sie hat einen feinen Stich", schloss er lächelnd.

Und nun war es Nanny, die vor Emma knickste. So etwas hatte Emma noch nie erlebt! Es war ihr peinlich, dass eine alte Frau das tat.

Doch ihr Herz schlug höher. Hatte sie sich auch nicht verhört? Hatte Mr. Comley von ihr als seiner Verlobten gesprochen? So hatte er also doch ernsthafte Absichten – und wollte sie vielleicht sogar heiraten? Das war kaum zu fassen! Eben noch war sie ein fast mittelloses, als Reitbursche verkleidetes Mädchen auf der Flucht gewesen, das sich in einen unerreichbaren Gentleman verliebt hatte. Und nun – wollte er sie vielleicht sogar für immer an sich binden? Sie blickte in seine violetten Augen, dachte an seine starken Arme – und beneidete sich fast selbst um ihr Glück.

Doch im selben Augenblick musste sie an ein Leintuch denken, das sie einst auf dem alten Wehrhof in Friemersheim selbst bestickt hatte und das in der großen Bauernküche an der Wand hing. Darauf war ein Lieblingssatz ihrer Großmutter zu lesen: „Glück und Glas – wie leicht bricht das!"

Carrigaholt, Mai 2014

Luisa legte die Blätter mit der altmodischen, schwer leserlichen Schrift aus der Hand. Sie war müde. Die kleine Messinguhr auf dem Kaminsims zeigte 5 Uhr nachmittags an. Andreas hatte geschrieben, er wolle abends kommen. Luisa hatte überlegt, ob sie irgendwie herausfinden könnte, wann die Abendflüge von Aer Lingus in Shannon Airport landeten, um sich auf seine Ankunft vorzubereiten. Doch sie hatte es verworfen. Denn im Cottage hatte sie ja keinen Handy-Empfang.

Sie ging in die Küche und machte sich einen Tee, den sie mit Honig süßte und mit Milch verdünnte und den sie in großen, hastigen Schlucken trank. Sie hatte Durst. Während ihrer Lektüre in den alten Aufzeichnungen war sie so versunken gewesen, dass sie sogar das Trinken vergessen hatte.

Jetzt überlegte sie, was bis zum Abend zu tun wäre. Sie würde noch mal ein Bad nehmen, obwohl sie schon geduscht hatte, denn sie fror von innen. Die Aussprache mit Andreas stand ihr bitter bevor. Konnte sie ihm Vorwürfe machen, wo sie ihn doch selbst betrogen hatte? Aber es gab Gesprächsbedarf, wenn sie sich gegenseitig noch einmal eine Chance geben wollten.

Hoffentlich wird es nicht wie im Kindergarten, dachte Luisa, während sie in der Badewanne ihre langen Beine verrenkte, um sie mit Schaum einzuseifen. Dann brauste sie sich ab, rubbelte sich mit einem Handtuch trocken – und entschied sich, ein schwarzes Hippie-Abendkleid mit silbernen Glitzerstreifen anzuziehen, das sie sich einmal auf einem Flohmarkt im Londoner Stadtteil Islington gekauft hatte. Damals war ihre beste Freundin dabei gewesen und hatte sie zu dem Kauf ermutigt. Andreas konnte weder das Kleid, noch die Freundin leiden. Sie zog es absichtlich an.

Ihr silberblondes Haar jedoch frisierte sie so, wie er es liebte, die Haare aus dem Gesicht in einem Chignon. Nun würde sie in Abendkleidung kochen müssen, denn sie konnte sich denken, dass er hungrig war wie ein Bär. Andreas konnte Berge verdrücken und blieb dennoch gertenschlank.

In der Küche erst überlegte sie, was sie eigentlich kochen könnte. Sie suchte in der winzigen Speisekammer nach den Hinterlassenschaften ihrer Eltern und fand Champignons, Dosenspargel und Nudeln. Das war es! Nudelsalat, ein leicht zu zauberndes Gericht, wenn sie dazu eine frische

Mayonnaise machte. Schnell fertig – und auf Andreas' Liste der Leibgerichte ganz oben. Seine Mutter hatte ihm gern Nudelsalat gemacht, aus Zeitmangel allerdings aus Fertig-Mayonnaise.

Routiniert schlug Luisa zwei Eier auf, zerteilte sie, verrührte das Eigelb mit Senf, Öl und Zitronensaft, würzte alles mit Salz, weißem Pfeffer und Zucker. Dann gab sie die Masse über die Nudeln, schnippelte noch etwas Wurst daran – und ließ den Nudelsalat ziehen.

Sie deckte den Tisch mit den rustikalen Tellern ihrer Mutter und dachte sehnsüchtig an die flackernde Kerze in der Rotweinflasche, die das Essen mit Patrick gestern Abend zum Genuss gemacht hatte. Urig und wie in alten WG-Zeiten, dachte sie abermals.

Patrick! Sie sehnte sich so nach ihm, dass sie sich schnell ablenken musste. Sie erwischte sich bei dem Gedanken, dass sie sich vorstellte, wie es wäre, wenn sie mit ihm hier essen würde! Wie herrlich, wie wunderbar wäre das, wenn er sie dann nachher in seinen starken Armen in das Bett ihrer Eltern tragen würde. Und dann … und dann …

Sie dachte an seine heißen Küsse und bekam eine Gänsehaut. Ja, sie konnte Emma Knothe verstehen, die sich nach Mr. Comley verzehrte. Wir sind alle beide keine sittsamen Mädchen, dachte Luisa und musste lächeln. Wäre ja auch noch schöner!

Natürlich war Emma Knothe für ihre Zeit, das beginnende 18. Jahrhundert, eine mutige junge Frau gewesen, wenn sie nicht nur vor einer arrangierten Ehe flüchtete, sondern sich auch noch einem unbekannten Gentleman hingeben wollte, sagte sich Luisa. Andererseits hatte zum Beispiel die Marquise de Montespan, Mätresse des Sonnenkönigs, bis 1707 gelebt, und ihr Stern hatte nicht nur am französischen Hof, sondern in ganz Europa geleuchtet. Solche Verbindungen zu hohen Herren waren also selbst zu Emmas Zeit nicht ungewöhnlich …

Und heute?

Luisa ging ins kleine Wohnzimmer, um nach dem Feuer im Kamin zu sehen, das fast heruntergebrannt war, weshalb sie auch gefroren hatte, während sie las. Sie schürte es neu auf, die Flammen züngelten, sie holte sich eine frische Tasse Tee und zog sich einen Sessel vor den Kamin. Jeden Augenblick konnte Andreas kommen. Luisa fühlte sich verwirrter denn je …

Liebte sie nun Patrick Comley, diesen schroffen, etwas schüchternen – und doch so leidenschaftlichen Iren aus bester Familie, der ihr Sex auf eine Weise gezeigt hatte, die schöner kaum sein konnte? Oder fühlte sie sich doch eher im Vertrauten zu Hause? Bei Andreas? War sie so konservativ? Und war sie vor Patrick geflohen, weil sie für das Unbekannte zu feige war?

Überdies stellte sich die Frage: Was sollte sie Andreas erzählen? Und sollte sie es überhaupt tun?

Luisa starrte in die Flammen und wusste es nicht. Ihr war selbst klar, dass sie kein Konzept hatte. Wenn sie Andreas von Patrick erzählte, gab sie möglicherweise einer kurzen Affäre eine Bedeutung, die sie gar nicht verdiente. Andererseits war es durchaus von Bedeutung. Sie hatte erlebt, was es heißen konnte, sich beim Sex zu öffnen, sich hinzugeben. Ob das Liebe war, wusste sie nicht. Aber es war jedenfalls nicht nichts.

Ich bin so ein Trottel, beschimpfte sich Luisa. So alt – und doch so unerfahren.

Während sie zusah, wie die Flammen spielten, dachte sie an die Marquise von Montespan. Konnte die Mätresse des Sonnenkönigs ihr nicht aus dem Himmel etwas Raffinesse regnen lassen? Oder ich bräuchte die ehrliche und unverstellte Leidenschaft einer Emma Knothe, sagte sie sich. In mir selbst hingegen ist einfach nur Chaos. Und dann ist es am besten, einfach keine Entscheidung zu treffen, gar nichts zu tun. Ich werde das Gespräch mit Andreas einfach auf mich zukommen lassen müssen – und sage erstmal nichts. Denn die Marquise von Montespan, dachte sie, hätte es in ihrer Kenntnis der männlichen Seele sicher auch nicht getan. Manchmal war eben doch Reden Silber. Und Schweigen Gold.

Natürlich wusste sie selbst, dass sie würde reden müssen, wollte sie ihrer Beziehung noch einmal eine echte Chance geben. Sie würde eines Tages Andreas nach Sheila fragen – und ihren eigenen Seitensprung beichten müssen … oder? Wenn sie sich wechselseitig betrogen hatten, gab es auch wiederum nichts, das sie sich gegenseitig vorwerfen mussten, dachte Luisa und entspannte sich ein wenig.

Sie erhob sich aus ihrem Sessel und schloss die Vorhänge. Sofort wirkte das Wohnzimmer viel gemütlicher und einladender. Noch einmal schürte sie das Feuer, dann huschte sie ins Bad, um Rouge und Lippenstift aufzulegen, ein bisschen Indianerschminke zur Verteidigung gegen die Welt – in Gestalt von Andreas.

Kaum war sie die schmale Stiege vom Dachgeschoss heruntergekommen und hatte die sehr hohen Jimmy-Choo-Stilettos angezogen, die Andreas ihr einmal in Zürich geschenkt hatte, als sie seinen Leihwagen schon kommen hörte. Mit viel zu hohem Tempo rauschte er in die Einfahrt zum „Rose Cottage". Wenn der Hausherr sich herbeiließ, nach Hause zu kommen, dachte sie spöttisch, konnte ganz Carrigaholt das hören. Sie strich sich noch einmal übers glatt nach hinten frisierte Haar, dann ging sie zur Haustür, ihm – und ihrem Schicksal entgegen, ganz gleich, wie es enden würde.

„Da bist du ja", sagte er knapp, als er dem silberfarbenen Mercedes entstiegen war, den er sich abermals gemietet hatte. Alles, was er benutzte, musste gut und teuer sein.

Luisa dachte an den alten klapprigen Range Rover von Patrick zurück. Sehnsucht überkam sie, plötzlich und heftig. Dann wieder fiel ihr ein, wie sie in feindseligem Schweigen von seinem Bauernhaus zum Rose Cottage zurückgefahren waren, und sie spürte, wie sich ihr der Magen zusammenzog. Nein, es gab kein Zurück. Sie stakste auf ihren wirklich sehr hohen Schuhen Andreas entgegen, und er schloss sie kurz und zärtlich in die Arme. Dann hauchte er einen Kuss auf ihr Haar.

„Schön siehst du aus", bemerkte er, und sie wollte sich gerade freuen, als er fortfuhr: „Wenn nur dieses Kleid nicht wäre. Darin siehst du aus wie eine Hippie-Schlampe. Aber die Schuhe reißen es wieder raus."

„Willkommen zurück", erwiderte sie mit einer Bissigkeit, die sie sich vor 48 Stunden noch gar nicht zugetraut hatte. Vielleicht half ihr der Gedanke, dass dieses glitzernde Abendkleid Patrick wohl gefallen hätte … und sie dachte an „Strangers in the night" und ihren Tanz unterm Sternenhimmel …

Andreas holte sein silberfarbenes Samsonite-Köfferchen aus dem Hinteren des Wagens und ging mit langen Schritten ins Cottage voraus. Wieder einmal musste Luisa denken, dass alles an ihm zu lang und zu groß und zu vornehm war für dieses einfache, kleine Haus, das zäh Sturm und Winden vom Atlantik und Wettern trotzte. In gewisser Weise ist dieses Haus wie ich, dachte Luisa. Ich bin auch zäher als alle denken – allen voran: Andreas.

Er ging ins Wohnzimmer, stellte sich vors Feuer und rieb sich die Hände warm. „Hast du einen Drink?" fragte er, als wisse er nicht ganz genau, wo der Whisky stand. Er tat so als wäre er ein Fremder hier bei ihr im Haus. Und, dachte Luisa nicht ohne Genugtuung, in gewisser Weise war er das ja auch. Also ging sie auf sein Spiel ein und fragte: „Nimmst du Eis?"

„Pur", erklärte er lächelnd. „Pur ist immer am besten."

Sie brachte ihm ein Glas und bat ihn, sich zu setzen. Ungelenk wie zwei Schulkinder nahmen sie in den beiden kleinen Sesseln mit dem Brokatbezug vor dem Feuer Platz.

Wieder wurde Luisa von der Frage bestürmt, ob sie ihm nicht alles beichten sollte? Aber das, so sagte sie sich, tat man nur, wenn man seine alte Beziehung beenden wollte. Sonst schonte man den anderen – und schwieg. Und dennoch, da war der fast grausam zu nennende Wunsch, ihm von Patrick zu erzählen, von der klaren Sternennacht, von Frank Sinatra und dann von dem Schaffell und dem, was darauf geschehen war. Doch stattdessen hielt sie den Mund.

Sie schwiegen beide, denn vielleicht aus ähnlichen Gründen sagte Andreas nichts über Sheila. Wo sie wohl steckte? Ob er sie in ihre Wohnung zurückgebracht hatte, bevor er zum Cottage gekommen war? Oder hielt sich die reiselustige Sheila noch in Deutschland auf? Etwa in Wiesbaden?

Fragen, auf die Luisa gern eine Antwort gehabt hätte, Fragen, die sie nicht zu stellen wagte. Ob es Andreas mit ihr ebenso erging? Auch er fragte nichts. Auch er schwieg. So würden sie sich natürlich arrangieren können, dachte Luisa. Jeder betrog den anderen – und dann tat man so, als wäre nichts passiert.

Irgendetwas musste nun passieren, irgendjemand musste das Schweigen durchbrechen. Luisa war es, die als erste aufgab. „Ich habe dir Nudelsalat gemacht", erzählte sie. „Wie von Muttern."

Andreas strahlte, genau, wie sie es erwartet hatte, und dieses Vertraute, dieses Berechenbare, gab ihr etwas von ihrer ersehnten Sicherheit, die sie in seiner Nähe empfand, zurück.

„Dann komm in die Küche. Wir wollen essen", lud sie ihn versöhnlich ein.

Und vielleicht, dachte sie, würde sich ja doch noch alles zum Guten wenden. Vielleicht fanden sie zueinander zurück.

Andreas hatte sich wie ein Wolf über den Nudelsalat hergemacht, und als sie ihm dazu kühlen Sancerre aus den Beständen ihres Vaters anbot, lehnte er ab.

Das überraschte sie. Für einen guten Tropfen war Andreas normalerweise immer zu haben. Sie bot es ihm ein zweites Mal an, und ein zweites Mal schüttelte er den Kopf. „Ich dachte, wir sollten fahren", sagte er schlicht.

Sie stand mit verschränkten Armen vor dem Kühlschrank und wartete ab, was er zu sagen hatte. Sie konnte es ungefähr ahnen.

„Dieses Cottage ... Es hat mir von Anfang an kein gutes Gefühl gemacht", fuhr er fort. „Und es hat uns auch kein Glück gebracht. Um ein Haar wäre unsere Verlobung daran zerbrochen. Wir wollen doch heiraten, Luisa. Ich will dich heiraten. Du mich auch?"

Eine winzige Pause, dann nickte sie langsam. „Ja, das will ich auch."

Jetzt nur nicht an Patrick denken, sagte sie sich. Und nicht heulen! Dies hier ist nicht der Augenblick, in dem ich mein Leben verpfusche! Wenn, habe ich es vor zwölf Stunden getan.

„Gut, dann sei mein Schatzi und geh deine Siebensachen packen. Wir fahren nach Northwell House. Ich habe die Mondschein-Suite gebucht und bin sicher, sie wird dir gefallen!" Er lachte. „Schade eigentlich, dass es in Irland kein Gretna Green gibt. Sonst würde ich dich heute Nacht noch zum Traualtar schleppen. Damit du mir nicht mehr entkommen kannst. Ich bin wie der böse, alte Wolf – und will dich mit Haut und Haaren fressen ..."

Sie überlegte kurz, dann schob sie alle Zweifel beiseite. Luisa zog die Stilettos aus, vertauschte sie im Schlafzimmer unterm Dach mit ihren Ballerinas, und dann warf sie achtlos ihre teuren Kleider, die zumeist Andreas ihr geschenkt hatte, in den großen, alten, speckigen Lederkoffer, den sie liebte, und über den Andreas seine kleinen Witzchen machte.

„Ich bin fertig", sagte sie nach wenigen Minuten.

Andreas hatte das Feuer im Kamin gelöscht und den gusseisernen Brandschutz davorgestellt. Luisa sagte: „Sowie wir auf dem Handy Empfang haben, rufe ich Maria an. Sie kann sich um alles kümmern. Damit Mama und Vater noch ein Häuschen vorfinden. Und keinen rauchenden Schutthaufen."

Andreas lachte sein unbekümmertes, jungenhaftes Lachen, das sie tatsächlich liebte, dann packte er ihrer beider Koffer und trug sie hinaus.

Kurz danach saßen sie im Mercedes und fuhren rückwärts und viel zu rasant aus der Einfahrt hinaus. „Bye-bye, Rose Cottage", flüsterte Luisa, der nun doch beinahe die Tränen kamen. Und sie meinte die Antwort zu hören: „Bis bald". Aber vermutlich war es nur der Wind, der um die Ecken des Cottages flüsterte …

Andreas nahm einem anderen Auto die Vorfahrt, hatte Glück, dass es bremste, und dann rasten sie los, in Richtung Limerick, Richtung Northwell House, in Richtung einer Zukunft, die Luisa trotz allem richtig erschien! Verflixt, wenn nur diese bescheuerten Tränen nicht gewesen wären …

In der Nacht lagen sie nebeneinander, ohne sich anzurühren. Die Mondschein-Suite war himmlisch, und es rührte Luisa, dass der nüchterne Andreas ein großes Himmelbett gebucht hatte, was ihm eigentlich sicher fremd war. Aber außer dieser Rührung empfand sie – nichts.

Einmal in der Nacht machte Andreas einen zaghaften Annäherungsversuch, doch es konnte auch im Halbschlaf gewesen sein. Luisa schob seine Hand vorsichtig von sich weg. Es ging nicht, stellte sie fest. Es war ihr unmöglich, Patrick zu betrügen. Mindestens fürs erste.

Sie dachte an die Liebesnacht auf dem Schaffell und sagte sich, dass kein Luxus der Welt ihr das ersetzen konnte. Und doch war sie Andreas' Verlobte. Sie betrachtete ihren Diamantring, der im kalten Mondlicht funkelte. Sie war entschlossen, ihn zu heiraten. Und er hatte Recht! Das Projekt Irland war gescheitert. Aber keineswegs ihre Beziehung. Sie würden morgen die grüne Insel verlassen, den nächstbesten Flug zurück nach Frankfurt nehmen. Luisa hatte schon ihre Mutter darüber kurz informiert, die seltsam belegt geklungen hatte, als sie hörte, dass Andreas und Luisa nun zurückkommen würden. Und sie hatte bei der Kunstschule angerufen, um durchzugeben, dass sie ab Montag den Unterricht wieder aufnehmen würde. Sie wollte in ihr altvertrautes Leben zurück!

Andreas und sie hatten an der Bar von Northwell House einen Cocktail genommen, und während er zum WC verschwunden war, hatte sie überlegt, ob sie Patrick wenigstens kurz anrufen sollte. Aber was gab es zu sagen? Und was würde er davon halten?

Sie sehnte sich so sehr nach ihm und seiner inneren und äußerlichen Wärme, dass sie dennoch beinahe alle Bedenken in den Wind geschlagen hätte. Ihr Finger lag schon auf der Tastatur. Dann überlegte sie es sich anders. Aber wenigstens eine SMS wollte sie ihm schicken, schon, damit er ihre Handynummer hätte. Hastig, bevor Andreas zurückkam, tippte sie das eine Wort ein, das ihr die halbe Welt bedeutete und das sie ihm schon einmal gesagt hatte. „Danke!"

Jetzt blinzelte sie zum Nachttisch, wo ihr Handy grün blinkte. Keine SMS war zurückgekommen. Was hatte sie auch erwartet? Patrick war enttäuscht und zornig, und es gab nichts weiter zu sagen.

Luisa drehte sich vom Handy weg, es war drei Uhr morgens, und nun war bestimmt mit keiner SMS mehr zu rechnen. Sie sah Andreas' klar geschnittenes Profil und flüsterte sich ein, dass sie ihn doch liebte, dass sie ihr Leben mit ihm verbringen wollte, dass sie zufrieden war.

Am nächsten Morgen genossen sie das herrliche irische Frühstück mit gebratenen Würstchen aus Annascaul, Tomaten, Speck und Spiegelei und blickten über die Shannon-Mündung und die Park-Anlagen von Northwell House. Alles war wunderschön. Oder hätte es sein können.

Wenn sie miteinander geredet hätten. Aber wenn zwischen Patrick und Luisa das Schweigen stand wie eine trennende Wand, galt das zumindest heute Morgen auch für Andreas und Luisa. Sie bemerkte verärgert, dass er mit der hübschen Kellnerin flirtete, bis die ihm verärgerte Blicke zurückschoss. Und er hatte ein Stirnrunzeln im Gesicht, wenn er Luisa in die Augen sah.

Ob er doch gemerkt hatte, dass sie seine Hand weggeschoben hatte? War er gar nicht im Halbschlaf gewesen, wie sie angenommen hatte, als er sie berührte? In jedem Fall hatten sie sich wenig zu sagen.

Und dann geschah es. Von der Rezeption her kam ein stattlicher, silberhaariger Herr in den großen Wintergarten mit den Kronleuchtern, wo das Frühstück serviert wurde. Er blieb kurz stehen, sein Blick schweifte durch den Raum – und blieb auf Luisa hängen. Er stand kurz da wie erstarrt. Er blickte von Luisa zu Andreas und wieder zurück. Er fixierte sie regelrecht wie ein Raubtier, das Witterung aufnimmt. Seine Miene wirkte wie tiefgefroren. Dann steuerte er direkt auf sie zu.

Ohne Umschweife herrschte Lord Northwell sie an, während er zwischen Andreas und Luisa hin und herblickte. „Ich habe es ja gewusst. Sie würden Patrick weh tun."

Luisa wusste nichts wirklich zu entgegnen. Auf der Zunge hätte ihr irgendeine lahme Erwiderung gelegen wie etwa: Wer hat hier wem weh getan? Aber sie fühlte sich natürlich von Andreas beobachtet und sagte deshalb nur matt: „Wollen Sie mich nun tatsächlich erschießen, Mylord?"

Das Gesicht des alten Herrn kräuselte sich sichtlich wider Willen zu einem Lächeln. Ganz offensichtlich hatte er das Gespräch am Aussichtspavillon nicht vergessen. „Das würde ich vermutlich tun", sagte er militärisch knapp. „Wären Sie nicht eine so gute Malerin."

Er wandte sich an Andreas: „Ihre Freundin hat mir ein wunderbares Gemälde geschenkt. Es zeigt Northwell House und hat einen Ehrenplatz bei mir gefunden. Wollen Sie es sehen?"

Andreas warf mit ausdruckslosem Gesicht seine Serviette auf den Tisch. Irgendwie wirkte er auf Luisa, als hätte er etwas aufgegeben. Sie? Doch er stand auf und half ihr, indem er ihren Stuhl zurückzog. „Sehr gern", erwiderte er.

Lord Northwell führte seine beiden Gäste in eine weitläufige Bibliothek, die von der Empfangshalle abzweigte. Dort döste friedlich ein Jagdhund vor dem Kamin. Und über dem Kamin hing, vor Farben und Lebenslust leuchtend, das Porträt von Northwell House, wie Luisa es gesehen hatte, vor wenigen Tagen, die so lang zurückzuliegen schienen, jene Tage, in denen sie so verliebt und glücklich gewesen war.

Andreas starrte mit einem Gesichtsausdruck auf das Bild, als könne er nicht auf drei zählen. Er wandte sich an Luisa: „Und das hast wirklich du gemalt?"

„Ganz alleine", erwiderte Lord Northwell süffisant an ihrer Stelle. „Passen Sie gut auf sie auf. Sie kann sich zu einer großen Malerin entwickeln." Und kaum hörbar fügte er hinzu: „Passen Sie so gut auf, wie es mein Patrick getan hätte."

Andreas vernahm es, sagte aber nichts dazu. Er hüllte sich in ärgerliches, vermutlich eifersüchtiges Schweigen, dachte Luisa.

Nein, Lord Northwell trug nichts dazu bei, ihr den Neuanfang mit Andreas Freymann leichter zu gestalten. Aber warum sollte er auch? „Wir müssen jetzt abreisen“, sagte sie daher energisch. „Wir fliegen nach Deutschland zurück.“

„Dann will ich Sie nicht aufhalten“, entgegnete der alte Herr und korrigierte sich plötzlich: „Das heißt, wenn ich es könnte, würde ich es gern. Patrick zuliebe.“ Damit schaute er noch einmal von Luisa zu Andreas, dann zu seinem Bild. Es war ein Blick, in dem zunächst eine Frage, und dann ein Abschied lag.

„Selbstverständlich brauchen Sie Ihre Übernachtung hier nicht zu bezahlen. Mein Dank für das Bild. Es ist ein wunderbares Geschenk.“ Lord Northwell verneigte sich knapp, und selbst dem gesellschaftlich nicht sehr bewanderten Andreas war klar, dass sie damit entlassen waren.

„Komischer Kauz, dieser Lord“, erklärte Andreas einige Stunden später, als sie die Wolkendecke über Limerick durchbrochen hatten und in der Business Class von Aer Lingus saßen und er sich ein Glas irischen Whisky genehmigte.

Vorher hatte er nichts zu dem Zwischenfall in der Bibliothek gesagt, nicht beim Kofferpacken und nicht bei der Fahrt nach Shannon Airport. Sie hatten es gemacht, wie es nun offensichtlich ihre neue Angewohnheit wurde. Sie hatten eine Decke aus Schweigen über alles gelegt. Und vielleicht, dachte Luisa, war das in dieser Situation noch das Beste, was sie tun konnten. Traurig erinnerte sie sich an den Hinflug von Frankfurt zurück. Mit wieviel Freude, wieviel Hoffnung war sie aufgebrochen. Vorgezogene Flitterwochen! Und nun konnte sie froh sein, wenn ihre Beziehung ihr nicht um die Ohren flog.

Luisa kannte solche Geschichten aus Filmen: Die Braut, die noch vor dem Traualtar sitzen gelassen wird. Oder jemand steht auf und erhebt Einspruch, dachte sie. Patrick. Sie nippte an ihrem Orangensaft, lehnte sich in dem komfortablen, breiten Sessel zurück und schaute in die trüben Wolken, die ihrer Stimmung entsprachen. So würde ihr Leben nun vielleicht weiter verlaufen. Nie Geldsorgen, immer Luxus, aber keine Abenteuer – und auch keine Liebe?

Luisa beschloss, diesen Gedanken lieber zu verdrängen. Sie dachte an ihren Lieblingssatz: Heute ist heute – und was morgen kommt, werden wir morgen sehen. Ein Satz, den sie aus „Vom Winde verweht" so ähnlich kannte …

Erst an der Kofferabfertigung am riesigen Frankfurter Flughafen wurde ihr klar, dass sie nur ein Souvenir mit dabei hatte, das sie ans Rose Cottage erinnern würde. Die Aufzeichnungen der Emma Knothe.

Ausgerechnet Luisas Koffer war bei der Abfertigung offensichtlich verlorengegangen.

Begleitet von einem sichtlich entnervten Andreas, ging sie zum Baggage Claim, wo man ihr mitteilte, der Koffer sei noch wohlbehalten in Shannon-Airport und werde in den nächsten Tagen geliefert. Pechmaria, sagte Luisa sich selbst.

Andreas und sie redeten nach wie vor kaum miteinander. Sie hielten auch nicht Händchen, sie berührten sich nicht, waren wie Fremde. Schrecklich, dachte Luisa. Doch dann sah Luisa das gehäkelte Käppchen ihres hoch gewachsenen Vaters mit den silbergrauen Haaren darunter hinter dem Ankunftsgate. Und hörte, wie ihre Mutter einen Schrei ausstieß. „Da, Eduard! Da sind sie ja! Gott sei Dank!"

Ihre Mutter, dachte Luisa schuldbewusst, musste sich schwere Sorgen gemacht haben, da sie so selten angerufen hatte. Gestern Abend hatte sie kaum verstanden, worum es ging, als Luisa ihr von Northwell House aus erklärt hatte, dass sie nach Deutschland zurückkäme, dass sie es mit Andreas, nicht Patrick weiter versuchen wolle und dass sie keine weiteren Fragen wünschte.

„Andreas und ich wollen es noch einmal versuchen", hatte Luisa in einem Tonfall erklärt, der keinen Widerspruch erlaubte, auch nicht den hartnäckigen ihrer Mutter. „Allerdings sind wir uns beide einig, dass wir etwas Abstand brauchen. Daher wäre es wunderbar, wenn Paps und du mich in Frankfurt abholen könntet."

Professor Eduard Schöttler fuhr schon lange nicht mehr Auto, da er sich selbst als Risikofaktor im Straßenverkehr betrachtete, aber Luisas Mutter tat es umso begeisterter. Luisa hatte immer ein wenig Angst davor, mit ihr zu fahren, da sie dicht auf andere auffuhr und die Lichthupe betätigte – egal, ob sie im Recht war oder nicht. Aber nun waren all diese Bedenken verflogen, Luisa spürte nur noch Freude, nach Hause zu kommen und ihre Eltern zu sehen. Manche Dinge änderten sich nie, dachte sie. In mancher Hinsicht blieb man immer ein kleines Mädchen.

Dann stürzte sie sich in die Umarmungen ihrer Eltern. Besonders ihr Vater war auffallend freundlich, was sicher daran lag, dass Luisa ohne Gepäck im Anmarsch war. Er liebte es, dachte Luisa, wenn bei ihr Dinge nicht klappten, weil er ihr dann zeigen konnte, wie gut er alles im Griff hatte. Ein starker Mann eben, sagte sie sich.

Der andere Mann in ihrer Nähe stand unbeholfen herum, während Luisa und ihre Eltern sich wechselseitig küssten und herzten. Natürlich war Andreas intelligent genug, sich denken zu können, dass Luisa ihren Eltern die Sache mit Sheila erzählt hatte.

Es wunderte sie daher nicht, dass er beim Empfang durch seine künftigen Schwiegereltern verhalten und vorsichtig wirkte. Fast hätte er ihr leidgetan. Er hatte niemanden, der auf ihn wartete, wenn sie nach Hause in das schöne Natursteinhaus in Speyer fuhr, wo es Kaffee und Kuchen und viele Gespräche geben würde. Da blieb ihm, allein in seinen protzigen Mercedes zu steigen, den er im Parkhaus untergebracht hatte und in sein einsames kaltes Loft zu fahren – wo höchstens die moderne Kunst ihn trösten könnte.

Luisa schauderte beinahe angesichts dieses Gedankens. Deshalb nickte sie Andreas mit einer Herzlichkeit zu, die er eigentlich gar nicht verdient hatte. „Wir telefonieren am Abend“, erklärte sie mehr als dass sie fragte.

Andreas nickte eifrig – und druckste angesichts der drohenden Blicke von Eduard Schöttler ein paar müde Begrüßungsfloskeln hervor, die zumindest von Eduard Schöttler unerwidert blieben. Mit steinerner Miene blickte Luisas Vater ihren Tunichtgut an. Immerhin ihre Mutter versuchte ein kleines Lächeln, aber auch das war mehr formal. Natürlich tobte sie über seinen Betrug, dachte Luisa.

Er winkte noch einmal, dann ging er mit seinem grauen Business-Anzug und den für ihn so typischen langen Schritten davon. Typisch für ihn war auch, dass sein Samsonite-Koffer angekommen war, sagte sich Luisa. Dr. Andreas Freymann passierte niemals eine Panne. Und das würde er sich auch energisch verbeten haben.

„Andreas und ich werden uns schon wieder finden", erklärte Luisa ihrer Mutter bei einem Stück wunderbaren Mohnkuchens. „Dann wird schon alles wieder gut. Man soll kein Drama aus Dingen machen, die keines sind."

Luisas Mutter verzog das Gesicht. Sie trug heute ein eng anliegendes Kostüm, das ihre schlanke Gestalt zur Geltung brachte, hatte sich aber darüber eine Rüschenschürze angezogen. „Untreue ist schon ein Drama", erklärte sie. „Aber häufig passiert so etwas, wenn man unzufrieden mit der eigenen Beziehung ist. Ich habe nachgedacht. Vielleicht will Andreas gar nicht heiraten, ich meine, unterbewusst? Vielleicht fühlt er sich eingeengt."

Luisa zuckte mit der Achsel. „Der Heiratsantrag war seine Idee. Ich habe ihn zu nichts gezwungen. Und überhaupt, lass uns von was anderem reden. Und hast du noch von diesem herrlichen Kuchen und dazu noch einen Schluck Kaffee?"

Ihr Vater beteiligte sich gar nicht an der Unterredung, er saß mit seiner zufrieden schnurrenden Katze in einem alten Liegestuhl im Innenhof des Hauses, wo Luisas Mutter Oleander und Jasmin in Kübeln zog. Ein südländisches Idyll, dachte Luisa – und freute sich auf einmal von ganzem Herzen darüber, wieder zu Hause zu sein, an dem Ort, an den sie gehörte und der ihr Wurzeln gab.

Später kamen sie auf das Cottage in Carrigaholt zu sprechen. „Es war wie ein Traum", erklärte ihre Mutter. „Als ich es erbte."

„Viele Erklärungen gibt es dazu nicht. Irgendwer in der Familie muss es vor Urzeiten gekauft haben. Dein Vater und ich haben es instand gesetzt." Mit zärtlichem Blick schaute sie in den Innenhof, wo mittlerweile auch der Katzenvater schnarchte. „Aber wir brauchen unser Liebesnest nicht länger. Wir werden nicht jünger, Kind. Wir wollten es dir zur Hochzeit schenken."

Luisa hielt den Atem an. Sie dachte an die Aufzeichnungen der Emma Knothe … Dann war das wilde, eigensinnige Mädchen, die Tochter des blonden Schmieds also vielleicht wirklich ihre Vorfahrin? Wie schön, wie ungewöhnlich, wie verführerisch dieser Gedanke!

Sie überlegte, ob sie ihrer Mutter jetzt schon von dem geheimnisvollen Dokument erzählten sollte. Aber sie hütete es eifersüchtig, es war ihr Schatz. Anscheinend haben wir alle unsere kleinen Geheimnisse, sagte sie sich – und schwieg. Morgen war auch noch ein Tag, dann konnte sie ihrer Mutter alles erzählen.

Später zog sich Luisa in ihr großes Dachstudio zurück. Sie hatte darin einen Schreibtisch, ein Bett, zartrosa gestreifte Polstermöbel unter den gemütlichen Gauben – und eine Staffelei, die irgendwo halb vergessen, mehr wie Deko, an einer Wand lehnte.

Sehnsüchtig dachte sie an Northwell House und Carrigaholt zurück! Wie viel Freude hatte es ihr gemacht, all ihr Gefühl in ihre Malerei zu legen! Und sie hatte sogar Fans gefunden. Lord Northwell – und Alicia Guggenheim aus dem fernen New York City. Sie dachte an Patrick, und der Magen zog sich ihr schmerzlich zusammen. Er war so weit weg! Ob er noch an sie dachte? Und ob er sein Versprechen wahrgemacht – und Alicia das Bild des tanzenden Delphins geschickt hatte? 1000 Dollar hatte Alicia bezahlen wollen. Und sie hatte versprochen, sich wieder zu melden! Das tat Luisa als übliche Freundlichkeits-Floskel einer netten Amerikanerin ab.

Nein, jetzt war sie weit weg von dem irischen Feen- und Zauberreich, nun musste sie der Realität ins Auge sehen. Und die bestand nicht aus Delphinen und Delphinflüsterern und nicht aus Cottages und auch nicht aus halsstarrigen Adligen. Nein, sie bestand aus der Kunstschule, in die Luisa ab übermorgen wieder würde gehen müssen, sie hatte sich selbst angemeldet. Keine Träume, keine Luftschlösser. Nicht nach den Sternen greifen!

Mit ihren langen Beinen ließ sich Luisa in ihre Polstercouch sinken und nippte an einem Glas Zitronenwasser, das sie liebte. Sie wollte allein sein und nachdenken. Darüber, was sie Andreas sagen wollte, wie es weitergehen sollte, ob eine Hochzeit überhaupt noch zur Debatte stand.

Aber das schreckliche war, während sie die Stirn in Falten legte und versuchte, sich auf Andreas zu konzentrieren, schob sich immer wieder Patrick in ihre Gedanken – und dann musste sie, wehmütig, lächeln!

Während der Stress der Reise in ihrem gemütlichen Reich unterm Dach ihres Elternhauses von ihr abfiel, dachte sie nach. Warum genau war sie eigentlich vor Patrick geflüchtet? Stand so viel auf dem Spiel? Hatte sie Angst vor ihren eigenen Gefühlen – oder vor einem ganz neuen Leben, das sie in Irland anfangen müsste? Fragen über Fragen – und keine richtige Antwort.

Jetzt fiel ihr ein, dass sie kein Bild, nicht einmal eine Telefonnummer von ihm hatte. Doch das ließ sich ändern. Beides!

Luisa ging in ihr winziges Bad unter der Dachschräge, spritzte sich Wasser ins Gesicht, zog sich aus und hüllte sich in ihren kuscheligen Frottee-Mantel in hellrosa, den ihre Mutter ihr zum Geburtstag geschenkt hatte und der ihr immer Geborgenheit gab. Dann schaltete sie entschlossen ihren PC ein und suchte Patrick Comley bei Google. Sie fand ihn fast sofort. Handynummer, Festnetz, alles da. Sie seufzte. Was würde es nützen? Sie würde ihn nicht anrufen, und selbst, wenn, würde er von einem Anruf alles andere als begeistert sein …

Aber immerhin, sie wusste, er war nicht aus der Welt, tröstlicher Gedanke.

Mit einem kleinen Lächeln tat sie etwas, das sie viel zu lange nicht getan hatte, holte sie die Palette und eine Leinwand und stellte beides auf Zeitungspapier, das sie auf dem Boden ihrer Dachwohnung ausbreitete. Und sie fing an zu malen. Patrick, hell und heiter, Patrick, stark und doch auch verletzlich, Patrick, den Stürmen des Lebens ausgesetzt. Patrick, so, wie sie ihn sah.

Luisa war so versunken in ihre Arbeit, dass sie nicht bemerkt hatte, wie ihre Mutter hereingekommen war.

„Gut getroffen“, lobte sie Luisas Gemälde. „Das ist Patrick, auf den Punkt gebracht. Du solltest öfter malen, Luisa. Ganz wunderbar.“

Luisa erwiderte nichts. Sie kniff die Augen zusammen und tat so, als würde sie ihr Bild prüfen. In Wahrheit unterdrückte sie die Tränen, die ganz unvermittelt aufgestiegen waren.

„Luisa, du liebst ihn, nicht wahr?“ Ihre Mutter fragte es von hinten, ersparte ihr den Augenkontakt, wenn sie schon lügen musste. Sie konnte einfach keinem die Wahrheit gestehen. Das schaffte sie ja nicht einmal bei sich selbst, dachte sie.

„Ich kenne ihn ja kaum." Das war die bestmögliche Umschreibung, die von einer Lüge am weitesten entfernt war. „Ich müsste mehr über ihn wissen."

Ihre Mutter strich ihr von hinten sanft übers Haar. „Die Künstlerin in dir weiß es. Sie weiß alles. Sie sieht durch Patrick durch wie durch Glas. Und sie liebt ihn."

Wieder schwieg Luisa. Es war zu schwierig für sie, ihrer Mutter von der Nacht mit Patrick Comley zu erzählen und davon, dass sie im Bett in ihrem Leben zum ersten Mal eine ganz andere Welt kennen gelernt hatte, eine, die sie anziehend fand – und fürchtete.

Wer Nähe zuließ, konnte verletzt werden. Diese Erfahrung hatte sie ja gerade mit Andreas gemacht. Vielleicht fiel es ihr gerade deshalb so schwer, mit offenem Herzen auf Patrick zuzugehen. Auch wollte sie die Beziehung zu Andreas nicht einfach mit dem nächsten Partner ablösen. Das wäre nicht fair gewesen, dachte Luisa. Nicht gegenüber Andreas, nicht gegenüber Patrick. Und nicht gegenüber sich selbst. „Ich werde Andreas heiraten", sagte sie und staunte selbst, wie brüchig ihre Stimme war.

Nun war es ihre Mutter, die eine Pause machte. Luisa kam es so vor, als läge in ihrem Schweigen die eine drängende Frage: Ob es richtig war, was sie tat?

Aber ich kenne Andreas schon so lange, versuchte sie sich selbst zu trösten. Wir haben ein Leben miteinander geplant. Ich träume von einem Häuschen im Grünen, irgendwo im Taunus, und wir werden Kinder haben und lange leben und glücklich sein.

Mist, wenn nur nicht schon wieder diese Tränen gewesen wären!

„Du musst wissen, was richtig für dich ist", sagte ihre Mutter schließlich sanft. „Dein Vater und ich werden dir da nicht hineinreden. Aber dir soll klar sein, dass wir immer hinter dir stehen. Du musst nicht befürchten, wir sind gegen dich, wenn du irgendwann eine Entscheidung triffst, von der du jetzt noch gar nichts weißt. Wir tragen alles mit. Auch, wenn du Andreas verlässt."

Noch einmal strich ihre Mutter Luisa übers Haar, dann verschwand sie leise mit ihren kleinen, sexy Trippelschritten auf Pumps aus der Dachstube. „Wenn ich dir etwas raufbringen soll, sag Bescheid. Melde dich einfach."

Und als sie schon in der Tür war, drehte sie sich doch noch einmal um. „Andreas hat übrigens angerufen. Er hat sich bei uns für allen Kummer entschuldigt, den er uns bereitet hat." Wieder dieses Schweigen, das ihre Mutter wirken ließ. Zuletzt sagte sie: „Es wäre besser, er würde sich bei dir entschuldigen, nicht bei uns."

Damit zog sie energisch die Tür hinter sich zu, und Luisa hörte sie die Holztreppe hinunter eilen. Einen Augenblick blieb sie nachdenklich sitzen, dann ging sie zu ihrem CD-Player und drehte gefühlvolle Arien der Opern-Diva Maria Callas laut, so laut, als wolle sie sich mit der herrlichen Musik betäuben …

Erst später bemerkte Luisa die Anrufe auf ihrem modernen Panasonic-Telefon, das Andreas ihr geschenkt hatte. Es blinkte siebenmal rot in den Abend. Luisa erhob sich von ihrem Sofa, stellte die viel zu laute Musik ab und hörte sich an, was Andreas zu sagen hatte.

Es war bei jedem Telefonat so ziemlich dasselbe. In allen Varianten, die zu seinem Charakter gehörten, bat er sie, ans Telefon zu gehen: erst nett und sanft, dann fordernd – und schließlich verärgert und unverschämt. Luisa drückte siebenmal die Löschtaste. Denn es klang, als ob er während seiner Anrufe getrunken hatte.

Und nun bekam sie doch Schuldgefühle! Sie hatte ihm doch am Flughafen versprochen, ihn abends anzurufen! Vor lauter Patrick, dem Gespräch mit ihrer Mutter und der großen Oper hatte sie es glatt vergessen …

Wäre dir früher nicht passiert, meldete sich eine böse kleine Stimme in ihrem Kopf. Früher hättest du es kaum erwarten können, dich ans Telefon zu stürzen. Aber jetzt spürte Luisa keinerlei Lust darauf. Sicher, Andreas tat ihr leid. Sie konnte sich vorstellen, wie er in seinem Loft, ein Glas Whisky in der Hand, unvermeidlich, rastlos auf und ab tigerte! Er hatte wenig Freunde, kaum Kontakt zu seiner Familie und würde niemals zugegeben, dass er einsam war.

Ein guter Weg, um es zu bleiben, dachte Luisa. Aber sie dachte auch an das, was ihre Mutter am Nachmittag erklärt hatte. Ein Seitensprung passierte, wenn man in seiner bestehenden Beziehung nicht glücklich war. Luisa wollte das nicht als Entschuldigung für den Sex mit Patrick missbrauchen. Aber sie wusste in diesem Augenblick ganz klar und ganz hell, dass sie nicht glücklich war. Nicht mit Andreas und seiner Welt aus vermeintlicher Sicherheit und Geld.

Luisa erinnerte sich an einen Lieblingssatz ihrer Mutter: Sicher ist nur der Tod.

Damit zog sie den Stecker des WLANs heraus und streifte ihren Morgenmantel ab. Es war eine wunderbar warme Frühsommernacht in Speyer, die Sterne, die sie durch die Dachgauben glitzern sah, erinnerten sie an Carrigaholt, und sie ging splitterfasernackt ins Bett, um sich zu Patrick und in seine starken Arme zu träumen – und Andreas und die Schuldgefühle und alles waren vergessen!

Am nächsten Vormittag saß Luisa spät mit ihren Eltern beim Brunch an einem Tisch, den sie im Innenhof mit einer rotweiß-karierten Decke geschmückt hatten. Es gab einen frischen Hefezopf, den Luisa nach einer fast schlaflosen Nacht in aller Frühe gebacken hatte. Sie plauderten über dies und das und vermieden nur das einzige Thema, an das sie alle dachten, wie Luisa ganz genau wusste. Andreas.

Und dann konnte ihr Vater es doch nicht ganz lassen. Nach dem vierten Stück Hefezopf mit französischer Butter schob er seinen Teller zufrieden zurück. Überhaupt sah er sehr zufrieden aus. „Deine Mutter ist eine sehr kluge Frau, Luisa“, fing er etwas getragen an. „Erst hatte sie die grandiose Idee, das Cottage instand setzen zu lassen. Und dann hat sie euch nach Irland geschickt. Es hat dich wohl von allzu viel romantischen Ideen geheilt?“

Er zwinkerte ihr zu, und wie schon als Teenager wurde Luisa sofort rebellisch, wenn er den Professor herauskehrte und sie belehren wollte. „Mit Andreas ist es keineswegs vorbei!“ erklärte sie mit blitzenden Augen. „Wir brauchen nur ein bisschen Abstand.“

Eduard Schöttler lachte. „Abstand! So nennt man das heute! Ha, neudeutsch! Heißt auch nichts anderes als Trennung.“ Damit wendete er sich an seine Frau. „Rotschöpfchen, haben wir jemals – Abstand – gebraucht?“

Elvira Schöttler machte ein etwas ratloses Gesicht. „Abstand kann manchmal hilfreich sein“, versuchte sie zu vermitteln. Dann konnte sie aber doch nicht mit ihrer wahren Meinung hinterm Berg halten. „Zumindest, wenn etwas sehr schief gelaufen ist.“

„Ach, moderner Quatsch“, knurrte Eduard Schöttler und griff nach der Sonntagsausgabe der Frankfurter Allgemeinen Zeitung, um sich in den Kulturteil zu vertiefen. Luisa musste unwillkürlich lächeln. Ihr Vater, der im Hörsaal tausende von Studenten verzaubert hatte, war im Privatleben kein Mann der großen Worte. Wenn er sich hinter seiner geliebten Zeitung verschanzte, war das ein Zeichen, das alles gesagt – und die Audienz beendet war.

Doch heute Morgen hatte er nicht mit seinem größten Widersacher gerechnet. Luisa und ihre Mutter wollten gerade den Tisch abräumen, als es hupte und ein dicker, silberner Mercedes sich in die Einfahrt schob. Der Wagen hielt knirschend auf dem Kies. Dann kam ein riesiger Strauß rote Rosen heraus. Und dahinter verbarg sich Luisas Verlobter. Andreas war im Miami-Look gekleidet. Barfuß in Kroko-Slippern, weiße Hosen, rosa Hemd darüber. Er sah gepflegt aus, wenn man von seinem Drei-Tage-Bart absah. Doch genau von dem war Luisa gerührt, irgendwie.

Er streckte ihr den riesigen Rosenstrauß entgegen. „Für dich, meine Süße“, platzte er heraus, noch bevor er ihre Eltern begrüßt hatte. Offensichtlich war ihm peinlich, dass er die Kaffeerunde gestört hatte – und den kritischen Blicken der Schöttlers ausgesetzt war. Luisa zögerte. Sollte sie die Blumen annehmen? Immerhin wäre es ein Versöhnungssignal. Nicht unbedingt die Welt bedeutend – aber doch das erste.

Also stand sie auf und erklärte: „Wunderschöne Rosen, danke, Andreas.“ Und für sich selbst fügte sie in Gedanken hinzu: Auch wenn ich sie gar nicht verdient habe. Schließlich habe ich dich genauso betrogen wie du mich. Ein Gedanke, der sie rot werden ließ, weil sie sich für ihre eigenen Heimlichkeiten schämte.

„Ich dachte, wir könnten einen kleinen Ausflug machen“, sagte Andreas, nachdem er schließlich doch noch Luisas Eltern begrüßt hatte, was diese ziemlich unterkühlt quittierten. „Irgendwohin an die Weinstraße, wo es schön und gemütlich ist. Wollt ihr mit?“

Diese Frage war an Elvira und Eduard Schöttler gerichtet, klang aber etwas matt. Kein Wunder. In früheren Zeiten hätten Luisas Eltern höflich ja gesagt. Heute Vormittag lehnten sie jedoch ab. „Passt uns heute nicht so gut“, sagte Elvira Schöttler. Und ihr Mann raschelte vernehmlich mit der

Zeitung, ein Zeichen wachsender Verärgerung, das auch Andreas schon kannte. Er wandte sich an Luisa: „Wollen wir los?“

Ein Schwall Alkoholfahne schlug ihr entgegen. Waren das die Folgen der Nacht – oder hatte er schon heute Morgen getrunken? So oder so, sie würde ihn nicht fahren lassen! „Kann ich die Ente haben?“ fragte sie ihre Mutter, denn den schweren Mercedes von Andreas zu lenken, traute sie sich nicht zu. Außerdem liebte sie das himmelblaue Gefährt mit dem Faltverdeck, das überall Aufsehen erregte und ein Lächeln in die Gesichter der Passanten zauberte.

Elvira Schöttler nickte gottergeben. Vermutlich ahnte sie mit dem Instinkt einer Mutter Luisas Gründe. „Aber fahr vorsichtig, versprochen?“

„Am besten würden wir jetzt einfach zusammen verunglücken“, sagte Andreas nach einer Weile, als sie auf die Landstraße abgebogen waren. „Dann könnte uns nichts mehr trennen.“

Luisa zupfte an dem Seidenschal, den sie sich um den Kopf geschlungen hatte. Sie fand diesen Satz so traurig, dass ihr keine passende Antwort dazu einfiel. Andreas erwartete das auch gar nicht. Er schaute mit undurchdringlicher Miene aus dem Fenster. „Ich lebe an sich ganz gern“, sagte sie schließlich.

Sie tuckerten über die Deutsche Weinstraße, durch endlose Weinberge und schmucke kleine Dörfer, in denen die alten Winzerhäuser noch Sprossenfenster und sauber getünchte Klappläden hatten. Luisa war ohne großen Plan einfach losgefahren und hatte die „Eagles“ laut gestellt. Andreas, der die Musikgruppe ebenfalls liebte, wippte mittlerweile mit dem Fuß im Takt mit. Seine tragischen Unfallpläne hatte er nicht weiter ausgeführt. Sie hatten das Faltverdeck geöffnet, und es hätte eine vergnügte Fahrt werden können, wäre da nicht das Dauerschweigen zwischen ihnen gewesen.

Wenn wir aber tatsächlich reden würden, dachte Luisa, würde das alles nur noch schlimmer machen. Also überließ sie sich ganz der Musik und setzte, einfach Lust und Laune folgend, den Blinker in Richtung der idyllischen Kurstadt Bad Dürkheim, die sie immer schon liebte. „Ich dachte, wir machen einen Spaziergang durch den Kurpark und essen dann eine Kleinigkeit im Fass“, schlug sie vor.

Andreas nickte nur. Sie hätte ihm ein Mittagessen in der Hölle vorschlagen können – und er hätte ihrem Wunsch ebenfalls nachgegeben. Es war ihm deutlich anzumerken, dass er niedergeschlagen und reumütig war!

Luisa parkte die Ente auf dem weitläufigen Parkplatz vor dem größten Weinfass der Welt, in dem man pfälzisch essen und sehr gute Weine trinken konnte. Sie schlossen das Faltverdeck und beschlossen angesichts des schönen Wetters, vor dem Essen noch einen Spaziergang durch den Kurpark zu machen. Seite an Seite gingen sie an der großen Saline vorbei, die für Bad Dürkheim so typisch war und die man auf vielen Postkarten abgebildet fand.

Luisa erfreute sich wie die zahlreichen russischen Touristinnen am satten Maigrün des Parks, während Andreas mal wieder keinen Blick für die Naturschönheit hatte. Er war in Gedanken ganz woanders. Das merkte Luisa, als er sie ansprach, seine Augen hinter einer coolen Pilotenbrille verborgen. Seine Niedergeschlagenheit und seine Reue waren in einem plötzlichen Stimmungsumschwung völlig vergessen. Die Wahrheit platzte aus ihm heraus. „Sag mal, hattest du mit dem Öko-Chaoten aus Irland eigentlich was am Laufen?"

Luisa blies die Luft durch die Backen. Nein, sie hatte nicht die Absicht, Andreas von ihrem Abenteuer zu erzählen. Zumindest noch nicht. Es war nicht der richtige Zeitpunkt dafür. Sie hatte das Gefühl, wenn sie es jetzt tat, würde sie die Überreste ihrer Beziehung auch noch ruinieren. Und so oft sie auch an Patrick denken mochte, so sehr sie sich nach ihm sehnte, wollte sie mindestens derzeit Andreas nicht verlieren.

Aber sie wollte ihn auch nicht anlügen. Deshalb wich sie aus, indem sie zitierte, was ihre Mutter gestern Abend gesagt hatte: „Zwischen uns hat etwas nicht gestimmt", erklärte sie. „Irgendetwas fehlt uns, irgendein tragendes Band. Andreas, wir müssen mehr füreinander tun. Vielleicht solltest du beruflich etwas kürzertreten – und dringendst weniger trinken. Dein Charakter verändert sich dann so!"

Andreas antwortete nicht gleich. Er schnippte mit den Fingern, als wäre ihm gerade eine Idee zugeflogen: „Spitze!" rief er aus. „Das ist es! Ich bin an allem schuld!"

„Andreas, das habe ich nicht gesagt!"

„Aber gemeint."

Luisa hatte keine Lust, sich in aller Öffentlichkeit herumzustreiten. Also schwieg sie. Aber was sie gesagt hatte, war die Wahrheit. Wenn sie an Andreas dachte, fielen ihr Börsenkurse und Whisky ein. Und das war für ein gemeinsames Leben nun wirklich nicht genug. Doch wenn er sich nichts sagen lassen wollte, jede Diskussion, jede Kritik einfach abwürgte, dann würde er eben riskieren, sie zu verlieren, denn dann war es alles nichts wert!

Er steckte die Hände in die Hosentaschen und marschierte so schnell weiter, dass sie Mühe hatte, ihm zu folgen. Er war und blieb einfach – rücksichtslos!

Luisa hatte keine Lust, ihm hinterher zu hasten. Sie schlenderte in ihrem eigenen Tempo vor sich hin, bis er endlich bemerkte, dass sie ihm abhandengekommen war. Er drehte sich zu ihr um: „Wir sollten einen Happen essen. Ich habe Hunger."

Typisch, dass er nur an sich dachte. Trotzdem antwortete sie ihm, wenn auch schnippisch. „Das wird dir gegen die Alkoholfahne nicht schaden." Diesen Satz konnte sie sich nicht verkneifen. Er trank in letzter Zeit immer mehr, und irgendjemand musste es ihm sagen.

Das Dürkheimer Fass war ein rustikales Restaurant, dessen Bodenständigkeit Luisa ebenso schätzte wie ihre Eltern. Andreas ging voraus, sie folgte ihm. Der Kellner musterte sie beide kurz, Andreas in seinem eleganten Hemd, Luisa in einem geblümten Laurèl-Kleid, und dann musste er seine Schlüsse gezogen haben, denn er führte sie zu einem hübschen, kleinen Platz in einer Nische, und das, obwohl sie keine Reservierung hatten.

„Wir sollten ganz von vorn anfangen", sagte Andreas später unvermittelt und stocherte dabei in seinem „Pfälzer Teller" herum. Ganz offensichtlich war, dass ihm Leckereien wie Leberknödel und Bratwurst mit Sauerkraut und Bauernbrot nicht behagten.

Luisa fragte sich im Stillen, was genau er eigentlich von ihr wollte, wenn er doch alles ablehnte, was sie ausmachte? „Wie soll das gehen?" fragte sie sanft.

Andreas lächelte. „Stell dir vor, heute wäre unser erstes Date. Wir säßen bei unserem kleinen Italiener und würden uns neugierige Fragen stellen, statt uns anzuschweigen."

Während er fortfuhr, musste auch Luisa lächeln. Eines musste man ihm lassen – er hatte Fantasie. Aber immer stärker beschlich sie das Gefühl, dass es zu spät war, jetzt noch seine Qualitäten zu erkennen. Als sie mit Patrick ins Bett gegangen war, hatte sie Andreas gedanklich verlassen. Doch immer noch wollte sie es nicht völlig wahrhaben, traute sie sich nicht, ihn zu verlassen. Wo war nur ihr Mut geblieben?

Sie erinnerte sich daran, wie sie in ihrer Kindheit aus Zorn auf einen halbwüchsigen Großprotz mal im Schwimmbad aufs Fünf-Meter-Brett geklettert war. Als sie ganz vorn auf dem Brett stand und in die Tiefe blickte, wäre sie am liebsten umgekehrt. Aber dann hatte sie ihre ganze Courage zusammen genommen – und war gesprungen! Müsste sie das nicht auch jetzt tun?

Immerhin hatte Andreas zu seinem Essen nur einen Apfelschorle getrunken und war wieder fahrtüchtig, als sie zurück in Speyer waren. Daher machte Luisa keine Anstalten, ihn zu sich in ihr Dachstudio oder gar ins gemütliche Wohnzimmer ihrer Eltern einzuladen. „Lass mir Zeit", sagte sie schlicht – und mit der ganzen Wahrhaftigkeit, die sie aufbringen konnte.

Aber als Andreas mit traurigem Gesicht in seinen Benz gestiegen war und sich die „Eagles"-CD geliehen hatte, wurde sie selbst ganz melancholisch. Sie sah ihm hinterher, bis der silberfarbene Wagen verschwunden war und ging dann deprimiert ins Haus. Am Wohnzimmer ihrer Eltern schlich sie vorbei. Sie hatte jetzt keine Lust auf neugierige Fragen. Und dann warf sie sich aufs Bett. Und weinte und weinte und weinte …

Endlose Minuten später hatte sie sich wieder halbwegs beruhigt. Sie erinnerte sich an das, was ihre Mutter gestern gesagt hatte. Künstler sehen mehr. Wenn sie völlig verwirrt war, nicht mehr wusste, was sie für Andreas oder Patrick wirklich empfand, dann würde die Malerei ihr vielleicht helfen.

Abermals breitete sie Zeitungspapier auf dem Fußboden aus, stellte sie Staffelei und Leinwand auf, holte ihre ansonsten so sträflich vernachlässigten Aquarellfarben. Erst warf sie mit dem Bleistift die Konturen hin. Dann malte sie, ganz zart zunächst, dann freier und stärker. Ein Porträt von Andreas. Erst, als ihr Entwurf fertig war, gegen Mitternacht, stellte sie fest, dass sie ihn ganz und gar kalt, in Grau und Silber dargestellt hatte …

Und mit dieser Erkenntnis ging sie ins Bett. Erst kurz vor dem Einschlafen fiel ihr ein, dass ihre Mutter heute Abend gar nicht bei ihr vorbei geschaut hatte. Nun, vielleicht gab es so viel mehr nicht zu sagen. Vielleicht war alles ausgesprochen!

Am nächsten Abend kam sie sehr müde, aber auch erfüllt aus der Kunstschule zurück. Es war schön, selber zu malen. Aber Luisa gefiel es auch, andere darin zu unterrichten. Vielleicht, so dachte sie, müsste sie einen Mittelweg aus beidem finden.

Das Abendessen mit ihren Eltern verlief ruhig und angenehm, ihre Mutter hatte die Pfälzer Spezialität „Handkäs mit Musik“ gemacht, und Luisa, die immer viel zu dünn war, griff nach Herzenslust zu und schmierte sich dick die französische Butter auf das frisch gebackene Bauernbrot von Elvira Schöttler. Sie redeten nicht viel. Anscheinend wollten ihre Eltern abwarten, bis sie von sich aus erzählte, was nun eigentlich mit Andreas los war. Aber sie wusste es ja selbst noch nicht!

Nach dem Essen rief er an. Er wollte sich mit Luisa beim Italiener verabreden, wo sie so viele glückliche Stunden miteinander verbracht hatten. Aber Luisa dachte an ihr Porträt von ihm, verglich es innerlich mit dem Patricks – und lehnte ab. Heute Abend war auch Andreas hörbar entnervt, denn er schnarrte nur ins Telefon: „Ehe ich um etwas bettele, gebe ich lieber auf.“

Luisa war sich der Tatsache bewusst, dass er nun trinken würde. Doch sie verschwendete keinen weiteren Gedanken daran. Sollte er doch seine Leber und sich selbst ruinieren! Sie selbst ging zu ihrem kleinen, abgeschmirgelten Schreibtisch unter einer Dachgaube und betrachtete die Aufzeichnungen der Emma Knothe.

Ja, sie würde sich jetzt zu der willensstarken Tochter des Schmieds flüchten. Und wenn sie ihre Vorfahrin sein sollte, wie ja durchaus anzunehmen war, würde ihr das vielleicht nützen. Vielleicht, so sagte sich Luisa, würde sie aus Emmas Geschichte etwas lernen.

Und so nahm sie sich die fast schon letzten Seiten der uralten Aufzeichnungen vor und vertiefte sich hinein, ohne auf die Uhrzeit oder irgendetwas anderes zu achten …

Emma nahm nach und nach das Cottage für sich in Beschlag. Sie half Nanny, die Räume zu lüften und zu putzen und brachte neue Vorhänge aus Leinen aus Familie Comleys Manufaktur an, wo viele ihrer Landsleute in Lohn und Brot gekommen waren. Wir können nicht klagen, sagte sich Emma in ihrer unverbesserlich optimistischen Art Morgen für Morgen, wenn sie erwachte.

Es war eine ruhige und angenehme Zeit, doch Emma erwartete zwischen Hoffen und Bangen, wann Mr. Comley sie weiter in seine Liebeskünste einweihen würde. Doch er tat es nicht, nicht vor seiner alten Nanny. Zwar brachte er, wie versprochen, vom Herrenhaus seidene Kissenbezüge zum Nähen und Leintücher zum Besticken mit und honorierte Emma großzügig dafür. Doch mit seinen weiteren Versprechen hielt er sich zurück. Er schlich um Emma herum wie eine Katze, womit er bewirkte, dass sie sich mehr und mehr noch nach seinen Umarmungen, seinen starken Armen sehnte.

Eines Tages klopfte er an die Vordertür, als Emma gerade im von ihr geliebten Garten beschäftigt war. Er brachte ihr einen wunderschönen, breitkrempigen Sonnenhut und ein blassblaues, dazu passendes, seidenes Hutband mit.

Sein finsteres Gesicht strahlte auf, als sie ihm lächelnd und mit einem kleinen Knicks dankte. „Setze ihn auf", befahl er mit seiner heiseren Stimme. „Ich will es sehen."

Emma tat, wie er ihr geheißen hatte, und er nickte beifällig. „Ich wusste, dass zartblau dir stehen würde." Damit ging er weg zu seiner Kutsche und kam kurz darauf mit einem großen Paket zurück, das er Emma ohne große Worte überreichte.

Sie packte es neugierig aus – und ihr stockte der Atem. In dem Paket befand sich das schönste Kleid, das sie je gesehen hatte: Blassblaue Seide, an den Hüften ausgestellt über einer Krinoline, am eng anliegenden Mieder mit einer Blüte aus Seide verziert.

„Das ist für mich?" fragte sie atemlos. Nie hatte sie sich in Friemersheim besonders für ihre Kleider interessiert. Aber Mr. Comley brachte ihr bei, dass man damit eine gewaltige Wirkung erzielen konnte. Als sie sich umgezogen hatte, erkannte sie sich kaum wieder. „Ich sehe aus – wie eine Dame, Sir."

Mr. Comley nickte. „Das würde ich noch nicht sagen. Aber du bist auf einem guten Weg." Er vergewisserte sich, dass Nanny nirgends zu sehen war und gab Emma einen zarten Kuss auf die Wange. „Es ist mein Abschiedsgeschenk."

Emma erschrak zutiefst, beruhigte sich aber mit wild klopfendem Herzen gleich wieder, als er fortfuhr: „Ich reise jetzt für einige Wochen in deine Heimat. Mach keine neuen Dummheiten, während ich weg bin." Er lächelte fast zärtlich. „Versprochen?"

Emma nickte, während sie das Hutband an ihrem Strohhut befestigte. „Ihr müsst mir nur genug Arbeit bringen, Sir."

„Arbeit, immer nur Arbeit", knurrte er. „Was für ein Mädchen bist du?"

„Ich habe einen Traum, Sir. Ich möchte dieses Cottage gern von Ihnen kaufen."

Er zögerte einen Augenblick, dann starrte er sie an – und brach in schallendes Gelächter aus. „Ein Haus kaufen? Du? Eine Frau?"

„Sir!" beharrte Emma zum ersten Mal auf ihrem eigenen Willen. „Ich habe Geld auf die Seite legen können. Drei Goldstücke. Das ist nicht zu wenig für dieses Haus", verkündete sie stolz. Sie war kein Nichts! Kein Niemand! Sie konnte es sich leisten.

Mr. Comley fasste nach ihrem Kinn: „Aber Kind, du wirst in Northwell House genug Erfüllung finden, wenn wir erst verheiratet sind."

„Ein eigenes Haus bedeutet dennoch Sicherheit."

Mr. Comley nahm einen nachdenklichen Gesichtsausdruck an. „Wenn du unbedingt darauf bestehst, dummes Ding. Aber es ist nicht verkäuflich. Ich werde es dir schenken."

Wieder hob Emma kampflustig das Kinn. „Das nehme ich nicht an."

„Und ob du das wirst", brummte Mr. Comley. „Spar dir dein Gold. Du willst doch – Sicherheit. Ihr freien Pfälzer Bauern seid ein eigensinniges Völkchen, das ist mir bewusst. Verstehe Euren Kurfürsten nicht, dass er so gute und fromme Leutchen ziehen lässt."

Später saßen sie im Garten und nahmen den Tee ein. Nanny hatte ihn serviert, und der Tisch bog sich fast vor lauter Köstlichkeiten, am liebsten mochte Emma die gute, fette Sahne im Tee. Als sie fertig war, wagte sie es zum ersten Mal, Mr. Comley direkt anzusprechen: „Wie lange werdet Ihr fort sein?“

Er wischte sich den Mund ab. „Nun, ich denke fünf Wochen.“ Seine violetten Augen suchten ihren Blick. „Am liebsten würde ich dich mitnehmen. Aber dafür bin ich zu eifersüchtig. Hätte Angst, dass dein Pfälzer Galan dich mir wegschnappt.“

Nein, er lachte nicht, er meinte es ernst, sagte sich Emma. Eifersucht gehörte zur Liebe dazu, vermutete sie, dann hielt sie die Luft an: War es wirklich möglich, dass der bedeutende Mr. Comley von Northwell House sie liebte?

Als Nanny alles abgeräumt hatte, ließ er sich Papier und Feder und Tinte bringen und setzte mit seiner großen, kühnen Handschrift ein Schreiben auf, das besagte, dass Rose Cottage vom heutigen Tag an Emma Knothe gehörte – und zwar auf ewig und unteilbar!

Mr. Comley übergab ihr das Papier, und Emma konnte nicht an sich halten. Sie umarmte Mr. Comley. Mochte ihr der Abschied noch so schwer fallen, er hatte ihr für den Augenblick die Sicherheit und Geborgenheit geschenkt, die sie brauchte.

Er lächelte über ihre stürmische Dankbarkeit und bediente sich am Sherry, den sie immer bereit stehen hatte. Er trank ein Glas. Und noch eins. „Zum ersten Mal, seit ich im Dienst der Königin stehe, verreise ich nicht gern“, erklärte er nach dem dritten Glas. „Das einzige, was mich anspornt, ist die Neugier …“

„Sir?“ Emma wagte nicht, in ihn zu dringen. Sie wollte abwarten, bis er ihr selber sagte, welche Gedanken er hatte.

„Du hast doch nichts dagegen, wenn ich mich ein bisschen in deinem Heimatort umschaue? Mich interessiert alles an dir, natürlich auch, wo du herkommst.“

Emma war überwältigt. Es schien ihr so, als ob dieser schroffe, geheimnisvolle Mann sie wirklich liebte. Und sie wäre stolz, er würde ihren bescheidenen Hof aus dem Mittelalter mit dem kleinen Haus und der riesigen Mauer kennen lernen! Würde das Märchen wahr werden und er sie wirklich heiraten, würde man ohnehin vermutlich erstreiten können, dass Haus und Hof an ihn fielen. Florian, an den sie seltsamerweise immer noch manchmal dachte und den sie versorgt wissen wollte, könnte dann immer noch ihrem Willen folgen – und Verwalter sein.

„Es wäre mir eine Ehre, Sir“, antwortete sie deshalb ehrerbietig. Noch immer hatte sie großen Respekt vor ihrem Retter. Mr. Comley war ein großer Mensch, dem man sogar die kleine Schwäche mit dem Trinken nachsehen konnte, wie sie fand. Hatte er nicht hunderte ihrer Landsleute gerettet? Aber er beteuerte immer wieder, dass er es nicht ohne Eigennutz tat, dass die Pfälzer Protestanten ein bescheidenes und fleißiges Völkchen seien … das er auf den Ländereien und in der Manufaktur seines Vaters gut gebrauchen könne.

„Gut“, sagte er wieder mit seiner üblichen Barschheit. „Dann werde ich es tun.“

Er musterte Emma aus seinen violetten Augen so eindringlich, dass sie ganz weiche Knie bekam. „Ich liebe dich, mein kleiner Tunichtgut“, sagte er schließlich. „Komm her!“, befahl er – und fügte hinzu: „Aber schließ vorher die Vorhänge und verriegele die Tür.“

Nanny sollte sie nicht ertappen! Emma bekam Herzrasen! Was hatte er diesmal vor? Wollte er weiter ihre Sehnsucht wecken, sie weiter in die Kunst der Liebe einführen? Und als er sie zu sich in den Sessel vor dem Kamin zog, wusste sie: Was immer er vorhatte, sie würde es geschehen lassen! Und zwar von ganzem Herzen gerne!

„Ich möchte Söhne von dir“, flüsterte er rau in ihr Haar. „Söhne mit deinem Mut, deiner Tapferkeit und deiner Ausdauer.“ Er lachte leise und heiser. „Söhne, die so verflixt gut reiten und schießen – und so gerissen lügen können wie du.“

Damit strich er ihr zart, so zart übers Gesicht, dass Emma erschauerte. Bald spürte sie seine starken und doch so sanften Hände überall. Auf ihrem Haar, ihrem Hals, ihrem Mieder. Langsam, quälend langsam, strichen sie ihren Rücken hinunter, und weckten dieses endlose Verlangen, das er nun schon seit Dublin hervorzurufen verstand.

„Und ich will Mädchen“, wisperte er kaum hörbar an ihrem Ohr, „die so schön und so blond und so klug und so eigenwillig sind wie du.“

Dann ließ er sie ganz plötzlich los: „Dass du mir mit keinem anderen Mann redest, während ich fort bin! Du gehörst mir, verstanden?“

Emma, die so gerührt war von seiner Eifersucht und seinem durchdringenden Blick aus den geliebten, violetten Augen, nickte knapp: „Verstanden, Sir."

Da schloss er sie heftig in seine Arme, so heftig, dass sie seinen ganzen Leib spürte, auch seine Härte und dass es sie beinahe zerriss vor lauter Verlangen ....

Überraschend machte er sich von ihr los. „Ich muss fort, mein Kind."

Weitere Erklärungen gab er nicht ab, doch Emma konnte sich denken, dass er vor Einbruch der Dunkelheit wieder in Northwell House sein musste, von wo er aufbrechen wollte – am nächsten Tag.

Mr. Comley wollte nur für fünf Wochen in die Pfalz. Aber Emma erschien es wie eine Ewigkeit! Am liebsten hätte sie sich wieder als Stallbursche verkleidet und ihn begleitet. Doch das wollte er nicht mehr zulassen. Wie er immer wieder erklärte, wollte er aus ihr eine Dame machen. Pah, Dame, dachte Emma. Was nützt es, wenn man zwar raschelnde Seiden trägt – aber seinem Herzen nicht mehr folgen darf?

„Nanny wird gut auf dich aufpassen", durchbrach Mr. Comley ihre Gedanken und setzte schief und verwegen seinen schwarzen Dreispitz auf.

Oh, wäre sie doch ein Mann! Dann könnte sie ihn in sein Abenteuer begleiten.

Emma folgte ihm bis zur verriegelten Wohnzimmertür, wo er sich noch einmal umdrehte. „Wein mir nicht nach! Das ist ein Befehl!"

Sie war erschrocken über seinen harten Tonfall, sah aber an seinem gequälten Gesichtsausdruck, dass der Abschied ihm selbst zusetzte und dass er es nur gut meinte. Der Agent Ihrer Majestät der Königin schien sie ernsthaft zu vermissen!

Wenige Augenblicke nur, dann hatte dieser starke Mann sich schon wieder in seiner Gewalt, und Emma unterdrückte die Tränen, die in ihren Augen glitzerten, wie sie ganz genau wusste. „Wir sehen uns bald", knurrte er und tippte an seinen Hut. Dann tauchte er mit langen Schritten ein in die Dunkelheit des Flurs, verabschiedete sich in der Küche kurz und unwirsch von Nanny – und knallte die Haustür hinter sich zu.

Wenig später hörte Emma, tränenblind, wie sich seine Kutsche in Bewegung setzte. Emma ließ sich in den Sessel vor dem Kamin sinken, in dem sie eben noch so glücklich gewesen war, und ließ trotz seiner Ermahnungen ihren Tränen freien Lauf …

In der Nacht lag sie lange wach und dachte nach. Sie vermisste Mr. Comley jetzt schon, sehnte sich nach seinen rauen Umarmungen, seiner heiseren Stimme, dem Lächeln, das immer ein wenig zornig aussah. Und sie dankte ihm. Dafür, dass sie mit dem Rose Cottage nun ein sicheres Dach über dem Kopf für sich und Nanny besaß. Denn dass sie der alten Frau immer Zuflucht gewähren würde, war für sie so selbstverständlich, wie auch Mr. Comley es voraussetzte.

Vor dem Zubettgehen hatte sie die Besitzurkunde unter einer losen Bodendiele versteckt. Nicht ohne Stolz hatte sie unter ihrem Namen vermerkt: Erbin des alten Wehrhofes in Friemersheim. Nicht, dass sie misstrauisch war, jemand könne sie um ihr Cottage betrügen. Sie wollte nur sicherstellen, dass die Besitzurkunde des Mr. Comley gut aufgehoben war. Dies war sie ihm und ihrem Respekt vor ihm schuldig!

Während sie wach lag, machte sie Pläne. Es war Mitte Februar, bald würde sie einen herrlichen Cottage-Garten anlegen können – mit wunderschönen Blumen für den Vorgarten und Heilkräutern und Gemüse in dem hinteren Teil, der zum River Moyarta hin abfiel. Damit könnten Nanny und sie sich ebenso gut versorgen, wie ihre Großmutter und sie es in Friemersheim getan hatten.

Emma liebte die Arbeit im Garten, das Gefühl, unter ihren Händen etwas wachsen zu sehen. Sicher, es war nicht die Beschäftigung einer sehr vornehmen Dame, die sich nicht gern die weißen Hände verdarb. Aber das war Emma gleichgültig. Seine Großzügigkeit würde sie Mr. Comley mit genau dem Fleiß danken, den er an seinen Pächtern, ihren Landsleuten aus der Pfalz bei Limerick, so liebte! Er sollte stolz auf sie und Nanny und das Rose Cottage sein. Und gern wieder hierher zurückkommen.

Emma überschlug, dass sie von Ruths drei Goldmünzen eine brauchen würde, um Saatgut und ein Mutterschaf und einige Hühner und Material für einen Zaun kaufen zu können. Die restlichen beiden würde sie vergraben. Am besten im Garten, unter der kleinen steinernen Terrasse, wo Mr. Comley und sie vorhin noch so vergnügt den Tee eingenommen hatten. Denn sie würde das Gold selbst nicht brauchen. Mit ihren Näharbeiten, Gemüse, Kräutern und frischen Landeiern sowie der Wolle eines Mutterschafs würde sie Nanny und sich unabhängig durchbringen können. Und das, dachte Emma zufrieden, war ein gutes Gefühl.

Sollten die schweren Goldmünzen vielleicht dereinst einer Nachfahrin in Not dabei helfen, sich ebenfalls zu kaufen, was für die Begründung des eigenen Lebensunterhalts notwendig war. Über diesem Gedanken fand sie zur Ruhe, legte sich mit angezogenen Beinen hin – und schlief irgendwann spät in der Nacht tatsächlich ein.

„Ihr sollt doch nicht so viel arbeiten!“ Nanny stand, die Hände in die Hüften gestemmt, im Gemüsegarten, den Emma gerade anlegte. Ein Stück Weide hatte sie mit der Hilfe eines Knechts von einem Hof gegen Bezahlung von ein paar Schilling abgesteckt und eingepflockt. Dann hatte sie auf einem Bauernmarkt nahebei, wo sie mit einem Ochsengespann der Hofbesitzer hingefahren war, ein prächtiges Mutterschaf, fünf Hühner und einen herrlichen, farbenfrohen Gockel gekauft. Seither gab es jeden Morgen frische Eier.

Während die Sehnsucht nach Mr. Comley in Emma bis ins Unerträgliche wuchs, ließ sie ihren überschüssigen Energien bei der Gartenarbeit freien Lauf. Sie hatte fruchtbaren Boden, den man nur beackern musste, um ein ganzes Haus damit zu ernähren.

„Der gnädige Herr“, fuhr Nanny aufgebracht fort, während Emma in der Erde wühlte, „will nicht, dass ihr rackert wie ein Pferdeknecht. Kommt ins Haus!“

Emma wusste, dass jedes Wort von Mr. Comley für Nanny Befehl war. Aber sie, Emma, konnte sich nicht so ohne Weiteres daran halten. Ich bin keine feine Dame mit Handschuhen an, sagte sie sich. Ich bin ein freies Pfälzer Bauernmädchen, das gern seinen Lebensunterhalt durch ehrliche Arbeit erwirbt.

Dennoch strahlte Nanny genug Entschlossenheit aus, dass Emma ihr nachgab. Gut, für heute würde sie Schluss machen. Sie erhob sich und wischte sich die Hände an dem derben Rock ab, den sie sich für ihre Arbeit selbst genäht hatte.

„Seid so gut und wascht euch und zieht euch um“, befahl Nanny, die sicher früher auch Mr. Comleys Kinderstube streng regiert hatte.

Emma gehorchte. Sie schritt zu dem Brunnen hinter dem Haus und wusch sich. Dann ging sie artig ins Haus und zog ein fliederfarbenes Nachmittagskleid mit Spitze am Ausschnitt an. Niemand hätte vermutet, dass sie eben noch in der Erde gerackert hatte wie ein Mann. Ihr blondes Haar war inzwischen weiter gewachsen, und sie hatte schon wieder ihre liebe Mühe, die widerspenstigen Locken zu bändigen. Schließlich nahm sie ein Band, um sie zu ordnen.

„So gefallt ihr mir schon besser“, meinte Nanny, als Emma die Holztreppe hinunter kam. „Darf ich euch Tee im Wohnzimmer servieren?“

Emma musterte die energische alte Frau, die trotz ihres hohen Alters immer noch so arbeitsam war. Seit Emma Eier brachte, gab es häufig frisches Gebäck und Kuchen. Nanny trug ein schwarzes Kleid und abgetretene, aber sauber polierte Spangenschuhe. Ihre eisgrauen Haare waren in einem strengen Dutt zusammen gefasst. Sie hatte ein Adlerprofil.

Und mit Adlerblick starrte sie Emma in die Augen. Die Einladung in das Wohnzimmer war in Wahrheit ein Befehl gewesen.

Emma musste über so viel Herrschsucht lächeln. Nur so hatte Nanny vermutlich geschafft, Mr. Comley als Kind im Griff zu behalten. „Ich werde Tee trinken“, erklärte Emma freundlich. „Aber allein ist es mir zu einsam. Wollt ihr mir nicht Gesellschaft leisten? Bestimmt könnte ich etwas lernen.“

Das war eine mutige Frage. Denn am Anfang war Nanny gegenüber Emma höchst skeptisch gewesen. Kein Wunder, dachte Emma, denn ihr geliebter Ziehsohn sollte in Nannys Augen nur die beste aller Bräute bekommen! Und kein daher gelaufenes Bauernmädchen aus einem kleinen Dorf in der fernen Pfalz!

Aber je mehr sie Emma arbeiten sah, desto freundlicher wurde Nanny zu ihr. Zwar knurrte sie, wenn Emma es übertrieb und sich die zarte Haut in der Frühlingssonne verdarb – aber still und heimlich hatte es offenbar das Bild verändert, das sie von Emma hatte. Jetzt knickste Nanny kurz. „Gern. Ich werde gern den Tee mit euch einnehmen.“

Emma lächelte. Diese Bastion, ein Hindernis auf dem Weg zu Mr. Comleys Herz, hatte sie genommen. Mit Begeisterung erzählte Nanny von Mr. Comleys Jugendstreichen und wie sie es bedauerte, dass er jüngerer Sohn und nicht Erbe von Lord Northwell war. „Er hat eindeutig den besseren Charakter. Und viel mehr Pflichtgefühl als sein älterer Bruder. Der treibt sich lieber in London herum, statt sich um die irischen Ländereien der Familie zu kümmern."

Nanny erklärte Emma, wo der Stammsitz der Familie war und weshalb sie heute in Carrigaholt lebte, inmitten von Nirgendwo. „Ich wollte meine Ruhe", erklärte Nanny. „Und das Cottage war frei. Ich habe eine bescheidene Rente, die Mr. Comley mir ausgesetzt hat und ich wollte am Meer leben."

Durch dieses Gespräch kamen Emma und Nanny sich näher. Nanny brachte Emma in den nächsten Tagen bei, wie man den irischen Hammel-Eintopf, Irish Stew, zubereitete, den Mr. Comley so gern aß. Emma, die dabei an ihre verstorbene Großmutter dachte, weihte Nanny in das Heilen mit Gartenkräutern ein.

Und eines Abends erzählte sie Nanny die Geschichte ihrer abenteuerlichen Flucht aus Friemersheim. Nanny hörte wie gebannt zu, und Emma merkte, wie sie beim Erzählen Heimweh bekam. Sie erzählte von Hund Piddel, ihrem Pferd, Herbert, dem Knecht – und sogar von Florian.

„Und ihr seid immer noch auf der Flucht?" erkundigte sich Nanny höchst erstaunt.

Emma nickte und hätte selbst nicht sagen können, warum sich ein Kloß in ihrer Kehle bildete.

Und dann war es auf einmal Mitte März. Die Sonne gewann an Kraft, Emmas Saat ging auf – und Mr. Comley wurde nun bald in Irland zurück erwartet. Emma jubelte innerlich. Sie kehrte und putzte das ganze Cottage hingebungsvoll, polierte die Sprossenfenster, häufte Holz und Torf neben den Kamin und sorgte dafür, dass Nanny und sie Tag für Tag so buken, als käme Mr. Comley zu Besuch.

Als er dann kam, hatte Emma nicht im Mindesten damit gerechnet. Sie trug ihren derben Rock und hatte die blonden Locken nur nachlässig gekämmt, weil sie lediglich die Hühner draußen füttern wollte. Scharrend, gackernd und pickend liefen die Tiere um sie herum – sie waren schon sehr zutraulich geworden.

Da spürte Emma eine fremde Gegenwart und drehte sich um. Genau vor ihr stand der Ersehnte. Mr. Comley trug Reitkleidung zu den üblichen Stulpenstiefeln und lächelte sie mit einem wölfischen Grinsen an. „Emma!“

„Sir!“

Und ehe sie sich versah, lag sie in seinen Armen, und er schwenkte sie durch die Luft, dass ihr ganz schwindelig wurde.

„Du hast mir so gefehlt, mein Kind!“ Er presste sie heftig an sich, dann stellte er sie vor sich hin und musterte erst sie – und dann die Hühner. „An Fleiß mangelt es dir nicht“, stellte er trocken fest. „Wohl aber an Gehorsam. Hattest du mir nicht versprochen, dich wie eine Dame zu benehmen, kleiner Tunichtgut? Was soll dieses alberne Gewand? Meinst du, dass du mir Ehre machst, wenn du dich in Säcke kleidest?“

Das klang streng, aber Emma sah das belustigte Glitzern in seinen Augen. Dennoch hielt sie es für ratsam zu schweigen, abzuwarten, was er ihr zu sagen hätte.

„Ich war in Frankfurt bei deiner Freundin Ruth“, erklärte er. „Sie lässt dich grüßen. Und ich war in Friemersheim.“ Er lächelte. „Beeindruckende Mauer um euren kleinen Hof.“

Dann wurde er ernst und ein Ausdruck des Verlangens erschien auf seinem kantigen Gesicht, der Emma weiche Knie machte. „Ich habe viel nachgedacht. Emma Knothe, möchtest du meine mir anvertraute Ehefrau werden?“

Aber ja, wollte sie! Und wie! Vor allem, wenn sie dieses Verlangen in seinen dunkel schimmernden, violetten Augen sah! Aber er ließ ihr gar keine Zeit zu antworten, so, als hätte er Angst, sie könne es ihm abschlagen. Er griff nach ihrer Hand – und bevor sie auch nur blinzeln konnte, hatte er ihr einen wunderschönen Diamantring über den Finger gezogen. „Ein Souvenir aus Frankfurt. Ich habe ihn über Ruths Vermittlung bei einem jüdischen Diamantschleifer gekauft. Ich dachte, das gefällt dir.“

Das war mehr eine Feststellung, keine Frage. Emma war sprachlos. Der wunderbare Stein funkelte und glühte in der Märzsonne. Einen solchen

Ring hatte sie nie zuvor gesehen. Sie war so sprachlos, dass ihr keine passende Antwort einfiel. Sie knickste lediglich.

„Gut, jetzt muss ich dich leider schon wieder verlassen“, sagte Mr. Comley. „Mein Vater hat einen Boten nach Northwell House geschickt. Er verlangt, mich dringendst, mich schnellstmöglich auf unserem Castle in Limerick zu sehen. Jedenfalls scheinen es keine so guten Nachrichten zu sein. Der Bursche, der sie überbrachte, druckst nur herum und will mir nichts sagen. Aber wie dem auch sei, bei der Gelegenheit kann ich Lord Northwell gleich nach der Erlaubnis für unsere Verlobung fragen.“

Emma konnte sich denken, dass Mr. Comley diese Erlaubnis benötigte. Aber sie sah keinen Grund, sich zu schämen. Auch wenn der Kurfürst sie mit hohen Steuern bedrückte, würde sie doch Hof und Land mit in die Ehe bringen. Und mich, dachte sie selbstbewusst. Glauben und Fleiß.

Bevor er ging, schloss Mr. Comley sie noch einmal kurz und heftig in seine Arme, er drückte sie so hart an sich, dass irgendein Muskel in ihrem Unterleib, den sie noch nicht kannte, sich zusammenzog. War das Erregung? Verlangen? Wann würde Mr. Comley es ihr endlich zeigen?

Sie, Emma, konnte es kaum erwarten, in die Kunst der Liebe eingeweiht zu werden. Auch deshalb kamen ihr fast die Tränen, als Mr. Comley abrupt von ihr abließ, ihr noch einmal ganz zart über die Wange strich – und sich dann mit großer Hast zum Gehen wandte. „Ich komme so schnell wie möglich zurück“, sagte er barsch.

Und Emma blieb nichts anderes übrig, als ihm hinterherzusehen, wie er mit schnellen, weiten Schritten über den samtgrünen Rasen zu seiner Chaise marschierte. Dann knallte die Peitsche, und die vierspännige Kutsche mit den großen Wappen-Beschlägen rollte los und war rasch und hastig außer Sichtweite verschwunden.

Er kam schneller wieder, als Emma befürchtet hatte. Doch als sie sein Gesicht sah, wusste sie alles. Es war regelrecht eingefroren, und in seinen Augen war der Funke erloschen, dieses spöttisch-belustigte Blitzen, das sie immer so sehr an ihm geliebt hatte.

Mr. Comley hatte sie am späten Vormittag im Wohnzimmer angetroffen, wo sie gerade einen Strauß Weidenkätzchen ordnete. Er wirkte gehetzt und todtraurig und verändert vom Grund seiner Seele. „Es ist aus mit uns", stellte sie fest. „Euer Herr Vater hat uns die Erlaubnis nicht gegeben."

Statt ihr eine Antwort zu geben, sackte dieser große, starke Mann in sich zusammen. Achtlos auf seine Umgebung, ließ er sich in den nächstbesten Sessel fallen. Und blickte Emma nicht in die Augen, während er sprach. „Mein Bruder ist gestorben", erklärte er in abgehackten Worten. „Der Narr hat sich in London duelliert. Konnte noch nie gut schießen. Weißt du ja." Er lachte ein trockenes, heiseres, überhaupt nicht lustiges Lachen.

Emma schlug die Hand vor den Mund. Jetzt begriff sie. Als jüngerer Sohn hätte Mr. Comley – vielleicht und die Großzügigkeit seines Vaters vorausgesetzt – die Tochter eines Schmieds heiraten können. Da sie auch Land mitbrachte, wäre es – vielleicht – möglich gewesen. Als künftiger Lord Northwell ging das nicht.

Ihre Gedanken überschlugen sich. Was würde nun geschehen?

Mr. Comley betrachtete sie mit einem undurchdringlichen Blick. Jetzt roch sie auch den Alkohol, der von ihm ausging. Er musste sich betrunken haben.

„Mein Herr Vater hat über alles verfügt", brachte er stockend heraus. „Ich darf dich nicht wiedersehen, mein liebstes Kind. Ich muss diese zickige Person heiraten."

Emma schwieg. Sie konnte sich denken, wen er meinte. Die hagere Lady Mary mit ihrem religiösen Fanatismus war genau die richtige für ein künftiges Mitglied des Hochadels. Sie brachte blaues Blut mit, sehr viel Geld – und Ländereien, gegen die Emmas alter kleiner Wehrhof nicht viel mehr als eine Tagelöhner-Kate war.

Das Grauen packte sie langsam. Und das war das Schreckliche. Es ging ihr wie Gift ins Gemüt. Ihr wurde eiskalt. Sie sollte Mr. Comley verlieren? Nein! Das durfte nicht sein! Was musste Viscount Comley sich auch duellieren? Hatte er gar keine Einsicht in seine erbärmlichen Schießkünste gehabt?

„Wir könnten fliehen, Sir", sagte sie, staunend über ihren eigenen Mut. „Wir könnten nach Amerika gehen."

Mr. Comley zog die Augenbrauen hoch. Ein Hauch seines früheren Humors blitzte auf. Dann wurde er aber schnell wieder sehr ernst. „Mein Kind, es mag ja sein, dass du geflohen bist. Ich kann mir das nicht leisten.

Mein Leben lang habe ich gelernt, Verantwortung zu übernehmen. Ganz gleich, wie sehr ich dich liebe – das wird auch so bleiben. Ich werde dem Namen Northwell keine zusätzliche Schande bereiten."

Emma sah, dass sie nichts machen konnte. Adelsstolz und Standesdünkel hatten über die Liebe gesiegt. Nun traten ihr endlich doch Tränen in die Augen, doch es waren Tränen der Wut.

„Ich habe alles versucht", erklärte Mr. Comley mehr zu sich selbst als an Emma gewandt. „Ich habe geredet, gebrüllt, gebettelt. Aber gegen den Willen von Lord Northwell bin ich machtlos."

Jetzt schaute er sie an, als wäre ihm ihre Existenz gerade erst wieder eingefallen. „Ich liebe dich, mein Kind. Doch ich habe versprochen, dich nicht wiederzusehen." Plötzlich zog er seine Perücke ab und raufte sich durchs wild gelockte, dunkle Haar, das Emma so schmerzlich anziehend fand, dass es ihr einen Stich in den Magen gab. Er blickte direkt in ihre Augen: „Was machen wir nur?"

Emma, die sich wieder einigermaßen gefasst hatte, vergaß ihre eigene Wut, ihren Schmerz. Sie sah diesen mächtigen Mann, dem so viel vom Leben mitgegeben worden war, der nun durch einen tragischen Tod noch mehr dazu gewonnen hatte – und dem dadurch seine ganze Welt zerstört worden war.

„Ihr zeigt mir die Liebe, Sir", sagte Emma schließlich mit einem Nachdruck im Tonfall, der sie selbst erstaunte. „Jetzt und hier. Und dann werden wir auseinander gehen. Ich werde hierbleiben, wenn ich darf und mein Leben lang von diesem Augenblick träumen."

Er starrte sie an. Mit brennenden Augen als hätte er Fieber. „Du, nur du, bist alles, was ich je gewollt habe. Ich werde ohne dich vor Langeweile sterben. Wie soll ich es mit Lady Mary aushalten?"

Das, Mylord, dachte Emma gehässig, ist nun wahrlich Euer Problem. Sie selbst hatte andere Sorgen. „Ich will Euch gehören", erklärte sie mit allem Selbstbewusstsein, das sie besaß. Und das war eine ganze Menge. „Ihr sollt mich einweihen, Sir."

Nun fing er an, laut zu lachen. „Du bist ja richtig eifrig. Weißt du gar nicht, in was für einer Gefahr du schwebst? Alle Männer sind Raubtiere, wenn es um dieses eine geht."

„Sir, das ist mir gleich."

Nun wurde er ernst. In seinen violetten Augen entdeckte Emma etwas Stürmisches, das sie noch nicht kannte, ein Aufflackern von Liebe – oder Begehren vielleicht. „Schließ die Tür ab", verlangte er mit trügerisch sanfter Stimme und fügte hinzu: „Schließ auch die Vorhänge. Und gib mir ein Versprechen."

„Sir."

„Egal, was nun kommt, ganz gleich, was ich mit dir mache, du wirst nicht schreien. Wir wollen Nanny nicht stören – und deinen Ruf nicht ruinieren, damit du hier wohnen bleiben kannst. Es wäre mein einziger Trost, dich in meiner Nähe zu wissen."

Dies nun wieder, dachte Emma, klang bittend, beinahe flehend. Ja, er liebte sie wirklich. Nein, er hatte nicht den Mut, zu ihr zu stehen und mit ihr in die Neue Welt zu flüchten. Und trotzdem wollte sie ihn jetzt in genau diese Spanne, in diesem Zustand, irgendwo zwischen Leidenschaft und Verletzlichkeit.

Er klopfte mit seiner Reitgerte gegen seine Stulpenstiefel. „Zieh dich aus!" befahl er mit einer Stimme, die keinen Widerspruch duldete. Mr. Comley war wieder ganz der Alte. Was Emma in gewisser Weise auch beruhigend fand.

„Stell dich vor mich!" knurrte er. „Und runter mit den Kleidern. Aber langsam. Ich will den Anblick genießen."

Emma war oft genug im Rhein schwimmen gegangen, um sich ihres Körpers nicht zu schämen. Deshalb machte sie, was Mr. Comley verlangt hatte und begann, ihr Mieder aufzuknöpfen. Da bemerkte sie seinen Blick, zugleich lodernd vor Gier und kühl taxierend. Sie spürte, wie sie nun doch rot wurde und fühlte sich von ihm mit Blicken ausgezogen, ganz so, wie er es vermutlich auch beabsichtigte. Ein Schauer lief über ihre Haut, der sich mit Neugier paarte, der Neugier auf das, was nun kommen würde. Ihre Brüste lagen frei. Nun streifte sie die Röcke ab und wand sich aus der Krinoline.

„Du bist so schön", keuchte Mr. Comley.

Er gab ihr das Gefühl, sich ihm ausliefern zu können, zu müssen, und zwar mit Haut und Haaren. So stand sie völlig entblößt vor ihm und fror ein wenig, während ihr zugleich heiß war. Mr. Comley zeichnete seelenruhig und vollständig angezogen und vor ihr sitzend mit seiner Reitgerte die Konturen ihres Körpers nach. Was würde er tun? Wollte er sie schlagen?

Aber er lächelte nur und warf die Reitgerte weg. Dann zog er Emma rittlings auf seinen Schoß, sodass sie über ihm saß und die beeindruckende Härte zwischen seinen Beinen spürte. Er streichelte ihren Hals, ihre Brüste, ihren Rücken, er küsste sie, und dann fuhren zwei seiner Finger an die Stelle zwischen ihren Beinen, die so geheimnisvoll und so erregend war, wie sie jetzt merkte.

Seine Finger waren so geschickt, so liebkosend, so erfahren! Er schaffte es, sie dazu zu bringen, dass sie um mehr bettelte. Gerade meinte sie, dieses überwältigende Gefühl, das wie eine Flut war, würde sie zerreißen, als er seine Hosen öffnete, eine ruckartige Bewegung machte und sich in sie schob. Ein kurzer, aber unfassbarer Schmerz! Mit knapper Not gelang es ihr, einen Schrei zu unterdrücken. Doch ihr ganzes Gesicht war schmerzverzerrt. Dann begann er, sich ganz vorsichtig in ihr zu bewegen. Und wo eben noch Schmerz gewesen war, vermischte sich dieser jetzt mit einem warmen, dann heißen Begehren, einer Lust am mehr und schneller und härter, die sie gern gesteuert hätte, nur dass er das Tempo bestimmte, obgleich sie oben saß.

Sie umklammerten sich, sie kratzten sich, Mr. Comley verbarg sein Gesicht zwischen ihren Brüsten und stieß von unten heftiger und heftiger zu, sodass Emma keuchte.

Und gerade, als eine Flut aus Regenbogenfarben sich über ihre Gedanken ergoss, keuchte auch er laut auf, und zwischen ihren Beinen war eine warme Flüssigkeit, die sich aber nicht unangenehm anfühlte, und die für Emma wunderbar duftete. Es war der Duft nach ihm, nach Mr. Comley, den sie eben noch so tief in sich gespürt hatte und der sie nun verlassen würde, jetzt, nach ihrer Vereinigung und unwiderruflich und für immer. Denn sie wusste, er war ein Mann, der sein Wort hielt.

Aber diesen Augenblick jetzt würde sie bei sich behalten, ein Leben lang, und niemand und keine Umstände jemals würden sie davon abbringen.

„Ich liebe dich, Emma“, stieß er heiser hervor und strich ihr durchs zerzauste Haar.

Emma sagte sich, dass er ihr soeben ein Wunder gezeigt hatte, und dass dieses Wunder für immer ihm gehören würde.

„Versprich mir, dass du nie einen anderen hast“, flüsterte er fast flehentlich. „Du bist zwar jung, aber du sollst für immer mir gehören.“

Emma, die ihm in diesem Moment alles versprochen hätte, wusste jedoch, dass sie ihm dieses Versprechen nicht geben konnte. Man ahnte nie, was das Leben nach der nächsten Kurve brachte, diese Erfahrung hatte sie schon machen müssen. Doch da sie sah, dass es ihm ernst war, vermied sie es, ihn direkt anzulügen. „Dieses Glück mit dir werde ich niemals vergessen“, sagte sie in sein Haar.

Und sie spürte daran, wie heftig er sie an sich drückte, dass er mit dieser Antwort zufrieden war.

Speyer 2014

Luisa legte das Manuskript aus der Hand. Es war spät, fast Mitternacht, es fiel ihr sehr schwer, die uralte Handschrift zu entziffern. Voller Faszination hatte sie gelesen, wie leidenschaftlich Emma war. Zu ihrer Zeit widersprach es allen Vorstellungen einer jungen Dame, dass sie sich einem Mann vor der Ehe hingab. Aber sie hatte es getan! Sie war ihrem Herzen gefolgt. Und Luisa spürte einen Stich in der Magengrube. Anders als Emma, hatte sie es wohl nicht getan.

Sie band die Schlaufe ihres kuscheligen Frotteemantels enger, stand auf und betrachtete die Bilder, die sie von Patrick und Andreas gemalt hatte. Jetzt, mit etwas Abstand, erkannte sie, wer es war, den sie liebte. Ihre Mutter hatte Recht gehabt. Patrick leuchtete. Andreas blieb unterkühlt.

Als ich Patrick verraten habe, habe ich mich verraten, sagte sich Luisa – und sehnte sich plötzlich nach seiner starken und leidenschaftlichen Umarmung. Aber jetzt war es zu spät. Sie hatte ihn verlassen und verletzt, sie war mit Andreas abgereist, sie hatte die falsche Entscheidung getroffen, die gegen ihr Herz.

Mitternacht, dachte Luisa und nahm einen Schluck Zitronenwasser. Dann griff sie nach ihrem Handy. Dort war Marias Nummer einprogrammiert. Sie wusste, dass die schusseligste aller Putzfrauen aus Deutschland nachtaktiv war und meistens erst im Morgengrauen ins Bett ging. Und John Tuck, ihr Mann, war ja meistens mit Reisegruppen unterwegs. Der Gedanke an die beiden, die bis heute nicht die Finger voneinander lassen konnten und die sich liebten, gab ihr die Kraft, das zu tun, was sie vorhatte. Maria nach Patrick zu fragen.

Es klingelte nur zweimal, dann war Maria schon dran. Zu Luisas Verblüffung war sie nicht erstaunt über diesen Anruf zu nachtschlafender Zeit. „Luisa. Ich dachte mir, dass du anrufst!“

Maria mochte schusselig sein, aber sie war auch hellsichtig. Dieses Verständnis für die Gefühlswelten anderer hatte ihr in ihrem früheren Beruf, dem Journalismus, sicher geholfen!

Auch jetzt ahnte sie, was in Luisa vorging. „Es ist wegen Patrick. Du rufst wegen Patrick an.“

Volltreffer! Aber Luisa musste mindestens so tun, als wäre sie überrascht. „Woher weißt du das?“

„Weil Patrick und du euch mit Augen gegenseitig verschlungen habt? Weil er seit deinem überstürzten Abgang nicht mehr aufgetaucht ist? Nicht im Pub und nicht bei Mrs. Arrowsmith? Weil er nicht mit mir reden wollte, als ich bei ihm geputzt habe?“ Eine kurze Pause. „Reicht das als Begründung?“

Luisa biss sich auf die Unterlippe. Also hatte sie Patrick tief verletzt. Aber verletzen konnte man nur, wenn auch tiefe Gefühle da waren! Also würde es sich lohnen zu kämpfen? „Ich weiß, dass ich Patrick weh getan habe“, erklärte Luisa. „Aber es ging so schnell. Es kam alles so plötzlich. Es ging mir zu nahe.“

Maria fiel ihr ins Wort: „Es ging dir zu – was? Dass man sich wegen zu viel Nähe trennt, ist der absolut bescheuertste Trennungsgrund, den ich jemals gehört habe.“

„Wir waren ja gar nicht richtig zusammen“, seufzte Luisa müde. „Aber die Zeit, die wir hatten, war einfach wunderbar. So schön, dass es mir Angst gemacht hat.“

Nun seufzte Maria. „Na, spitze. Du bist also abgehauen.“ Wieder eine Pause. „An deiner Stelle würde ich nicht lange warten. Ruf ihn an! Erklär ihm alles! Und wenn er dir nicht glaubt, lass alles stehen und liegen und komm nach Carrigaholt. Wenn er in deine schönen sommerblauen Augen schaut, wird er dir alles verzeihen, davon bin ich überzeugt …“

Es rumpelte, als ob Maria über irgendetwas gestolpert wäre, vermutlich ihre eigenen Füße. Und Luisa merkte, wie sehr sie die Freundin vermisste! Freundin? Doch, dachte sie, das war sie in der kurzen Zeit schon geworden! „Am liebsten würde ich für immer kommen“, seufzte Luisa.

„Das höre ich gern!“ rief Maria fröhlich.

„Aber wovon soll ich leben?“

Maria musste nicht lange überlegen: „Schau mal, das Haus gehört euch, du zahlst keine Miete. Und es hat sich schon herumgesprochen, wie gut du backst. Du könntest deine Kuchen sicher bei Mrs. Arrowsmith verkaufen. Und dann“, Maria klang begeistert, „könnten wir eines Tages sogar vielleicht ein Café zusammen aufmachen.“

Maria, die Ex-Journalistin, sprudelte nur so vor Ideen, dachte Luisa. Doch es tat ihr gut. „Ich hätte sogar noch einen Plan B", weihte sie Maria in ihr Geheimnis ein. „Ich habe auf Patricks Schiff eine Amerikanerin kennen gelernt, eine Kunstsammlerin. Sie wollte mir ein Bild abkaufen, ein Bild von Delphinen. Ich habe es ihr geschenkt. Daraufhin versprach sie mir, mit ihrem Galeristen zu reden, sie war total begeistert."

„Aber das ist ja fantastisch!" rief Maria begeistert. „Du rufst sie sofort an! Das geht jetzt, dort ist jetzt Nachmittag. Vielleicht könntest du ja auch mit Bildern Geld verdienen ..."

Luisa war da eher verhalten. „Ich weiß nicht. Und wie erkläre ich es meiner Kunstschule? Und meinen Eltern? Und", erst jetzt fiel es ihr ein, „Andreas?"

„Also, alles der Reihe nach. Du rufst zuerst in New York an."

„Ich habe die Nummer nicht. Ich hatte die Visitenkarte Patrick gegeben, damit er mein Bild über den Zoll hinweg nach New York schicken kann."

Maria seufzte. „Dann hast du keine Wahl. Dann musst du Patrick anrufen. Naja, soll wohl so sein."

„Und was, wenn er gar nicht abnimmt?"

Wieder meldete sich die zähe Journalistin in Maria. „Dann rufst du so oft an, bis er aufgibt und drangeht. Wetten, er macht's irgendwann? Dieser Mann hat kein Herz aus Stein! Du musst mir nur eins versprechen! Danach klärst du sofort deine Situation. Sprichst vor allem mit Andreas. Ich werde nicht zulassen, dass du Patrick neue Hoffnungen machst – und ihn dann wieder verlässt!"

Luisa versprach es hoch und heilig. Sie erkundigte sich noch nach Sheila, die aber nach wie vor zu Johns Verdruss irgendwo in Europa unterwegs war. Als Servicefachkraft mit Erfahrung konnte sie überall leicht Arbeit finden, wie Luisa klar war. Und das Erstaunliche war: Luisa war darauf nicht eifersüchtig. Selbst wenn die Sarah-Ferguson-Kopie jetzt irgendwo in Wiesbaden – oder sogar im Bett von Andreas – war, berührte es sie nicht. Sie sehnte sich nur in Patricks starke Arme. „Strangers in the night", ging ihr durch den Kopf, das Lied von Frank Sinatra unterm Sternenhimmel.

„Hast du Patricks Telefonnummer?" erkundigte sich Maria und unterbrach damit ihre nostalgischen Gedanken.

„Die steht im Internet. Für seine Touristen. Aber danke. Oh, Maria, ich traue mich nicht!

„Dann werde eben für dein ganzes Leben unglücklich!“ Und statt weitere Worte zu machen, knallte Maria einfach den Hörer auf.

Luisa ließ sich auf die Couch fallen. Warum musste alles immer so verflixt kompliziert sein? Mist! Aber es stimmte, sie war vor Patrick davongelaufen. Sie hatte Angst gehabt, ihr Herz zu verlieren – und dann enttäuscht zu werden! Aber durch ihre Flucht hatte sie sich selbst viel tiefer enttäuscht als Patrick es je hätte tun können. Sie hatte ihm – und sich – keine Chance gegeben! Lieber war sie in die Sicherheit geflohen, die Andreas zu versprechen schien. Aber es gibt doch gar keine Sicherheit, sagte sich Luisa jetzt. Nichts ist sicher – außer dem Tod! Und warum eigentlich sollte ausgerechnet der untreue Andreas ihr Sicherheit versprechen? War es nicht so, dass gerade bei ihm der Boden unter ihren Füßen schwankte? Warum vertraute sie ihm? Warum war sie zu ihm zurückgekehrt.

Aber Luisa konnte sich nichts vormachen, sie kannte die Antwort. An Andreas stellte sie nicht so hohe Ansprüche wie an Patrick, das machte es einfacher, mit ihm umzugehen. Patrick, der gebildete, belesene, privilegierte Sohn aus reichem Hause hatte so viel bessere Startchancen gehabt als Andreas! Von ihm erwartete sie mehr – und bekam sie mehr, wie sie sich eingestehen musste. Aber sie hatte auch Angst, seinen Ansprüchen nicht gerecht zu werden. Wie Emma bin auch ich keine Lady der englischen Oberschicht, dachte sie. Aber das schien ihn ja nicht gestört zu haben, gab ihr das innere Teufelchen ein. Los! Ruf! Ihn! An!

Immerhin schaffte das Teufelchen es, sie dazu zu überreden, in ihr Handy bei Google „Patrick Comley, Carrigaholt“ einzugeben. Prompt erschien seine Webseite mitsamt der Handynummer, die sie benötigte. Also! Keine! Ausreden! Mehr! Wisperte das Teufelchen ... Vor allem musst du dich beeilen, fügte es hinzu. In Irland ist es elf Uhr nachts!

Sollte sie? Würde sie es wagen, Patrick nach Alicia Guggenheims Telefonnummer zu fragen? Der! Perfekte! Vorwand!, sagte das Teufelchen. Und wenn er sich wirklich für mich interessiert, dachte Luisa, wird er sich nach dem ersten Schrecken doch vielleicht sogar freuen?

Mach! Es! Jetzt! Flüsterte ihr inneres Teufelchen abermals. Und sie gehorchte. Ihre Finger zitterten, ihr Herz raste, doch sie wählte Patricks Handy-Nummer.

Sie brauchte nicht lange zu warten. Anders, als sie befürchtet hatte, ging er nach dem dritten Läuten an sein Handy. „Comley", meldete er sich mit seiner sanften Stimme, die Luisa vor Zärtlichkeit fast zerfließen ließ. Für einen Moment war sich nicht dazu in der Lage, etwas zu sagen. Wo möglicherweise einmal ein Gehirn in ihrem Kopf gewesen war, befand sich jetzt ein Schwarzes Loch. Oder war es Watte?

„Schöttler", sagte sie wie benommen. „Luisa Schöttler."

Die Pause am Telefon dehnte sich aus. Luisa bekam schon Angst, er würde einfach auflegen. „Du hast Nerven", sagte er jedoch stattdessen.

Nun wusste sie nicht, was sie antworten sollte und verfiel ihrerseits in Schweigen.

„Was gibt's? Was willst du?" fragte er mit veränderter, kalter Stimme.

„Ich wollte etwas mit dir besprechen", sagte Luisa.

„Es gibt nichts zu besprechen. Ich bin nicht dein Hampelmann."

„Hör zu", fiel sie ihm eilig ins Wort, weil sie befürchten musste, dass er den Hörer einfach aufknallen würde. „Ich bräuchte dringendst die Telefonnummer dieser Kunstsammlerin. Alicia Guggenheim. Es ist wichtig. Könntest du mir die geben?"

Über ihre Beziehung via Handy zu verhandeln, machte keinen Sinn, merkte Luisa. Deshalb hatte sie auch kein Bedürfnis, ihm zu erklären, wofür sie die Telefonnummer brauchte.

Wieder so eine Pause, in der alles möglich oder unmöglich war und in der Luisa beklommen in ihr Handy lauschte. Wie würde Patrick reagieren? Wäre es mindestens irgendein neuer Anfang, wenn er ihr die Telefonnummer gab?

Sie hörte Schritten, Rascheln, unterdrückte Flüche. Dann war Patrick wieder am Apparat. „Also bitte." Er las ihr die New Yorker Telefonnummer vor, und sie schrieb eifrig mit.

„Gut, Luisa, ich hoffe, dir damit geholfen zu haben", sagte er in einem abschließenden Tonfall. „Mach es gut. Komm gut durchs Leben. Und ruf nicht wieder an."

Damit war ein leises Klicken zu hören, die Verbindung war unterbrochen, und Luisa hörte nur noch ein Tuten im Hörer. Sicher, sie hatte einerseits erreicht, was sie wollte. Andererseits glaubte Patrick, sie wolle ihn zu ihrem Hampelmann machen. Sie rutschte im Sofa nach unten und verbarg den Kopf in ihren Knien, als ihr die Tränen kamen.

Aber sie würde nicht aufgeben! Sie würde kämpfen! Patrick war der Mann, den sie von ganzem Herzen liebte, und sie würde ihn nicht aufgeben! Koste es, was es wolle, auch ihren Stolz!

Sie brauchte nur eine Strategie. Und diese formte sich in ihrem Kopf, als sie sich wieder beruhigt hatte. Sie ging in ihr kleines Badezimmer unter der Dachschräge und schaute in den Spiegel. Eine silberblonde Frau mit vollkommen verheulten blauen Augen blickte ihr entgegen. Hätte sie nicht gewusst, dass sie es sein musste, hätte sie sich für eine Fremde gehalten.

Luisa beugte sich übers Waschbecken, um sich etwas kaltes Wasser ins Gesicht zu sprengen, trug Creme auf und bemalte sich schließlich die Lippen mit einem pastellfarbenen Lippenstift. So gefiel sie sich schon besser. Sie hatte einmal in einer großen Frauenzeitschrift gelesen, dass man sich für wichtige Telefonate schick machen und dabei lächeln sollte! Also löste sie auch noch ihr Haar aus dem strengen Nackenzopf, sodass es sich silbrig schimmernd bis fast an ihre Schultern ergoss. Dann straffte sie sich, ging hoch erhobenen Hauptes zu ihrem Sofa zurück, zwang sich zu einem leichten Lächeln, das etwas schief ausfiel, wie sie wusste – und wählte die New Yorker Nummer.

Es kostete sie eine riesige Überwindung, doch es war Schritt 1 auf dem Weg zu ihrer Rückeroberung von Patrick Comley …

Es tutete siebenmal, bis das Handy knackte und eine Frauenstimme aus dem fernen New York zu hören war. Park Avenue, beste Adresse, ging es Luisa durch den Kopf, die sich jetzt gern eine ihrer außerordentlich selten gerauchten Zigaretten gegönnt hätte – so nervös war sie. In solchen Momenten erlaubte sie sich gelegentlich eine Benson & Hedges. Aber nicht jetzt. Sie hatte keine Zeit, war ungeduldig, wollte eine Antwort wissen.

„Ja bitte?“ fragte eine Frauenstimme, die Luisa sofort erkannte.

„Ist da Alicia Guggenheim?" fragte sie mehr der Form halber. Und ergänzte hastig: „Hier spricht Luisa Schöttler, die Malerin des Delphinbildes aus Carrigaholt."

„Oh, ich erinnere mich, Liebes. Ich weiß ganz genau, wer Sie sind", erklärte die Kunstfreundin mit der Gucci-Tasche energisch. „Warum haben Sie sich nicht längst gemeldet? Aber ich bin auch so schusselig, habe mir Ihre Kontaktdaten auf dem Schiff nicht aufgeschrieben. Ich wollte mich darum kümmern, wenn das Bild hier eingetroffen ist. Ich dachte mir, dann würde ich ja eine Adresse haben. Oder", sie hörte sich leicht vorwurfsvoll an, „Sie würden sich melden, Liebes. Ich habe Ihnen doch extra meine Visitenkarte gegeben."

„Ja", erwiderte Luisa. „Das ist eine lange Geschichte. Aber ich bin überzeugt, das Bild wird bald bei Ihnen eintreffen, Mrs. Guggenheim."

„Alicia. Sagen Sie doch bitte Alicia. Ich fühle mich sonst wie meine eigene Urgroßtante."

Luisa beschloss, direkt mit der Tür ins Haus zu fallen. „Ich hatte gesehen, dass Sie das Bild mit den Delphinen auf dem Schiff fotografiert hatten."

„Richtig", fiel Alicia ihr lachend ins Wort. „Ich wollte sichergehen, dass ich es jederzeit bei mir habe. Und um die nächste Frage zu beantworten, ja, ich habe es meinem Galeristen gezeigt."

Eine kunstvolle Pause, in der Luisa meinte, ihr Herz am Hals schlagen zu hören. Von der Antwort hingen Luises sämtliche weitere Pläne ab!

Alicia erlöste sie: „Er meint, es ist eines der besten Aquarelle, das er je gesehen hat und wollte sofort wissen, von wem es stammt. Ich sagte es ihm und erklärte ihm auch, dass ich auf das Bild warte. Wenn das Original ihn genauso begeistert wie mein bescheidenes Foto, sind Sie eine gemachte Frau, Liebes. Allerdings kann ich Ihnen gleich verraten, es bedeutet auch harte Arbeit. Sie sollten sich Naturthemen widmen, da liegt bei Ihnen ein ganz großes Talent."

Luisa ging das runter wie Champagner. Na also, flüsterte ihr inneres Teufelchen. Du hast eine Chance. Dein Plan mit Patrick könnte klappen.

Sie unterhielten sich noch eine Weile angeregt über die Vorzüge Manhattans oder des Landlebens, und dann fasste Luisa sich ein Herz und weihte Alicia in ihre Pläne ein.

„Großartig, Liebes“, sagte die warmherzige Kunstfreundin aus der Park Avenue. „Und jetzt werden wir Schluss machen, damit Sie Ihren Schönheitsschlaf bekommen – und ich muss dick Make-up auftragen, um bei einer Ausstellungseröffnung nicht auszusehen wie meine Uroma. Aber bevor Sie auflegen, geben Sie mir bitte noch eine Nummer, wo ich Sie immer erreichen kann. Sowie das Bild angekommen ist und ich mit meinem Galeristen gesprochen habe, werde ich Ihnen Bescheid geben.“ Alicia senkte vertraulich die Stimme. „Aber seien Sie nicht aufgeregt. Lucian, mein Galerist, war so begeistert, dass es schon fast eine Zusage ist, Sie unter Vertrag zu nehmen …“

Lieber Gott! Noch lange nach diesem Telefonat starrte Luisa durch ihre Dachgaube in den Sternenhimmel und ließ sich diese lobenden Worte auf der Zunge zergehen. Viel zu selten kam es vor, dass man als Künstler Anerkennung fand! Und so hart war die Arbeit, die dem vorausging. Da musste man solche Momente voll und ganz auskosten.

Allerdings war ihr auch durchaus bewusst, was in den nächsten Tagen auf sie zukommen würde. Und auch darüber dachte sie nach. Wie damals, als sie auf dem Fünf-Meter-Brett gestanden hatte, war da das Gefühl, der Boden schwanke unter ihren Füßen. Sie würde ins Ungewisse springen!

Am nächsten Morgen nach dem Frühstück und vor der Kunstschule schickte sie eine SMS an Andreas. „Wir müssen reden. Ernstes. Beim Italiener?“ Es dauerte ein wenig, bis die Antwort kam, und sie bestand aus wenigen Worten. „Gebongt. Morgen. 20 Uhr.“

Das war Mittwochabend. Noch bevor sie zum Unterricht aufbrach, setzte sich Luisa an ihren Computer und checkte ihren Kontostand. Sie überwies sich ihre Ersparnisse, die auf einem Sonderkonto lagen, auf ihr ganz alltägliches Konto. Dann ging sie auf die Homepage von Aer Lingus und buchte einen Flug nach Shannon-Airport. Es passte perfekt. Donnerstag. Sie checkte sich auch noch bei Hertz ein und nahm sich einen Mietwagen, kleine Kategorie. Sie bekam einen VW Polo, was ihr gut passte. Dann schnappte sie sich die große Umhängetasche aus weichem Leder, die sie mal auf einem Flohmarkt erstanden hatte und rannte los, um nicht zu spät zu kommen.

Ihren Eltern würde sie später alles erklären.

„Du hast gekündigt?" Luisa konnte zusehen, wie ihrer Mutter die Gabel vom Mund runtersank. Sie konnte es ganz offensichtlich nicht fassen. „Aber was wirst du nun tun?"

Luisa beschloss, die Karten auf den Tisch zu legen. „Ich will nicht umsonst Kunst studiert haben. Wenn ich will, kann ich eines Tages auch in die Kunstschule zurückkehren, haben sie gesagt. Aber ich brauche im Augenblick eine Auszeit. Ich will selber malen."

Eduard Schöttler, der sonst beim Abendessen meist irgendwo ganz anders in Gedanken war, vermutlich bei einer seiner Abhandlungen über den Maler Caravaggio, war urplötzlich interessiert. Er schob den Teller mit dem Straßburger Wurstsalat beiseite und schenkte sich genüsslich ein Glas Elsässer Sylvaner ein. „Du willst selber malen? Finde ich gut! Dann hat sich dein Kunststudium endlich gelohnt. Ich bin stolz auf dich, Luisa."

Professor Eduard Schöttler war sehr schnell im Kopf, wie Luisa wusste. Ihre Mutter brauchte mehr Zeit, um diese Nachricht zu verdauen. „Aber wovon willst du dann leben? Und wer zahlt deine Rente, wenn dein Vater und ich nicht mehr sind?"

„Künstlersozialkasse", erwiderte Luisa mit vollem Mund. „Da bin ich voll abgesichert."

„Richtig", sprang ihr Vater ihr bei.

„Aber du hast doch gar keine Kontakte, Kind. Du brauchst einen Galeristen."

Jetzt breitete sich ein Strahlen über Luisas ganzes Gesicht aus, das sie gar nicht mehr aufhalten konnte. Sie feixte wie ein Honigkuchenpferd. „Ich habe vermutlich einen großen Mann, der hinter mir steht. Lucian aus New York City. Er hat alle Großen unter Vertrag, fördert aber auch junge Künstler."

Jetzt starrten beide Eltern sie fassungslos an, und auch ihrem Vater sank die Gabel runter. „Wie kommt das zustande?" fragte er als Erster.

„Über eine Kunstsammlerin, die ich in Irland kennen gelernt habe und die sich für ein Bild interessiert, das ich dort gemalt habe. Lucian ist von einem Foto des Bildes begeistert und will sich das Original anschauen. Alicia, also ich meine die Kunstsammlerin, sagt, ich wäre eine gemachte Frau."

„Lucian ist tatsächlich einer der besten Galeristen", bestätigte ihr Vater, der ja Kunstgeschichte in Heidelberg unterrichtet hatte und sich daher auskannte. „Wir können stolz auf dich sein", sagte er etwas getragen. Elvira Schöttler blickte ihn zunächst fragend, dann beruhigt an.

„Zu wann hast du denn gekündigt?" fragte Eduard Schöttler.

„Ich habe um sofortige Vertragsaufhebung gebeten", erklärte Luisa. „Da draußen gibt es hunderte junger Künstler, die meinen Job gern haben wollen. Es wurde mir gewährt."

„Du hast Glück", stellte ihr Vater fest. „Ich finde deine Entscheidung richtig. Meine Unterstützung hast du. Wir könnten dir in der Scheune ein Atelier einrichten ..."

Luisa war gerührt. Die wenigsten Eltern würden freie Kunst für gut befunden haben. Aber sie startete ja nicht ins Nichts. Lucian war in der Tat ein großer Name. Wenn sie für ihn arbeiten dürfte, würde sie ausgesorgt haben. Ansonsten – musste sie eben Kuchen für Mrs. Arrowsmith backen, wie Maria ihr geraten hatte. Sie lächelte beim Gedanken an die schusselige, rührende Freundin. Sie hatte Recht gehabt, ihr den Marsch zu blasen!

Damit war sie in Gedanken wieder bei Patrick, und das gab ihr Kraft. Jetzt war der Zeitpunkt da, um ihre Bitte vorzutragen. „Das ist sehr lieb von euch. Vielleicht komme ich eines Tages darauf zurück. Aber im Moment ... ich wünsche mir etwas anderes", fing sie an. „Seid nicht erschrocken. Ich möchte nicht hier malen. Ich möchte es in Irland tun, bei den Delphinen ..."

„... und bei Patrick?" fiel ihre Mutter ihr wissend ins Wort.

Luisa blickte ihr in die grauen Augen – und konnte nicht lügen. „Genau. Und deshalb wollte ich fragen, ob ich für einige Zeit im ‚Rose Cottage' wohnen kann."

„Du willst in Irland malen?" Eduard Schöttler blickte sie an, als könne er in ihr lesen.

„Richtig. Ich will es versuchen. Und vielleicht könnte ich im Sommer irgendwelchen Touristen Aquarellkurse geben. Ich unterrichte ja ganz gern ..."

„... und an die Touristen würdest du über Patrick kommen." Elvira Schöttler war unverbesserlich, dachte Luisa. Sie gab niemals auf. Also war auch hier besser, die Wahrheit zu sagen.

„Ja“, rückte sie heraus. „Meine Entscheidung hat im weitesten Sinne mit Patrick zu tun. Aber nicht nur. Es ist an der Zeit für mich, dass ich herausfinde, was ich eigentlich kann.“

Eine Pause, beide Eltern sahen sich an und nickten sich kaum merklich zu. „Unseren Segen hast du“, erklärte Eduard Schöttler schließlich.

„Von mir aus werde glücklich“, schloss sich Elvira Schöttler an. „Wovon wirst du leben, bis die Sache mit Lucian geklärt ist?“

„Ich habe Ersparnisse. Die reichen für ein Jahr.“

„Gut“, nickte Eduard Schöttler. „Aber du weißt, dass du dich jederzeit auf uns verlassen kannst.“

„Und was ist mit Andreas?“ Ihre Mutter blickte Luisa durchdringend an.

Sie hätte Journalistin werden sollen, dachte Luisa. Neugierig und klug genug war sie. „Ich spreche ihn morgen Abend. Beim Italiener“, druckste Luisa etwas ungelenk herum. Doch sie musste ihren Eltern nichts weiter erklären.

„Es wäre nicht gut gegangen“, sagte Eduard Schöttler, dem unsägliche Erleichterung ins Gesicht geschrieben war.

Und Elvira Schöttler legte ihre Hand auf die von Luisa. „Du machst alles richtig. Glaub an dich. Es ist immer richtig, wenn man seinem Herzen folgt.“

Von dieser Zuversicht spürte Luisa nichts mehr, als sie Andreas beim Italiener gegenübersaß und ihre Jakobsmuscheln von einer Seite des Tellers auf die andere schob.

„Es ist also dieser Öko-Freak“, stellte Andreas fest, der ihr mit verschränkten Armen gegenübersaß und es aufgegeben hatte, lustlos in der Vorspeise herumzustochern. Unberührt stand sie vor ihm.

„Nein“, widersprach Luisa. „Es liegt an uns. Wir passen nicht zusammen, Andreas.“

In seinen Augen blitzte es gefährlich: „Und das hast du also kurz vor unserer Hochzeit gemerkt.“

Luisa tat so, als würde sie seine aufsteigende Wut nicht bemerken. „Mir ist in Irland klargeworden, dass ich ein anderes Leben will, Andreas.“

Sein Fuß wippte ungeduldig. „So! Was ich dir bieten kann, genügt also nicht.“

„Andreas! Darum geht es nicht."

„Worum dann."

Luisa seufzte, kapitulierte vor den Jakobsmuscheln und schob den Teller beiseite. Der Ober trug ihn ab und servierte rasch die schwarzen Spaghetti mit Trüffeln. Aber auch die rührten weder Andreas noch Luisa an.

„Liegt es an dieser Sheila?", beharrte Andreas. „Das hat nichts zu sagen. Sie bedeutet mir nichts."

Jetzt waren es Luisas Augen, die blitzten. „Umso schlimmer."

„Ich habe gesagt, dass es mir Leid tut. Du hast gesagt, du verzeihst mir. Wo ist also das Problem?"

Luisa spielte mit ihrer Gabel. Sie wusste nicht, wie sie es ihm sagen sollte. Er hatte so einen jungenhaften Stolz auf das viele Geld, das er verdiente. Und wenn man bedachte, wie schwer sein Start ins Leben gewesen war, hatte er auch jeden Grund dazu. Aber nicht zum Preis meines Lebens, ermutigte Luisa sich selbst und dachte an ihre Mutter: Man muss seinem Herzen folgen! „Andreas, wir haben einfach zu verschiedene Werte, zu verschiedene Vorstellungen von dem, was im Leben wichtig ist."

Aufmerksam blickte er sie an. „Als da wäre?"

Himmel! Warum musste es so verflixt schwer sein, ihm das zu erklären? „Du bist ein tüchtiger Mann", begann Luisa. „Erfolgreich. Attraktiv. Vermögend. Aber ich kenne von zu Hause ein ganz anderes Leben. Wir haben es nicht so mit dem Geld …"

„Nein", Andreas lachte bitter. „Das kann man euch wirklich nicht unterstellen. Allerdings habt ihr es einfach schon immer."

„Das ist nicht wahr", widersprach Luisa. „Das weißt du."

„Du bist mit allem Wohlstand der Welt aufgewachsen. Du kannst auf dem Klavier rumklimpern und einen Gainsborough von einem Turner unterscheiden, seit du ungefähr drei bist. Du hattest einen ganz anderen Start ins Leben als ich, Luisa."

Das war es ja! Das wusste sie! Und darum hatte sie ja auch ein schlechtes Gewissen. Aber sie konnte sich nicht lebendig in einem Geldtresor beerdigen lassen. „Andreas, ich verstehe deine Gründe. Aber ich kann dein ewiges Geld nicht ertragen. Ich habe andere Träume. Ich träume von einem einfachen Leben auf dem Land ohne Materialismus."

Er warf seine Serviette auf den Tisch. „Also doch dieser Öko-Freak. Hab ich's mir doch gedacht."

Luisa sagte nichts, und das war Antwort genug. Dabei war ja gar nicht klar, ob Patrick sie jemals zurück haben wollte. Sie ging volles Risiko, einmal im Leben, weil ihr Herz es ihr sagte!

„Gut, ich gebe auf", sagte Andreas. „Ich könnte dir jetzt sagen, dass wir ein Landhaus kaufen und Hühner züchten und glücklich werden. Aber mein Leben spielt sich in der Großstadt ab. Und ja, ich bin kein verwöhntes Luxusweibchen. Ich habe gelernt, hart für mein Geld zu arbeiten. Und ich genieße den Luxus, Geld zu haben. Notfalls mit Sheila. Ich habe es satt, Luisa, mir deinen Unsinn anzuhören, das ist mein letztes Wort. Kommst du mit nach Wiesbaden? Jetzt? Sofort?"

Luisa kamen fast schon wieder die Tränen. Himmel, bin ich sentimental. Aber ich werde in diesem Augenblick ein ganzes, mögliches Leben verlieren. Und niemand kann mir garantieren, dass ich im Gegenzug etwas bekomme. Aber ich muss es tun! Es geht um mich!

„Nein, Andreas", sagte sie mit einer Entschlossenheit, zu der sie sich selber zwingen musste. „Ich komme nicht jetzt und nicht sofort und überhaupt niemals wieder mit." Damit unterdrückte sie die Tränen, die nun doch zu strömen drohten, vermied seinen Blick, schaute auf ihre Hände – und streifte ihren Verlobungsring ab. „Ich danke dir für die schöne Zeit, Andreas. Dies hier wieder zurück." Ohne diesen Klunker an diesem Finger fühlte sie sich leichter und wie befreit.

Andreas schaute sie nur kurz und verächtlich an. Dann schnappte er sich den Ring. Luisa musste unwillkürlich an die romantische Verlobung am Donnersberg denken. Das würde nun für immer Geschichte sein. Andreas griff in seine Jackentasche, zog eine ordentliche Geldbörse heraus und warf 100 Euro auf den Tisch. „Das müsste fürs Essen genügen", sagte er kalt. Und mit diesen drei Worten war er aus ihrem Leben verschwunden …

Erst als er durch die elegante Drehtür gegangen war, ließ sie ihren Tränen endlich freien Lauf.

Und dann war aller Kummer vergessen. Denn am Donnerstagnachmittag war es so weit. Der Flieger von Aer Lingus brummte los und startete in Richtung Irland. Luisa drückte die Nase an die Scheibe, blickte hinaus und war einfach nur glücklich. Bald würde sie in Carrigaholt sein, bei Maria und John, bei Mrs. Arrowsmith. Und bei Patrick.

Bei diesem Gedanken zog sich ihr der Magen zusammen, halb vor Freude, halb vor Angst. Wie würde er auf sie reagieren? Würde ihr Plan aufgehen? Ihre Mutter, die sie mit der himmelblauen Ente, die kaum schnell genug für die Autobahn war, nach Frankfurt gebracht hatte, war von Patricks Großzügigkeit überzeugt gewesen.

Obwohl Luisa gar nichts gesagt hatte, hatte Elvira Schöttler sie durchschaut. „Du machst es für Patrick“, hatte sie leise zum Abschied gesagt. „Das ist schön. Er ist ein guter Mann – und hat alle Liebe der Welt verdient. Er wird dir letztlich alles verzeihen. Du musst nur ein wenig Geduld haben. Männer sind so viel verletzlicher als man glaubt.“

Luisa hatte das akzeptiert. Sie hatte genickt und ihre Mutter zum Abschied umarmt. Als sie ihr hinter der Absperrung zum Gate noch einmal gewinkt hatte, kam ihre Mutter im kurzen bordeauxfarbigen Kostüm ihr verloren und einsam vor. Aber sie hatte ihren Mann, zu dem sie zurückkehren würde und den sie liebte. Diesem Vorbild ihrer Eltern wollte Luisa gerecht werden!

Sie lächelte die Stewardess mit den perfekten Zähnen an, als die ihren Gurt kontrollierte. Gute Gedanken ziehen Gutes an, sagte sich Luisa.

Kurz dachte sie an Andreas zurück. Das Gespräch war nicht ganz so unangenehm verlaufen, wie sie befürchtet hatte. Mindestens einen Grundrespekt hatten sie bei der Trennung beide bewahrt. Die Jahre mit Andreas waren nicht ganz umsonst gewesen. Nur eines ging nicht. Freunde bleiben. Davon hatte auch keiner von ihnen etwas gesagt. Aber das störte sie nicht.

Es war erlösend, einen Entschluss gefasst zu haben. Alles war besser als zwischen zwei Stühlen zu hängen, sagte sie sich. Sonst stürzte man am Schluss in die Mitte, um unsanft mit dem Hintern auf dem Boden zu landen.

Jetzt war natürlich alles ungewiss, irgendwie. Sie hatte keine Ahnung, ob Lucian, der Galerist, sie wirklich unter Vertrag nehmen – und was das finanziell bedeuten würde. Und sie wusste nicht, was Patrick sagen würde, wenn sie ihm erklärte, dass sie in Carrigaholt zu sich selbst – und vor allem auch zu ihm - finden wollte. Aber alle Einwände der sogenannten Vernunft waren ihr egal. Ja, sie würde nur das einzig Richtige tun – und ihrem Herzen folgen!

Luisa erbat sich bei der Stewardess einen Kaffee und ein Wasser, bekam beides und blickte zufrieden über die Wolkendecke in den Himmel hinaus. Sie war voller Hoffnung!

Eine Stunde vor der Landung, nachdem sie vorzügliche Seezunge verspeist hatte, fiel ihr etwas ein. Sie holte das Manuskript der Emma Knothe aus ihrer großen Ledertasche vom Flohmarkt. Es war säuberlich in Klarsichtfolie gehüllt.

Das Papier hatte ihr geholfen, zu ihrer Entscheidung zu finden, mit der sie nun so zufrieden und glücklich war, dass sie einfach nur lächeln wollte. Jetzt fand sie, dass sie die restlichen Seiten noch vor der Landung in Shannon-Airport lesen könnte. Es waren wenige beschriebene Blätter, die verblieben.

Und Luisa war höchst gespannt, wie es weitergehen würde. Sie vertiefte sich in die uralte Handschrift, und nach kurzer Zeit vergaß sie wie immer die Welt um sich herum …

Carrigaholt, 1710

Es dauerte nur wenige Wochen, bis Emma merkte, dass etwas nicht stimmte.

Seit sie sich geliebt hatten, war Mr. Comley nicht mehr vorbei gekommen. Ein Mann, der sein Wort hielt, dachte Emma. Er würde versprechen, Lady Mary die Treue zu halten und würde genau das auch tun! Wenn sie nur daran dachte, kamen Emma die Tränen und sie hatte ein Gefühl, als ob es sie würgte.

Mr. Comley hielt jedoch auch ihr gegenüber Wort. Den Verlobungsring hatte er Emma überlassen und ihr ja auch das Cottage überschrieben, in einer Urkunde, die er ihr in einer Ausfertigung übergab und die sie an den Anhang dieses Dokuments heftete. Die zweite Urkunde übergab er den Archiven von Northwell House. Materiell war sie also gut versorgt.

Er half ihr dabei, dass sie sich ihren eigenen Lebensunterhalt verdienen konnte. Jede Woche kam die Kutsche mit den großen Wappenbeschlägen aus Northwell House und brachte ihr Leinen zum Besticken. Dann gab es den Lohn dafür und als Beigabe dann und wann eine Flasche Likör für sie und Nanny. Alles brachte die Kutsche, und immer klopfte Emmas Herz, wenn sie das Hufgetrappel hörte. Aber Mr. Comley kam nicht. Und kam nicht. Irgendwann begriff Emma, dass sie ihn wohl in der Tat nie wieder sehen würde. Am Anfang war der Verlust kaum zu ertragen, aber nach und nach gewöhnte sie sich daran. Das Glück, dachte sie, war aus ihrem Leben gegangen.

Dann wurde das seltsame Gefühl immer stärker und lenkte sie von ihrem Liebeskummer ab. Ihr war morgens übel, und sie nahm zu. Und dann, als ihre monatlichen Beschwerden ausblieben, war Emma alles klar. Sie, die zusammen mit ihrer Großmutter den Friemersheimer Frauen mit Kräutern und Laken bei der Entbindung geholfen hatte, wusste ganz genau, was in ihrem sich wölbenden Leib geschah. Sie war guter Hoffnung. Und ganz sicher würde Mr. Comley dieses Kind nicht wollen.

Nun war Emma vollkommen hin- und hergerissen. Sollte sie sich freuen? Traurig sein? Den Trost mit in die Zukunft nehmen, dass ein Teil von Mr. Comley ihr erhalten bleiben würde? Sollte, müsste sie es ihm sagen? Sie dachte an sein scharfkantiges Gesicht, seine violetten Augen. Würde ein Junge auch so aussehen? Und was, wenn sie ein Mädchen bekam?

Und was, fragte sie sich, wenn Mr. Comley ihr das Kind wegnehmen würde? Nanny würde es ihm gewiss mitteilen – und dann war ihre Zukunft und die des Kindes verloren! Mr. Comley hatte einen harten Zug um den Mund, wie Emma erst in den letzten Stunden ihrer Bekanntschaft aufgefallen war. Würde sie diese Härte nun zu spüren bekommen?

Klammheimlich nähte sie sich ihre Kleider weiter. Noch ließ sich ihr Zustand vertuschen. Aber Nanny hatte scharfe Augen, die Emma fürchtete. Und letztlich würde die alte Frau immer zu ihrem Ziehsohn Mr. Comley halten, vor allem jetzt, da er ein stolzer Lord werden würde.

Eines Abends, es war Frühling, tobte ein Sturm ums Haus, heftiger Regen peitschte gegen die Fenster des Cottages und verdunkelte den Ausblick. Inmitten von Windböen und Wut des Wassers hörte Emma, die im Wohnzimmer saß und stickte, dass Hufe vor dem Haus klapperten.

Eine leichte Chaise näherte sich dem Rose Cottage in scharfem Tempo. Kurz schoss Hoffnung in ihr hoch. War das möglich? Könnte es wahr sein, dass Mr. Comley gekommen war, um sie zu besuchen? Gab es doch Erlösung?

Es bollerte heftig gegen die Haustür, und Emma zwang sich mühsamst, über ihrer Stickerei sitzen zu bleiben und dem Besucher nicht in die Arme zu fliegen. Sie hörte den schlurfenden Schritt, mit dem Nanny zur Tür schlurfte.

Und dann traute sie erst ihren Augen – und dann ihren Ohren nicht.

„Ich grüße dich, Emma."

Völlig durchnässt, schmal, abgemagert und mit lodernden Augen – stand Florian in der Diele. Sein Haar fiel ihm in einer feuchten Tolle ins abgemagerte Gesicht. Fassungslos starrte Emma ihn an. Ihr fiel nichts ein, was sie hätte erwidern können und sie wollte verhindern, dass Nanny etwas mitbekam, was sie nichts anging.

Deshalb bat sie Florian in den Salon und fragte Nanny nach einem Tuch zum Trocknen und einer Tasse heißer Milch für ihn. Erst, als sie allein in dem kleinen Wohnzimmer waren, zischte sie ihn an: „Was fällt dir ein, mich so zu verfolgen?“

„Emma“, erwiderte er mit aufrichtiger Besorgnis in der Stimme – und vielleicht noch etwas mehr, das darin mitschwang. „Es ist so schön, dich zu sehen!“

„Mir ging es nie besser“, schwindelte sie schnippisch.

„Das allerdings würde ich bezweifeln“, gab er zurück. „Du siehst blass und abgespannt aus.“ Er ließ den Blick durch das Wohnzimmer schweifen, sah das dürftige Feuer in dem Kamin, die Tücher, die Emma bestickt und zur Seite geworfen hatte, als das Hufgetrappel näher gekommen war. „Du arbeitest hart“, stellte er nicht ohne Achtung fest.

„Ich gebe mir Mühe“, sagte sie schlicht.

Natürlich, dachte sie, müsste sie vollkommen enttäuscht sein, dass Florian nicht Mr. Comley war. Aber warum spürte sie dieses sonderbare Hüpfen in ihrem Herzen? Freute sie sich in Wahrheit, den Gefährten ihrer Kindheit zu sehen? Gab seine magere Gestalt, selbst sein kritischer, forschender Blick aus seinen sommerblauen Augen ihr in Wahrheit Sicherheit?

So weit bin ich vor ihm und der Ehe geflohen! Und jetzt bekomme ich weiche Knie? Nie, sagte sie sich, hätte sie einem Mann zugetraut, dass er sie bis in ein Dörfchen an der irischen Westküste verfolgen würde. War das nicht doch eine Form der Liebe? Hatte sie Florian falsch verdächtigt, als sie angenommen hatte, es ginge ihr nur um ihr Erbe, nicht um sie?

„Wie hast du mich bloß gefunden?“ Sie bot Florian einen Sessel an, den er ablehnte, vermutlich, weil er so nass war. Unter seinen abgetragenen Stiefeln hatte sich schon eine kleine Pfütze gebildet.

„Das war ein leichtes Spiel.“

Und er erklärte es ihr. Bei seinem jüngsten Besuch in Friemersheim war Mr. Comley in seiner Kutsche mit dem Wappenbeschlag vorgefahren und hatte sich unter anderem bei Valentin, dem Müllerssohn, nach Emma und ihrem Hof erkundigt. Valentin war das verdächtig, ja gefährlich erschienen. Und obwohl Florian und er ja in gewisser Weise Konkurrenten waren, hatte sich der hilfsbereite Katholik, in Sorge um Emma, an Florian gewendet und ihm von dem merkwürdigen Besuch des Engländers erzählt. Alarmiert hatte sich Florian auf die Suche nach einer Kutsche mit diesem Wappen gemacht, sie auch gefunden, dann aber in England teilweise verloren. Er hatte seine letzten Ersparnisse, die ihm die Steuereintreiber für den Wehrhof noch nicht abgenommen hatten, für die Überfahrt nach Irland verwendet. Hier war es ihm ein leichtes gewesen, auf Emmas Spur zu kommen. Die Gastwirte hatten sich an eine junge Dame erinnert, die ohne Zofe reiste, eine Tatsache, die in Florian Zorn und Besorgnis ausgelöst hatte, wie er betonte. Er hatte sich selbst eine leichte Chaise gekauft, um die Spur bis in Irlands Westen zu verfolgen – und Emma heimzuholen.

„Komm mit mir", bat er sie mit einer Sanftheit, die Emma erstaunte und berührte. „Komm heim, nach Friemersheim. Ich liebe dich genug, um auch auf den Hof zu verzichten. Du kannst dort leben, und Vater wird ihn im Namen der Kirche bewirtschaften, auch ohne, dass du mich heiratest."

Emma hörte ihm aufmerksam zu. „Dann liebst du mich wirklich. Ich habe daran gezweifelt."

Seine Augen verdunkelten sich. „Dann glaubst du wirklich, ein Mann folgt dir um die halbe Welt, weil du ihm gleichgültig bist? Kann ja sein, dass die Alten unsere Ehe wollten. Aber ganz abgesehen davon, wollte ich seit meiner Erinnerung immer nur dich." Er lächelte zärtlich. „Das Mädchen mit dem Goldhaar."

„Ich fürchte, Mr. Comley wird mich niemals fortlassen. Er sieht mich als seinen Besitz."

Florian runzelte die Stirn. „Dazu hat er nun wieder auch nicht das allergeringste Recht."

Nanny kam, brachte Tücher zum Abtrocknen und die heiße Milch, dann zog sie sich mit einer Diskretion zurück, die Emma überraschte und für sie einnahm. Vielleicht stand die alte Frau ihr mittlerweile näher als sie jemals angenommen hatte. Letztlich waren alle Frauen Leidensgenossen.

„Und es gibt noch etwas, das du wissen musst, Flori". Sie staunte selbst darüber, dass sie den Kosenamen aus alten Kindheitstagen benutzte.

Er sah ihr tief in die Augen, wischte sich mit dem Tuch die nasse Haartolle aus der Stirn und lächelte sie so spitzbübisch an, dass sie nicht anders konnte, als dieses Lächeln zu erwidern. Dann schwand es aus ihrem Gesicht. Schließlich hatte sie sich versündigt. „Ich bin guter Hoffnung, Flori. Ich erwarte ein Kind – von Mr. Comley."

Jetzt war es an Florian, blass zu werden. Er breitete ein Tuch über einem Sessel aus, ließ sich hineinfallen und musterte Emma von Kopf bis Fuß.

Sie hielt mit gestrafften Schultern seinem Blick stand. Sie wollte alles – nur kein Mitleid.

„Das verändert deine Lage", sagte Florian schließlich.

Emma stand mit gefalteten Händen da und wartete ab.

„Darum wirkst du so blass und so abgespannt. Dann hast du keine andere Wahl. Dann machst du mich zu einem glücklichen Mann. Denn dann musst du mich heiraten. Wir können den Rest vergessen und vertuschen."

Emma brauchte einen Augenblick, um all das zu verdauen. Ja, er hatte Recht. Wie wollte sie mit einem Kind ohne Vater leben? Und hinzu kam eine neue Erfahrung. Dass ihr Herz zu klopfen begann, wenn sie in seine blauen Augen sah. So oft hatte sie an ihn gedacht. „Du würdest mich also trotz allem noch nehmen?"

„Jederzeit", erwiderte Florian mit einem leichten Lächeln.

„Dann", flüsterte sie kaum hörbar, denn der Liebesbeweis war so stark, dass es ihr fast die Sprache verschlug, „will ich dich auch." Das war Liebe, nicht Begehren, wie sie es für Mr. Comley empfunden hatte. Und Liebe war es, was Florian ihr entgegenbrachte. Die Leidenschaft mochte eines Tages noch hinzukommen.

„Eine Bedingung habe ich jedoch", erklärte Florian mit ernstem Gesicht.

Wieder wartete Emma einfach nur ab.

„Das Kind wird niemals erfahren, wer sein Vater ist."

Sie redeten so lange, dass darüber der Regen nachließ und der Sturm abflaute. Und dann fassten sie einen Plan, wie sie Mr. Comley und Nanny täuschen konnten, wenn sie nach ihnen suchten. Beide hatten genug Fantasie, dass sie schnell eine Idee hatten, die ihnen weiterhelfen würde.

Und jung und energisch, wie sie waren, setzten sie den Plan sofort um. Florian verabschiedete sich artig von Nanny, und Emma zog das wunderschöne blaue Kleid an, das Mr. Comley ihr an ihrem Glückstag im Garten damals geschenkt hatte. Sie steckte auch den Verlobungsring ein. Dann schrieb sie ungelenk einen Abschiedsbrief, in dem sie erklärte, dass sie ohne

Mr. Comley nicht leben wollte. Sie kritzelte hin, sie wolle sich in die Fluten des Rivers Moyarta stürzen und darin sterben.

Doch bevor sie losging, schrieb sie noch diese Zeilen an die Nachgeborenen zu Ende, die vielleicht eines Tages ein anderer Mensch finden würde. Möge ihm auch das Cottage in Carrigaholt gehören und der Segen darin wohnen, der mir verwehrt blieb.

Hiermit komme ich zum Schluss und muss mich sehr beeilen. Gleich wird Florian mich am River Moyarta abholen und mit mir in der Chaise zurück nach Friemersheim fahren. Wir werden am Ufer mein schönes blaues Kleid, das Retikül, den Verlobungsring und meine Abschiedszeilen ablegen. Jeder wird glauben, ich sei in den Fluss gegangen. Nanny wird über den Besuch bei mir schweigen, dessen bin ich gewiss. Denn sonst muss sie sich verteidigen, warum sie einen Mann eingelassen hat. Und Mr. Comley liebt mich nicht genug, um dem Selbstmord durch Ertrinken im Fluss länger nachzuforschen. Man wird das blaue Kleid und in einem Retikül den Abschiedsbrief und den Verlobungsring finden und ein paar Tage nach einem Leichnam suchen. Dann wird bald nur noch das Gespenst der Emma Knothe in den Köpfen leben. Man wird glauben, ich spuke auf Northwell House, denn das habe ich in meinen Brief angedroht. Und mein Kind wächst unter dem Namen Florians auf.

Mögest du, der die Besitzurkunde findest, glücklich werden in den Tagen, die da kommen! Ich bin überzeugt, auf eine leisere, sanftere Art als mit dem Ehrenwerten Mr. Comley werde ich es auch.

Aer Lingus, Frankfurt – Shannon Airport, 2014

Luisa hielt die vergilbte, uralte Besitzurkunde mit Mr. Comleys großer, herrischer Schrift in den Händen. Ihr kam es so vor, als würde sie den Mann mit den violetten Augen aus den Tiefen der Vergangenheit zu sich sprechen hören, und sie spürte eine Gänsehaut.

Mr. Comley war also ihr Vorfahr! Er musste es sein, denn seit dem Mittelalter hatte es ungewöhnlicherweise in der Familie, aus der der Wehrhof stammte, immer nur ein Kind gegeben.

Nicht zu glauben. Sie hatte einen englischen Iren unter ihren Ahnen. Und er stammte von Northwell House, wo sie sich sofort so heimisch gefühlt hatte. Nun konnte sie es verstehen. Sie hatte eine Bindung zu dem Landsitz, den sie mit der Seele gespürt und sogar auch gemalt hatte.

Und noch etwas wurde ihr klar. Sie blätterte auf die erste Seite zurück, betrachtete das Wappen mit der Blumenkrone und wusste plötzlich, woher es stammte. Es musste das Wappen gewesen sein, das auf Mr. Comleys Kutsche prangte und auf das er so stolz gewesen war. Luisa hatte es auch schon zuvor und danach gesehen. Das Wappen schmückte das Eingangstor zu Northwell House. Es war das Gepränge von Lord Northwell.

Sie dachte daran mit gemischten Gefühlen. Gut, die Verwandtschaft mit Patrick lag rund 300 Jahre zurück, das konnte an sich kein Hindernis sein. Und dennoch war es etwas, das sie beunruhigte. Konnte sie überhaupt eine Partnerschaft mit einem Verwandten leben? Oder fühlte sie sich genau deshalb dem Delphinfreund seelisch so nahe? Luisa beschloss, nicht weiter nachzudenken. Sie musste sich nun für die bevorstehende Fahrt nach Carrigaholt mit dem Leihwagen zusammennehmen.

Als die freundliche Stimme der Stewardess ertönte und das Flugzeug zur Landung auf Shannon Airport ansetzte, verstaute sie die Aufzeichnungen und die Besitzurkunde ihrer Vorfahrin behutsam in ihrer Mappe, die sie in die große Ledermappe legte.

Zuletzt hatte Emma in großer Hast geschrieben. Luisa konnte sich vorstellen, wie Florian damals zur Abreise drängte – und Emma ihr Werk für die Nachwelt noch schnell und heimlich vollenden wollte. Nein, sie hatte ganz offensichtlich in Friemersheim niemals davon gesprochen, dass ihr

Kind von Lord Northwell stammte. Aber sie hatte es für die Nachwelt hinterlegen wollen. Irgendwie.

Das Flugzeug tauchte durch die Wolkendecke, nahm Kurs auf das Landefeld in der Nähe Limericks, und Luisa hob das Kinn. Nun würde sie das Cottage in Carrigaholt und auch Northwell House mit ganz anderen Augen sehen. Beides war genau das für sie, was sie immer empfunden hatte: Heimat!

Nach einer entspannten Fahrt mit einem feuerroten VW Polo tauchte Luisa in die Welt von Carrigaholt ein. Sie packte ihre Koffer aus. Das dauerte eine Weile, denn sie hatte vieles eingepackt, all ihre Sommerkleider, alle, die nicht von Andreas stammten. Zumeist waren es luftige Sachen mit bunten Drucken, die ihr gute Laune machten.

Dann band sie ihre silberblonden Haare im Nacken zu einem kurzen Zopf zusammen, zog ihre Lippen mit einem Lippenstift nach und ging zu Mrs. Arrowsmith in den Laden, um sich mit allem Wichtigen zu versorgen. Die gutmütige ältere Frau war begeistert, dass Luisa in Carrigaholt zurück war. „Willkommen daheim“, sagte sie zur Begrüßung.

Luisa kaufte frische Tomaten für eine leichte Suppe und Toastbrot für Croutons, die sie in einer heißen Pfanne rösten würde. Sie brauchte eine Stärkung für ihren morgigen Plan. Dann, als sie bezahlen wollte, legte Mrs. Arrowsmith ihr die „Irish Times“ dazu. „Die brauche ich nicht“, erklärte Luisa fröhlich und spürte eine tiefe Leichtigkeit. „Ich habe mich von meinem Verlobten getrennt.“ Und um Nachfragen abzuwehren, fügte sie hinzu: „Ich selbst lese lieber den Independent.“

Mrs. Arrowsmith, die mütterlich lächelte, hatte den Wink verstanden. Sie schwieg und verabschiedete Luisa herzlich und mit einem Stück ihres Teekuchens.

Nun, das war Luisa klar, würde bald ganz Carrigaholt wissen, dass sie zurück war. Allein und ohne Andreas. Maria würde es hören. Und Patrick. Ihr Herz schlug höher. Morgen würde sie ihren Plan in die Tat umsetzen.

Aber bis dahin blieb ihr noch Zeit. Sie kochte auf dem AGA-Herd Gemüsebrühe, gab durch ein Sieb passierte Tomaten hinzu, röstete die Croutons – und machte es sich mit einer wunderbaren Tomatensuppe nach Rezept ihrer

Mutter am Küchentisch gemütlich. Dann räumte sie alles ab, las den „Independent“, und dann ging sie ins Bad, um sich von der Reise zu entspannen und sich für morgen schön zu machen.

Sie reihte sich frühmorgens mit einem großen Sonnenhut ans Ende der Schlange der Touristen ein, die mit Patrick auf Delphinfahrt gehen wollten, wie Luisa zu Hause in Speyer auf seiner Internetseite recherchiert hatte. Ich habe ihn regelrecht gestalkt, dachte sie aufgeregt.

Jetzt wartete sie einfach ab, darauf vertrauend, dass er in ihre Augen blicken musste. Dass er dann nicht so streng sein würde wie am Telefon aus der Ferne. Und dass alles gut gehen würde. Denn dies hier war ihre Chance. Dies war der Mann, den sie liebte.

Zuerst nahm er sie gar nicht wahr. Dann, als er ihr gerade ein Ticket für die Fahrt zuschieben wollte, setzte Luisa ihren Sonnenhut ab. „Hallo, Großcousin“, sagte sie schlicht und suchte seinen Blick.

Es dauerte einen Augenblick, bis er verstand. Erst runzelte er die Stirn. Dann schaute er ihr in die Augen, und darin sah sie alles, wofür ein so schroffer Mann möglicherweise keine Worte fand. Er musste nichts sagen. Doch er tat es. „Ich habe gehört, dass du zurück bist“, erklärte er kurzangebunden. „Ohne deinen Verlobten.“

„Patrick, er ist nicht mehr mein Verlobter. Bis ich dich traf, wusste ich gar nicht, was Liebe ist.“

Er drehte den Kopf zu den Touristen in der Schlange vor ihm um. Zu Luisas Glück waren sie schon weitergegangen. „Wir werden das nicht hier diskutieren“, sagte er knapp. Aber dann, als würde sie ein Eigenleben führen, legte sich seine Hand über die ihre. „Du hast übrigens Glück. Ich wollte dich ohnehin anrufen. Ein Mann aus New York hat mir eine Email geschrieben. Er erreicht dich nicht. Er heißt Lucian. Ein Galerist. Ich habe ihm dein Delphinbild geschickt, und er will dir einen Vertrag für mehr davon anbieten.“

Das war hinreißend, das war wunderbar, und es war Luisa in diesem Augenblick vollkommen egal. Jahrelang hätte sie sich eine Galerie gewünscht. Aber jetzt wollte sie nur eins. Und das war die Liebe dieses Mannes im blauen Wollpullover, dessen kräftige Hand die ihre bedeckte. Hauptsache, er ging jetzt nicht fort!

„Ich liebe dich", brachte sie heraus. „Und willst du gar nicht wissen, warum du mein Großcousin bist?"

Er schaute auf die Uhr, nahm sich aber die Zeit, und sie erklärte ihm, dass sie von Mr. Robert Comley abstammte. Als sie geschlossen hatte, streichelte er sanft ihre Hand. „Das muss dir keine Angst machen, wir sind so gut wie nicht verwandt. Ich habe mich früher viel mit Familiengeschichte befasst. Lady Mary und Robert Comley bekamen keine Kinder. Ich stamme aus einer entfernt verwandten Seitenlinie ab." Er lächelte etwas schief. „Kerngesunde Bauern, denen Besitz und Titel zufielen." Nun lag seine Hand auf ihrem Oberarm. „Es steht uns also nichts im Wege."

„Dann gibt es dieses Uns noch?" fragte Luisa zaghaft, weil so viel, weil alles auf dem Spiel stand.

„Dieses Uns wird es für immer geben", erwiderte er und riss sie förmlich in seine Arme. Und während sie den Kopf an seinen blauen Wollpullover drückte und in seiner Umarmung versank, sagte sie sich, dass sie die Goldstücke der Emma Knothe nie ausgraben würde. Sie waren Familienbesitz. Sie sollten den Kindern gehören, die sie sich von diesem Mann, und nur von ihm, wünschte!

„Ich will Babys von dir!" flüsterte sie kaum hörbar an sein Ohr. Doch er hatte sie trotzdem verstanden und schwenkte sie durch die Luft.

„Dann sollten wir uns so schnell wie möglich an die Arbeit machen!"

Epilog

2014 war ich auf Einladung von Tourism Ireland wieder im von mir geliebten Irland, das ich schon als Kind mit meiner Familie auf wunderbare Weise entdecken durfte.

Im Jahr 2014 machten wir Station in einem Dörfchen an der Westküste, Carrigaholt. Es besteht aus nicht viel mehr als einem urigen Pub, wo man Seafood Chowder essen kann. Und einem Cottage, das ich am liebsten gekauft hätte, wären meine Lebensumstände andere gewesen. Eine große Hortensie blühte im Vorgarten, und ich stellte mir vor, wie ich dort als Autorin und Journalistin leben könnte.

Aber ich hatte eine feste Stelle in Hamburg. Und obwohl ich in Carrigaholt die Erfahrung einer herrlichen Delphinfahrt machen durfte (ja, die gibt es wirklich, aber Patrick Comley leider nicht), zog mich die Pflicht in die Hansestadt zurück.

Doch ich habe Carrigaholt niemals vergessen.

2017 schenkte mir mein Vater dann ein Buch und eine Romanidee, die auf Tatsachen beruht. Die Geschichte der Pfälzer Auswanderer, die im 18. Jahrhundert in Irland ihr Glück gesucht hatten. Viele wichtige historische Informationen fand ich in dem Buch „Pfälzer in Irland" von Rüdiger Renzing, das ich jedem an den Ereignissen interessierten Leser unbedingt empfehlen würde (Institut für pfälzische Geschichte und Volkskunde).

Ich erdachte also eine historische Liebesgeschichte vor wahrem Hintergrund und verknüpfte sie mit einer Liebesgeschichte aus der Gegenwart. Es liegt nahe zu sagen, dass jedwede Ähnlichkeit mit real existierenden Personen rein zufällig ist und absolut nichts auszusagen hat.

Danksagung

Ein Projekt kommt nicht ohne Geburtshelfer zur Welt.

Ohne das fundierte Buch von Rüdiger Renzing („Pfälzer in Irland“, Institut für pfälzische Geschichte und Volkskunde) wäre meines nicht zustande gekommen.

Herzlich danke ich auch Angelika Müller, meiner Erstlektorin, für die stets positiv stimmende Kritik, die mich zum weiteren Umarbeiten motivierte.

Und Martin Schuck, meinem Verlagslektor, für seine Begeisterung für das Projekt und dafür, dass er sich dazu entschloss, das Buch zu machen.

Unvergessen die Einladung von Tourism Ireland auf die grüne Insel. Dazu gehörte eine Schiffsfahrt zu den Delphinen in der Shannon-Mündung, bei der ich das atemberaubende Naturspektakel bei Carrigaholt in Irland erleben durfte. Ich kann mich nur dafür bedanken – und auch für die Inspiration, die mir diese wunderbare Reise schenkte!